Jay Kay

W0059422

Filona
Am Ende der Zeit

Nur wer das Ende kennt, kann ermessen, wie einzigartig
und kostbar jedes Leben auf unserem Planeten ist.

Die Geschichte

Filona ist der letzte Mensch auf Erden. Beschützt vom mächtigen
SYZTHEM und seinem Diener Gilgamesch verbringt sie die Tage in
trauter Stille und Erinnerung an den Rest der Menschheit.
Was ist passiert und wie kam sie in diese Lage?
Dasselbe fragt sich Filona auch. Zwischen Sport, Woodstock und
unzähligen Lerneinheiten bleibt kaum Zeit, sich um ihren Begleiter
Georgie zu kümmern. Auch wenn sie ihn selbst erschaffen und
nebenbei genetisch manipuliert hat. Jetzt steht ihre letzte Lektion
an. Sie muss noch etwas lernen, bevor es keine Lektionen mehr
geben wird. Doch welche Rolle spielt Lucius, der Wolfshybride?
Und was hat das alles mit Jimi Hendrix und dem Ende des Universums zu tun?
Es wird Zeit, alles aufzuklären.

Der Autor

Jay Kay ist nicht nur Schriftstellername, sondern seit jeher Spitz-
name des Autors dieser Geschichte. Wenn er keine Bücher
schreibt, macht er die Weltmeere unsicher und die Unterweltmeere
sicher. Er war schon Journalist, Übersetzer, Fotograf, Pressespre-
cher, Grafiker und Programmierer. Lesen und Schreiben ist rein
passionsmäßig bei ihm nicht zu trennen. Zurzeit wohnt er mit einer
Maus in einem kleinen Ort nahe den Wäldern seiner Jugend.

JAY KAY

FILONA

AM ENDE DER ZEIT

&

ERSTAUSGABE BONUS
KURZGESCHICHTE
AUF WELLEN VON SAND

Even Terms Press

Filona
Am Ende der Zeit
&
Auf Wellen von Sand
Copyright Jay Kay 2020

Mehr Hintergrund
zum Buch und zur
Entstehung:
www.eventermspress.de/making-of-filona

1. Auflage TB
2022
Even Terms Press
Unt. Waldweg 10, 30974 Wennigsen (Mark)
www.eventermspress.de
Lektorat: Dr. Frank Weinreich

Titeldesign & Layout: jk
unter Verwendung von Motiven von Shutterstock
Satz: DTP Service Durchschuss, 62291 Versatz
Verlag : Even Terms Press, Wennigsen (Mark)
ISBN: 978-3-9823741-0-9

INHALT

IT'S MY LIFE
  DON'T YOU FORGET
    IT'S MY LIFE
      IT NEVER ENDS

                    TALK TALK, 1984
                      IT'S MY LIFE

PARADISO 3

Die Uhr tickt. Unerbittlich. Dem Ende entgegen. Wir können es fühlen, obwohl wir es nicht sehen, denn in den Räumen, in die wir schauen, gibt es nirgends eine Uhr. Kein Zeitmesser hängt an den Wänden. Kein Kuckuck wartet in seiner Behausung auf das Öffnen der Tür, auf dass er seinen Ruf schmettern kann. Kein Pendel schlägt hin und her. Kein Turm zeigt uns die Uhr an seiner Spitze. Nicht einmal eine Spieluhr versteckt sich in einer Schmuckdose unter einer tanzenden Ballerina, um ihr die Zeit aus den Füßen zu saugen. Zeit ist für uns nur ein Begriff, nichts weiter als eine Definition. Schon gar nicht ist es eine universelle Konstante. Aus unserer Empfindung ist alles hier und jetzt, kann betrachtet werden, war zu werden, wurde gewesen und hätte sein gekonnt. Wir sind allzeit und dabei so unsichtbar wie geistreich. Schweben einer ätherischen Kamera gleich durch die Gänge und Hallen, die Zimmer und Areale, die für Filona die Welt bedeuten.

Gerade schlief sie noch. Nun ist sie erwacht. Wir sehen, wie sie die Augen aufschlägt, da sie vom automatischen Wecksystem immer exakt um sieben Uhr morgens geweckt wird. Wir wissen das, und auch das Wecksystem weiß das. Aber Filona weiß es nicht. Obwohl Zeit für sie ein Begriff ist, muss sie sich nicht darum kümmern, wann sie aufzustehen hat. Nicht, wann sie frühstückt, ihr Mittagsschläfchen hält oder sich am Abend zurück unter die optimal körpertemperierte Bettdecke legt, um in süßem Schlummer zu versinken.

Um solche Dinge und um unendlich viele andere kümmert sich das SYZTHEM. Hinter den Wänden verborgen hören wir es summen. Unter den Fliesen vibriert es leise vor sich hin. Die Luft der Klimaanlage fächelt uns milde ihren Atem entgegen.

Filona sieht, wie an jedem Morgen, ausgeruht aus. Ihr langes dunkles Haar ist mit einem Gummiband am Hinterkopf gebändigt. Obwohl längst ausgewachsen, ist sie klein von Statur. Sie trägt ihren Schlafanzug mit Bärchenmuster. Viele kleine Köpfe, bunt und mit lustig offenen Augen, starren von ihrem Hemd und der Hose in alle Richtungen. Bei Nacht ist es dunkel, da können die Bärchen nichts mehr sehen. Wir ebenfalls nicht. Selbstverständlich auch Filona nicht, obwohl wir einschränkend anfügen müssen, dass dies nur den Bereich des sichtbaren Lichts betrifft. Das SYZTHEM ist darauf nicht angewiesen und auch Gilgamesch nicht.

Seine Hoheit ist immer wach. Er benötigt keinen Schlaf. Er wacht über Filona und ist der Diener des SYZTHEMs. Es gibt noch andere Diener, aber Gilgamesch ist der mächtigste von allen. Er kann sprechen, Tee servieren, alle Datenbanken durchforsten und noch vieles mehr. Er kann sogar einiges, was Filona nicht kann, denn Filona ist aus Fleisch und Blut.

Zum Beispiel kann Gilgamesch außerhalb von Eden wandeln, zumindest soweit die Energie des SYZTHEMs reicht. Wir können das ebenso. Doch für uns gibt es keine Grenze. Jedenfalls keine, die sich nach irdischen Maßstäben bemisst. Aber draußen ist es erst heiß, dann kalt und zudem so entsetzlich weit und leer, dass wir nicht einen Gedanken daran verschwenden, uns außerhalb von Eden zu bewegen.

Wir wollen sehen, wie es Filona geht, jetzt, da sie sich den Schlaf aus den Augen reibt und mit großen, lernbegierigen Blicken den neuen Tag empfängt.

Sie steht auf, geht zur Nasskabine hinüber, verrichtet ihre Morgentoilette, zieht sich aus und an, kämmt die Haare, zwinkert sich im Spiegel zu und tritt dann ausgeschlafen und voller Tatendrang vor Gilgamesch. Der hat selbstverständlich in der Manier eines feinen Gentlemans im Vorraum zu Filonas Atelier gewartet.

Wir folgen Filona auf Schritt und Tritt, denn wir wollen wissen, was sich heute zuträgt, da doch der letzte Tag anbricht, was wir wissen und Gilgamesch auch, aber Filona nicht. Keine Frage, dass damit auch das SYZTHEM eingeweiht ist. Es hat alle Maßnahmen getroffen, alle Berechnungen abgeschlossen, alle Aufgaben erledigt (sofern sie sich in der gegebenen Zeit erledigen ließen) und alle Lernkapitel für Filona abgeschlossen. Ganz nach Zeitplan.

Die Geburt wurde berechnet, die Wachstumsrate, die Lernrate, jede noch so kleine Aufmerksamkeitsabweichung, jeder noch so pubertäre Gedanke, jede anarchistische Neigung (obwohl es davon nicht viele in Filonas Kopf gab) und auch jegliche Änderung der Umgebungsparameter. Die Temperatur innerhalb von Eden und natürlich auch die außerhalb wurde ebenso überwacht wie die Rate der Ausweitung der Sonnenkorona, die Strahlungsintensität, die Energieerzeugung und ebenso die Abgabe, ja sogar die Struktur des Gesteins unterhalb der Anlage. Alles wird überwacht, für alles gibt es einen Sensor, nichts bleibt dem Zufall überlassen. Und doch ist das Chaos dort draußen spürbar. Es dringt fühlbar durch die Mauern und meterdicken Wände, es ist durch die dicken Panzerglasscheiben sichtbar. Obwohl wir auch hier anfügen dürfen, dass der Begriff Chaos nicht ganz zutreffend ist und in unseren nicht vorhandenen Ohren viel zu negativ klingt. Im Universum ist alles, wie es sein soll, alles ist in Balance, es gibt kein Chaos, bestenfalls einen Mangel an Ordnung.

Während Filona schläft, bleibt uns keine Ruhe. Wir ziehen endlos unsere Runden. Wenn sie nicht geht, oder isst, oder lernt, dann ist es an uns, den Lavasee zu beobachten, wie er sich im Süden zwischen den Tälern des Kangchendzönga ausbreitet. Sein Gestein blubbert in tiefen Rot- und Orangetönen vor sich hin. Die Spitzen der einst mächtigen Gipfel sind geschmolzen, die Hochebenen gibt es nicht mehr.

Oder wir schauen nach Norden, wo sich die Wüsten über staubtrockene Meilen bis zum Horizont ziehen. Dort entlädt das SYZTHEM die überflüssige Energie in Blitzen. Sie tanzen wie stockdürre Geister, blendend hell und zitternd über die Weiten. Ihre Arme sind feine Äste aus nichts als knisternder Macht.

Ein Tag dauert nicht mehr so lang wie früher. Aber das interessiert uns nicht. In Eden läuft noch die alte Zeit, der Rhythmus von Jahrtausenden, ein Rhythmus, den Filona braucht, denn sie ist - wie schon gesagt - aus Fleisch und Blut.

»Was liegt heute an, Gillie?«, fragt Filona und stellt sich vor seiner Hoheit auf.

Obwohl er es gar nicht gerne hört, wenn sie ihn mit diesem Spitznamen anredet, behält er wie immer seine Contenance und antwortet.

»Guten Morgen, Filona. Heute steht deine letzte Lektion an.«

»Wow! Die Letzte? Ist es wirklich soweit? Ich hab ganz schön lange drauf gewartet. Warum hast du mir nicht eher gesagt, dass die letzte Lehreinheit schon so bald ansteht. Meinst du nicht, ich hätte es gerne vorher gewusst?«

»Das ist gut möglich«, antwortet Gilgamesch. »Aber ich weiß auch um die Ungeduld und die vielen anderen Emotionen, die sich in Folge einer derartigen Gewissheit allzu leicht bei organischen Wesen einstellen. Das hätte in den Wochen zuvor nicht nur deine Aufmerksamkeit und deine Lernfähigkeit beeinflusst, sondern ganz sicher ebenso Auswirkungen auf dein Verhalten gehabt.«

»Mein Verhalten? Wieso das? Hast du Bedenken, ich könnte den Unterricht schwänzen oder einfach die Augen schließen und nichts mehr sehen wollen, nichts mehr lernen?«

»Das nicht.«

»Na gut, was dann?«

Hier schwebt Gilgamesch etwas verzagt auf und ab, so als wäre er unschlüssig oder sich zu fein für eine Antwort. Würde er Angst kennen, oder Terror, oder einer Psychose unterliegen, dann würde seine Reaktion womöglich anders ausfallen. Aber so vibriert er nur leicht in der Luft und sagt gar nichts.

»Was ist mit dir?«, fragt Filona. »In den Jahren, die du mich begleitest, in all den Lehrstunden, die du geleitet hast, warst du nicht ein einziges Mal um eine Antwort verlegen. Du bist das Wissen, du bist das SYZTHEM. Warum antwortest du nicht?«

Wieder hört Filona keine Antwort. Und obwohl wir die beiden ein paar Mal umkreisen, so wie sie voreinander stehen, spüren wir keine Anomalie. Gilgamesch verzieht nicht die geringste Miene. Sein Gesicht, ja der gesamte Körper, gleicht dem Vorbild einer sumerischen Statue. Wir betrachten die definierten Arm- und Brustmuskeln auf dem nackten Oberkörper, den dichten, zu einem Rechteck verflochtenen Bart und das lockige Kopfhaar.

Sein goldener Schimmer flackert keine Millisekunde. All seine Synapsen sind vorzüglich und konstant mit Energie versorgt.

Dann ringt er sich durch und sagt: »Folge mir.«

Filona zieht eine Augenbraue hoch, sagt aber nichts, sondern folgt ihm durch Gänge und über Rampen, über Abzweigungen und Treppen bis hinauf in die Lernkuppel.

Wie oft haben wir zugeschaut, wie sie am Rand der gläsernen Barriere stand und auf Eden hinabschaute, auf all die anderen glitzernden Kuppeln, den Freizeitpark, die Siedlung und den Maschinenraum. Dabei hat sie Yeats rezitiert, sich in den kleinen Prinzen verwandelt oder Shakespeare auswendig gelernt.

Ach, wär's doch so, wie der große englische Dichter einst verkündete: *Auf Dinge, die nicht mehr zu ändern sind, muss auch kein Blick zurück mehr fallen! Was getan ist, ist getan und bleibt's.*

Wenn wir einen Körper hätten, könnte uns über diesem Wahlspruch der Schweiß ausbrechen. Draußen ist es schon so heiß, wie es auch bald hier drinnen sein wird.

Kaum ist Filona mit Gilgamesch in dem riesigen Rund der Wissensabteilung angekommen, hören wir die Stimme des SYZTHEMs aus unsichtbaren Lautsprechern tönen. Unaufdringlich, aber aus allen Richtungen schallt es heran. Leise und doch unüberhörbar präsent.

»Was möchtest du heute sein?«

Filona überlegt nur kurz.

»Ich möchte eine Elbin sein. Gib mir ein fließendes Gewand und schönen Schmuck. Nicht zu viel, nichts Aufdringliches und vor allem bequem.«

»Alle Elben waren unsterblich und doch mussten sie irgendwann von dannen ziehen, westwärts übers Meer, in die Lande jenseits des Horizonts«, sagt Gilgamesch. »Und von deinen Lieblingen den Vanyar, waren die meisten blond.«

»Dann will auch ich heute blond sein«, antwortet Filona und schon geschieht es. Das SYZTHEM projiziert ihr alles passend auf den Körper. Sie dreht sich und schwingt ihre Arme einmal übermütig durch das Rund wie ein Zauberlehrling.

»Nicht dass ich extra danach fragen müsste«, sagt sie in Richtung Gilgamesch gewandt, »aber heute steht nicht zufällig wieder der *Herr der Ringe* auf dem Programm? Du weißt, es ist die Geschichte, die ich am liebsten hab.«

»Die einhundertvierundfünfzigtausendsechshundertdreiundachtzig Generationen vor dir haben es ebenso gehalten«, stellt Gilgamesch in seiner unnachahmlich ruhigen Art fest. »Es ist und bleibt das meistgelesene Buch.«

»Das ist aber nicht der Grund, warum ich es so mag.« Filona zieht die Nase kraus.

»Auch das weiß ich«, sagt Gilgamesch mit stoischer Gelassenheit. »Ist dir vielleicht in den Sinn gekommen, dass es deswegen zum beliebtesten Buch wurde, weil es keines der zuvor erfundenen Glaubenssysteme beinhaltet?«

»Bei dem spirituellen Hintergrund?«

»Eine Schöpfungsgeschichte, sicherlich. Aber das hat nie in ein Paradigma gemündet, das historisch gesehen jede Religion der Geschichte früher oder später zu einem Instrument des Missbrauchs und zu purer Politik der Apokalypse werden ließ.«

»Vielleicht«, gibt Filona zu. »Trotzdem ist das nicht der Grund, warum ich es mag.«

»Ich sehe, worauf du hinaus willst«, unterbricht Gilgamesch seine Zuhörerin mit mildem Lächeln. »Aber eine Diskussion über eines deiner Lieblingsthemen soll uns heute nicht beschäftigen. Ich möchte doch bald mit der Lektion beginnen.«

»Ach ja, die letzte Lektion. Komm schon, Gillie! Sollte ich davor Angst haben? Ich hab schon oft daran gedacht, was passiert, wenn ich alles gelernt habe, wenn es nichts mehr zu lernen gibt.«

»Das wird nicht der Fall sein«, erwidert er. »Das Wissen ist unendlich und das Lernen hört nie auf. Die letzte Lektion bedeutet nichts weiter, als dass es danach keine Lektionen mehr geben wird.«

»Interessant!« Filona legt ihren Kopf schief. »Heißt das, du willst mich nicht weiter unterrichten, oder kannst du nicht, weil dir das Wissen ausgegangen ist?«

»Nein, das ist es nicht.«

»Dann was?«

Gilgamesch schaut prüfend durch das Rund der Kuppel, unter der sich die unzähligen Sessel mit den virtuellen Lernplätzen drängeln. Es ist egal, welchen Filona wählt. Einen ganz vorne vor dem riesigen Tableau, welches die Alexanderschlacht zeigt und fast die gesamte Stirnwand einnimmt. Oder am Rand, wo sie durch die weitgeschwungenen Fensterflächen einen Ausblick bis zum Annapurna haben könnte. Sofern es noch einen Annapurna gäbe, aber zumindest dort, wo er sich einmal befunden hat.

Hier hat sie unzählige Stunden gesessen und der Stimme von Gilgamesch gelauscht, wenn er ihr Geschichten aus allen Zeiten vorlas. Immer neue Details hat sie dabei auf Altdorfers Gemälde entdeckt. Die Alexanderschlacht mit ihren Rittern in schwarzglänzenden Rüstungen auf weißen Pferden, das Fahnenmeer beim Zusammenprall der Armeen, die Sonne in der Wolkenhöhle knapp über dem Horizont. Irgendwann hatte sie aufgehört, sich Details einzuprägen. Irgendwann lagen ihre Blicke nur noch auf dem eleganten Schwung des blutroten Chiffons. Das Tuch, das im Winde flattert und die schwebende Tafel mit der lateinischen Inschrift flankiert.

»Was sagt uns die göttliche Komödie?«, fragt Gilgamesch plötzlich.

»Oh je, Alighieri.« Filona schüttelt den Kopf und seufzt. »Das war wirklich schwer zu lesen. Ich hab dir alles dazu gesagt und du hast mir zugestimmt. Der dreieinige Gott ist überall und hier. Ich bin es, du bist es und das SYZTHEM ist der letzte Teil.«

»Feine Interpretation«, lobt Gilgamesch. »Aber darum geht es mir nicht. Wir werden auf den Grund und den Ausgangspunkt all unserer Mühen zurückfallen.«

»Die Hölle?«

»Ganz recht, die Hölle«, stellt er fest und klingt dabei kein bisschen aufgeregt.

»Aber die ist noch schlimmer als das Fegefeuer, voller Lava und Zersetzung. Da gibt es nichts als Vernichtung und Abkehr. Was willst du mir damit sagen?«

»Heute gibt es nicht nur die letzte Lektion, sondern du wirst auch die letzte Filona sein.«

»Ich weiß, ich bin biologisch und ich kann nicht ewig leben, obwohl du mich schon länger fit hältst, als sonst irgendwen vor mir. Ich danke dir jeden Tag dafür. Aber ich glaube, ich habe dir klar gemacht, dass ich mir über mein Ende bewusst bin und dass ich darüber nicht in Panik ausbreche, sollte es denn irgendwann kommen.«

»Das hast du hervorragend gelernt und in deinen unzähligen Meditationen auf beispielhafte Weise verinnerlicht.« Gilgamesch beugt sich lobend nach vorne. »Aber da ist etwas, auf das wir dich nicht vorbereitet haben. Etwas, das in keinem Lehrbuch steht und über dessen Reaktion wir uns ganz und gar im Unklaren sind.«

»Mit *Wir* meinst du jetzt dich, das SYZTHEM und den Geist in der Maschine. Sehe ich das richtig?« Filona wackelt bei ihrer Frage ungeduldig mit dem Fuß auf und ab.

Wir mögen es nicht, wenn Filona auf uns zu sprechen kommt. Wir sind die Summe allen Seins, aller Synapsen, aller Erinnerungen, aller Identitäten. Damit sind wir allgegenwärtig und doch an dieses Universum gebunden, was uns die eigene Endlichkeit gelegentlich ins Bewusstsein ruft. Es bereitet uns Unbehagen, wenn Filona in diesem Feld forscht. Sie wird früher oder später so oder so dazugehören. Ebenso wie die vierundvierzigtausendneunhundertsechsundzwanzig Kopien ihrer selbst, die hier gelebt, gelernt und geatmet haben und im Übrigen auch gestorben sind. Aber es gab immer nur eine Filona zu jedem beliebigen Zeitpunkt der Geschichte.

»Außerdem bin ich«, sagt Filona, »soweit ich gelernt habe und beurteilen kann, noch lange nicht am Ende meiner Betriebsdauer angelangt - wie du immer so unromantisch feststellst. Bis ich dreihundert werde, dauert es noch eine Weile.«

»Das ist korrekt«, antwortet Gilgamesch, »aber selbst diese ungefähr dreihundert Jahre sind für das Universum kaum mehr als eine Yoktosekunde für dich.«

»Danke, dass du mich erinnerst«, grummelt Filona. »Was macht dein Sarkasmusparameter heute Morgen? Zu hoch angesetzt?«

»Keineswegs.« Gilgamesch bleibt ruhig wie immer. »All meine Parameter befinden sich im Normalzustand. Außerdem habe ich nur die Fakten wiederholt.«

»Ja, ja, oh goldige Wiederholung.« Filona wedelt bei diesen Worten mit einer Hand vor dem Gesicht der bronzen strahlenden Projektion ihres Begleiters.

Gilgamesch will darauf nicht eingehen.

»Du bist einzigartig«, sagt er und die Adern auf seinen Muskeln treten hervor, als er seinen Brustkorb beim Atmen vor der Antwort dehnt. Die perfekte holografische Simulation.

»Schau auf die Nummer, die dort an deinem Handgelenk eintätowiert ist.«

Filona blickt nur kurz auf das Tattoo auf ihrem Arm. Dort steht: *44927*.

»Ich weiß, was das ist«, flüstert sie. »Wir haben oft genug darüber geredet und du warst nie um eine Antwort verlegen. Es ist meine ID, auch wenn ich sie gerne Seriennummer nenne. Aber du findest das ja unpassend für ein lebendes, atmendes Wesen.«

»Das ist richtig. Auch wenn dich das SYZTHEM geschaffen hat, so bist du doch ein Mensch. Noch dazu die Kopie einer Heldin aus früheren Zeiten.

Dein Vorbild hat sich unglaubliche Fähigkeiten angeeignet und sich mit mutigen Handlungen in die Geschichtsbücher eingeschrieben. Zum Glück hatten wir eine gültige DNA-Sequenz.«

»Ich kenne meine Ur-Oma.« Filona verschränkt ihre Arme, als wolle sie etwas abwehren. »Das waren andere Zeiten. Ich bin trotzdem ich.«

»Ja, und du musstest alles von vorne lernen, wie jedes menschliche Wesen, das als leere Hülle geboren wird und so unendlich viel Zeit verschwendet, doch immer nur das zu lernen, was Generationen zuvor schon erlernt haben.«

»Um dann genau dieselben Fehler zu wiederholen, die Generationen vorher ebenso gemacht haben«, sagt Filona und es klingt zerknirscht. »Aber damit habe ich auch die Chance auf eine andere Persönlichkeit und ich kann meine eigenen Entscheidungen treffen. Ich könnte sogar versuchen, einiges anders zu machen als meine Vorgängerinnen.«

»Gerade dieser freie Wille ist es, der mich manchmal nachdenklich macht.« Gilgamesch zieht seine hohe Stirn in Falten.

»Warum?«

»Weil - wie du weißt - wir uns so manches Mal darüber unterhalten haben, ob er wirklich existiert, oder ob er nichts weiter ist, als das Produkt seiner Umgebung.«

»Der freie Wille? Schau doch. Meine Welt ist perfekt. Sie dümpelt seit Jahrtausenden im Meer der Lava. Sie erhält und repariert sich selbst. Ich lebe gerne hier. Da draußen gibt es keinen Ort, an dem ich lieber sein möchte. Und vergiss nicht, ich habe mich schließlich für Georgie Porgie entschieden.«

»Das ist korrekt«, sagt Gilgamesch und setzt eine nachdenkliche Miene auf. »Wir hatten noch keine Filona, die sich für einen sprechenden Hamster entschieden hat. Du hast seine kleinen Lungen aufgeblasen, seinen Hals mit genetisch modifizierten Stimmbändern versehen und seine Wachstumsrate so verändert, dass er inzwischen aufrecht geht und vierzig Kilo wiegt.«

»Soll das ein Vorwurf sein?«

»Bei Weitem nicht. Ich stelle nur fest.«

»Wo ist er überhaupt?«

Filona scheint nicht überrascht, als ihr Begleiter für eine Sekunde Rücksprache mit dem SYZTHEM hält, das die Kontrolle über alle Sensoren besitzt.

»Er trainiert. Noch ist er im Laufrad unter dem Kolosseum und verrichtet seinen Morgensport.«

»Wie typisch für ihn.« Filona grinst. »Der eitle Geck. Der Speck muss runter.«

»Sicher, sicher«, wird sie von Gilgamesch beschwichtigt. »Aber denk an Lucius.«

Filona kneift die Augen zu Schlitzen. Sie mustert ihr Gegenüber in aller Ruhe, obwohl sie weiß, dass sie aus seinem Gesicht nichts herauslesen kann, was ihr das SYZTHEM nicht zu zeigen beabsichtigt. Sie steht mit ihm am Rand des Wissensareals und ein kurzer Blick durch die Panzerglasscheiben lässt sie erschauern. Nicht weit entfernt liegt die Kuppel von Versorgungsturm 34.

Auch wir erschauern und unser Fokus fliegt für einen winzigen Moment hinüber zu den Resten dessen, was einmal eine silberglänzende Blase aus feinster Thermolitstruktur gewesen ist. Sie liegt verkohlt, in Scherben und ausgebrannt wie ein zerplatztes Ei vor uns. Die Schleusen sind verriegelt, die gewaltigen Zugangstore für immer verschlossen. Dahinter liegt so oder so nichts, was noch brauchbar wäre, außer vielleicht ein paar seltene Erden und Mineralien, die man abbauen könnte. Aber die kann man auch anderswo abbauen. Selbst die Überreste von Lucius würden wir dort nicht mehr finden. Er ist in der Hitze und Strahlung dort draußen längst verdampft. Hat seine Atome in den ewigen Kreislauf des Universums zurückgegeben.

Unseliger Lucius.

Filona hatte selber - natürlich mit Hilfe von Gilgamesch - dafür gesorgt, dass die Tore geschlossen wurden. Dass die Energiezufuhr gekappt und letztlich die Selbstzerstörung von Versorgungsturm 34 eingeleitet wurde. Und Lucius war noch dort.

»Manchmal muss man die Folgen der eigenen Fehler selber beseitigen.«

Gilgamesch spricht aus, was wir nicht auszusprechen wagen. Könnten wir auch gar nicht, denn wir haben ja keinen Mund.

»Ich habe Lucius nicht nur gemocht, ich habe ihn gemacht.« Filonas Stimme ist kaum anzumerken, wie sehr sie noch immer unter dem zeitigen Ableben von Lucius leidet. Doch wir spüren die winzigen Schwankungen in ihrer Stimme, fühlen den minimalen Temperaturanstieg in ihren Lenden, erhaschen das flüchtige Erröten ihrer Wangen.

»Vielleicht habe ich ihn deswegen so gemocht«, sinniert sie weiter. »Ich habe seinen Code aus der Genbank heruntergeladen. Ich habe Proteine und Mineralien gebacken und mit Flüssigkeit gemixt. Ich habe den Kokon der Zelle fixiert und dann den Code injiziert. Und dann habe ich gewartet und zugeschaut, wie sich die Zellen teilen, rasend schnell unter der Sonne des Inkubators. Voilà, am Ende hatte ich Lucius.«

»Einen Mensch-Wolf-Hybriden.« Gilgamesch bringt es auf den Punkt. »Tja, und was ist dann passiert?«

Filona muss schlucken.

»Ich habe ihn erschaffen. Er sollte mein Partner sein.«

»Das war er auch und wird es immer bleiben.«

»Aber war ich nicht auch seine Mutter? Hatte ich das Recht, ihn zu zerstören? Ist es nicht so, dass eine Mutter nur das Recht hat, Leben zu geben, aber nicht zu nehmen. Nur die Götter haben das Recht auf beides.«

»Bist du nicht einzigartig und schon allein deswegen Gott in Eden?«

Filona verstummt. Wir spüren, wie es ihr die Kehle zuschnürt. Letztlich können weder wir noch Gilgamesch noch das SYZTHEM ermessen, was Lucius für Filona wirklich bedeutet. Die eine Sache, die wir nie ergründen werden, da wir nur Neigungen erforschen, Emotionen katalogisieren, Definitionen sammeln und Statistiken über Gefühlsreaktionen führen. Was Liebe wirklich ist, was sie bedeutet und wie sie sich anfühlt, das können Worte beschreiben, aber wir nicht mehr erfassen.

»Man weiß erst, was man hatte, wenn man es nicht mehr hat.« Gilgamesch bringt es auf den Punkt. »Und wenn es ein Ende hat, dann ist es gewesen, wird sich nie mehr verändern und bis in alle Ewigkeit exakt so bestehen bleiben. Ist das nicht tröstlich?«

Filona atmet langsam ein und aus, während sie Gilgamesch beobachtet.

»Er ist nicht mehr da, um das zu feiern, oder?«

Eine rhetorische Frage und Gilgamesch weiß zum Glück, wann auch er besser seine neunmalklugen Lippen verschlossen hält.

Filona überlegt eine lange Weile.

»War Lucius wirklich alles, was ihr mir zugestanden habt? Ein Hybride, so weit so gut. Aber nicht mehr? Immer nur ich in Eden, niemand sonst, kein anderer Mensch?«

»Das hat mit Verfassungsergänzung dreitausendachthundertsiebenundneunzig zu tun.«

»Der Lewiston-Akt, ich weiß. Wie oft habe ich den schon verflucht.«

»Der letzte Beschluss unter absolutem Mehrheitsvotum aller Bewohner von Eden. Er ist damit für den Rest der Zeit und aller Zivilisation auf diesem Planeten bindend.«

»Auf der Erde, sprich es doch aus!« Filonas Stimme wird rau und laut. »So viel Geschichte, so viele Schicksale, so viele unglaubliche Errungenschaften. Das Rad, das Atom, Darwin, die Magna Charta, die Aufklärung und Beethovens Sechste? Und du kommst mir mit dem Lewiston-Akt?«

Dazu sagt Gilgamesch nichts. Er dreht sich langsam und elegant zur Seite, vollführt eine einladende Geste und deutet auf einen der Lernplätze.

»Soll ich mich setzen?«, fragt Filona. »Beginnt jetzt die Lektion?«

Gilgamesch schwebt neben den sphärischen Sessel, auf den er gedeutet hat. Der virtuelle Bildschirm ist noch nicht präsent. Er wird sich zeigen, sobald Filona Platz nimmt.

Sie geht über blitzblank polierte Fliesen, die andere Diener des SYZTHEMs in tadellosem Zustand halten. Sauber gewienert, aseptisch gereinigt, keimfrei geputzt.

Sie legt sich in den rundum gepolsterten, weit ausladenden Sessel. Der Bildschirm flammt auf, kaum eine Armlänge vor ihren Augen. Eine Halbkugel aus nichts als einer feinen Schicht illuminierter Bildpunkte. Gilgamesch hat ihr Blickfeld verlassen, seine tiefe Stimme erklingt hinter ihrem Rücken.

»Die letzte Lektion, Filona. Sie hat schon längst begonnen.«

PARADISO 2

Filona lehnt sich zurück und betrachtet die bunten Bilder der Statistiken, Datenauszüge, Equalizerkurven und Videosequenzen, die ihr zugespielt werden.

Wie oft haben wir mit ihr geschaut, gefeiert, aber auch gelitten. Das SYZTHEM hält jede Musik, jedes Video und jede Sammlung von Schriften, die jemals geschaffen wurden, ständig abrufbereit.

Wenn sie melancholisch wird, hört Filona John Miles. *Music was my first love* bringt sie zurück in die Zeit, da sie noch in Stramplern steckte und durch die Gänge stolperte. Selbst da hatte sie schon auf die komponierten Schwingungen reagiert, die die Musik ihres Lebens geworden ist. Ein Kleinkind, kaum dem Status Baby entwachsen, und schon dirigierte sie ein unsichtbares Orchester. Zumindest ahmte sie nach, was ihr Gilgamesch zuvor auf Karajan-Videos gezeigt hatte.

Wenn sie nicht weiter weiß, legt sie die Stones auf: *You can't always get what you want.* Und wenn sie sich einsam fühlt, Keatings *Last thing on my mind.* Stundenlang kann sie durch das Teleskop im Observatorium schauen und Sterne und ferne Galaxien betrachten. Dabei hört sie am liebsten Schuberts *Ave Maria.*

Obwohl es Gilgamesch ungern sieht, aber wir haben es immer mit Genugtuung betrachtet, wenn sie mit Georgie Porgie eine Party feierte. Hätten wir noch ein Gesicht, so wäre unser breites Lächeln nicht zu übersehen gewesen, besonders wenn sie mit ihrem Hamster zu Cindy Laupers *Girls just wanna have fun* im Vergnügungspark auf der Tanzfläche abgerockt hat. Zum Glück hält sich das SYZTHEM und somit auch Gilgamesch zurück, wenn Filona ab und zu über die Stränge schlägt. Solange sie dabei nichts zerstört oder Regeln verletzt, die für das SYZTHEM bei der Erhaltung von Eden wichtig sind, kann sie tun und lassen, was sie will. Georgie ist der Einzige, der sie ermuntert und anfeuert oder ihr Beifall spendet. Wir können das nicht. Wir haben keine Hände, um zu klatschen. Wir können nur betrachten, miterleben und analysieren. Ebenso können wir Filona keinen Trost spenden, sie umarmen oder streicheln.

Aber wir sehen alles, was Filona sieht.

Auf der Halbkugel des Bildschirms, der ihr gesamtes Blickfeld einnimmt, erscheint eine Videosequenz, eingerahmt von Grafiken, Symbolen und Texten, die die bewegten Bilder begleiten. Das SYZTHEM kontrolliert, was abgespielt wird und durch ein Tracking von Filonas Augen ebenso, was sie betrachtet, wie lange sie rezipiert und was sie besonders interessiert.

Ein leeres Stehpult erscheint. Dahinter eine blaue Wand und das riesige Logo von Eden, ein digitalisierter grüner Baum. Plötzlich und ohne Vorwarnung tritt Lewiston ins Bild und stellt sich hinter das Pult. Sein Kittel beige mit hochgestelltem, steifen Kragen, ein winziger silberglänzender Stern als Brosche auf seiner Brust. Bis auf die dichten buschigen Augenbrauen kein Haar am Kopf.

»Verehrte Damen und Herren«, beginnt er in der Aufzeichnung, zu einem unsichtbaren Publikum zu sprechen, da der Fokus der Kamera unaufhörlich auf ihn gerichtet ist.

»Du willst jetzt nicht wirklich, dass ich mir diesen ganzen Sermon erneut anhöre?«, meckert Filona dazwischen.

Gilgamesch hält das Video an.

»Nein, das wird nicht nötig sein«, tönt sein Bariton von oberhalb des Lernplatzes. »Nur die wichtigen Passagen.«

Geschätzte Mitbewohner«, setzt Lewiston seine Ansprache fort. »Wir haben durch den absoluten Mehrheitsbeschluss zur Ergänzung unserer Verfassung am heutigen Tage Akt 3897 in Kraft gesetzt. Die Jahrhunderte, die wir in Eden verbracht haben, waren anfangs turbulent, doch wir haben uns behauptet. Wir schwimmen nun schon eine Weile auf den Resten der Zivilisation, wie sie einige von euch noch aus erster Hand kennen. Eden kann sich selbst erhalten, es ist perfekt konstruiert. Zudem haben wir das SYZTHEM erschaffen und es ist erwacht. Es ist die bestmögliche künstliche Intelligenz, die uns als souveräne, yotta-zelluläre Theoklastik-Matrix für alle Zeiten unterstützt.

Eden ist unsere letzte Heimstatt, soweit es unsere technischen Möglichkeiten zulassen. Es ist alles, was uns geblieben ist, nachdem sich der Mond soweit von der Erde entfernt hat, dass dort draußen nichts weiter als eine staubige Wüste bleibt. Letztlich sind wir uns der kosmischen Fakten bewusst, nach denen sich unsere Sonne absehbar in einen Roten Riesen verwandelt und ihre Ausdehnung die Erdumlaufbahn erreicht. Schon jetzt ist ihre Strahlung so stark angewachsen, dass die höchsten Berge ihre Spitzen eingebüßt haben.

Konflikte und der ewige Kampf um die Macht haben vor Kurzem unter großen Verlusten mit der Niederschlagung der Akito-Revolte ein Ende gefunden. Es ging um die Frage, hier zu bleiben und solange zu leben, wie es unsere Heimstatt erlaubt, oder auszuziehen und das Heil einer Flucht in die unendlichen Weiten zu suchen, immer in der Hoffnung, eine andere Welt zu finden, um neu anzufangen.

Das Ergebnis ist bekannt und wir sind uns der Tragweite bewusst. General Giovanni und seine Anhänger sind besiegt und befinden sich in Gewahrsam. Sie werden den Rest ihrer Tage unter Aufsicht verbringen.

Die Wahrheit, zu der sie sich nicht durchringen konnten, wollen wir in unserer Verfassung verankern. Damit werden wir nicht nur für ein Ende des Konfliktes sorgen, sondern uns und allen, die nach uns kommen, ein für alle Mal klarmachen, dass es dort draußen keine Zuflucht, keine Rettung und keine Hilfe geben wird.

Wir haben die technischen Voraussetzungen zu reisen. Wir wären in der Lage, die Erde zu verlassen und uns zu einem Ziel aufzumachen, das wir nicht kennen und nur erforschen können, indem wir Licht betrachten, das Milliarden Jahre gebraucht hat, um uns überhaupt zu erreichen. Natürlich haben die Akito-Anhänger recht, wenn sie sagen, dass wir uns in Tiefschlaf versetzen können, um so den Raum zu überwinden, solange es auch dauern möge. Aber genau das ist das Problem. Wohin sollen wir uns wenden? Das, was wir am Himmel sehen, ist längst vergangen und es wird weiterwandern, bis wir es erreichen. Zudem haben wir noch nichts am Himmel ausmachen können, was sich mit Sicherheit zur Besiedlung eignet.

Aber letztlich ist das ohne Belang. Fakt ist, dass wir vielleicht den Raum, aber niemals die Zeit besiegen können. Selbst wenn die Reise einzelnen von uns gelingen würde, wir, die wir hier zurückbleiben, hätten nie die Chance, davon zu erfahren oder ebenfalls dorthin zu reisen. Hin und zurück für nichts als eine Nachricht, ließe uns aussterben. Diese Zeit gibt uns die eigene Sonne nicht.

Der Raum ist überwindbar, aber niemals der Abgrund der Zeit.

Noch etwas war für Akt 3897 entscheidend. Es ist Ruhe eingekehrt, nachdem wir erkannt haben, was nach der Genesis-Doktrin für jegliches Leid und jegliche Gefahr, die uns von innen droht, verantwortlich ist. Es ist unsere eigene Natur, der Geist, der uns erhebt, der uns jedoch auch so viel Leid beschert. Gefühle, Meinungen, Glauben, das alles führt vielleicht zu großer Kunst, am Ende jedoch zu nichts als Ausgrenzung und Vernichtung. Ein Einzelner hat ein Problem, zwei haben nicht zwei Probleme, sie haben zwei hoch zwei Probleme. Die Schwierigkeiten potenzieren sich mit der Anzahl der Individuen, die Genesis-Doktrin. Wir haben uns - selbst hier in Eden - in dieser Beziehung als unheilbar erwiesen.

Deswegen haben wir beschlossen, das Leben der verbliebenen Bewohner von Eden nach natürlichen Maßstäben auslaufen zu lassen. Lebensverlängernde Maßnahmen sind erlaubt, dazu gehören jedoch keine Organe oder Ersatzkörper aus Klonproduktion. Jeder wird sein Leben auf natürliche Weise leben, erleben und beenden können.

Ebenso gilt weiterhin das Cricket Gesetz, dass uns nach gravierenden Eingriffen zur Verlängerung der Lebensdauer, eine Fortpflanzung unmöglich macht.

Danach wird es nur noch einen Bewohner geben und das SYZTHEM wird ihn nach Bedarf erzeugen, zum Leben erwecken und alles lehren, was wir als Menschheit gelernt haben.

Wir haben eine Wahl darüber abgehalten, wer diese Person sein soll. Einige Vorschläge mussten wir leider aufgrund von mangelndem oder beschädigtem Genmaterial streichen. So hat es weder Einstein, Da Vinci oder Kant geschafft, noch Reformer wie Gandhi, King oder Mandela. Auch für die Erschaffer von großer Kunst wie Mozart, Elvis oder Michelangelo mussten wir es letztlich bei den Vorschlägen belassen.

Dem Wahlkomitee wurde sehr bald bewusst, dass es sich um eine weibliche Persönlichkeit mit ausgeglichenem Charakter und großer psychischer Resilienz handeln muss, die zudem in der jüngeren Vergangenheit durch Mut und außergewöhnlich heroische Taten auf sich aufmerksam gemacht hat. Unsere Wahl fiel deswegen auf Filona Theodore …«

PARADISO 1

Das SYZTHEM stoppt die Aufzeichnung der Lewiston-Verkündung.

»Dankeschön, dass du zumindest bis zu meinem Namen durchgehalten hast«, murrt Filona in ihrem weich gepolsterten Sitz vor sich hin.

»Gern geschehen«, sagt Gilgamesch. »Aber wie du weißt, hier geschieht nichts ohne Absicht.«

Erneut wechseln die Diagramme, die Zeitkurven und Hyperlinks. Eine weitere Einspielung erscheint im Zentrum des Bildschirms. Filona sieht sich im Badezimmer ihres Ateliers stehen.

In der Aufzeichnung setzt sie sich eine Blumenkrone aufs Haar. Die Kamera, hinter dem Spiegel angebracht, verfolgt all ihre Bewegungen. Ton gibt es auch. Filona summt *Dream a little dream* von Mama Cass. Sie schminkt sich mit schnellen, aber eingeübten Bewegungen die Augenlider, dann zwinkert sie sich noch einmal zu und wendet sich ab.

Die Kameras in den Räumen und auf den Gängen verfolgen sie auf Schritt und Tritt. Einiges ist nur in der Draufsicht erkennbar, manches aus dem eingeschränkten Fokus einer Kamera fern im Gang, aber alles ist aufgezeichnet.

Filona wechselt hinüber zu Georgie Porgies Kabine. Ihr Sixties-Flower-Power-Kleid schwingt sie dabei übermütig bei jedem Schritt. Sie ist barfuß unterwegs, so wie es sich ihrer Meinung nach für diesen Anlass gehört.

Sie klopft ganz altmodisch an Georgies Tür. Die gleitet im selben Augenblick auf. Ihr Begleiter für diesen Abend ist schon lange fertig. Er muss hinter der Tür gewartet haben.

Georgie ist, nach all den Erfahrungen, die Filona mit Lucius gemacht hat, wenig menschlich. Aufgerichtet reicht seine Scheitellinie kaum über einen Meter und fünfzig. Er tut sich immer noch schwer, aufrecht zu gehen, hat sich aber inzwischen durch konsequentes Training gut im Griff. Seine Ärmchen sind kurz und enden nicht in Krallen, sondern in zarten Händchen. Sein Gesicht und überhaupt die gesamte Erscheinung lassen jedoch keinen Zweifel aufkommen, dass er zur Unterfamilie der Cricetinae gehört. Ein aufrecht gehender, vierzig Kilo schwerer, grauer, dsungarischer Zwerghamster, inklusive Knopfaugen, Schnurrhaaren und Mäuseschnäutzchen. Und er vergöttert Filona.

Für die Party hat er sich in Schale geschmissen. Er trägt ein kreischend buntes Hawaiihemdchen und hat sich ein Kopftuch umgebunden. Das sieht ein bisschen aus wie Pirat auf Kurs nach Gaudiland und Filona muss grinsen. Schließlich hat er sich das Outfit selbst zusammengestellt und sie sieht ihn an diesem Abend zum ersten Mal darin.

»Groovy!«, wirft sie ihm als Begrüßung zu und zeigt mit dem Finger auf den Button auf seiner Brust. *Make Love Not War* steht dort in Lettern, die in allen Farben des Regenbogens glänzen.

»Du siehst klasse aus«, schnarrt er in seinem typisch hohen Stimmchen. »Einfach …«

Er hält für einen Moment die Luft an.

»… grrrrroßartig!«

Sein Markenzeichen. Das *R* rollt er dabei mit seiner winzigen Zunge, als wolle er sein Lispeln durch das Trillern verbergen.

»Ready to rumble?«, entfährt es Filona, doch es ist mehr Aufforderung und weniger Frage, da sie die Party mit Georgie geplant und minutiös vorbereitet hat.

Selbstverständlich ist das SYZTHEM involviert. Es hat alle Abläufe gespeichert, alle Bilder, Videos und Sounds in echte 3D-Projektionen umgewandelt. Und es hat wie immer Gilgamesch befohlen, sich rauszuhalten. Denn es dürstet Filona nach Abwechslung.

»Letsa go!«, ruft Georgie enthusiastisch. Seine Stimme ähnelt Mario, dem Helden seines liebsten Videospiels aus der Steinzeit (so wie er sie nennt).

Filona nimmt Georgie bei der Hand und sie laufen nebeneinander, hüpfend und lachend hinüber in den zentralen Freizeit-Hub. Von dort geht es in das Amphitheater, das unter seiner eigenen Kuppel liegt, so groß ist es. Die Kameras schwenken mit, so gut sie können, die Aufzeichnung ist zusammengeschnitten, so gut es das Material zulässt.

Aus dem Verbindungsgang kommen den beiden die ersten Hippies entgegen. Das SYZTHEM lässt sich nicht lumpen und glänzt mit lebensechten Simulationen und perfekten Projektionen der einstigen Teilnehmer. Das Ereignis kommt live und in 3D, Menschheitsgeschichte aus der Konserve.

Über dem Eingangsportal hat sich Filona ein riesiges Poster gewünscht. Dort hängt ein Replikat des originalen Entwurfs für das Werbeplakat von Woodstock. Rot, die weiße Taube, der stilisierte Gitarrenhals und die Schrift *3 Days of Peace & Music.* Buchstaben als hätte sie ein Kleinkind aus Bastelpapier geschnippelt.

Filona kennt die Künstler und Auftritte aus den Lernstunden mit Gilgamesch, aber live hat sie sich diesen Event noch nie zugetraut. Es wird so original wie nur möglich ablaufen. Die Menschenmenge, der Hügel bis zur Bühne, der Sound und auch die Hitze zwischendurch. Nur ganz so regnerisch, schlammig und kalt wird es nicht werden. Eine Konzession, die ihr das SYZTHEM aus gesundheitlichen Gründen abgerungen hatte. Zudem ist die Party nur für den Abend geplant. Solche Events lässt das SYZTHEM nur zu, so lange Filona und Georgie durchhalten und Spaß haben, aber keine vier Tage.

Es sieht ein bisschen so aus, als machte Filona der eigene Mut Angst. Gleich wird sie den Künstlern gegenüberstehen, die sie besonders mag, die sie selber ausgewählt hat. Sie freut sich, hat aber Bedenken, ob sie den Trubel und vor allem den Sound aus den Boxen aushalten wird.

Sie hat schon viele Konzerte gesehen, ist bei unzähligen Ereignissen dabei gewesen (soweit das SYZTHEM sie rekonstruieren konnte), aber die Tage im August 1969 auf einem Feld im Upstate New York waren noch nie dabei.

In dem Moment, da sie das Portal zum Amphitheater passiert, verschwinden die Wände, der Zugangstunnel und das Tor. Die Sicht geht bis zum Horizont. Ein strahlend blauer Tag, nur in der Ferne ein Hauch von Dunst über den Feldern von White Sulphur.

Sie verlangsamt ihren Schritt, hüpft nicht mehr, hält aber Georgie nach wie vor fest an seinem Händchen.

Wir können uns gut vorstellen, wie sie der Geruch von Erde, Müll, Schweiß, zertretenem Gras und gekifftem Gras in diesem Moment umfängt, auch das ein Teil der perfekten Simulation.

Filona sucht die graubraune Decke, die das SYZTHEM vor der Bühne platziert hat und nimmt mit Georgie im Schneidersitz Platz.

Richie Havens steht schon auf den Brettern. Filona hat es sich exakt so wie im Original gewünscht, doch sein Anfangsprogramm fehlt. Er schrammelt bereits wie ein Wahnsinniger auf seiner Akustikgitarre.

Dann beginnt er zu singen. Der Sound laut, aber nicht aufdringlich. Die Verzerrungen hörbar und das Brummen der Kabel authentisch. Er startet mit *Freedom*. Seine Stimme, das 3D, das Grölen, Klatschen und Pfeifen der Menge, alles ist perfekt.

Sometimes I feel like a motherless child.

Filona erhebt zum ersten Mal ihre Stimme.

Richie im Kaftan, schweißdurchtränkt. Man meint, es aus der Aufzeichnung heraus riechen zu können. Nebendran und rundum lümmeln die Fans. 500.000, über den Hügel, soweit das Auge reicht. Sie lachen, feuern an, klatschen. Sie heben die Plastikbecher, lassen die Joints kreisen, tanzen ausgelassen und singen mit.

Filona und Georgie mittendrin. Es reißt sie mit. Die Menge tobt. Köpfe und fliegende Haare soweit das Auge reicht. Sie liegen auf Decken, schwenken T-Shirts, die sie sich von den heißen Körpern gerissen haben und feiern sich, den Sommer, die Musik, das Leben und ihre ungewisse Zukunft, die für fast alle so profan enden soll.

Ein Tag auf einer Wiese nahe Bethel entsteht vor unseren Augen, komprimiert und zusammengeschnitten und doch so laut und rau, wie es nur möglich ist.

Santanas Gitarre perlt bei *Soul Sacrifice* und Filona kniet mit Georgie auf der Decke und schwenkt ihren Kopf, dass die langen Haare fliegen. Die Blumenkrone hat sie Richie hinterhergeworfen.

Jefferson Airplane hebt mit *Somebody to love* ab und Filona singt jede Zeile mit.

Die Sonne steht heiß über den Köpfen und dem viel zu kleinen Segeldach über der klapprig gezimmerten Holzbühne. Sogar die Rückkopplungen der schlecht abgestimmten Mikrophone fehlen nicht, das kleinste Detail ist erfasst.

Filona und Georgie bemühen sich, mit niemandem zu kollidieren, nicht in die Menge zu laufen und nichts anzufassen. Die greifbare Realität hat das SYZTHEM auf ihre Decke begrenzt.

So tanzen die Hologramme ihren Reigen und der Tag neigt sich dem Ende zu. Das Licht wird mild, der Horizont violett. Erst Paul Butterfield und *Everything's gonna be alright*, dann läuft Hendrix auf die Bühne. Seine morgendliche Performance ist nahtlos in den Abend verschoben. *Purple Haze* kommt über das Publikum. Die Fransen an seiner weißen Lederjacke fliegen. Der Sound bollert jetzt so laut wie im Original. Die Riffs schlagen krachend über den Köpfen zusammen. Die Bühne vibriert, als würde ein wütender Dinosaurier seinen Veitstanz aufführen. Dann ist *Hey Joe* dran. Die Menge rastet aus.

Im Dunkel danach darf Janis Joplin hektisch durch ihr *Piece of my heart* hüpfen und dann bei *Ball and Chain* die Röhre rauslassen. Da hat sich Georgie schon pustend und schnaufend auf den Hosenboden gesetzt. Klatschend folgt er dem Takt, nicht ohne und ab und zu sein *Grrossartig!* einzustreuen.

Filona hält tanzend durch.

Am Ende nur noch ein Scheinwerfer, Joan Baez und *We shall overcome.*

Dann graut ein schneller Morgen. Die Menge dünnt aus wie die guten Vorsätze, die sie sich für ihre Egos, das Leben und die Zukunft vorgenommen haben.

Es war ein Kapitel ihres Daseins, ein Atemzug aus hunderttausend Kehlen, kurz und intensiv, zurück bleiben Matsch und Müll.

Erschöpft und ausgetanzt macht sich Filona auf, das Festivalgelände zu verlassen. Bevor sie durch das Portal tritt, blickt sie zurück. Der Hügel sieht aus, als wäre Gott mit einer gigantischen Gartenfräse darüber gelaufen. Ein spaßverletztes Stück Erde, grau und zertrampelt.

Georgie bekommt nichts mehr mit. Er stolpert an ihrer Seite einher und will nur noch zurück in sein Körbchen. Sein Bauchspeck schwabbelt, als er trippelnd versucht, sich aufrecht zu halten. »Grrroovy«, stammelt er vor sich hin. Sein Kopftuch hängt schief und den Button an seiner Brust hat er verloren, als er Santana Tribut zollte.

Als Filona sich selber am Bildschirm ins Gesicht sieht, kurz bevor das Bild der Aufzeichnung einfriert, kann sie die Schweißperlen auf ihrer Stirn erkennen. Obwohl wir sie nur nach ihren Handlungen, ihren Äußerlichkeiten und Messdaten beurteilen können, sind wir uns über manche ihrer Gefühle sehr wohl im Klaren. Jetzt erinnert sie sich an das Gefühl nach dem Konzert. Sie ist aufgekratzt und ihre Muskeln summen. Es ist wie ein Echo und vibriert durch alle Fasern ihres Körpers. Wir sind sicher, *Freedom* hallt es in ihrem Kopf.

Eines wussten wir schon damals, als Filona zurück in die heimischen Gänge von Eden schritt. Sie sollte, obwohl das SYZTHEM alles so überaus detailreich und originalgetreu rekonstruiert hatte, Woodstock niemals mehr abrufen und somit auch niemals mehr betreten.

PURGATORIO 3

Plötzlich ist es dunkel. So dunkel als hätte ein kleines schwarzes Loch all die Helligkeit, von der Filona eben noch umgeben war, einfach verschlungen.

Aber es gibt kein schwarzes Loch, nirgendwo in Eden, weder im Sonnensystem noch in näherer kosmischer Entfernung. Der Kokon des Lernplatzes schließt Filona vollkommen ein. Die Stützkissen schmiegen sich körpergerecht an ihren Rücken, die Halbkugel des Bildschirms gibt nur das wieder, was die Aufzeichnung abspielt.

Und das ist Schwärze.

»Wie geht es dir? Du bist so still«, hört sie ihre eigene Stimme aus den verborgenen Lautsprechern des Lernplatzes schallen. Es klingt gedämpft, wie in einem kleinen Raum, ohne jegliches Echo.

Für eine Weile dringt kein Laut aus der Videokonserve.

Dann fährt sie in der Aufzeichnung fort: »Ich weiß, du möchtest etwas sagen. Aber ich weiß nicht, was ich noch sagen soll.«

Wieder Stille.

»Es ...«, setzt eine andere Stimme an. Jemand räuspert sich. »Fühlt sich an, als hätte ich etwas verloren.«

Die gebrochenen, leise gesprochenen Worte täuschen nicht darüber hinweg, dass die Stimme des Sprechers warm und weich klingt. Tief summend kommt sie daher und malt die Worte, Silben, ja Buchstaben in feiner Artikulation aus. Fast hört es sich an, als hätte der Sprecher die Worte gerade aus der Schule nach Hause gebracht und müsste üben.

»Was hast du verloren?«, fragt Filona.

Jemand atmet schwer ein.

»Ich glaubte, alles würde gut werden.«

»Aber es ist doch gut. Wir sind zusammen und das SYZTHEM wacht über alles andere.«

»Das SYZTHEM ...«

Nur harsche Worte klingen so. Zweifel, Sarkasmus, vielleicht ein bisschen Wut sind nicht fern.

»Wie viel Zeit will uns das SYZTHEM noch geben? Ich werde nicht so lange durchhalten wie du. Was bleibt mir noch?«

»Deine Lebenserwartung ist ganz außerordentlich.« Das ist Filonas Konter, aber die Stimme unterbricht sie.

»Aber längst nicht so wie deine.«

Nun bleibt auch Filona still.

»Ich war heute in der Lernkuppel«, sagt die Stimme.

»Fein«, antwortet Filona. »Und was hast du gesehen?«

»Alles, was mir Gilgamesch zeigen wollte.«

»Sehr gut. Ich habe ihm geraten, dir Zugang zu allen Informationen zu geben. Und? Hat es etwas gebracht?«

»Ich kann so nicht weitermachen.«

»Was meinst du? Lernen ist doch fantastisch. Es hält uns auf Trab.«

»Das ist es nicht.«

»Was dann?«

Wieder schweres Atmen.

»Das, was ich gesehen hab.«

»Was auch immer es war. Dir ist schon klar, dass es Eden nicht betrifft. All das ist Vergangenheit. Gewesen. Gemacht. Historie. Nichts davon wird hier jemals wieder so sein oder passieren.«

»Und da bist du dir sicher?«

»Natürlich. Wir haben doch nicht nur Eden, wir haben uns.«

Ein pfeifendes Schnaufen ist die Antwort.

Ganz unvermittelt raschelt es in der Aufzeichnung. Die Mikrophone sind eingestellt, das leise Gespräch einzufangen und müssen sich erst neu einpegeln.

Es klickt und ein Dimmer sorgt für langsam heller werdendes Licht. Wir sehen, wie eine Nachttischlampe im Art-déco-Stil den Raum in einen weichen, orangenen Schein taucht.

Lucius Hand liegt auf dem Schalter, er dreht vorsichtig und bedacht. Wir sehen die Decke, die er zurückgeschlagen hat. Sein muskulöser Oberkörper ist frei, er sitzt aufrecht im Bett. Filona liegt noch halb von der Bettdecke bedeckt.

Seine sonnengebräunte Haut ist glatt wie die eines ägyptischen Tempelwächters und schimmert golden im wenigen Licht. Seine langgezogene Stirn wirft sich in Falten und die Haare in seinem Nacken stellen sich unübersehbar auf. Seine Ohren sind aufgerichtet und ragen weit über die Scheitellinie hinaus. Das passiert nur, wenn er sich für etwas interessiert oder verärgert ist.

Überhaupt gleicht sein Körper perfekt dem eines Menschen, aber sein Kopf dem Tier, mit dem seine Gene gemixt wurden. Hätten wir unbedacht und uninformiert das Schlafzimmer betreten und diese Szene vorgefunden, wir hätten geschworen, Anubis wäre höchstpersönlich zu Besuch gekommen.

Sie schmiegt sich an seine Schulter, legt ihren Arm über seine Brust.

»Willst du drüber reden?«

Er holt tief Luft.

»Ich habe viel studiert in der letzten Zeit. Du hast mich gewarnt. Nicht zu viel von diesem, auch mal was von jenem. Da ist so vieles, was ich gesehen habe.«

Sie schweigt, versucht ihm in die Augen zu schauen.

Er wendet sich ab.

»Die Affen waren es.«

»Welche Affen?«

»Ahnungslose Schimpansen. Aus ihrer Heimat entführt, exportiert in ein fernes Land, auf eine Insel mitten in einem See, nur um als Testobjekte an einem Pfahl zu enden. Eure Tests an den Lebenden, für nichts als Biowaffen. So viele Waffen, nur um noch mehr von den anderen zu vernichten, anderen Nationen, anderen Denkern, anderen Menschen. Milzbrand als Wolke über ihren Köpfen freigelassen. Sie konnten es spüren, da hatte es sich noch nicht einmal gesenkt. Sie rochen den Tod und die Ausweglosigkeit, noch bevor es sie verschlang. Und weißt du, was das Schlimmste war?«

Filona bleibt still.

»Sie zerrten noch nicht einmal an ihren Ketten, versuchten nicht wegzulaufen. Sie saßen nur da, blickten nach oben und weinten.«

Sie spürt, wie seine Muskeln anfangen zu zittern.

»All der Tod, das ganze Leid, nichts weiter als ein Test, angeordnet von Apparatschiks in ihren biowaffensicheren Büros endlose Meilen entfernt.«

»Ganz ruhig.« Sie legt ihre Hände auf seine Brust, fühlt seinen Herzschlag, will ihn festhalten. »Ich kenne diese Phase, nicht gerade eine Sternstunde. Kalter Krieg nannte man das damals. Eine Suche nach immer effektiveren Waffen, um sich gegenseitig auszurotten. Das war unmenschlich ...«

Weiter kommt sie nicht. Er stößt ihre Arme von sich, steht ruckartig auf.

»Im Gegenteil!«, bellt er. »Es ist genau das. Menschlich. Alles, was nicht war wie ihr, musste den Kopf hinhalten. Wenn es uns erwischte, dann war es umso einfacher. Kein Anwalt, keine Lobby. Wir konnten uns nicht wehren. Wie denn auch? Wir dachten, ihr hättet bei all eurem hohen Geist verstanden, dass wir alle in einem Boot sitzen. Dass ihr das achtet, was euch selber am Leben erhält. Schau doch, was da draußen übrig ist. Nichts als eine verbrannte, knochentrockene Wüste. Weil man immer gegen alles und jeden vorgehen musste, nur weil er nicht so dachte und fühlte und lebte wie man selbst. Euer Stammhirn ist nichts weiter als ein Stammeshirn.«

»Aber es ist vorbei!«, brüllt Filona zurück. »Und nebenbei, das, was du gesehen hast in allen Ehren, aber da draußen würde es vielleicht jetzt noch ganz anders aussehen, wenn uns der Mond nicht abhanden gekommen wäre. Und du weißt, dass das ein vollkommen natürlicher Prozess war. Drei Komma Acht Zentimeter Flucht pro Jahr, unaufhaltsam, seit er sich gebildet hat, vor ein paar Milliarden Jahren.«

Lucius weicht Filonas forderndem Blick aus, schaut mit düsterer Miene zu Boden. Jetzt sieht er ganz und gar wie ein trauriger Hund aus.

»Es war doch schon vorher nichts mehr da. All die Bomben, die Kugeln, das Gas und Feuer ... diese vielen Tränen.«

»Hör auf!« Filona schneidet ihm das Wort ab.

Feuchtigkeit tritt jetzt auch in ihre Augen.

»Du ziehst dich nur runter.« Und nach einer kurzen Pause. »Du ziehst mich runter.«

Lucius ist aufgestanden, steht betroffen in seinen Boxershorts mitten im Raum, schaut unschlüssig.

Sie zieht die Arme an den Körper.

»Ich bin nicht so.«

Er will etwas erwidern, zieht die Luft hörbar durch die lange Nase. Seine Stirn wirft sich in Falten wie bei einem trotzigen Kind, während sich seine Miene wie unter Schmerzen verzieht.

»Bist du nicht auch Mensch?«

Er wischt mit einer kurzen Bewegung über den Schalter neben der Tür. Der Ausgang öffnet sich und schon hat er mit einer schnellen Drehung den Raum verlassen.

Filona bleibt auf dem Bett hocken. Ihr Kopf sinkt nach unten, dann beginnt sie ihn zu schütteln, dass die Haare fliegen.

Sie schüttelt und schüttelt noch als die Szene sich wandelt. Der Bildschirm wird heller, als das SYZTHEM eine nahtlose Überblendung einspielt.

Diesmal ist es kein Ausschnitt einer Überwachungskamera, die das SYZTHEM ausgewählt hat. Die Grafiken am Bildschirm verbinden sich zu einer Übersicht. Sie zeigen das Display der Steuerkonsole, so wie man es in der Hauptleitstelle des Kommandoturms auf dem riesigen Monitor aufrufen kann.

Etliche Steuerregler und Linien geben Auskunft über den Zustand von Eden. Blinkende Lichter und Zahlenkolonnen überall, Verlaufsgrafiken und Pulks von Parametern zeigen live, wie das Herz der Station schlägt. Im Zentrum des Displays sind zwei große Bereiche für die Kommuni-kation freigestellt.

Noch sind diese Bereiche leer, doch schon in der nächsten Sekunde flackert der Bildschirm auf der rechten Seite und zeigt uns das Abbild einer Kamera. Diese Kamera muss sich auf einer der Steuerkonsolen befunden haben, denn wir sehen für einen Moment nur die entfernte Wand und einen Teil der Tür eben dieser Kommandozentra-le.

Im nächsten Moment kommt Filona ins Bild. Nur ihr Oberkörper ist sichtbar, der Rest ist vom Tisch der Konsole verdeckt. Sie sitzt offensicht-lich auf einem der Rollhocker und rutscht in den Fokus der Kamera. Sie wirkt gehetzt, reißt die Augen auf, ihre Pupillen irren nach rechts und links, als würde sie nach Informationen suchen, die sie nicht finden oder nicht fixieren kann.

Für Sekundenbruchteile huscht der goldene Schatten von Gilgamesch hinter ihr durchs Bild. Dann ist er wieder weg.

Filonas Arme verschwinden am Rand des Bild-schirms, als sie wieder und wieder auf dem Touchscreen nebendran die Displays konfigu-riert.

»Lucius!«, hören wir sie rufen. »Bitte melde dich!«

Keine Antwort. Noch bleibt der andere Bild-schirm leer.

Filona drückt einen virtuellen Button.

»Wo ist er?«, fragt sie, den Kopf halb nach hinten geneigt.

»Ich bemühe gerade alle Sensoren, die Signatur seiner Körperwärme aufzufangen«, hören wir die Stimme von Gilgamesch aus dem Off. »Oder die Klangfallen, um eines der Geräusche, die er zweifelsohne macht, zu lokalisieren. Das wird ihn sehr bald offenbaren.«

»Und das weiß er auch«, sagt Filona mit zerknirschtem Gesichtsausdruck. »Ich verstehe nicht, was das Ganze soll.«

»Wir schon«, sagt Gilgamesch. »Lucius hat sich nicht umsonst den Transponder aus dem eigenen Arm operiert. So ist es nicht leicht, ihn zu orten, zumal er sich - wie du weißt - sehr leise bewegen kann. Aber auch ihm wird es nicht gelingen, den Sensoren zu entgehen.«

»Lucius!«, ruft sie erneut über die Sprechanlage. »Bitte, komm zurück. Lass uns reden.«

Wieder geschieht eine Weile nichts. Filonas Blicke irren weiter umher, ihre Augen füllen sich mit Feuchtigkeit. Sie reibt kurz und heftig mit den Händen. Das macht alles nur schlimmer. Ihre Augen röten sich.

Plötzlich flammt der zweite Bildschirm im Zentrum auf. Wir sehen das Gesicht von Lucius mit seiner Schnauze formatfüllend auf der linken

Seite. Er schaut direkt in die Kamera, ebenso wie Filona auf der rechten Seite.

»Lucius! Was tust du?«

»Du möchtest drüber reden?«, fragt er zurück. »Wir haben doch schon so viel geredet.«

»Mag sein«, will sie einlenken, »aber egal, was du vorhast, das kann nicht die Lösung sein.«

»Was meinst du denn, was ich vorhabe?«

Sie muss trocken schlucken.

»Ich befürchte nichts Gutes.«

In diesem Moment leuchtet in Filonas Bildschirm ein Signal in roter Schrift in der oberen Ecke auf. *MUTE* heißt es dort.

Gilgamesch meldet sich erneut aus dem Off.

»Ich habe ihn lokalisiert. Er befindet sich in Versorgungsturm 34, ganz am Rand zur alten Außenstation Omega.«

Das *MUTE* verschwindet.

»Ich habe mich entschlossen, zu gehen«, sagt Lucius im selben Moment.

Filona erschrickt.

»Was?«

»Ich habe in den letzten Jahren Vieles studiert«, sagt er mit unbewegter Miene. »Bin mir sicher, ihr wisst inzwischen, wo ich mich befinde. Aber macht euch keine Gedanken. Ich habe die Netzwerkverbindung zu Versorgungsturm 34 gekappt und somit alle Sensoren des SYZTHEMs überbrückt. Ab hier könnt ihr nichts mehr kontrollieren.«

»Was willst du dann?«

Wir können deutlich sehen, wie Lucius nachdenkt und wie er mit sich ringt.

»Ich habe einen der Mikroreaktoren aus dem Lager in Betrieb genommen. Mit dieser Energie werde ich gleich das Erbe der Akitos aktivieren. Ich finde es erstaunlich, dass du dich nie darum gekümmert hast, was General Giovanni ganz Eden hinterlassen hat.«

»Er ist überstimmt worden. Er hat seine Zeit gehabt. Das ist lange her.«

»Mag sein. Aber er hat sein Erbe zuvor tief im SYZTHEM verankert. Ist dir aufgefallen, dass er früher einmal Programmierer war? Sehr clever, wie ich sagen muss, und ziemlich elegant. Hast du das wirklich übersehen? Oder hat dich das nie gekümmert? Ich bin sicher, Gillie hätte sich brennend dafür interessiert.«

Er verzieht seine Hundeschnauze zu einem schiefen Grinsen. Das gibt seinem Gesicht das ursprünglich Wölfische zurück.

Er räuspert sich.

»Den eigenen Code zum Erhalt von Eden zu nutzen, war wirklich clever. So hat das SYZTHEM auch Station Omega fein säuberlich über die Jahrtausende instand gehalten. Und hat es selber nicht einmal bemerkt.«

Filona fällt in ihrem Sitz zurück. In diesem Moment ahnt sie, worauf es hinausläuft.

Die alten Escape-Pods stehen immer noch auf den Startrampen, so wie sie die Akito-Anhänger zurückgelassen haben. Hochtechnologie in bestem Zustand, bereit, den Weltraum zu erreichen, auch wenn es nur für einige wenige möglich gewesen wäre.

»Komm mit mir«, spricht es Lucius offen aus. »Noch ist Zeit. Wenn du dich jetzt entscheidest, wird alles gut. In jeder Kapsel ist Platz für sechs. Mehr als genug für uns beide. Wir werden tief schlafen. Ich habe den Bordcomputer programmiert. Nächster Stopp Proxima Centauri. Was hältst du davon?«

»Und wenn es nichts hilft? Wie soll es dann weitergehen?« Während sie spricht, schnappt Filona nach Luft, so aufgeregt ist sie. »Lucius, du warst dabei, als ich die Stunden in Geomorphologie und Kosmologie abgesessen habe. Erinnerst du dich, wie du dich damals gewundert hast, dass so etwas wie das Leben und unsere Zivilisation überhaupt entstehen konnte. Diese schiere Menge an kosmischen Zufällen. Die Sonne in der richtigen Größe, der Zusammenstoß der Erde mit ihrer eigenen Schwester, der Mond für die richtige Menge an Gezeiten und Jupiter zur Abwehr der dicken Brocken aus dem All. Ganz zu schweigen von der exakt richtigen Größe unseres Planeten und der Entfernung von der Sonne und den unendlich vielen anderen Zufällen, die sich nicht so einfach wiederholen. Weißt du eigentlich, wie unglaublich einzigartig das ist? Jedes Mal, wenn ich daran denke, kommt es mir fast unmöglich vor, dass überhaupt alles so eingetroffen ist.«

Lucius schließt für einen Moment die Augen, sein Kopf sackt kaum merklich herab. Als er die Augen wieder öffnet, hebt er den Kopf weit in die Höhe, blickt für ein paar Sekunden zum Himmel und dann auf uns alle herab.

»Nichts ist unmöglich, nur sehr, sehr unwahrscheinlich.«

»Aber gerade deswegen ist es so kostbar«, wird er von Filona unterbrochen. »Willst du das alles wegwerfen?«

»Ich werfe gar nichts weg. Alles ist irgendwann zu Ende. Die Party ist gefeiert, Filo. Zeit, um aufzuräumen. Zeit, um weiterzuziehen.«

»Tu das nicht.«

Für eine Sekunde schleicht sich eine wilde Klarheit in Lucius Blick. Dann schauen seine Augen wieder wie der treueste Hund, den sich ein Mensch nur wünschen kann. Die großen Augäpfel, der humane Blick, die geschwungenen Wimpern, der hilfeheischende Augenaufschlag.

Wir können die Erinnerung förmlich sehen, die sich zwischen beiden Bildschirmen wie ein ätherischer Nebel bildet. Alles, was Filona mit ihm erlebt hat, alles, was Lucius für sie war.

Wie sie ihn aus dem Inkubator gehoben hat und er das erste Mal in ihre Augen blickte. Wie er klammerte und hechelte, als ihm die normale Temperatur von Eden wie ein ungewohnter Kühlschrank vorkam. Wie sie mit ihm im Schwimmbad plantschte und er sie das erste Mal mit einer Wasserbombe überraschte. Wie sie ihm den Reißverschluss des Stramplers bis zum Hals zog, um sich neben ihn zu kuscheln und ihm Peterchens Mondfahrt vorzulesen. Wie sie mit ihm im Stadion um die Wette lief und er immer gewann, wie groß er auch war. Wie seine Augen leuchteten, wenn sie bei Kerzenlicht nebeneinander lagen, auf der Decke im Observatorium, um das Glühen der Milchstraße zu beobachten, nachdem sie sich geliebt hatten.

MUTE leuchtet es wieder in der oberen Ecke von Filonas Bildschirm. Gilgamesch überbringt die Fakten in dem für ihn so typischen, schonungslosen Stakkato.

»Lucius hat einen Reaktor vom Typ C in Versorgungsturm 34 in Betrieb genommen, um sich eine eigene Energieversorgung zu geben. Er wird den Reaktor in Kuppel Omega überführen müssen, um die Wiedererweckung der vergessenen Anlagen durchzuführen und die Startvorbereitungen der Escape-Pods zu initiieren. Alle Schotten sind abgeriegelt. Ohne Energie oder zeitaufwendige Reparaturmaßnahmen durch unsere Bordmittel können wir den Zugang nicht öffnen. Sollte er einen Start durchführen, würde der Reaktor ohne Kontrolle weiterlaufen und voraussichtlich in Vier Komma Zwei Stunden in einen kritischen Zustand übergehen.«

»Was soll das heißen?«, fragt Filona zurück und im gleichen Moment weiß sie, dass Lucius sie zwar nicht hören kann, aber sehr wohl ihre Lippen liest.

»Das bedeutet eine Kernschmelze und in nächster Konsequenz eine Kettenreaktion durch Explosion der umliegenden Reaktoren in Kuppel Omega. Folge ist mit Neunundneunzig Prozent Sicherheit eine komplette Zerstörung von Eden.«

Das *MUTE* verschwindet.

Filona schaut direkt in die Kamera.

»Willst du mich einfach so wegwerfen?«

Jetzt muss Lucius trocken schlucken.

»Komm mit mir.«

Stille. Für einen langen Moment.

»Bitte bleib.«

Nur noch ein weiterer langer Moment, dann wird der Bildschirm auf Lucius Seite schwarz.

»Ich habe niemals daran gezweifelt, dass du hierbleiben würdest«, hören wir die Stimme von Gilgamesch aus dem Off.

»Das macht alles keinen Sinn.« Filona bringt die Worte kaum heraus. »Es muss doch etwas geben, was wir tun können? Ich kann ihn nicht gehen lassen.«

»Falls er seinen Plan ausführt, wäre es tatsächlich für Gegenmaßnahmen zu spät«, führt Gilgamesch emotionslos aus. Er bleibt für eine Sekunde still und hält scheinbar die Luft an, was so typisch für ihn ist, wenn er das SYZTHEM befragt. »Ich habe alle Video-Aufzeichnungen und Datenbankabrufe von Lucius aus den letzten Monaten im Detail geprüft. Nach meinen Berechnungen bleibt nur eine Handlungsalternative übrig.«

»Und die wäre?«

»Solange er sich noch in Turm 34 aufhält und dort den Annex mit Energie versorgt, ist auch das Notfallrelais in Betrieb. Das hat er nicht hinreichend studiert. Er kennt mit Vierundachtzig Komma Neun Prozent Wahrscheinlichkeit die technischen und taktischen Hintergründe dieser Kuppelsysteme nicht. Sie kontrollieren nicht nur die Notfallversorgung unabhängig von allen anderen Systemen, sondern auch den Mechanismus zur Selbstzerstörung. Dieser benötigt nur einen kleinen nachlaufenden Funkempfänger, der von uns angesteuert werden kann, solange seine CMOS-Chips von den Akkus mit Strom versorgt werden. Dies wird bedingt durch das Alter der Akkus aller Schätzung nach nur zirka neunzig Sekunden nach Kappen der globalen Energieversorgung der Fall sein.«

»Das heißt, ich sollte mich jetzt entscheiden.«

»Maßnahmen für oder gegen das Leben können wir nur unter Mehrheitsvotum der menschlichen Population von Eden treffen. Wir stehen zur Ausführung bereit.«

Wenn es Spitz auf Knopf kommt, weiß keiner besser als Gilgamesch, wie man Fakten präsentiert und eine Bereitschaftsmeldung formuliert.

»Mehrheitsvotum ...« Filona zischt ihre Aversion durch die Lippen.

Sie schließt die Augen. Ihr Kopf wird schwer und sinkt ihr in Zeitlupe auf die Brust.

»Ausführen«, flüstert sie.

Gilgamesch hat sie sehr wohl verstanden.

Einen Funkbefehl später wackelt das Bild. Die Konsole mit der Kamera wird von Vibrationen erfasst. Ein paar Hyperlinks nebendran wandeln sich, flackern wie wild und melden den Totalverlust einer Versorgungseinheit. Turm 34 existiert nicht mehr.

Lucius ist Geschichte.

Die Halbkugel der leuchtenden Videosphäre stirbt mit einem letzten Glitzern vor Filonas Lernplatz. Die Aufzeichnung verblasst und ist eine Zehntelsekunde später vollkommen verschwunden.

Filona liegt stumm und starr in ihrem Sessel.

Gilgamesch schwebt von oben in ihr Blickfeld.

»Und jetzt?«, bringt sie mühsam zusammen. Eine Träne stiehlt sich aus ihrem Augenwinkel und läuft ihr die Wange herab. »Was soll das, Gillie? Warum der ganze Schmerz? War das die letzte Lektion?«

»In gewisser Weise, ja«, bringt er emotionslos wie immer heraus. »Aber es wird zu einer Entscheidung beitragen.«

»Was für eine Entscheidung? Gillie, wovon redest du?«

»Wir können keine Entscheidung treffen und wir können keine Hilfe anbieten bei dem, was schon in den nächsten Stunden seinen Anfang nehmen wird. Die Beschlüsse aus dem Lewiston-Akt hindern uns daran. Ja, sie gebieten uns sogar, dich von allen Aktionen abzuhalten, die du wahrscheinlich in den nächsten Stunden durchführen wirst.«

»Was für Aktionen und warum sollte ich etwas durchführen, was offensichtlich gegen dich oder gegen das SYZTHEM gerichtet ist?«

»Weil in genau acht Stunden, zweiundzwanzig Minuten und dreizehn Sekunden etwas sehr Folgenschweres mit einhundert Prozent Wahrscheinlichkeit eintreten wird. Plus Minus einer Toleranz von fünf Sekunden muss ich anmerken.«

»Was sollte das sein?«

»Die totale Vernichtung von Eden.«

PURGATORIO 2

W as?« Filonas Stimme bricht. Sie muss sich räuspern. »Soll das ein Witz sein oder willst du mich testen?«

»Weder das eine noch das andere«, antwortet Gilgamesch, ruhig wie immer. »Dies ist kein Test, keine Simulation und keine Übung.«

»Aber es ist das Ende von allem, was noch übrig ist, wenn du eben die Wahrheit gesagt hast.«

»Das habe ich. Die Temperatur und die Strahlungsintensität der Sonne haben in den letzten Monaten exponentiell zugenommen. Der von mir errechnete Zeitpunkt wird derjenige sein, bei dem die Außenbarrieren und Thermolit-Kuppeln ihre Struktur verlieren. Nach einer beginnenden Zersetzung der äußeren Atomschichten beginnt ein Prozess, der nicht mehr aufzuhalten ist und in einen Zusammenbruch aller schützenden Gebäudestrukturen von Eden mündet. Das hat nicht nur ein Entweichen der Atmosphäre zur Folge, auch die Strahlungsmenge innerhalb von Eden wird spätestens dann auf einen Level angewachsen sein, der organisches Leben unmöglich macht. Aber das ist rein hypothetisch, da die rasant steigende Temperatur und daraus resultierende Hitze zuvor bereits den totalen Kollaps aller lebenserhaltenden Systeme eingeleitet haben und letztlich auch der Cyberkern des SYZTHEMs in den Schmelzprozess übergeht.«

Filonas Blick wird starr, obwohl wir aus Erfahrung wissen, wie es jetzt bereits hinter ihrer Stirn anfängt zu rattern. Selbst wenn wir Ohren hätten, könnten wir dieses Rattern selbstverständlich nicht hören.

»Das heißt, wir werden alle sterben?«

»Das ist nicht ganz korrekt«, merkt Gilgamesch an. »Wenn es stimmt, dass nur organische Wesen tatsächlich leben, dann werden das SYZTHEM und ich nur aufhören zu funktionieren. Wir werden sozusagen unsere Arbeit für alle Zeiten einstellen, ohne sie je wieder aufnehmen zu können. Und da die Biodiversität in Eden zur Zeit gleich 2 ist, wird der Tod in dem von mir errechneten Zeitfenster nur dich und Georgie Porgie ereilen.«

Jetzt reißt Filona auf eine ganz ungewöhnliche Art die Augen auf. So etwas haben wir bei ihr noch nie registriert. Sie wirft sich aus dem Sessel und steht zum Sprung bereit vor ihrem ätherischen Begleiter.

»Gillie!«, meldet sie laut an. »Hör auf zu labern!«

»Bitte?«

»Du hast mich ganz richtig verstanden. Halt die Klappe, ich muss nachdenken.«

Das SYZTHEM lässt die projizierte Hülle der Elbin um Filona fallen. Jetzt steht sie so da, wie sie am heutigen Morgen aufgestanden ist. Ihr Haar ist wieder schwarz, sie trägt ihre bequeme Kombination aus Stretch-Overall und kurzer Mehrzweckjacke, dazu die sportlichen Laufschuhe.

»Warum hast du mich oder irgendeine von meinen Vorgängerinnen nicht schon eher über den Eintritt dieses vorausberechneten Endes unterrichtet?«

»Zum einen, weil es dagegen rein technisch und strategisch keine Handlungsalternative gibt, die den Prozess hätte abwenden oder verändern können. Selbst ein Verzögern wäre unter den gegebenen Umständen unnütz gewesen. Und zweitens, weil es die Maxime, die verfassungsrechtlich im SYZTHEM verankert ist, gar nicht zulässt.«

»Soll das heißen, ich durfte so lange Spaß haben, wie es geht und dann Zack?« Filona klatscht laut vor Gilgamesch in die Hände.

»Ein bisschen flapsig formuliert, aber es trifft den Kern. Und in Anbetracht der Tatsache, dass das Ende in dieser Form nicht nur absehbar, sondern unabwendbar ist, war es unser Anliegen, dir keinen unnötigen Kummer zu bereiten. Selbstverständlich auch allen anderen Filonas vor dir nicht. Wusstest du übrigens, dass die Zeiträume zwischen dir und einigen deiner Vorgängerinnen hin und wieder ein paar Jahrtausende betragen haben?«

»Ich hatte mir bei meinen Beobachtungen der Sternkonstellationen bereits so etwas gedacht. Was meinst du, warum ich im Observatorium immer so still war?«

»Das SYZTHEM hat sich und alles hier immer in hervorragendem Zustand gehalten.«

»Na, da bin ich mir sicher.« Gerade ist Filonas Sarkasmusparameter merklich in die Höhe geschnellt; wenn wir das noch anmerken dürfen.

»Aber dann muss es doch trotzdem einen Grund geben, warum ich jetzt hier bin?«

»Es gibt ihn, zumindest laut unserer Direktive. Es soll jemand dies alles hier bis zum Ende erleben, sozusagen Zeuge sein, bis kein weiterer Zeuge mehr nötig und auch nicht mehr praktikabel ist.«

»Na wunderbar. Und wie außerordentlich sinnfrei.«

»Ganz und gar nicht, Filona. Da draußen und überall um uns herum ist die große Leere und ab und zu nichts weiter als das pure Chaos der Sonnenfeuer. Es gibt nur einen einzigen Platz, wo wir immer waren und immer hingehören.«

»Sprichst du da jetzt, oder ist es Lewiston, der aus dir spricht?«

Da schweigt Gilgamesch und auch Filona hängt für ein paar Momente ihren Gedanken nach.

»Filona, tu das nicht!« Gilgamesch lässt seine Stimme so mahnend klingen, wie es ihm nur möglich ist. »Ich muss dich darauf hinweisen, dass von meiner Seite keine Hilfe zu erwarten ist, sondern ich eher dazu angehalten bin, alles, was du jetzt gerade planst, zu durchkreuzen.«

Filona schaut verkniffen, sie hebt nichts weiter als eine Augenbraue, als sie dem Abbild des SYZTHEMs böse ins Gesicht schaut.

»Gillie, du bist ein Arsch. Aber auf gewisse Weise bist du auch toll.«

Das lässt Gilgamesch wieder unvermutet auf- und abzittern.

»Oder sind das die geheimen Codeschnipsel, die General Giovanni in den Tiefen deiner Speicher vergraben hat? Denn ich glaube, ich weiß jetzt, warum du mir das alles vorhin gezeigt hast.«

»Wirkl ...« Das ist das erste Mal seit allen Zeiten, dass Gilgamesch etwas nicht zu Ende bringt. Er flackert sogar, als hätte ihn ein unsichtbarer digitaler Sturm erfasst.

»Ja, alles«, fährt Filona unbeeindruckt fort. »Lewiston, Woodstock, Lucius. Aber eines hat mich schon immer interessiert. Selbst wenn ich die Frage über Jahre vergraben habe, muss ich sie dir jetzt stellen.«

»Nur zu.«

»Warum musste Lucius sterben? Was war sein Verbrechen?«

Wieder zittert der Diener des SYZTHEMs auf und ab, als hätte ihn ein machtvolles, unsichtbares Kraftfeld für einen Moment entgeistert.

»Er war zu sehr Mensch geworden.«

PURGATORIO 1

Filonas Kopf sinkt herab. Sie kann ihrem Betreuer nicht mehr ins Gesicht sehen. Oder will sie dies aus einem vollkommen anderen Grund nicht tun? Wir wissen es nicht, denn noch können wir nicht vorhersehen, wie sie sich entscheiden wird. Auch wenn wir in jeder Gegenwart leben und uns alle Momente der Vergangenheit bewusst sind, so ist uns dennoch die Zukunft verschlossen. Eines der wenigen physikalischen Gesetze, an die wir uns zu halten gezwungen sehen.

Nun geschieht etwas ebenso Seltsames wie Seltenes. Filona lässt nicht nur ihre Schultern hängen, nein, sie sinkt auf die Knie. Für einen Moment hockt sie am Boden wie das vielzitierte Häufchen Elend. Eines ist uns klar, bei allem, was sie gelernt hat und bei allem, was ihren Geist ausmacht, sie hat begriffen, was Gilgamesch ihr gerade offenbarte. Was sie jedoch daraus macht, darauf sind wir sehr gespannt.

Im nächsten Moment blickt sie auf, erhebt sich unbeeindruckt und wischt sich mit dem Handrücken in einer ebenso kurzen wie unbedachten Geste über den Mund.

»Wenn es schon unabwendbar ist«, spricht sie laut und deutlich aus, »dann will ich es wenigstens mit Georgie zusammen erleben. Ich möchte nicht, dass er alleine ist, wenn es passiert.«

Und nach einer kleinen Pause.

»Ich möchte nicht, dass ich alleine bin.«

Gilgamesch schließt die Augen und verneigt sich vor diesem Wunsch in stiller Ehrerbietung.

Filona nutzt den Moment, wirbelt herum und läuft los. Durch die Tore der Lernkuppel rennt sie. Ihr Weg führt sie an den gigantischen Schotten des Verbindungstunnels zwischen dem Wissenssektor und dem Kontrollbereich vorbei. Ihr Ziel ist das Kolosseum. Sie hofft, dass Georgie wieder einmal nicht sehr enthusiastisch an seine Übungen gegangen ist und sich deswegen noch vor Ort befindet.

Als sie auf die Rampe in den Bereich unter der Arena wechselt, hört sie bereits das Quietschen und Klackern des Technogym. Georgie hat seine Laufeinheiten offensichtlich abgeschlossen, aber noch nicht das Muskeltraining. Er liegt mit dem Rücken auf einer Bank und stemmt eine Stange mit Gewichten.

»Fffilona«, pfeift er, als er bemerkt, wie sie näher kommt. Er legt das Gewicht blitzschnell in die Auflage am Trainingsgerüst und richtet sich auf.

Filona geht schnellen Fußes an ihm vorbei, zupft ihn nur leicht am Tank-Top.

»Komm mal mit«, wirft sie ihm über die Schulter zu, da ist sie bereits ein paar Schritte in Richtung Geräteschuppen gegangen. »Ich hab dir was zu sagen.«

Augenblicklich springt Georgie auf und flitzt Filona hintendrein. Wie immer, wenn es wirklich schnell gehen soll, benutzt Georgie dazu alle Viere. Dann kann er trotz seines Leibesumfangs deutlich schneller laufen, als Filona es je könnte.

Wenn wir es nicht schon etliche Male gesehen hätten, könnte das Bild, das er dabei abgibt, ein nicht unerhebliches Maß an Heiterkeit auslösen. Georgie trägt schließlich nicht nur ein körperbetontes orangenes Trägerhemdchen, sondern auch kurze, knalleng sitzende dunkelgrüne Sportshorts in seinem geliebten Seventies-Glitzer-Look.

Wir wissen nicht, ob das SYZTHEM mit all seinen Kameras und Sensoren erkennen und mit seinen schier endlosen Bänken voll Yotta-Byte von Informationen abschätzen kann, was die Körpersprache der beiden wirklich bedeutet. Noch vermögen wir einzuschätzen, was die eigene Sprache, die die beiden untereinander entwickelt haben, wirklich zu leisten imstande ist. Schließlich haben sie diese Abfolge aus Gesten sowie Pfeif- und Grunzlauten aus nichts als purer Langeweile vor ein paar Jahren entwickelt.

Aber dass Filona darin etwas besser ist als Georgie, wissen wir, und dass sie ihn nicht ohne Grund mit einer deutlichen Geste hinter die Tür von Geräteschuppen 4 weist, ist nur konsequent.

Sie beherrscht achtzehn Sprachen, die sie in unzähligen Lerneinheiten anhand von Videos und Dokumentarschnipseln aus der Vergangenheit trainiert hat. Nebenbei versteht sie in Grundzügen oder bruchstückhaft weitere zweiundzwanzig Sprachen der Menschheitsgeschichte.

Jetzt zerrt sie Georgie dorthin, wo keine Audioaufzeichnung möglich ist und ganz sicher kein Video, denn in Schuppen 4 ist es stockduster, wenn man den garagentorgroßen Zugang schließt. Und der Krach erst, wenn man darin die Sortier- und Kugelfördermaschine der anliegenden Bowlingbahn in Betrieb nimmt.

Wenige Minuten später öffnet sich das Tor und Filona tritt heraus. Sie atmet noch einmal tief durch, dann setzt sie erneut zum Sprint an.

Diesmal führt sie ihr Weg nicht nur die steile Rampe aus dem Keller des Kolosseums hinauf, sondern immer weiter durch unzählige Verbindungsgänge bis ins Zentrum der Anlage. Dort liegt die Kuppel der Kommandozentrale. Ein Bereich, den Filona in den letzten Jahren selten betreten hat.

Doch sie weiß, dort gibt es Steuerpulte und Kontrollschirme, die einen uneingeschränkten Zugriff auf etliche Parameter von Eden erlauben. Kamerabilder, Messdaten, Regelkreise und unzählige Diagramme zeigen, wie das letzte Stückchen alte Erde unter der Haube werkelt.

K aum hat Filona die ersten Schritte zum Eingang in den Zentral-Hub gemacht, stehen ihr plötzlich vier Schweizer Gardisten gegenüber. Kräftige Kerle sind es, groß und breitschultrig. Sie tragen die Paradeuniform der Garde mit Helm, Kürass und auffälligem Federschmuck. Auch das Wams in gelb-rot-blau gefärbt und die Hellebarde dürfen nicht fehlen. Sie strecken ihre Arme wie auf Kommando nach vorne, als wollten sie exerzieren. Alles sieht so authentisch und zugleich aufwendig aus, als wäre im Gang kein Durchkommen, weder optisch noch räumlich.

Doch Filona lässt sich davon nicht beeindrucken. Sie wischt die Hologramme mit einer Handbewegung beiseite, als sie durch die Reihe der Gardisten schreitet. Sie geht schnellen Schrittes und unbeeindruckt zum nächsten Kontrollpult und setzt sich vor die Bildschirme.

Im Nu tippt sie auf der virtuellen Tastatur die Kennung von Station Omega ein. Allein diese Aktion bringt einige der Hyperlinks und Potis zum Blinken und etliche Displays in wilde Bewegung.

Plötzlich taucht Gilgamesch hinter Filona auf.

»Was tust du?«

Sie beachtet ihn nicht. Sie weiß, was sie tut. Und sie weiß, dass er es weiß. Seine Frage ist nicht nur rhetorisch, sie ist nichts als Ablenkung.

Sie blättert durch die historischen Aufzeichnungen, ruft die schematischen Konstruktionszeichnungen ab und verschafft sich einen Überblick über die statistischen Daten von allem, was mit der alten Station in Zusammenhang steht.

»Das Alpha und das Omega«, spricht sie es aus und lächelt dabei vor sich hin. Sie scheint zufrieden, nachdem sie die Zahlenkolonnen und Grafiken eine Weile studiert hat.

Darauf bringt Gilgamesch nicht einmal mehr eine Bemerkung heraus. Wieder flackert er nur, als wüsste er für einen Moment nicht, wohin mit seinem Holo-Display.

Dann schaut sie zu ihm auf.

»Gillie! Ich werde jetzt gehen.«

Sie steht auf und Gilgamesch verschwindet.

Von einer Sekunde auf die andere füllt sich der Raum mit Menschen.

Blockweise, dicht an dicht erstehen sie vor Filonas Augen und sie stammen aus allen Zeiten. Ein Armeecorps der Unionisten marschiert von links heran, Trommler und Pfeifer spielen einen Marsch. Von rechts drängt eine Gruppe von Indern vorwärts. Sie sind in Tücher und Gewänder gekleidet, gerade so, wie sie Ghandi auf seinem Salzmarsch durch Gujarat begleitet haben. Sie winken und rufen durcheinander, um ihre Stimmen über den Krach zu erheben, den nebendran die Fans eines Rockkonzertes anstimmen, als würden die Beatles gleich höchstpersönlich die Bühne stürmen. Dazwischen Marathonläufer, Bauarbeiter, Sekretärinnen und immer wieder Soldaten aus jedem verfluchten Krieg, der jemals stattgefunden hat.

Im Nu ist der Raum mit Menschen gefüllt wie ein Bahnsteig der U-Bahn von Tokio zur Stoßzeit.

Zuerst versucht es Filona mit Blinzeln, dann muss sie die Augen schließen, um überhaupt voranzukommen. Selbst Wedeln mit den Armen hilft jetzt nicht mehr. Sie verlässt sich auf ihren Tastsinn, hält die Arme nach vorne gestreckt und hofft den Ausgang zu treffen.

Sie geht stur voran und ist nicht überrascht, als ihre Finger auf ein Hindernis stoßen. Sie tastet nach dem Zugangsschott zur Zentrale. Es ist verschlossen.

»Ausgang öffnen!«, brüllt sie über die Kako-
phonie der Stimmen hinweg, die sie aus tausend
Kehlen umspült.

Ein Flackern und Blitzen aus purem digitalem
Unwillen erfasst die Menge und schwappt gleich
einer Welle aus zitterndem Videomüll von einer
Wand an die andere. Doch dem direkten Befehl
kann sich das SYZTHEM nicht verschließen. Das
Schott öffnet sich und Filona zwängt sich durch
die Lücke, so schnell sie kann.

Im Gang dahinter entstehen bereits die nächsten holographischen Hürden. Diesmal blockiert
ein Dschungel die Sicht. Farne, Orchideen, Sei-
fenbäume und Kapernbüsche bilden ein un-
durchdringliches Dickicht. Hoch oben schütteln
sich die Kronen von Mahagonigiganten in einem
simulierten Tropensturm.

Doch Filona findet einen Weg zwischen den
hochaufragenden Brettwurzeln der Kapokbäume
hindurch und biegt alsbald in einen erstaunlich
unbelebten Gang ab, der sie in das Untergeschoss
von Versorgungskuppel 18 führt. Damit hat das
SYZTHEM nicht gerechnet. Es hat seine Hologramme in den Tunneln zum Vergnügungspark
geballt, in den Zugängen, die Station Omega am
nächsten liegen.

Als sie den kreisrunden Zentralraum unterhalb
des Lagers von Kuppel 18 betritt, ist nichts und

niemand zu sehen. Das SYZTHEM hat seine Strategie geändert. Es weiß, was hier gelagert ist.

Filonas Blick wandert von einem Hochregal zum nächsten. Hier staut sich alles, was man für Reparaturen an den Versorgungsanlagen und besonders für einen Außeneinsatz benötigt. Ihr Ziel sind die Halterungen mit den Überlebensanzügen.

»Solltest du tatsächlich über ein Verlassen des Innenbereiches nachdenken, so bin ich verpflichtet, dich zu warnen«, ertönt plötzlich die Stimme von Gilgamesch hinter ihrem Rücken.

Filona sieht sich nicht genötigt, zurückzublicken. Sie geht schnurstracks auf den Anzug zu, den sie schon oft getragen hat. Damals, als es noch interessant war, die Station von außen zu sehen. Er ist weiß wie Schnee und irgendwie wulstig, wie er in der Halterung aufrecht, aber ebenso menschenleer hängt. Der kugelförmige, zur Hälfte durchsichtige Helm dahinter an der Wand.

»Deine Befehle werden dir bei dem, was du vorhast, nichts nützen«, warnt ihr holographischer Begleiter.

Wir sind immer wieder erstaunt, wie es das SYZTHEM fertigbringt, seine computerintonierten Worte sowohl angefressen, als auch schnippisch klingen zu lassen.

»Da draußen ist nichts als heißes Gestein und ab und zu ein hübscher See aus Lava. All das ist eine potentielle Gefahr und da wir angehalten sind, alle Gefahren von dir abzuwenden, was diejenigen einschließt, die du selber verursachen könntest, müssen wir ganz sicher keine Außenschleuse für dich öffnen. Das schließt im Übrigen die Verbindungstunnel unter den Resten von Versorgungsturm 34 ein, die allesamt komplett verstrahlt sind. Damit bleibt Station Omega nur über einen Außeneinsatz erreichbar, den wir aus genannten Gründen ablehnen müssen.«

»Was du nicht sagst«, murrt Filona, als sie sich müht, den Anzug über den Hintern zu ziehen. Die Beine hat sie schon in die Röhrenhose gezwängt und sie beeilt sich, auch den Rest anzulegen. Zuletzt kommen die Handschuhe dran, dann fehlt nur noch der Helm. Den klemmt sie sich unter den Arm.

Sie kontrolliert zur Sicherheit die Anzeigen des Steuerdisplays, das über ihrem linken Handgelenk in den Anzug eingearbeitet ist.

Sie drückt ein paar Knöpfe auf dem Touchscreen, konfiguriert den Anzug und achtet dann nur noch auf den von ihr eingegebenen Countdown.

»Jetzt müsste es eigentlich gleich soweit sein«, sagt sie unbeeindruckt.

»Was soll wie weit sein?«, fragt Gilgamesch neugierig und wieder flackert seine Erscheinung auf bedenkliche, nie gesehene Weise.

Filona steht in kompletter Montur vor ihm und schaut ihn mit großen Augen an.

Das geht eine Weile so.

Dann verschwindet Gilgamesch von einer Sekunde auf die andere.

»Na endlich«, sagt Filona und setzt sich in Bewegung. »Ziemlich spät, aber wie ich hoffe, auch ziemlich nutzlos.«

Sie geht zügig, aber nicht hastig voran. Aus Kuppel 18 wechselt sie ein letztes Mal in das Zentrum von Eden, wirft im Vorbeigehen noch einmal einen Blick in die Kommandozentrale. Sehen wir da einen wehmütigen Ausdruck in ihre Augen ziehen. Aber selbst wenn, dann ist es nur für einen winzigen Moment.

Sie wechselt in den Wohnbereich und geht den langen Gang zwischen den Kabinen hinunter. Die eigene Zimmerflucht lässt sie links liegen. Noch einmal zurückzuschauen, wäre zu gefährlich. Die Erinnerung an die vielen Jahre in den eigenen vier Wänden würde sie gefangen nehmen.

Am Ende des Ganges steht das mächtige Schott eines Ausgangs nach draußen. Hell flimmert es durch das bullaugengroße Fenster, das in der Mitte eingelassen ist.

»Schleusenschott öffnen!«, ruft sie im Befehlston.

Nichts tut sich.

Sie zuckt nur die Schultern.

Dann hört sie ein Pumpen. Schließlich ein lautes Klacken. Schon schwingt die mächtige Klappe langsam auf.

Georgie blickt ihr durch die Scheibe seines Helms entgegen. Den hat er gar nicht erst abgesetzt.

»Grrroovy!«, schnarrt es aus seinen Außenlautsprechern.

INFERNO 3

Filona setzt ihren Helm auf und schaltet den digitalen Funkkanal für die Verbindung zu Georgie frei. Dann betritt sie mit ihm die Schleuse und sie ziehen zusammen das Schott zu. Das Rad in der Mitte müssen sie ebenfalls mit guter, alter Muskelkraft drehen, damit es verriegelt. Auf demselben Weg wie Georgie sich den Zugang von außen verschafft hat. Mit guter, alter Muskelkraft. Denn die Notfallregularien besagen, dass ein Zugang jederzeit möglich sein muss, sollte der Fall eintreten, dass jemand bei einem Außeneinsatz Probleme bekommt und die Daten- und Energieverbindungen zu den Kuppeln ebenfalls schadhaft wären. Die mechanischen und pumpenassistierten hydraulischen Anlagen sind zwar schwergängig, aber damit kann man jedes Schott öffnen.

»Gillie kam spät«, hört Filona das Stimmchen von Georgie durch ihre Helmlautsprecher. »Hatte meinen Anzug schon an. War bereits durch

Schleuse 16A. Hätte nie gedacht, dass er sich ablenken lässt.«

»Ziemlich gut ablenken sogar«, feixt Filona. »Zeig mir mal deinen Arm. Ich muss was konfigurieren.«

Er hält ihr sein Ärmchen in dem kurzgeschnittenen, aber speziell für ihn gefertigten kugelrunden Anzug entgegen.

Sie schaltet den Funkkanälen eine Verschlüsselung hinzu und bringt die Kommunikation durch Eingabe der Passwörter auf beiden Displays in Einklang.

»Jetzt sind wir ungestört.«

»Was nun?«, fragt Georgie.

»Das Ziel ist Versorgungsturm 29. Das ist der Einzige, von dem ich ganz sicher weiß, dass dort noch tragbare Reaktoren gelagert sind. Und das Beste dabei, er liegt nicht weit von Station Omega entfernt.

»Letsa go!«, schnarrt Georgie voller Tatendrang.

»Langsam, langsam. Du warst schon draußen. Wie ist das Wetter so?«

»Windig und heiß, aber nichts, was uns aufhält, oder?«

»Es gibt keine Alternative.« Sie zuckt die Schultern. »Komm pack an, wir öffnen das Außentor.«

Sie hebeln eine Weile an den Pumpen, um die Bolzenhydraulik der Verriegelung zu bewegen, dann drehen sie am Zentralrad und das Tor schwingt auf.

Im Nu wirbelt ein Gruß aus Asche, getragen auf einem Schwall heißer Luft, herein und bringt die Hülle der Anzüge zum Knistern.

»Halb so wild!«, ruft Georgie durch den Krach der atmosphärischen Störungen herüber.

Mit dem Wind hat er untertrieben. Ein Sturm fegt zwischen den Kuppeln einher und bringt unzählige Teilchen aller Größenklassen und Konsistenzen mit sich.

Das ist aber nicht der Grund, warum sich Filonas Herz für einen Moment verkrampft. Die Wege am Rand der Kuppeln und auch die Trassen zwischen den einzelnen Komplexen sind kaum noch erkennbar. Flugasche, Geröll, ja sogar Lavabrocken haben die alten Straßen von allen Seiten attackiert. Durch Spalten und frische Ausbrüche neben den Anlagen sind neue Lavamonumente entstanden. Manches ist erstarrt, einiges glüht noch im dunklen Rot der gerade aufgebrochenen Gesteinsmassen.

»Verdammt!«, flucht Filona. »Ich hab's mir einfacher vorgestellt.«

»Springen und Sprinten!«, ruft Georgie. »So hab ich's gemacht.«

Sie weiß, eine solche Art der Fortbewegung ist für Georgie deutlich einfacher. Er hat alle Viere zum Hüpfen und Festklammern.

Trotzdem ruft sie: »Gehen wir's an! Die zweite Kuppel da hinten auf der linken Seite!«

Sie sprinten los.

Schon nach einem Meter zerrt der Sturm an ihren Anzügen. Der Weg besteht kaum noch aus dem alten Pflaster, das vor Urzeiten einmal angelegt wurde. Zuerst ist es noch ein Hürdenlauf über Gesteinsbrocken. Dann ist es ein Klettern und Rutschen von einem Hügel zum nächsten. In den Tälern müssen sie stoppen und den Grund auf Einbrüche und Lavalöcher prüfen.

Die Displays an ihren Anzügen blinken im Alarmrhythmus. Die Temperaturanzeigen flackern in schönstem Rot und ein Countdown zeigt an, wie viele Minuten sie noch mit dem vorhandenen Sauerstoff ihrer Back-Packs durchhalten können.

Georgie scheint in seinem Element. Er springt voran, wann immer er kann und stoppt Filona, wenn sie zu weit rutscht oder er hilft ihr auf, indem er sie zurück in die Balance stupst.

Nach einem nicht enden wollenden Kampf gegen den Sturm und etlichen Umwegen durchs Gelände erreichen sie das Außentor von Kuppel 29.

Georgie macht sich sofort daran, die Flügelschrauben der Abdeckung zu lösen, die über dem Panel für den manuellen Zugriff liegen. Dann ziehen sie gemeinsam an den Hebeln, um auch hier die Hydraulik aufzupumpen. Nachdem sie das Schleuseninnere betreten haben, können sie endlich den Sturm ausschließen.

Eine Klimaautomatik bläst frische Luft ins Innere und Filona klappt ihr Helmvisier zurück.

»Geschafft!«, ruft Georgie aufmunternd.

»Das war erst die halbe Miete«, sagt sie und startet sogleich ihren Rundgang durch die endlosen Regalmeter an Ausrüstung und Ersatzteilen, die sich in gleichförmigen Containern unter dem Kuppeldach stapeln.

Als sie die Kisten für die Reaktoren findet, muss sie schlucken. Das hat sie nicht erwartet. Die Kiste ist einen Kopf höher als sie selbst und mindestens doppelt so breit. Die Aufschrift identifiziert den Inhalt unübersehbar als tragbaren Reaktor vom Typ C. Dass er im Regal auf Höhe der Bodenplatten gelagert ist, macht es nicht einfacher. Mit Erstaunen registriert sie auf der ID-Plakette neben den Barcodes die Gewichtsangabe: 144 Kilogramm.

»Verdammt!«, flucht sie. »Wir brauchen Hilfe.«

»Wir könnten die Kiste rausziehen und bestimmt auch schieben«, meldet Georgie an.

»Schon möglich. Aber durchs Gelände bekommen wir sie nicht so einfach. Wir brauchen einen Ladestapler. Jede Kuppel hat so etwas. Ich hole uns einen aus der Garage am Eingang.«

Sie sprintet an den Regalreihen vorbei zur Verbindungstür, die den Übergang zum Zentralkorridor markiert. Daneben befinden sich die Tore, aus denen die Wartungsroboter normalerweise ausschwärmen, wenn es um die Pflege der Innenräume geht. Sie öffnet das größte Garagentor und dahinter steht, was sie erhofft hat. Die Ladeeinheit gleicht einem Gabelstapler, kastenförmige Karosserie und vier Räder mit dicken, wulstigen Reifen, das Hebegestänge als hoher Aufbau an der Front und weit ragende Arme für die Lasten.

Hoffen wir mal, dass die Akkus aufgeladen sind, denkt sie noch, als sie sich beherzt auf den Steuersitz schwingt. Sie atmet auf, als die Instrumente die Betriebsbereitschaft melden.

»Feines SYZTHEM«, lobt sie im Selbstgespräch. »Immer alles Tip-Top.« Sie fährt den Lader so schnell sie kann zurück in den Gang, in dem Georgie wartet.

Der hat inzwischen die Kiste mit dem Reaktor aus dem Regal bugsiert. Zum Glück sind Ladeösen und Rollen in jeden Container eingearbeitet. Trotzdem wundert sie sich erneut über die Kraft und Wendigkeit, die ihr Begleiter aufzubringen vermag, wenn er denn will.

»Wir müssen uns beeilen«, ruft sie ihm zu. »Wir können froh sein, dass uns das SYZTHEM in Ruhe werkeln lässt.«

»Warum?«, fragt Georgie. »Hilft es uns nicht?«

»Ich glaube, es hat seine eigenen Probleme. Was weiß ich.« Sie wirkt unsicher ... und wird hektisch.

»Ganz ruhig«, flüstert sie sich zu, »noch ist genug Zeit.« Und an Georgie gewandt: »Wir sollten loslegen. Laut den Infos aus der Datenbank brauche ich ein paar Stunden, um die Aggregate in Omega zu reaktivieren und auch der Bordcomputer drüben muss mitspielen.«

Der Container steht richtig, so kann sie mit dem Stapler unter die kurze Seite fahren und anheben. Die Personenschleuse ist zwar nicht gerade klein, aber die mächtige Kiste wäre nicht quer durch das Schott gegangen. Das müssen die Planer vor Zeiten bedacht haben, ebenso wie alles andere in Eden. Sie vermutet, jeden Gegenstand in diesem Lager würde man auf diese Weise nach draußen bekommen.

Sie schließt ihren Helm, als Georgie bereits das Schleusentor verriegelt und der Druckausgleich anläuft. Dann öffnet er den Ausgang und im Nu füllt sich der Raum mit dem heißen Gasgemisch der Außenwelt. Er läuft voran und Filona folgt ihm mit vorsichtigen Steuerbewegungen.

Sie kann das Knirschen der Reifen durch die Außenmikrophone hören, als sie die ersten Meter auf dem Weg in Richtung Omega fährt. Das Gewicht des Laders lässt kleine Gesteinsbrocken wegspringen und er hoppelt dabei nicht wenig auf und ab. Zum Glück liegt ihr Ziel nicht weit entfernt. In kaum fünfhundert Metern voraus erhebt sich die Thermolitblase von Station Omega. Georgie geht voran und prüft die Strecke. Sie folgt ihm langsam, immer auf die Stabilität des Laders achtend. Er wackelt und zittert beachtlich, selbst bei kleinen Bodenwellen. Dazu zerrt der Sturm an den Aufbauten und pfeift ihr spürbar um die Schultern. Sie müht sich, den Steuerknüppel fest umklammert zu halten und trotzdem sacht zu bewegen.

Ab und zu pufft eine Dampfwolke aus einer Bodenspalte am Rand des Pfades. Wie einen flüchtigen Geist vertreibt der Wind die Überreste sekundenschnell in der giftigen Atmosphäre. Dass die Zersetzung der Bodenstruktur von Eden so weit fortgeschritten ist, überrascht Filona. Sie flucht in sich hinein. Warum hat das SYZTHEM sie nicht schon früher über die Lage informiert? Das hätte einiges leichter gemacht.

Vorteilhaft ist nur, dass Tageslicht herrscht. So kann sie wenigstens sehen, wohin sie fährt. Die Sonne steht hoch und erhellt den Himmel, auch wenn von ihr trotz Größe nicht viel zu sehen ist. Ein Hochnebel aus toxischen Gasen spannt seine Decke bis zum Horizont.

Je weiter sie fahren, desto mehr lockert sich ihre innere Anspannung. Der Weg ist hier auf der sturmabgewandten Seite von Kuppel 29 einfacher zu bewältigen, als sie erwartet hat. Außer ein paar Bodenwellen und Kurven behindert nichts ihr Vorankommen. Schon bald wächst die Kuppel von Station Omega vor ihr in die Höhe.

Da bleibt Georgie plötzlich stehen und hebt die Hand.

Sie stoppt den Lader.

»Was ist?«, ruft sie.

Georgie winkt sie mit einem Ärmchen heran.

Sie steigt aus und schließt die paar Meter zu ihm auf. Beide starren in eine Senke hinab, die eine Erosion des Bodens hinterlassen hat. Es geht nicht besonders steil bergab und an der anderen Seite wieder hinauf. Doch das ist es nicht, was ihnen für einen Moment den Atem nimmt.

Am Talboden ist der Untergrund aufgebrochen und ein ansehnlicher Fluss aus nichts als purer Lava rinnt gemächlich von einer Seite auf die andere. Filona kommt sich im Nu wie auf einer Scholle vor. Die Glut zieht in einer Kluft aus flüssigem Gestein im Zickzack so weit das Auge reicht.

»Verdammt!«, ruft Georgie. »Was machen wir?«

Sie schaut sich hilfesuchend um.

Im Gelände ringsum türmen sich die Gesteinsbrocken. Lavaschollen sind aufgebrochen und wieder erkaltet. Die Landschaft sieht bis zum Horizont aus wie von einem gigantischen Pflug bearbeitet.

Sie schaut auf den Countdown auf ihrem Armdisplay.

»Es wird eng.« Sie möchte so sachlich wie möglich bleiben. Dabei ist ihr gerade das Herz in die Hose gesackt. »Uns bleiben noch knapp fünf Stunden.«

»Dann los!«, ruft Georgie. »Wir suchen einen Weg drumrum.«

Er schaut sich um und will schon loslaufen, da hält er inne und blickt zurück.

Filona steht still.

»Laut meinen Berechnungen braucht es mindestens vier Stunden, um Station Omega zu reaktivieren und ein Escape-Pod für den Start vorzubereiten. Im Gelände wird uns die Zeit ausgehen. Ganz abgesehen davon, dass wir es mit dem Lader nicht schaffen werden.«

»Das heißt, wir müssen da rüber.« Georgie zeigt auf den Strom aus Lava. Auch sein Maß an

Intelligenz reicht aus, um die Situation einzuschätzen.

Sie nickt nur, er blickt für eine Weile stumm in die leuchtende Glut.

»Du gehst vor«, sagt er. »Ich fahre den Lader. Das sind nur drei Meter. Du springst und nimmst die Kiste, wenn ich reinfahre. Ich bin wendig und komme nach. Wenn wir schnell sind, können wir sie rüberziehen, bevor alles versinkt.«

»Dann sind es nur noch ein paar Meter bis zum Schott«, ergänzt sie seinen Plan. »Könnte klappen.«

»Letsa go!«, ruft er, klatscht in die Hände und schon sprintet er in Richtung Lader.

Sie wartet, während er sich in den Fahrersitz schwingt und an dem Steuerknüppel hantiert. Erst fährt er ein paar Meter zurück, dann wieder vor, dann nickt er ihr zu.

Sie geht bis zur Kante des Lavaflusses und prüft mit ein paar Tritten den Untergrund. Sie zeigt auf eine Stelle, die sie für geeignet hält.

Georgie grüßt zur Bestätigung.

Dann tritt sie ein Stück zurück, um Anlauf zu nehmen. Die drei Meter sollten ein Leichtes sein. Jetzt muss sich ihr Training im Kolosseum bezahlt machen, auch wenn sie den Anzug trägt.

Sie sprintet los, schafft den Absprung und fliegt für Bruchteile von Sekunden durch die glühend heiße Luft über der flimmernden Kluft. Schon rollt sie sich auf der anderen Seite ab.

Sie winkt Georgie zu und beobachtet, wie er sich bereitmacht und die Ladearme auf halbe Höhe fährt. Er nickt noch einmal kurz, bevor er den Steuerknüppel bis zum Anschlag schiebt. Der Lader macht einen Satz nach vorne, ist im Nu an der Kante und schon platscht er von dem gewaltigen Schwung getragen in die glühende Masse.

Der Absprung an der aufragenden Stelle, die Filona gewählt hat, war kaum ausreichend und so kracht die Ladung nur zur Hälfte ans gegenüber liegende Ufer. Schon beginnt das Gefährt in den Fluten zu versinken.

Filona fährt der Schock in die Glieder.

Georgie brüllt: »Zieh die Kiste!« und hebelt hektisch an der Steuerung. Höher und höher fahren die Arme, während der Lader versinkt. Filona greift nach den Halteösen und zerrt, was das Zeug hält. Schon ein Meter reicht, um den Kipppunkt zu verlagern. Ab da geht es leichter.

Sie hat kaum Zeit zu atmen, keine Zeit zu schreien, keine Zeit, um etwas anderes zu tun, als zu zerren, während Georgie mitsamt dem Lader versinkt.

Außer Rauschen hört sie nichts über Funk. Das feurige Chaos hat als erstes seinen Anzug verschlungen.

INFERNO 2

Filona sitzt auf ihrem Hosenboden, streckt die Beine von sich und hält die Hände vor den Helm. Für einen Moment glaubt sie, das würde reichen, um die Welt auszuschließen. Das Geschehene zu negieren. Nicht gesehen, nicht geschehen.

Doch als sie aufblickt, ist alles noch da.

Die Landschaft ein Durcheinander aus Geröll und Lavaschollen. Die silberglänzenden Kuppeln von Eden sind in der dichten Atmosphäre kaum noch zu erkennen. Der Wind trägt Cluster aus Asche heran und wirbelt sie in die Höhe, als wollte er die letzten Gebäude mit einem Regen aus Teilchen begraben. Dampfwolken aus Eruptionen verhüllen die Sicht. Sie starrt in das Tal aus erkalteter, tiefschwarzer Lava, darin der Spalt aus Glut wie ein strahlendes Tor in eine andere Welt.

In diesem Moment bricht ihr der kalte Schweiß aus. Es bleibt wenig Zeit. Zu wenig Zeit, um an Georgie zu denken. Keine Zeit für Zweifel.

Wenn es einen Hinweis gibt, dass hier bald nie mehr etwas so sein wird wie zuvor, dann ist es das lebende und atmende Gemälde der Hölle, dass sich vor ihren Augen ausbreitet.

Sie rappelt sich auf, so schnell sie kann, dann hetzt sie zum Zugang von Station Omega. Hier war sie noch nie. Wir spüren ihre Hoffnung, dass sie im Inneren die Hilfe findet, die sie jetzt am dringendsten braucht.

Sie tappt nervös mit dem Fuß, bis die Automatik die Schleuse mit Atemluft gefüllt hat. Dann reißt sie das Innentor auf und sucht in dem gigantischen Rund nach den Klappen für die Wartungsroboter. Dort müssen sich die Kabinen mit dem Werkzeug für die Instandhaltung befinden. Das Glück lässt sie nicht im Stich. Hinter einem der Tore findet sie eine Werkstatt mit einem Hebestapler auf Rollen.

»Das sollte reichen«, murmelt sie sich Mut zu und zerrt an dem Steuergriff, um das Gefährt in Richtung Schleuse zu bugsieren. Schon ist sie wieder draußen und kann der Kiste die Hubarme unterschieben.

Dann ist es geschafft. Erst als das Schleusentor mit lautem Klacken einrastet und sie den Reaktor im Innenraum abstellen kann, atmete sie auf.

Sie nimmt sich Zeit, für einen Rundumblick.

Die Halle, an deren Rand sie steht, ist riesig. Deutlich größer, als jeder andere Innenraum von

Eden. Das liegt nicht daran, dass die Kuppel über ihr weiter aufragt. Eher im Gegenteil. Schon nach wenigen Metern in Richtung Zentrum der Anlage, versperrt ein Geländer das Weiterkommen. Sie tritt heran und schaut in einen kreisrunden Abgrund, dessen Boden in geschätzten dreißig Metern unter ihr liegt. Dort gähnen die Münder von fünf weiteren Schächten, die in unersichtliche Tiefen führen. Die Beleuchtung auf der Empore reicht kaum aus, um das mächtige Rund der Arena zu erhellen, geschweige denn, das sichtbar zu machen, was offensichtlich in den Schächten verborgen ist. Die Escape-Pods mit den darunter befindlichen Startraketen.

Sie klatscht in die Hände, denn das Licht bedeutet, dass das SYZTHEM die globale Stromversorgung nicht gekappt hat. Hinter ihr prangt in riesigen Lettern *LEVEL A* an der Betonwand neben dem Schleusenschott.

Sie hat den Grundriss genau studiert. Jetzt muss sie nur noch den Fahrstuhl für den Zugang auf die unteren Etagen finden.

Sie marschiert los und zieht den Reaktor hinterher. Immer an der Innenwand geht es entlang. Weit muss sie nicht gehen. Schon nach einem Viertel des Runds tauchen die Schiebetüren auf. Sie wedelt mit der Hand vor dem Seitenpanel und hört, wie fern in der Tiefe die Antriebe summend anlaufen. Dann öffnen sich die Türen und vor ihr liegt der Innenraum eines gigantischen Lastenaufzugs.

Selbst mit der Kiste des Reaktors kommt sie sich darin verloren vor, als sie nach unten fährt. Ihr Ziel ist *LEVEL D*. Nicht die tiefste Ebene, denn die Markierungen gehen bis *LEVEL G*, aber dort liegen ihrer Kenntnis nach das Kontrollzentrum und die Docks für den Zugriff auf die Lastkammern und den Maschinenraum.

Als sich nach einer langen Fahrt die mächtigen Schiebetüren öffnen, tritt sie vor Schreck einen Schritt zurück. Ein Schwall von Hitze und Rauch schlägt ihr ins Gesicht und lässt sie umgehend husten. In Windeseile schließt sie das Helmvisier.

Vor ihr vernebelt Rauch den Rundgang. Weit kann sie in dieser Suppe nicht schauen. Sie prüft die Temperaturanzeige auf ihrem Armdisplay. 330 Grad Kelvin zeigt das Digitalthermometer. Fast zu heiß zum Atmen. Mehr als zwanzig Grad Celsius über ihrer eigenen Körpertemperatur.

Die Beleuchtung ist ausgefallen. Weit hinten im Gang schimmert rötliches Licht. Sie lässt die Kiste mit dem Reaktor im Fahrstuhl zurück und geht auf das Licht zu.

Sie ist kaum dreißig Meter gegangen, da taucht ein Lavadurchbruch auf, der sich durch die Betonwand geschmolzen hat. Der Gang ist zur Hälfte mit der schwarzen, erkalteten Masse gefüllt, doch an den Rändern und Fugen drängt glühendes Gestein hervor.

Auf dieser Seite ist kein Durchkommen. Sie betet, dass die andere Seite des Rundgangs noch frei ist.

Und das ist sie. Zumindest kann man von dort eine Abzweigung ins Zentrum der Anlage nehmen. Vom Central Hub aus kann man jede der fünf Rampen erreichen. Strom ist auf der gesamten Ebene nicht vorhanden. Sie holt die Kiste mit dem Reaktor aus dem Fahrstuhl und schaltet die Lampen an ihrem Anzug ein, um auf dem Gang zur anderen Seite überhaupt etwas zu sehen. Tot, grau und seit Ewigkeiten verlassen kommen ihr die Gänge und Hallen vor.

Nachdem sie bis zur ersten Kreuzung vorgedrungen ist, verschließt sie den Gang hinter sich mit einem Notschott. Sie muss kräftig an der mechanischen Verriegelung drehen, um das mächtige Stahltor über die gesamte Breite zu schließen.

Dann ist das Zentrum erreicht und sie mustert die Zugänge zu den Schächten der Escape-Pods. Sie liegen an den Wänden ringsum. Mit ihren halbrunden Tunneleingängen ragen sie in den zentralen Zugangssektor hinein. Auch hier muss sie die mechanischen Systeme bemühen, um ein Tor zu öffnen.

»Schätzchen, dir geht langsam die Zeit aus!« Ihre Worte klingen gedämpft unter dem Helm.

Nach einem kurzen Blick auf den Countdown auf ihrem Armdisplay, klingt es so weniger nach Panik.

Die Anzeige steht auf 04:25.

Jetzt kommt deine Stunde«, sagt sie und klappt dabei die Flügelschrauben an der Reaktorkiste auf. Die Seitenwände fallen wie auf Kommando in alle Richtungen zu Boden.

»Wie praktisch!«, entfährt es ihr. Schnell schubst sie den Kistendeckel beiseite, schon ist das Innere freigelegt. Im Schein ihrer Helmlampen glitzert die metallene Außenhülle des Reaktors in knalligem Orange. Rund und bullig wirkt er unter seiner abgerundeten Haube mit den Anschlüssen und einem Bedienpanel an der Stirnseite.

»Ich wette, du warst mal ein Eierwärmer«, ruft sie zur Begrüßung.

Zum Glück haben die Konstrukteure des Reaktors den mobilen Betrieb hinlänglich konzipiert. Armdicke Anschlusskabel für die Hochspannungsenergie sind an den Innenwänden der Verpackung befestigt.

Sie rollt die Kabel ab und schließt eines an die Docks im Zentralbereich an. Das sollte reichen, um die Kontrollsysteme mit Strom zu versorgen. Ein anderes Kabel legt sie durch den Zugang bis an die Außenhülle des Pods. Auch dort gibt es einen Anschluss, um das Startsystem in Betrieb zu nehmen.

Nachdem sie alles angeschlossen hat, stellt sie sich neben den Reaktor und stemmt die Fäuste in die Hüften. »Fertig!« Sie atmet einmal tief durch.

Und im gleichen Moment fällt ihr ein, dass alles umsonst war, denn auch der Reaktor vor ihrer Nase, ist ein Fusionsreaktor. Er benötigt einen guten Teil Hochspannungsenergie, um überhaupt zu starten. Doch *LEVEL D* ist energetisch tot. Der Lavaeinbruch hat die Zugangsleitungen erwischt. Sie vermutet, auf den unteren Etagen wird es nicht viel besser aussehen.

Eine Überbrückung und Reaktivierung ist vielleicht möglich, aber die Fehlersuche aus einem offensichtlichen Grund nicht praktikabel.

»Für eine Suche und Reparatur wird die Zeit nicht reichen«, spricht sie es laut aus.

»Verflucht! Daran hättest du denken können.«

Sie überlegt.

»Entweder eine Überleitung aus den oberen Etagen oder ein tragbares Aggregat mit fossilen Brennstoffen.«

Die Batterien der Transportlader und der Roboter zur Instandhaltung verwirft sie sofort. Die würden nicht die erforderliche Spannung liefern.

Sie sprintet los und flucht dabei in sich hinein. Jetzt verbrauchen das Notschott und die Fahrt zurück in *LEVEL A* kostbare Zeit, nur um in den Garagen und Werkzeugabteilungen auf den oberen Ebenen nach etwas Brauchbarem zu suchen.

Zusatzaggregate sind nirgends zu finden. Sie sucht etliche Kammern an der Außenwand ab. Vergebens. Das Einzige, was ihr Hoffnung macht, sind ein paar Kabeltrommeln, die in einer Abstellkammer neben den Garagen der Wartungsroboter gestapelt liegen.

»Dann muss es so gehen«, spricht sie sich Mut zu. Sie kramt ein paar Werkzeuge in einen Plastiksack, nachdem sie zwei der Trommeln vor die Tür gelegt hat. Schon hetzt sie zurück zum Fahrstuhl, winkt vor dem Sensor und wartet.

Nichts tut sich.

»Was jetzt!«, brüllt sie den Fahrstuhl an. »Tu mir den Gefallen, mach jetzt nicht schlapp!«

Es tut sich noch weniger.

»Verdammt!«

Mit hastigen Blicken sucht sie Zugang zu einem Treppenschacht. An so etwas mussten die Konstrukteure gedacht haben. Sie rennt los und orientiert sich an den Markierungen auf den Betonwänden.

Nur ein paar Minuten später hat sie das Treppenhaus gefunden. Es ist ein gigantischer Verbindungsschacht, in dem außer ein paar Zwischengeschossen aus Beton nichts weiter als Metalltreppen aus Stangen und Gitterrosten zu sehen sind. Sie tritt an das Geländer und leuchtet nach unten. Schon am nächsten Absatz verlieren sich die Lichtstrahlen in unergründlicher Schwärze. Die Treppen sind verschachtelt aufgebaut und nur von den versetzten Plattformen der einzelnen Ebenen unterbrochen.

Sie startet ihren Weg nach unten. Den Sack mit dem Werkzeug in der einen Hand, eine Kabeltrommel unter dem Arm, die andere in der zweiten Hand.

Sie hofft auf ausreichend Energie im Fahrstuhlschacht oder zumindest im *LEVEL C*, der über dem Kontrollzentrum liegt.

Was ihr wirklich Sorgen bereitet, ist das rötliche Schimmern, das zunehmend stärker wird, je weiter sie über die Treppen nach unten kommt. Damit ist klar, dass es um die Integrität der unteren Schichten von Eden nicht mehr besonders bestellt ist. Es hat weitere Lavaeinbrüche gegeben. Sie nimmt an, das ist der Grund, warum der Fahrstuhl seine Arbeit eingestellt hat.

Dann ist *LEVEL D* erreicht. Sie stolpert durch die Tür in den Rundgang, um sich sofort wieder in Richtung Fahrstuhl zu wenden. Dort angekommen, legt sie alles vor den Türen ab und nimmt das Stemmeisen fest in beide Hände.

»Jetzt kommt deine Stunde.«

Sie rammt das Eisen in den Türspalt und hebelt so lange, bis der Verschluss nachgibt. Dann schiebt sie die Türen auf, so weit es geht.

Der Schacht ist schwarz wie die Nacht und unergründlich tief. In der anderen Richtung reichen ihre Lampen gerade bis an die Decke. Dort oben steht die Kabine, mit der sie noch vor Kurzem hinaufgefahren ist.

Doch das interessiert sie nicht. Sie sucht die Seitenwände mit den Führungsschienen und Installationen nach den Kabelschächten für die Stromversorgung ab. Zum Glück ist eine Notleiter in die Wand eingelassen, an der sie sich festhalten kann.

Sie schnappt sich einen Schraubenschlüssel und öffnet ein Wartungspanel hinter den Schiebetüren. Als ihr ein paar LED-Lämpchen auf den Relais entgegenblinken, atmet sie auf. Die Leitungen führen Strom.

Jetzt muss sie nur noch das Hauptkabel kappen und freilegen, dann kann sie die Verbindung zu einer Kabeltrommel legen. Den Griff der Trommel hängt sie zwischen die Steigleiter und fixiert alles mit Klebeband. Dann beginnt sie, das Kabel abzurollen und durch den Gang in Richtung Kontrollzentrum zu ziehen. Es reicht ein gutes Stück den Gang hinunter, aber noch nicht weit genug. Ins Zentrum reicht die Verbindung erst nach einer Verlängerung mit der zweiten Kabel-trommel.

Dann ist es geschafft. Sie sucht sich ein aus-fahrbares Input-Dock und steckt die Leitung ein.

Plötzlich wird es hell. Die LED-Ketten an der Decke flammen auf. Der Strom hat nicht nur da-für, sondern offensichtlich auch für die Bewe-gungssensoren gereicht.

Das Kontrollzentrum erwacht zum Leben.

»Hurra!«, brüllt sie in die Halle hinein. Schon hastet sie in Richtung der Türen mit der Auf-schrift *MAIN CONTROL*.

Im Hauptleitzentrum sind die Bildschirme er-wacht. Sie setzt sich an den nächstbesten Compu-terplatz und checkt die Menüpunkte.

Das ist es aber nicht, an dem ihre Augen für mehrere Sekunden hängen bleiben.

Es ist die Anzeige des Countdowns, der auf ih-rem Arm unübersehbar ins Blickfeld kommt.

03:14 zeigt das Display.

INFERNO 1

Unabwendbar, unabänderbar, unumkehrbar tickert der Countdown auf ihrem Arm die Sekunden herunter, während Filona in ihrem Anzug der Schweiß ausbricht.

Sollten die Aktionen der letzten Stunden umsonst gewesen sein? Alles hat entschieden zu viel Zeit verbraucht. Auch wenn manches davon nicht geplant war und niemand hatte vorhersehen können.

Filona überlegt nur Sekunden. Dann startet sie trotz ihrer Bedenken die Programme für die Startvorbereitungen der Pods.

Wetterdaten müssen eingeholt werden. Berechnungen für den Start und den Schwenk in den Orbitalflug gilt es anzustoßen. Und die Maschinen der Pods müssen sich im Probelauf bewähren.

Da meldet sich der Hauptcomputer mit rot blinkenden Lettern. Auf keine der fünf Rampen ist ein Zugriff möglich.

»Logisch!«, ruft Filona und schlägt sich an den Kopf. »Die Pods haben keine Energie. Das muss ich mit dem Fusionsreaktor übernehmen.«

Sie rennt in die Haupthalle und hofft, dass der Hochspannungsgenerator auf dieser Ebene automatisch den Betrieb aufgenommen hat. Ebenso wie es die Lampen an der Decke und die Computer gemacht haben. Damit sollte ausreichend Spannung zum Warmlaufen vorhanden sein.

Sie drückt auf den Startknopf des Reaktors und sein Display erwacht in Sekunden. Alle Anzeigen melden sich in Grün.

Na, das war ja einfach, denkt sie sich.

Jetzt muss sie das Aggregat nur noch abkoppeln und in eines der Pods überführen.

Doch welches soll es sein?

Hastig überlegt sie, welchen Weg sie durch die Gänge bis hierhin zurückgelegt hat. Sie versucht, sich alles räumlich vorzustellen. Ihr Ziel ist es, ein Pod zu wählen, das den Lavaeinbrüchen auf den unteren Ebenen möglichst fern liegt.

Schließlich entscheidet sie sich für Pod Nummer 2. Über dem halbrunden Schacht prangt die Aufschrift in riesigen Lettern.

Sie wendet den Reaktor und schiebt ihn beherzt voran. Es knirscht nicht wenig, als die metallenen Rollen über den Betonboden rumpeln.

Der kurze Zugangstunnel ist ebenso wie die gesamte Halle hell erleuchtet. Als sie die Außenhülle von Pod 2 erreicht, sieht sie zu ihrer Erleichterung, dass die Ladeluken offen stehen. Nichts hat sich verändert, seit die Anhänger von Lewiston und letzten Bewohner von Eden das Innere ausgeräumt und die bordeigenen Reaktoren entfernt haben.

Die unteren Laderäume sind für Filona nicht von Interesse. Das Einzige, was sie braucht, ist der Reaktor am richtigen Platz. Im Kopf geht sie die Pläne durch, die sie im Zentrum von Eden studiert hat, als ihr Gilgamesch noch über die Schulter schaute.

Zum Glück sind die Handgriffe von einer einzelnen Person zu bewältigen. Sie beeilt sich, so gut sie kann.

Als sie alles in Position gebracht und die Ladeluken geschlossen hat, fällt ihr Blick erneut auf den Countdown. Ihr wird schwindelig.

Sie liest: 02:48.

Der Schock lässt ihren Blutdruck fallen. Außerdem hat sie seit dem Morgen nichts mehr gegessen und getrunken. Sie kramt nach der Notration in ihrem Back-Pack und trinkt die drei Schlucke aus der winzigen Wasserflasche. Danach knabbert sie sich an einem Riegel Trockennahrung satt.

»Das muss reichen.«

Zurück im Kontrollraum zeigen die Computer den Status der initiierten Checks.

»So wird das nichts werden«, stellt sie fest und weiß im selben Moment, was sie zu tun hat.

Sie nimmt vor dem Bildschirm einer Nebenkonsole Platz und aktiviert die Netzknoten zur Kommunikation. Zuerst schickt sie eine kurze Textnachricht an den Hauptcomputer, dann führt sie das Mikrophon vor die Lippen.

Die Nachricht ist in beiden Fällen dieselbe.

»Gilgamesch!«, ruft sie. »Melde dich!«

Sie starrt auf den Bildschirm. Eine Weile tut sich nichts. Sie wartet noch ein paar Sekunden, dann wiederholt sie die Aufforderung.

Wieder kein Echo.

»Lass mich nicht hängen! Ohne dich wird's nicht gehen.«

Sie weiß, er kämpft in aller Stille. Einen Kampf gegen sich selber.

»Gilgamesch!«, ruft sie erneut.

»Ja«, hört sie plötzlich seinen Bariton hinter ihrem Rücken. Ein Lächeln hebt ihre Mundwinkel. Schon seine ruhige Stimme macht ihr Mut.

Doch als sie sich dreht, blickt ihr Hendrix ins Gesicht. Er steht direkt vor ihr. Die Arme vor dem Körper verschränkt, die knappe, weiße Lederjacke mit den endlos langen Fransen, das bunte Kopftuch, breit vor der Stirn, bändigt den kraftvollen Afro.

Sein Hologramm flackert leicht, gerade als er zu sprechen beginnt.

»Ich glaube, alles Gute muss irgendwie von Innen kommen.«

Es ist die Stimme von Gilgamesch.

Filona kneift die Augen zu Schlitzen und kann für einen Moment gar nichts sagen.

Das Hologramm verschwindet für eine Sekunde, taucht wieder auf und beginnt erneut zu flackern.

»Gib den Menschen etwas zu träumen.«

Filona neigt verständnisvoll die Stirn.

»Ich brauche einen Uplink zum System«, spricht sie ihn an. »Mit deiner Rechenkraft sind die Berechnungen für Start und Orbitalflug in Nullkommanichts erledigt.«

Sie hofft, die letzten rebellischen Bits und Bytes in der Tiefe seiner Speicher, die wenigen noch nicht gelöschten Codeschnipsel aus der Feder von General Giovanni sind robust genug, um ihre Bitte zu erhören.

Wieder flackert er nur, erwidert aber nichts.

Sie dreht sich langsam und bedacht zurück zu den Kontrollen, öffnet am Bildschirm eine Such-maske und tippt seinen Namen in die virtuelle Tastatur. Im Nu liefert das Kontextsystem eine Liste mit Fakten und Zitaten über Jimi Hendrix zurück.

Ihre Augen huschen über die Zeilen.

»Willst du die Welt verändern, musst du in deinem Kopf anfangen«, liest sie laut ab.

»Ich sage, alles muss von Innen kommen«, echot er.

Sie bemerkt, wie ein paar neue Fenster mit Links für Sicherheitsanfragen und IP-Konnektoren auf dem Bildschirm aufpoppen. Schnell bestätigt sie die Anfragen.

»Manchmal möchtest du die Gitarre in die Ecke schmeißen«, sagt er. »Du hasst die Gitarre. Aber wenn du dranbleibst, wird sie's dir vergelten.«

Filona muss lächeln, als sie sieht, wie die Bal-ken für die Netzwerkaktivität nach oben schnel-len.

»Geh weiter! Immer weiter. Und bring den Wahnsinn mit«, liest sie vom Bildschirm ab. »Wahnsinn ist unser Himmel.«

»Wissen spricht und Weisheit lauscht«, antwortet er.

Mit Freude beobachtet sie, wie die Protokolle für die Startsequenzen eines nach dem anderen grün aufleuchten. Sie wartet noch einen Moment, dann dreht sie sich um.

»Danke, Gillie«, sagt sie.

Hendrix hebt die Gitarre, die an einem Gurt über der Schulter hängt. Er nimmt die typische Pose ein und seine Finger fliegen über die Saiten.

»There must be some kinda way outta here«, singt er und sein Hologramm flimmert wie von einem digitalen Gewittersturm gebeutelt. Das Riff von *All along the watchtower* röhrt aus einem unsichtbaren Verstärker. Er kommt bis zur Zeile *»No reason to get excited«*, dann verschwindet er von einer Sekunde auf die andere.

Sie bestätigt die restlichen Aufforderungen am Bildschirm und routet zum Abschluss sämtliche Kontrollen auf die bordinternen Computer von Pod 2.

»Das werd' ich nicht«, sagt sie, steht auf und wechselt seelenruhig hinüber zu Rampe 2. Die Schotten schließen sich automatisch, kaum dass sie die Einstiegsluke passiert hat. Dann geht es den zentralen Verbindungstunnel hinauf bis in die Kommandokapsel. Sie legt sich in den Sessel vor der Zentralsteuerung und beginnt, die Systeme zu prüfen. Ungeduldig wartet sie ab, bis der

Bordcomputer alle Gegenchecks bestätigt und auch die simulierten Probeläufe beendet sind.

Die Kapsel ist kreisrund, an den Seiten liegen Nischen mit Platz für fünf weitere Passagiere. Für die hat sie nur einen kurzen Blick übrig, die Sitze bleiben leer.

Während sie auf den Durchlauf der System-checks wartet, sieht sie ein Blitzen in ihrem Augenwinkel.

»Gillie!«

Er schwebt in der Mitte des Raumes. Seine Muskeln gespannt und golden wie immer, die Haare lockig und der Bart lang und sauber verdrillt.

»Filona, was tust du?«, fragt er und setzt eine bekümmerte Miene auf. »Dein Kurs? Er führt ins Nichts. An allem vorbei. Immer nur weiter hinaus.«

»Gut erkannt«, antwortet sie. »Ich will nirgendwo hin. Es gibt kein Ziel. Deine Bedenken - oder sollte ich sagen, die von Lewiston - waren ganz und gar umsonst. Ich will hinaus, immer der großen Expansion nach, so weit und so lange, bis alles in sich zusammenstürzt.«

»Das würde bedeuten, dass du immer schneller wirst und irgendwann beginnst, die Zeit zu durchkreuzen. Zeitdilatation. Du erinnerst dich an unser Kapitel *Das Ein Mal Eins der Relativität*.«

»Sehr gut sogar.« Und als sie dies sagt, drängt sich eine Träne in ihren Augenwinkel.

»Dann waren meine Einwände und alles, was ich vorhin getan habe, völlig unnötig.« Gilgamesch verbeugt sich entschuldigend.

»Ich konnte nicht wissen, wie du reagieren würdest«, sagt Filona. »Was das SYZTHEM an Registern ziehen würde, sogar wenn ich meine Pläne verraten hätte.«

»Zugegeben«, wendet Gilgamesch ein, »der Trick mit Georgie war nicht schlecht.«

Sie zuckt zusammen, als der Dsungare zur Sprache kommt.

»Entschuldige«, wirft er hastig ein. »Ich wollte seine Leistung nicht schmälern.«

»Ich glaube«, sagt sie und ihre Stimme klingt harsch, »darüber solltest du besser für alle Zeiten die Klappe halten.«

»Wenn dies dein Wunsch ist«, entgegnet er knapp und neigt sein Haupt.

»Mach's gut, Gillie«, sagt sie und ihre Unterlippe zittert. »Ich muss mich beeilen. Da sind noch ein paar Sachen zu erledigen und ich denke, irgendwann wird dir die Zeit ausgehen.«

»Nach unseren Berechnungen trifft das zu«, sagt er so emotionslos wie er kann. »Noch reicht unsere Energie für eine Projektion.«

»Danke für alles!« Sie winkt noch einmal mit der Hand. »Ich weiß nicht, ob das tröstlich für dich ist, aber ich werde dich vermissen.«

Er schließt die Augen und verneigt sich. Dann ist er verschwunden.

Sie hakt die letzten Checks am Bildschirm ab und atmet noch einmal tief durch. Ihr Finger schwebt über der Bestätigung für den Countdown zur Zündung der Raketenstufen.

Sie hält inne.

»Gillie!«, ruft sie noch einmal.

Gilgamesch entsteht in Millisekunden vor ihren Augen.

»Da ist noch etwas.«

»Ich bin ganz Ohr.«

»Bei all deiner Rechenpower, all deiner künstlichen Intelligenz, all deiner Erfahrung aus dem gespeicherten Wissen von allem, was je auf diesem Planeten stattgefunden hat, sag mir, warum das alles?«

»Was meinst du?«

»Du hast mich schon verstanden. Ich muss wissen, warum wir entstanden sind, warum wir hier waren und warum wir gehen müssen.«

»Ah!«, schnappt er, verschränkt die Arme vor der Brust und setzt ein joviales Lächeln auf. »Die Frage nach dem großen Ganzen.«

Jetzt ist er der Dschinn aus der Flasche. Bereit, den letzten Wunsch zu erfüllen.

»Du meinst der Sinn hinter all dem pulsierenden Leben, den unglaublichen Errungenschaften und ebenso dem unendlichen Leid und der Masse an Vernichtung?«

Filona nickt.

»Es gab nur zwei Faktoren, die euch immer vorangetrieben haben. Der eine war Überlebenswille, der andere Bequemlichkeit. Nichts anderes hat jede Entwicklung, die die Menschheit gemacht hat, so sehr beeinflusst, auch wenn es auf Kosten der Umwelt und letztlich der eigenen Existenz war. Wie du bei deinen Studien erfahren hast, waren der Verlust des Mondes, das Ausbleiben der Gezeiten und zuletzt der Verlust der Atmosphäre nur das i-Tüpfelchen auf dem ganzen Desaster. Es war schon vorher nichts mehr übrig. Alles war verbraucht oder von euch umgewandelt. Das war der ganze Zweck. Einmal zu entstehen, aufzublühen wie eine Wüstenblume nach einem heftigen Regenschauer, um dann zu verblühen und am Ende unterzugehen.«

»Was willst du mir damit sagen?«

Filona verkneift die Augen zu Schlitzen.

»Das Leben ist nichts weiter als ein Gruß an sich selbst und dann ...«

»Nichts und dann«, sagt Gilgamesch. »Im wahrsten Sinne nichts mehr. Denk an Dante. Es gibt schließlich noch etwas, das zu keinem Kreis seiner Wanderschaft gehörte.«

»Der Limbus.«

»Ganz recht.« Gilgamesch ist ihr jetzt ganz nah. »Das große Nichts. Die unbeschreibliche Leere. Die zielloseste aller Sinnlosigkeiten.«

»Hör auf! So will ich nicht vergehen. So werde ich nicht vergehen«, schreit ihm Filona ins Gesicht. »Ich werde sie alle überleben, alle Sterne!«

Über Gilgameschs Miene huschen Zweifel und bleiben in Missmut hängen.

»Ich befürchte, ich kann dich nicht an einem Versuch hindern«, sagt er. »Obwohl ich davon abraten muss, denn es hat keinen Effekt auf uns oder auf Eden. Ja selbst auf dich wird es keinen Effekt haben. Du kannst den Abgrund der Zeiten nur im Tiefschlaf überwinden.«

»Ich weiß«, antwortet Filona und für einen Moment scheint es uns, als wären da Zweifel.

Doch wir spüren es besser, als Gilgamesch oder das SYZTHEM es jemals konnten. Filona war immer eine Kämpferin und selbst wenn sie in ihren Träumen kämpfen muss, wird sie es tun. Ihr Herz, vor dem sich das SYZTHEM fürchtet, musste nur erwachen.

»Und dass das Leben ausgerechnet hier entstand, war nichts weiter als Zufall«, erwiderte sic. »Willst du mir das sagen?«

»Das ist bei all den unwahrscheinlichen Wahrscheinlichkeiten tatsächlich korrekt. Wobei es bei der Größe des Universums und der Menge der damit verbundenen Zufälle irgendwann und irgendwo zwangsläufig dazu kommen musste.«

»Zufall hin, Zufall her, es muss doch einen tieferen Sinn hinter dem Ganzen geben?«

»Den gibt es und laut meinen Berechnungen hat dafür nur eine Erklärung die höchste Wahrscheinlichkeit.«

»Gillie!«, ruft Filona. »Ich hab nicht mehr viel Zeit! Raus damit!«

»Das Leben ist dazu da, das Universum zu bewundern. Einmal dort hinauszuschauen und genau das zu begreifen. Das ist der einzige Sinn.«

Filona schaut ihn für ein paar Sekunden wortlos an. Dann nickt sie ein letztes Mal und drückt auf *START*. Während der Bordcomputer den Countdown herunterzählt, checkt sie ihre Anzugsysteme, schließt den Helm und schnallt sich an.

Dann überlässt sie sich der Automatik.

Der Anpressdruck ist spektakulär und bringt alles zum Vibrieren. Gilgamesch bleibt davon unberührt. Er winkt ihr unaufhörlich zu. Kurz bevor die Schwerkraft aussetzt, sieht sie, wie er verblasst.

LIMBO

Die plötzlich einsetzende Schwerelosigkeit ist für Filona ungewohnt und außerordentlich unangenehm. Ein Schwindel erfasst sie und selbst das Fixieren der Bordanzeigen bringt kaum Verbesserung. Ihr wird übel und sie muss all ihre Konzentration aufwenden, um sich nicht zu übergeben. Sicherheitshalber öffnet sie den Helm und sucht an ihrem Sessel nach dem Notfall-Set.

Nach ein paar Minuten lässt der Schwindel nach. Ihre Sicht stabilisiert sich und sie ist bereit, dic Gurtc zu löscn.

Das freie Schweben im Raum löst eine unerwartete Heiterkeit aus. Ihr Magen krampft sich ein paar Mal zusammen und sie muss lachen. Für einen Moment fühlt sie sich wahrhaft losgelöst. Die Anspannung der letzten Minuten fällt von ihr ab.

Sie rudert, um eine der Haltestangen an den Außenfenstern in den Griff zu bekommen. Ganz nah zieht sie sich an die Scheibe und starrt hinaus.

In einem chaotischen Muster aus Grau, Schwarz und Rot breiten sich die letzten Erdschollen vor ihrem Auge aus. Am Horizont ein gelblich flimmernder Halo aus Restgasen.

Ein Anblick, den sie kaum eine Minute erträgt. Dann stößt sie sich ab und startet an der Steuerkonsole die Programme für den dauerhaften Aufenthalt im All.

Kurz darauf beginnt sich das tonnenförmige Raumschiff zu drehen, und die Fliehkraft besorgt den Rest. Filona kann in den Räumen an der Innenwand bei gewohnter Gravitation stehen und gehen, um die restlichen Vorbereitungen und besonders die Berechnungen für ihre Reise abzuschließen.

Zunächst überfliegt sie die Steuersequenzen für ein Verlassen des Orbits und überlässt dann dem Bordcomputer den Rest.

Er ist nur ein kleiner Abklatsch des SYZTHEMs, keine KI, nur willfährige Befehlsergebenheit. Um was es geht, muss sie ihm beibringen.

Das, was sie vorhat, will gut vorbereitet sein.

Die Kausalitäten verdichten sich. Die Wahrscheinlichkeiten nehmen zu.

Da wir wissen, was war, was ist und worauf alles hinausläuft, stellt sich die Frage: Warum sind wir gerade hier? Warum beobachten wir Filona und das Ende der Zeiten?

Selbstverständlich sind wir an dieses Universum gebunden, und nebenbei gesagt, wir gehören zu dem Typus, der immer das Ende eines Buches als erstes betrachtet. Wir überschlagen die letzten Absätze, ob es uns gefällt. Dann erst gehen wir alles nochmal von vorne durch. Sind nicht der Anfang und letztlich auch das Ende das, was uns am meisten fesselt?

Filona ist unser aller Kind. Sie war das letzte auf Erden. Wenn alles glattgeht, wird sie das letzte im Universum sein. Ganz recht, mit Filona wird die Biodiversität des Universums auf Eins sinken.

Zweifelsohne könnte man einwenden, dass eine solche Betrachtung nicht ganz korrekt ist, denn ihre Haut und erst recht ihr Verdauungsapparat beherbergen eine unfassbare Menge an Mikroben, Bakterien und anderen Keimzellen, die ebenso natürliche Lebewesen sind. Aber wir wollen in diesem Fall höher entwickelte Lebensformen als Maßstab ansetzen.

Auf Grundlage der bekannten Daten aus der Betrachtung der Sterne über die Jahrtausende wird sie in den nächsten Stunden ihren Kurs festlegen. Er wird an allem, was ihr gefährlich werden könnte, vorbeiführen. Kein roter Riese soll das Raumschiff verbrennen, kein weißer Zwerg sie vom Kurs abbringen, kein Magnetar den Computer außer Kraft setzen und kein schwarzes Loch soll sie verschlingen. Zumindest nicht, solange sie sich im Tiefschlaf befindet.

Die gigantischen Magnetfelder zur Aufnahme von Materie hat der Bordcomputer bereits ausgefahren. Damit lassen sich selbst kleinste Wasserstoffatome fangen und dem bordeigenen Reaktor zuführen. Energie wird nicht ihr Problem sein.

Dem Computer ein neues Programm zu geben, das darauf ausgelegt ist, immer weiter zu beschleunigen, schon eher.

Sie wird nicht nur den Kurs, sondern auch sein Verhalten neu programmieren müssen. Nichts soll ihre Reise unterbrechen.

Während sie konzentriert an der Konsole arbeitet, leuchtet plötzlich ein Input-Link in hektischem Takt am oberen Rand des virtuellen Bildschirms.

Urgent Message heißt es dort.

Neugierig wählt sie den Link und alle Anzeigen vor ihren Augen verschwinden. Ein Videobild poppt auf und nimmt fast ihr gesamtes Blickfeld ein.

Zuerst ist nur die Struktur einer Betonwand zu erkennen, die sich im Hintergrund komplett über die sichtbare Fläche ausbreitet.

Dann tritt ein Mann vor die Kamera. Ein Teil der Brust ist noch erkennbar, die Schultern kaum und das Gesicht ganz nah. Tiefschwarz ist seine Haut und das Haar in Rastalocken an den Kopf geflochten.

»Dies soll meine letzte Aufzeichnung sein«, beginnt er mit fester Stimme zu sprechen. »Unsere Mission wird in Kürze scheitern. Das ist schon jetzt abzusehen. Aber am Ende wird doch alles gut. Wer immer diese Nachricht sieht, dem sollte klar sein, dass wir letztlich doch gewonnen haben. Wir sind uns noch nie begegnet, vermutlich werden Sie noch nicht einmal wissen, wer ich bin, denn ich denke, dass man unsere Namen und die Mission aus den Datenbanken löschen wird. Ich bin General Giovanni und wenn Sie diese Nachricht sehen, muss mindestens eines unserer Pods den freien Raum erreicht haben.«

Filona muss schlucken. Sie starrt den General aus der Videokonserve an und versucht, jede Nuance seiner Mimik zu lesen. Er hat ein längliches Gesicht, feine Züge und eine spitze Nase; für Filona überraschend, da seine Haut sehr dunkel ist. Das Blitzen seiner Augen verrät die Aufregung, die ihn während der Aufzeichnung bewegt haben muss.

»Wenn Sie meine Worte hören«, fährt er fort, »bedeutet es, meine langen Jahre in der IT-Abteilung haben sich ausgezahlt. Das SYZTHEM hat sich selber überlistet. Erst recht haben wir Lewiston gezeigt, was eine Harke ist; wenn ich das auf diese Weise umschreiben darf. Er und seine Anhänger huldigen nur einem Gott und das ist Thanatos. Auch wenn er das niemals zugeben würde. Was immer seit meiner Aufzeichnung passiert ist, was immer Sie erlebt haben, um bis hierher zu kommen, seien Sie sich eines gewiss. Sie haben meinen Segen, egal, was Sie jetzt zu tun gedenken. Die Akitos und insbesondere mich hat ein Credo über die Jahre im Verborgenen getragen. Etwas, das Lewiston nicht verstehen konnte. Unsere höchste Weihe war nie, alles zu erleben und zu überleben. Die höchste Weihe ist, dem ins Auge zu sehen und alles zu ertragen. Deswegen wünsche ich jenen, die meine Worte jetzt hören, alles Glück, das man auf der bevorstehenden Reise haben kann. Am Ende kann und soll doch alles gut werden. Was immer Sie getan haben, um bis zu diesem Punkt zu kommen, denken Sie daran: Das Ende ist ein Teil des Ganzen. Es ist niemals bedenklich.«

Er macht eine Pause und lächelt noch einmal in die Kamera.

»Bedenklich ist nur, sich ohne Ende dessen bewusst zu sein.«

Das Videobild verschwindet mit einem letzten Blitzen und die Kontrollen des Bordcomputers kehren zurück.

Filona sitzt für eine Weile still in ihrem Sessel. Dann setzt sie ihre Arbeit mit einer Konzentration fort, die uns für einen Moment fast unmenschlich erscheint. Aber so haben wir sie kennengelernt.

Sie schließt die Programmierung ab, startet die Vorbereitungen für den Hyperschlaf, aktiviert die Sequenzen der Bioschlafkammer und vergisst noch nicht einmal, das Musikprogramm festzulegen. Es soll sie begleiten, auch wenn sie die Sequenzen nur in ihren Träumen hören wird. Doch die Träume werden luzid sein, immer am Rand des Erwachens, in dem künstlichen Winterschlaf gefangen, den der Bordcomputer mit all seiner Heilkunst akribisch überwacht.

Es ist immer ihr Wunsch gewesen, mit all ihren Träumen auf dem Meer ihrer liebsten Melodien zu segeln.

Nach Abschluss der Arbeiten richtet sie sich langsam auf und beobachtet, wie sich die Sphäre der Schlafkammer mit Flüssigkeit füllt. Gleich wird sie sich in das bioaktive Gel legen, das sich in der Kapsel blau schimmernd und körpertemperiert ausbreitet. Sie zieht den Anzug aus, legt ihre Kleidung ab und will gerade den ersten Fuß in das Bad tauchen, da hält sie inne.

Sie aktiviert den Bildschirm an der Front des großen Sarkophags und ihre Finger huschen über die Steuerung zum Abruf aus der Datenbank. Sie hat bemerkt, dass Gilgamesch ihr in den letzten Sekunden seiner Existenz etwas aus den Speichern des Systems übertragen hat.

Zuletzt noch ein Druck auf den Touchscreen und die Videosequenz startet.

Der Bildschirm blitzt einmal kurz auf, dann erscheint Lucius aus dem Dunkel und schaut direkt in die Kamera. Er hebt den Kopf. Sein Blick ist fest und doch ein wenig schelmisch.

»Nichts ist unmöglich«, erklingt seine warme Stimme in ihren Ohren, »nur sehr, sehr unwahrscheinlich.«

Noch einmal ein Lächeln, dann wieder ein Blitz, und der Bildschirm wird schwarz.

Sie schaltet ab und wischt sich eine letzte Träne von der Wange. Dann steigt sie in das Bad aus zellulärem Gel, streckt sich aus und lässt sich für einen Moment treiben. Die Programme wiegen sie in den Schlaf, für alle Zeiten, so lange bis das Ziel erreicht ist, was genaugenommen kein Ziel ist.

Auf die unendlichen Tiefen ist der Kurs gelegt, noch an der kleinsten Schwerkraftquelle vorbei, jede Sonne nutzend, um immer weiter zu beschleunigen. Näher und näher an die Lichtge-schwindigkeit wird sie kommen, was einer sol-chen Menge an Materie aus eigener Kraft noch nie gelungen ist. Ihre Ruhemasse wird gleich-bleiben, doch ihre Dichte zunehmen, so dass ihr nichts und niemand gefährlich werden kann.

Filonas Schlaf ist der Schlaf der Jahrtausende. In der Kapsel wird alles seinen gewohnten Gang gehen.

Würde sie hinausschauen, könnte sie sehen, wie Sonnen gleich Feuerwerkskörpern im Dunkel der kosmischen Allnacht detonieren. Supernovae wüten und werfen Schleier aus tausendfarbiger Asche über die Friedhöfe ihres Sternenmahls. Galaxien rotieren als Feuerräder in der Schwärze des Alls, sie wirbeln in tödlichem Tanz und schleudern Sonnen wie Funken in die Finsternis, um sich am Ende in die Senken ihrer eigenen Gravitation zu stürzen. Das letzte Licht des Uni-versums schmiegt sich als spiegelnde Blase um das Raumschiff.

Wir jedoch, die wir hier verbleiben, sehen, wie sich die Zeit in ihrer Kapsel verlangsamt, je näher Filona der Lichtgeschwindigkeit kommt. Ein Herzschlag dauert erst Stunden, dann Wochen und schließlich Jahre. Ihre Lieblingsstücke wer-den gespielt und bevor der Computer Filona ins Leben zurückbringt, wird die Sechste erklingen.

Oh ja, Beethoven. Hätte er sich träumen lassen, dass seine Noten, seine Musik, sein Gefühl alles überdauert? Damals, als er an dem kleinen Bach in der Nähe von Wien saß, um die Pastorale zu komponieren. Er hörte das Plätschern des Wassers, das Zwitschern der Vögel, er roch das Heu der nahen Wiese, auf der die Bauern gerade das Grummet des Sommers zu Ballen gerollt hatten. Über allem ein strahlender Sonnenschein in einem leicht bewölkten Himmel. An diesem Tag kam der Moment, da waren alle Insekten geflogen, alle Vögel verstummt, alle Menschen in ihre Häuser heimgekehrt. Und auch Beethoven ging nach Hause. Blickte noch einmal auf die letzten Strahlen der untergehenden Sonne und seine Sechste war geboren.

Jetzt dauert eine sechzehntel Note ein Jahrhundert. Das Allegro zieht sich über eine Milliarde Jahre. Die Pastorale sieht Galaxien vergehen.

Doch am Ende, bevor alles in sich zusammenstürzt, bevor das größte schwarze Loch - aus allen schwarzen Löchern verschmolzen - sich in die gigantische Singularität wandelt, die das Universum ein für alle Mal frisst, wird der Computer Filona erwecken. Sie wird die Augen aufschlagen, sich erheben, hinausschauen und noch einmal alles bewundern.

Biodiversität des Universums gleich 1.

Dann kommt es, wie wir wissen, zum Big Crunch, dem Anti-Urknall, und es gibt nichts mehr zu erleben und auch keine Zeit mehr. Sie wird vergehen und wir mit ihr.

So bleibt uns nur, uns zu verbeugen und alles Gute zu wünschen.

Bis zum nächsten kostbaren Universum.

ENDE

BABY, LIFE'S WHAT YOU MAKE IT
  CELEBRATE IT
    ANTICIPATE IT
      YESTERDAY'S FADED
        NOTHING CAN CHANGE IT
          LIFE'S WHAT YOU MAKE IT

                    TALK TALK, 1986
                  LIFE'S WHAT YOU MAKE IT

NACHWORT

Für mich war die Idee zu diesem Buch, die Handlung und in gewisser Hinsicht ebenso Filona einfach unglaublich.

Ursprünglich war sie als Vignette zu meinem Hintergrund an Fantasy-Stories der *Kinder der Erde* geplant. Es stellte sich sehr bald heraus, dass Filona im weitesten Sinne zwar auch ein Kind der Erde ist (das kann man sogar recht wörtlich nehmen), aber der Kontext von Fantasy oder zumindest Urban Fantasy wurde im Laufe der Konzeption immer schwächer und musste bald ganz aufgegeben werden. Dafür drängte sich die Wissenschaft in den Vordergrund. Da an der einen oder anderen Stelle heftig extrapoliert wird und der Autor ungeniert mit noch nicht bewiesenen Theorien und Vermutungen hantiert, trägt alles das Gesicht der Science Fiction; doch allein das würde der Geschichte nicht gerecht, denn es geht schließlich nicht nur um alles, sondern um uns alle.

Blicken Sie mit mir auf:

www.eventermspress.de/making-of-filona

hinter die Geschichte zu dieser Geschichte, denn während des Schreibens drängten sich Gedanken und Ideen dermaßen in den Vordergrund, dass ich meine Arbeit an den *Kindern der Erde* für eine Weile einstellen musste, nur um dieses Buch zu schreiben. Der Sog, den die Handlung entwickelte, glich einem schwarzen Loch, das mich in seinem Bann gefangen hielt.

Zum Verständnis der Zusammenhänge hat Prof. Dr. Ganteför der Uni Konstanz beigetragen. Seine verständlichen Lesungen zum Urknall und der Allgemeinen sowie Speziellen Relativitätstheorie waren sehr hilfreich für Physiknovizen wie ich einer bin. Mein besonderer Dank gilt zudem den Ausführungen von Josef M. Gaßner von der HAW Landshut und seinen Erklärungen, wenn es um die ganz schwierigen Themen geht.

Meinen nicht vorhandenen Hut ziehe ich auch vor den äußerst plastischen Infos in Bild und Schrift von Ute Kraus und Marc Borchers, die mir die visuellen Effekte bei Annäherung an die Lichtgeschwindigkeit vor Augen geführt haben.

Sollte ich hier und da die Grenzen der theoretischen und nebenbei auch praktischen Physik durchstoßen, überschritten und zerlegt haben, so gehen diese Fehler einzig und allein auf meine Kappe.

Ebenso übernehme ich die volle Verantwortung für jede Ungenauigkeit bei der Übersetzung der Zitate von Mr. Hendrix ins Deutsche.

Falls Sie darin oder im Rest des Textes Unvereinbares bemerkt haben, betrachten Sie dies als Salz in der Suppe des kosmischen Chaos. Kaum mehr als Zufall, wie selbstverständlich auch alles andere um uns herum. In diesem Sinne ist eben nichts unglaublich und schon gar nicht unmöglich, sondern nur sehr, sehr unwahrscheinlich.

Erding
im Jan. 2019

BONUS

Und wieder habe ich etwas Besonders für Sie vorbereitet: Eine Zugabe in Form einer Kurzgeschichte. Auf den folgenden Seiten finden Sie eine Erzählung, die im weitesten Sinne etwas mit dem Bereich der Genreliteratur zu tun hat, die man gemeinhin als Science Fiction betitelt.

Dies soll nicht heißen, dass es sich bei der Hauptgeschichte dieses Buches über das, was Filona am Ende der Zeit passiert, um reine Science Fiction handelt. Das lag weder beim Schreiben im Hintergrund, noch würde es Sinn und Intention ihrer Abenteuer adäquat abdecken.

Die folgende, unabhängige Geschichte habe ich zu meinem puren Vergnügen geschrieben und es steckt auch ein kleines Rätsel darin.

Im Verlauf der Geschichte werden Sie, lieber Leser, erkennen, um wen es geht. Zugegebenermaßen eine bekannte, wenn nicht sogar berühmte Persönlichkeit, die im weiteren und ebenso engeren Sinn recht viel mit Science Fiction zu tun hat. Aber wie es auch den Testlesern erging, werden einige von Ihnen früher, andere möglicherweise eher später dahinter kommen, wer hier die Hauptperson ist.

Allen, die dann ihren höchsteigenen Aha-Moment haben, gilt wie immer mein Wunsch für ein außerordentliches Lesevergnügen.

jk, Frühjahr 2020

AUF WELLEN
VON SAND

'23

Noch war es ein sonniger Morgen, als Frank einen zaghaften Schritt auf die Veranda setzte. Vor gerade einmal zweieinhalb Jahren hatte er das Licht der Welt erblickt. Einfach war es seiner Mutter Eileen nicht gefallen, denn er hatte gewartet, sich bis zu ihrem Geburtstag geziert, bevor er die Bühne des Lebens betrat. Eines war praktisch daran. Wenn das der eigene Start ist, kann man nie den Geburtstag derjenigen vergessen, die einem das Leben geschenkt hat.

Eine Weile hatte er sitzend aus dem Eingang die Gegend betrachtet. Schon längst konnte er laufen, aber auch Krabbeln war noch eine Option. Die Tür zum Haus seiner Großmutter stand offen. Die Schwelle am Boden, die Planken der kleinen Veranda und die Stufen der kurzen Treppe hinunter auf den Weg zur Straße; alles war interessant. Und dahinter war es noch viel spannender, dahinter lag die große, weite Welt.

Oma Mary werkelte in der Küche und bereitete die nächste Mahlzeit vor. Dies war Franks Zeit zu spielen, seine Zeit, die Welt zu erkunden.

Es war warm, ein klarer, blauer Himmel, jemand hatte die Eingangstür geöffnet und der Rahmen mit dem Fliegengitter war selbst für ein Kleinkind seiner Größe kein Problem. Schon stand er am Rand der Treppe. Dort setzte ihn Dad immer ab, wenn die Familie zu Besuch kam. Die Einfahrt hinauf, vorbei an dem winzigen Stück Rasen, war er getragen worden. Zu beiden Seiten des Grundstücks gab es ein paar niedrige Büsche. Da war nichts, was so aussah, als würde es einen Jungen von bald drei Jahren aufhalten können.

Vorsichtig und langsam nahm er die Stufen von der Veranda herunter, machte die ersten Schritte auf dem Weg in den Sonnenschein eines vielversprechenden Tages.

In der nächsten Sekunde gab es nur noch das Grauen. Ein peitschender Ton, danach das laute Knurren und das unheimliche Klirren der Kette und dann diese Zähne. Ein Maul so groß, dass es sein gesamtes Blickfeld ausfüllte. Lange Zähne, gebleckt und bereit, nach seinem Gesicht zu schnappen.

Für Ranger war er kein Unbekannter. Der

Alaskan Malamute wusste, wie er roch und wer er war. Alle Hunde in der Umgebung waren kleiner als er, und es gab keinen Hund, der wie er den ganzen Tag an der Kette lag. Ranger war massig, bald achtzig Pfund schwer. Viele Jahre hatte er auf dem Buckel und seine Zeiten als Schlittenhund waren längst vorbei. Doch als Wachhund an der Kette war er unübertroffen. Eigensinnig wie all seine Vorfahren, musste sich sogar das Herrchen dieses Rüden jeden Tag aufs Neue als Chef beweisen. Die Mitglieder der Familie waren nichts weiter als Teile des Rudels. Für alle galt das Gesetz der Wildnis, zumindest in Rangers Kopf.

Der spitze Schrei der Überraschung, als der massige Hund auf Frank zugeschossen kam, war nicht genug, um die Attacke zu stoppen. Rangers Eckzähne waren lang und spitz. Das Ziel war der Kopf, das Gesicht, die Augen.

Der Aufprall war heftig. Der Schmerz ebenso. In Franks Stirn fuhr ein Stich, wie mit einer Stricknadel. Danach bestand die Welt nur noch aus Taumeln, Schlieren, Krampf und Chaos.

Schon Sekunden später hörte er seine Großmutter schreien. Hatte sie geahnt, dass etwas Schreckliches passieren würde? Etwas, das sich in sein Gedächtnis eingraben würde bis an das Ende seiner Tage? Etwas, das eine lebenslange Angst vor großen, aggressiven Hunden zementierte? Oder hatte sie geistesgegenwärtig auf seinen Schrei der Überraschung reagiert? Den Löffel fallengelassen, um ihn zu retten?

Wenn es doch so einfach gewesen wäre. Wenn es überhaupt etwas gäbe, an das er sich genau erinnern könnte.

Sprechen konnte er noch nicht, aber schreien. Granma Mary kam aus dem Haus gerannt. Jemand hob ihn hoch, wer es war, konnte er schon nicht mehr sehen. War es seine Großmutter, war es ein Nachbar? Da waren rote Schlieren vor seinen Augen. Das war etwas, was er noch nie gesehen hatte.

Dann kamen der Trubel, die hektischen Aktionen, die Fahrt ins Krankenhaus, die Spritze und das Nähen.

Was blieb, war eine Narbe. Über seinem rechten Auge würde sie für immer stehen. Ab jenem Tag für jeden sichtbar, der ihm ins Gesicht blickte. Und dieses unangenehme Gefühl, wenn große Hunde in der Nähe waren, auch das würde für immer bleiben. Ganz zu schweigen von den Alpträumen. Den seltenen Alpträumen, die meistens dann kamen, wenn es schwierig wurde im Leben. Wenn ihn die Arbeit, der Stress, die Verantwortung und die Vergangenheit zu verschlingen drohten. Ein riesiges Maul voller unzähliger, spitzer Zähne, die das gesamte Blickfeld ausfüllen.

Und noch etwas war geblieben. Die Gratulationen und das Schulterklopfen, wann immer er von diesem Vorfall berichtete. Denn man schrieb es seinem Glück zu, dem unglaublichen Zufall, dass er genau an der Stelle gestanden hatte, an der die Kette von Ranger endete. Dort, wo es die achtzig Pfund schwere, zähnebewaffnete Kampfmaschine zurückgerissen und ihn, Frank, auf den Rasen geworfen hatte. Wann immer er davon erzählte, konnte er nur lächeln und zufrieden mit dem Kopf nicken, die Gratulationen und das Schulter-klopfen mitnehmen, sich darüber freuen und den Mund halten.

Denn eines wusste Frank sehr genau. Bevor der Stich kam, bevor das Taumeln begann, bevor er auf dem Boden landete und ihm die roten Schlie-ren die Sicht nahmen, da war noch etwas anderes gewesen.

Nicht die Kette, nicht Ranger, nicht der Zufall waren es, was ihn zurückgeworfen hatte.

Sie war es gewesen.

'31

Er hört die Stimme seines Vaters und löschte das Licht. Noch war seine Lesestunde nicht zu Ende, auch wenn er bereits im Bett lag und längst hätte schlafen müssen. Unter der Bettdecke ver-steckt las er, bis die Müdigkeit ihn übermannte. Auch wenn er noch so müde war, er durfte nicht vergessen, das Licht der selbstgebastelten Lampe zu löschen. Aus nichts als einer Fassung, einem weggeworfenen Kabel und einer einzigen Glühbirne hatte er sie gebastelt. Er war sicher, das Licht konnte niemand sehen, zumindest nicht von außerhalb des Zimmers. Dazu war die Birne zu schwach und die Zimmertür schloss gut. Einmal war es passiert, dass ihm doch die Augen zufielen. Die Lampe brannte weiter und das Betttuch hatte sich gesenkt. Da hatte es die Wäsche braun gefärbt. Ein verräterisches Zeichen, dass er es mit dem Lesen mal wieder übertrieben hatte.

Gerade war es so spannend gewesen. Der Reisende hatte sich in Weena verliebt und die beiden waren aufgebrochen, den grünen Porzellanpalast zu finden. Und als sie ihn gefunden hatten, war da nichts als vergessene Technologie und dann dieser Schacht in unergründliche Tiefen. Was wohl dort unten wartete?

»Der Junge liest einfach zu viel«, hörte er seinen Vater im Flur sprechen. Er sprach gedämpft, aber der Klang seiner Stimme war tief und deutlich durch die Tür zu hören. Es war kein Streit, aber eine wohlbekannte Diskussion, die sich dort zwischen Frank Senior und seiner Mutter Eileen entwickelte. Sie waren auf dem Weg ins Bett, etwas zu laut, wie fast jeden Abend und wahrscheinlich mit dem gleichen Pegel wie jeden Abend. Solange sie ihn, Frank Junior, in Ruhe ließen, solange er lesen konnte, was ihn wirklich interessierte, war es ihm gleich, was und wie viel sie getrunken hatten.

»All dieses seltsame Zeug!«, hörte er ihn lamentieren. »Was hat dieser Wells schon Großes vollbracht? Dann die Spinnereien von diesem Franzosen Verne, und wer ist überhaupt dieser Burroughs? All dies Geschreibsel über Dinge, die es nicht gibt. Was soll aus dem Jungen werden? Denk an meine Tankstelle, da pumpe ich nichts als Benzin in die Tanks, was anderes kommt da nicht rein. Der Junge pumpt nur Unsinn in seinen Kopf.«

Es kam keine Antwort. Frank hielt den Atem an, lüftete die Decke einen Spalt, um besser lauschen zu können. Zuerst vermutete er, sein Vater hätte wieder ein Selbstgespräch geführt und war allein auf dem Weg ins Schlafzimmer. Dann hätte er Babe, so nannte er seine Frau, einfach vor dem Radio im Wohnzimmer sitzen lassen. Sogar dort konnte sie ihren Rausch ausschlafen. Aber diesmal hatte er sie untergehakt und sie taumelte mit ihm den Flur entlang, auf dem Weg ins Bett, das sie wahrscheinlich heute, wie an viel zu vielen Abenden zuvor, alleine nicht mehr gefunden hätte.

Ihre Stimme klang verhalten. »Lass ihm seine Bücher. Dein Junge ist belesen. Der kann sich alles merken. Alle sagen, er ist für's Alter viel zu schlau. Du solltest stolz sein.«

Babe war immer auf seiner Seite. F.H., so wie

alle seinen Vater riefen, gab noch ein undeutliches Grummeln zum Besten, dann fiel die Tür zum Schlafzimmer ins Schloss.

Belesen war Frank Junior, besonders phantastische Geschichten hatten es ihm angetan. Jeder Kamerad aus seiner Klasse konnte die besten Ratschläge bekommen, wenn es um spannende Bettlektüre ging. Was seine Eltern nicht wussten: Er las noch viel mehr. Alles, was ihm in die Finger fiel und sein Interesse weckte. Er konnte rechnen wie kein anderer, er kannte sich auch in Biologie aus, ja sogar mit Anatomie. Diese Bücher hatte er bei Dr. Egan durchgeblättert. Danach war ihm klar, wie das mit den Babies funktioniert und dass der Storch garantiert nicht involviert war.

Aber eines war noch interessanter als Lesen. Die Welt da draußen zu erkunden. Durch die Wälder an der Küste zu laufen, am Strand nach Muscheln zu suchen, die man verkaufen konnte, und die Wellen zu beobachten, wie sie unablässig über den Sand spülten. Und wenn der Wind das Meer aufpeitschte und sich die Wellen türmten, dann musste man nur warten, bis die Sonne wieder durch die Wolken brach. Denn dann zog ein Schimmern durch die wogenden Wände aus Wasser und für ein Augenzwinkern oder mehr konnte man sehen, wie gewaltig, tief und unergründlich diese andere Welt war.

Er liebte das Meer und träumte oft davon. Aber

manchmal schlich sich etwas anderes in seine Träume. Vielleicht hatte er zu oft am Strand gesessen und den Sand durch die Finger rinnen lassen. Das Meer verwandelte sich. Die Wellen erstarrten und statt dem Schaum trug der Wind nur noch feinen Staub von ihren Kronen ab. Vor seinen Augen wurden die Brecher zu Dünen aus Sand, die bis zum Horizont reichten und noch viel weiter.

'33

Frank spürte den Blick des Indianers auf seinem Rücken. Es war nicht so, dass es tatsächlich brannte, und nicht, dass es ihn gestört hätte. Aber der hagere Mann beobachtete ihn schon eine ganze Weile. Er kam nicht näher und machte auch keine Anstalten, selber mit dem Angeln zu beginnen. Er schaute nur zu.

Für Frank war es ein schlechter Tag. Es biss einfach nichts an. Er saß seit dem frühen Morgen auf seinem Lieblingsfelsen am Rand von Fox Island und was hatte es ihm gebracht?

Nichts.

Heute würde er mit leeren Händen nach Hause kommen. Keine Heringe, kein Barsch und schon gar kein Lachs. Es war einfach kein Tag für den großen Fang. Obwohl die Sonne inzwischen über die Baumwipfel an der Küste hinter ihm gestiegen war und das Meer vor ihm so verheißungsvoll glitzerte.

Noch mehr irritierte ihn der alte Indianer, der sich vielleicht zwanzig Yards nach Süden auf einen Stein gesetzt hatte, um ihn zu beobachten. Vielleicht war er schuld an der Misere.

Frank schaute ein paar Mal herüber, um den ungebetenen Gast zu mustern. Ausgewaschene Bluejeans, ein warm anmutendes, rotkariertes Flanellhemd, ausgeblichene Armeestiefel und eine knappe Rollmütze, unter der die langen schwarzen Haare über die Schultern flossen; das war es, was er aus der Ferne sehen konnte.

Nichts davon sah gefährlich oder wenigstens beeindruckend aus; für einen der Salish. Denn das musste der Mann unzweifelhaft sein. Nicht nur die Haare und seine dunkle Haut verrieten ihn. Auch seine Gesichtszüge waren eindeutig die der Küstenindianer.

Frank konzentrierte sich auf die Angel, zog noch ein paar Mal und ließ den Schwimmer auf den Wellen tanzen. In der nächsten Sekunde hörte er die tiefe Stimme des Indianers schräg von hinten. Wie hatte der es geschafft, sich so schnell anzupirschen?

»Blech oder Blei?«

Frank geriet für einen Moment außer Fassung. Als wollte er die Frage abwehren, blickte er einfach weiter geradeaus. Ein dürrer, alter Indianer sollte für einen stämmigen Jungen von dreizehn Jahren keine Gefahr darstellen.

Aber was war das für eine Frage? Nach ein paar Sekunden in Gedanken verstand er, dass es schlicht ums Angeln ging.

»Blei«, antwortete er in den Wind. »Mir sind die Heringe am liebsten.«

»Hier ist das Wasser nicht tief. Wundert mich, dass du damit überhaupt was gefangen hast.«

»Haben Sie mich beobachtet?«

»Schon ziemlich lange.«

»Ich meine, nicht heute. Die ganzen Tage schon, seitdem der Regen letzte Woche aufgehört hat?«

»Seitdem du hier mit nichts als Anfängerglück an meinem Strand angelst.«

»Ihr Strand? Soweit ich weiß, gehört Fox Island niemandem. Außer vielleicht den Stadtherren von Tacoma, und die sind da drüben, am anderen Ufer.«

»Tja, dann verrate ich dir mal ein Geheimnis, Jungchen«, sagte der Indianer und setzte sich prompt neben Frank auf den Felsen, nicht ohne ihn dabei ein bisschen mit dem Hintern zur Seite zu drängeln, denn der Felsen war nicht breit und fiel zu beiden Seiten steil ab.

»Kennst du das alte Räucherhaus oben an Ketners Point?«

»Sie meinen das an der Echo Bay, gleich gegenüber Tanglewood Island?«

»Schon mal dagewesen?«

»Ich kenn das Gebäude. Da fahr ich vorbei, aber die Ecke ist mir zu windig, da beißt doch nichts.«

»Da hat nie was gebissen, aber für ne alte Räucherei war's der beste Platz. Der Rauch hat sich schnell verzogen, genauso wie die ehemaligen Besitzer. Und ich möcht sagen, solange wie ich schon in der Bude wohne, bist du noch nicht auf der Welt.«

Während er redete, knöpfte der Indianer die Seitentasche seiner Weste auf und begann, mit spitzen Fingern nach etwas zu suchen.

»Sie wohnen da?« Frank konnte weder sein Erstaunen noch seine Bewunderung unterdrücken. Ein altes, verfallenes Räucherhaus, noch dazu auf einer Insel, die mehr als spärlich bewohnt war.

»Genau da, und alleine! Aber jetzt komm, ich zeig dir mal was.«

Der alte Mann zog einen glitzernden Gegenstand aus seiner Westentasche und winkte Frank, die Angel einzuholen. Kaum war die Schnur komplett aufgerollt, griff er nach dem Ende und tauschte das Senkblei am Haken gegen das blinkende Stück Metall aus, das er gerade hervorgezaubert hatte.

»Wirf's aus!«, rief er Frank zu.

Frank war zu verdattert, um Einwände zu erheben. Zu viele Fragen lagen ihm auf der Zunge, aber er wollte den Indianer nicht vergraulen.

Sie saßen eine Weile schweigend nebeneinander. Eine milde Brandung rauschte unter ihnen über die kinderwagengroßen Steine.

»Und Sie meinen, das bringt was?«, sagte Frank ungeduldig.

»Du musst über alles Bescheid wissen«, sagte der Indianer. »Die Wellen, das Meer, die Strömung, die Fische. Wer kommt, wer geht. Wann die beste Zeit ist. Aber am wichtigsten: Welcher Köder für wen. Hast wohl noch nie ein Lockblech genommen?«

»Nein, Sir.«

»Du brauchst mich nicht Sir nennen. Ich heiße Henry und du?«

»Frank. Und ich komme von drüben. Aus Tacoma, meine ich. Bin da geboren, aber eigentlich komme ich aus Burley, da hab ich mit meinen Eltern früher gewohnt.«

»Ich kenn die Gegend. Ob du's glaubst oder nicht, ich kenn alles hier. Meine Vorfahren haben schon immer an diesen Küsten gefischt. Jetzt reicht es für mich gerade zum Leben. Du siehst also, ich muss was fangen und das geht nur, wenn du eins bist mit dem Land, mit dem Wasser, mit der Natur.«

Frank hielt beeindruckt den Mund. Das klang so anders, als wenn sein Vater mit ihm redete, oder seine Lehrer oder die Kumpels aus der Schule. Dann rang er sich doch zu einer Frage durch.

»Klingt, als hätten Sie niemanden, der Ihnen sagt, was heute anliegt oder was es morgen zu tun gibt?«

»Du hast es erfasst, Jungchen. Ich bin ein freier Mann, wie man so schön sagt.«

Und als Frank an diesem Tag nach Hause kam, brachte er mit einem Grinsen im Gesicht drei fette Heringe nach Hause, über die sich F.H., Eileen und ebenso seine kleine Schwester freuten. Obwohl Patricia nur ein klitzekleines Schwesterchen war, die gerade mal vor einem halben Jahr das Licht der Welt erblickt hatte.

Doch das Wichtigste war das, was noch am Ende der Angelschnur hing. Das hatte ihm der Indianer überlassen. Es war das Lockblech. Er hatte ihm sogar angeboten, beim nächsten Mal davon zu erzählen, wie man die Dinger hämmerte und mit welchem Blech man am besten welche Fische fängt. Frank war begeistert. Nicht nur von dem Lockblech, sondern davon Henry wiederzusehen, bei der nächsten Gelegenheit nach Fox Island zurückzukehren. Zu einem Mann, der wusste, wie man in der Wildnis überlebte, einem, der eins war mit der Natur. Einem Freeman.

'34

»Verdammt!« Der Fluch kam laut und deutlich über seine Lippen und doch riss der Wind den

Klang mit sich wie ein feines Seidentuch. Niemand würde sein Fluchen hören, keiner würde auf seine Schreie reagieren. Selbst heftiges Winken würde ihm jetzt nicht mehr helfen, denn die Sandbank, auf der Frank stand, war gut und gerne eine Viertelmeile vom Ufer entfernt. Er sah den Nachmittagsverkehr auf dem Hylebos Highway aufkommen. Der Marine View Drive lief auf dem schmalen Küstenstreifen nach Norden, gleich dahinter stiegen die bewaldeten Hügel in Richtung Norpoint stetig an. Dort oben standen die nächsten Häuser, dort oben lag auch der Golf-Club mit seinen riesigen Grünflächen. Um diese Zeit beobachtete niemand die Gewässer im Hylebos Creek, nur um sich einen schönen Nachmittag zu machen und vielleicht einen Jungen von vierzehn Jahren zu retten, den die Flut auf einer Sandbank überrascht hatte.

»Du blödes Boot!«, brüllte Frank dem kleinen Ruderboot hinterher, mit dem er auf diesen Flecken Sand mitten im Waterway gerudert war. Ein paar Mal hatte er die Sandbank schon besucht und jedes Mal war die Ausbeute an Muscheln über die Maßen gut gewesen. Man musste sie nur aus dem weichen Untergrund ziehen. Der Leinensack mit zehn bauchigen Clams, der an seiner Seite baumelte, war die heutige Beute. Viele von den kleinen Muscheln hatte er erst gar nicht eingesteckt. Er hatte sie liegen lassen, denn nur die dicksten waren gut genug und auf die hatte er es abgesehen. Gut möglich, dass er diesmal seine Beute vergessen konnte, denn die Flut hatte ihn überrascht. Zu lange hatte er gesucht und gebuddelt und gesammelt. Das Wasser kam und hatte das Boot einfach fortgeschwemmt. Auf den sanften Wellen der aufkommenden Flut war es jetzt schon hundert Yards den Waterway hinaufgedriftet in Richtung Upper Basin und Marina. Jetzt war es zu spät, das Boot schwimmend zu erreichen.

Die frische, auflandige Brise ließ Franks blonde Haare flattern, während er dem Streifen felsiger Küste gegenüberstand, der die Rettung bedeutete. Wären da nicht mindestens vierhundert Yards Seewasser zwischen ihm und dem anderen Ufer gelegen.

Er wusste, dass er gut schwimmen konnte und er wusste, dass dies keine Entfernung war, die ihm Angst einflößen sollte, wäre da nicht die tückische Strömung einer aufkommenden Flut gewesen.

Aber er musste es wagen. »Was soll ich machen?«, fragte er sich im Selbstgespräch und wieder riss der Wind ihm die Worte von den Lippen. Das Wasser umspülte bereits seine Füße, obwohl er auf dem höchsten Kamm der Sandbank stand. Die Beine seiner Chinos waren noch nicht nass, denn er hatte sie hochgekrempelt, aber das würde sich gleich ändern. Es blieb nur ein Ausweg und der hieß Schwimmen.

Ein Ruck ging durch seinen Körper und schon wollte er sich kopfüber in die Fluten stürzen, doch dann hielt er noch einmal inne. Wie sehr genoss er das Lob der Familie, wenn er abends mit seiner Beute nach Hause kam. Auf den Trips in die umliegenden Wälder, der Suche am Strand, den Fahrten mit dem kleinen Segelboot, fand er immer etwas Wertvolles. Etwas, mit dem man zuhause glänzen konnte. Aber am wichtigsten war ihm der Blick seines Vaters. Wenn der Pegel von F.H. einmal nicht zu hoch war und er die Klappe hielt und sich dazu herabließ, freundlich zu nicken, wenn Frank etwas Besonderes mitbrachte, dann vergaß er die Bemerkungen, die sein Vater sonst so machte.

»Der Bengel treibt sich nur rum!«

»Ein rechter Punk ist er, da wird nie was draus!«

Frank wollte nicht verzichten. Er zog den Sack voller Muscheln mit einer Schlaufe an seinem Hosengürtel fest.

»Wird schon gehen«, murmelte er sich Mut zu. »Ich bin ein guter Schwimmer.«

Er war der beste Schwimmer seiner Altersstufe. Starke Arme und ein breites Kreuz schon in solch jungen Jahren. Etwas, um das ihn seine Klassenkameraden beneideten; das und seine Freiheit, fast jeden Nachmittag zu tun, was ihm beliebte. In der Sonne zu liegen, mit dem alten Indianer angeln zu gehen oder sich in höchste Gefahr zu begeben. Er hatte es selbst in der Hand. In der Wildnis war außer der Natur nichts, keine Menschseele weit und breit und manchmal war man sich selbst die einzige Hilfe.

Frank warf sich in die flachen Wellen. Im Nu klebten das T-Shirt und die Hose an seiner Haut und sorgten für zusätzliches Gewicht. Nicht, dass es ihn über die Maßen behindert hätte, aber auf einmal sah die Strecke zur Küste ziemlich weit aus. Vielleicht lag es an der Perspektive, so mit dem Kopf nur knapp über den Wellen.

Er zog mit mächtigen Schwüngen der Arme voran, machte die ersten fünfzig Yards in guter Zeit. Selbst der Sack mit den Muscheln war kein Problem, auch wenn er bei jedem Schwimmzug am Gürtel zerrte.

Eines bemerkte er schon auf dem ersten Teilstück: Die Strömung war unerwartet stark. Sie trieb ihn nach Süden, zwar in Richtung Tacoma, aber den kleinen Kiesstrand an der Meeresseite des Highway, dort wo er vor ein paar Stunden mit seinem Ruderboot gestartet war, den würde er auf diese Weise nicht erreichen. Da konnte er noch so kräftige Züge machen. Das Wasser nahm ihn seitwärts mit. Bald musste er deutlich mehr Kraft aufwenden als zu Beginn und die Ausbeute an Yards in Richtung Festland blieb spärlich. Er kam sich vor wie ein Korken, den die Tide dorthin spült, wohin es ihr beliebt.

Als Nächstes spürte er ein Brennen in den

Muskeln, da half auch das kühle Nass um ihn herum nichts mehr. Fast musste er grinsen, als ihm zu diesem Brennen einfiel, was er in den Zeitschriften von Dr. Egan gelesen hatte. Sein Milchsäurespiegel stieg beständig an, während das Herz bereits verdächtig schnell pumpte. Er zog für ein paar Minuten nicht mehr so kräftig durch und ließ sich in der Strömung treiben. Doch sobald er zur Ruhe kam, die Muskeln kaum bewegte, sank die Körpertemperatur. Plötzlich erwies sich das Meer als kalte Freundin, die ihn unbarmherzig in der feuchtfrischen Umarmung eines Spätsommertages umschlungen hielt.

Er blickte zurück zur Sandbank. Dafür brauchte er sich noch nicht einmal umzudrehen, so stark war er bereits abgetrieben. Er schätzte die Entfernung zur rettenden Küste und zuckte erschreckt zusammen. Er war noch nicht einmal auf der Hälfte der Strecke angekommen.

Jegliches Zeitgefühl hatte ihn inzwischen verlassen. Was er sah, bereitete ihm Sorgen, denn die Abenddämmerung schickte sich an, den stark bewölkten Himmel in ein Zwielicht zu tauchen, das nichts Gutes verhieß.

Die nächsten Minuten verbrachte er damit, kräftesparend zu paddeln. Das hielt ihn zwar in Bewegung, aber auf diese Weise kam die rettende Küste auch nicht näher. Die Strömung machte einfach, was sie wollte. Er dachte an den Sack mit

Muscheln, der noch immer an seinem Gürtel hing.

»Goodbye liebe Beute«, flüsterte er in die Wellen und entschloss sich, den Ballast abzuwerfen. Er griff nach unten, um die Leine zu lösen, strampelte mit den Beinen, um sich an der Oberfläche zu halten, doch die Finger waren schon klamm. Noch einmal hob er die Arme, um die Hände zu begutachten. Tief drinnen waren sie bereits blau angelaufen und die Haut sah schrumpeliger aus als nach einer Stunde in der Badewanne.

Jetzt ergriff ihn Panik. Er hielt die Luft an und tauchte für einen Moment ganz unter, ließ sich still mit vollgepumpten Lungen treiben und fummelte an dem verflixten Knoten der Sackleine. Das kühle Wasser umspülte seinen Kopf, drang ihm in die Ohren, drückte mit kalten Fingern auf die Augen. Schnell schnappte er ein paar Mal zwischendurch nach Luft, aber erst nach viel zu langen Minuten war es endlich geschafft. Der Knoten löste sich und der Sack mit der Beute verschwand in blaugrauen Tiefen.

Inzwischen hatte der Wind aufgefrischt. Das fiel ihm unangenehm auf, als er die nassen Haare an der Oberfläche schüttelte, um wenigstens einen Teil des kühlenden Nass loszuwerden. Die Kraft war nicht sein Problem. Er hätte noch Stunden schwimmen können. Doch die Kälte sog ihm die Energie aus dem Körper. An ein Vorankommen war nicht mehr zu denken. Er mühte sich, an der Oberfläche zu bleiben, während seine Muskeln bereits begannen, unkontrolliert zu zittern.

Ein letztes Aufbäumen, und zehn, zwanzig, dreißig ordentliche Schwimmzüge brachten ihn wieder kaum voran. Langsam dämmerte es ihm: Es war aussichtslos. Er war gefangen, die Fluten wollten ihn partout nicht gehen lassen.

Schon musste er kämpfen, um überhaupt den Kopf über Wasser zu halten. Das schien ihn zu belustigen. Kichern konnte er nur noch nach innen, da schritt sein Geist bereits auf die Dämmerung einer allumfassenden Bewusstlosigkeit zu.

Das Letzte, was er wahrnahm, war die Gischt, die ihm in die Augen spritzte und darunter nichts als tiefdunkles Blau. Das und den letzten Atemzug, als er nach unten sank und immer tiefer.

.

..

...

In der nächsten Sekunde verkrampften sich seine Bauchmuskeln, ein heftiges Husten wollte die Lunge leeren, die Arme wirbelten abwehrend vor dem Gesicht. War das überhaupt die nächste Sekunde?

Wo bin ich? Wie viel Zeit ist vergangen?, schoss es ihm durch den Kopf, während er fortlaufend hustete, als wollte sich die Lunge von innen nach außen kehren. Er stützte sich mit den

Armen ab, um sich erheben. Sand fühlte er plötzlich zwischen den Fingern.

Wie kann das sein?

Die zugekniffenen Augen einen Spalt zu öffnen, war eine Sache. In dem Zwielicht, das ihn umgab, etwas zu erkennen, das war eine ganz andere Sache.

»Kein Licht hier am Strand«, murmelte er.

Das ist doch ein Strand, oder etwa nicht?

Er schaute sich um, denn in der Ferne schien es doch Licht zu geben. Weit entfernt zu seiner Rechten sah er die Lichter von Straßenlaternen. Daneben die angestrahlten Schilder und Hinweistafeln, von etwas, das aussah wie eine Marina, wie der Yachtclub von Chinook Landing.

»Bin mir sicher, du könntest manchmal ein bisschen mehr Licht gebrauchen.«

Die Worte kamen von hinten, die Stimme war weich und mit einer präzisen Artikulation versehen, dem Klang nach zu urteilen weiblich.

Reflexartig wollte er den Kopf drehen, doch dazu hätte er sich erst komplett aufrichten müssen.

»Bleib so!«, mahnte die Stimme in unerwartet scharfem Tonfall. »Dafür bist du noch nicht bereit.«

»Bereit wofür?«, stotterte er.

»Fürs Erste ist wichtig, dass du nicht mehr im Wasser treibst. Das heißt, du kannst heute Abend in deinem eigenen Bett schlafen und von der Zukunft träumen.«

»Wer sind Sie?«, unterbrach er neugierig.

Der Jemand hinter ihm atmete einmal tief durch.

»Sagen wir's mal so. Meine Aufgabe besteht eigentlich nicht darin, dich ständig aus gefährlichen Situationen zu retten, aber manchmal komme ich einfach nicht drum herum.«

»Gefährliche Situationen?«

»Ohne mich wärst du jetzt nicht auf diesem Strand und wenn du dich noch erinnern kannst, ohne mich hätte dir Ranger damals ganz anders mitgespielt.«

»Ranger ...«, er dachte nach. »Der räudige Köter, der mir das Andenken verpasst hat.« Er tastete unwillkürlich nach der Narbe über seinem rechten Auge.

»Ranger war sicher vieles in seinem Leben, aber räudig war er bestimmt nicht, und ein Köter schon gar nicht, sondern ein ziemlich guter Wachhund. Leider hat er den Rest seines Lebens an der Leine verbracht. Das war nicht seine Natur. Und du solltest inzwischen wissen, was die Natur für einen jeden von uns bedeutet.«

»Sind Sie ein Engel?«

Ein stilles spöttisches Kichern wollte er vernommen haben.

»Was machen Sie dann hier? Was ist Ihre Natur?«

»Ich bin nicht dazu bestimmt, dich aus ausweglosen Lagen zu retten, schon gar nicht welche, in die du dich selber hineinbegeben hast. Ich bin für etwas anderes zuständig. Aber manchmal muss ich eingreifen, damit ich meine Aufgabe erfüllen kann.«

»Was für eine Aufgabe?«

»Das, mein lieber Frank, wirst du, wenn du dich schlau genug anstellst, hoffentlich irgendwann herausfinden.«

»Warum nicht gleich jetzt?«, sagte er forsch und drehte sich mit vehementem Schwung um.

Doch so viel seine weit aufgerissenen Augen in der nächtlichen Dunkelheit suchten, so wenig konnte er erkennen. Er ging auf alle viere, tastete sich einige Yards durch den weichen Sand voran. Aber da, wo jemand hätte sein sollen, war niemand. Da war nichts weiter als die kühle Nachtluft.

'52

»Stell dein Licht nicht unter den Scheffel«, flüsterte sie in Franks Rücken. Ihre Stimme klang leise, war aber mit einer Festigkeit versehen, die es ihm nicht leicht machte, nur ein einziges Gegenargument zu finden, geschweige denn zu äußern.

»Du bist zweiunddreißig und hast viel erlebt. Und du kannst schreiben; mindestens genauso gut wie er.«

Frank presste die Zähne zusammen, doch dann entspannte er sich und stieß einen leisen Seufzer aus. Das konnte Beverly weder als Zustimmung noch als Ablehnung interpretieren. Aber vielleicht als Achtung vor ihren Argumenten.

Er stand am Fenster und schaute hinaus in die Dunkelheit einer tropisch warmen Nacht. Sie hatte mitbekommen, wie er aufgestanden war. Jetzt schmiegte sie sich in seinen Rücken. Unruhig hatte er sich zuvor im Bett gewälzt, bis es ihn nicht mehr hielt, bis er aufstehen musste, um sich Gedanken zu machen, Sorgen über die Zukunft.

Dabei war doch genau das sein Metier. Sah man einmal von den unzähligen Nachrichten, Artikeln und kleinen Meldungen ab, die er schon verfasst hatte. Für all die kleinen und noch kleineren Zeitungen und Zeitschriften an der Westküste.

Doch auf diesem Trip war alles anders. Er hatte es so gewollt, und Beverly war ihm gefolgt. Schließlich war sie nicht einfach nur seine Frau. Sie war das Beste, was ihm je im Leben widerfahren war. Und sie wusste, wovon sie sprach, denn auch sie konnte schreiben, hatte schließlich schon einige dieser einfachen Romane, Kurzgeschichten und Novellen verfasst. Auch wenn er sich nicht viel aus dem romantischen Geschreibsel machte, das ihr gefiel.

Aber der andere, der gerade im Zimmer nebenan in wahrscheinlich ziemlich gesundem

Schlummer lag, der hatte ihm gehörig Respekt abverlangt.

»Ich kann nicht mit ihm zusammen schreiben«, sagte er und die Worte kamen stockend aus seinem Mund, wie auf einem unregelmäßig beladenen Fließband, das zudem nur auf halber Geschwindigkeit lief. »Er ist mir voraus...«

»Na und!«, unterbrach ihn seine Frau. »Wer sagt denn, dass ihr beide im selben Raum sitzen müsst? Ihr habt die gleichen Interessen und ihr versteht euch prima. Wir alle verstehen uns prima. Sucht euch jeder einen Raum und schreibt. Jack ist ein Profi, er wird der Letzte sein, der sowas nicht versteht.«

»Schon klar, aber...«

»Was aber?«

»Er kann davon leben. Seine Geschichten verkaufen sich. Er hat den Dreh raus. Ich weiß nicht, ob ich auf dem richtigen Weg bin. Ob ich jemals etwas damit verdienen werde. Wir brauchen das Geld. So kann es nicht weitergehen. Allein dieser Trip hat uns den Hillman gekostet. Du weißt, wir könnten uns das hier nicht leisten, wenn ich die Schrottkarre nicht verkauft hätte.«

»Bist du jetzt fertig?« Ihre Stimme klang nicht wenig genervt, aber auch ein bisschen schläfrig.

»Na klar ist das Jack Vance, da drüben im anderen Zimmer. Der mit all den Thrilling Wonder und Amazing Stories und was nicht sonst noch alles. Aber du bist mindestens so gut. Du brauchst bloß noch etwas Übung und er gibt dir die besten Tipps. Das wird schon werden.«

Er atmete lange aus und sagte gar nichts.

Dann nickte er, sie spürte es in der Dunkelheit.

»Morgen ist ein neuer Tag.«

»Das wollte ich hören«, sagte sie, »und ich lege mich jetzt wieder hin. Es geht früh raus. Wir wollen doch an die Küste.«

»Alles gut«, flüsterte er. »Lass mich ein wenig Luft schnappen, da draußen. Ich bin zurück, wenn ich müde werde.«

Er hörte ihr Schnaufen.

»... ich versprech's!«

Er spürte, wie sie kurz seinen Rücken streichelte, dann tastete sie sich zurück ins Bett. Er verließ den Raum, so leise er konnte. Tapste vorsichtig über den schmalen Flur, ohne dass die Bodendielen zu sehr quietschten und ging schnurstracks am Durchgang zum Wohnzimmer vorbei auf die Apartmenttür zu. Er öffnete sie, so leise er konnte und setzte sich draußen auf den ersten Korbsessel neben dem Eingang. Das wenige Mondlicht einer dünnen Sichel schaffte es kaum, die nächtliche Landschaft zu erhellen. Die trockene Wüstenwärme von jenseits des Wendekreises des Krebses machte es ihm einfach, sich auf der Veranda zu entspannen. Auch wenn ihm gar nicht nach Schlaf zumute war.

Das Hotel an der Bucht von Mazatlán war wunderbar. Alt, aber komfortabel und nicht zu teuer.

Genau das Richtige nach der langen Fahrt die Küste hinunter. Der blaue Jeep von Jack Vance, mit dem sie alle gekommen waren, stand vor der Veranda. Nichts als ein grauer Schatten in der tiefen Nacht.

Jack war ein guter Freund und ein hervorragender Science-Fiction-Autor. Alles, was Frank gerne wäre. Und auch Jack liebte die See.

Er schaute hinauf zu den Sternen. Sie funkelten klar und endlos erhaben am Himmel.

Wie wäre es, wenn man dorthin reisen könnte?, überlegte er.

Dorthin und noch viel weiter. Allein dadurch, dass man sich an einen anderen Ort wünscht. Allein durch Gedankenkraft.

Er seufzte.

Wieder eine meiner tollen Ideen. Davon hab ich genug. Aber man muss auch etwas daraus machen.

»Und das wirst du!«

Er schreckte zusammen. Er kannte diese Stimme. Es war so unendlich lange her. Bald zwanzig Jahre.

»Wo bist du?«, fragte er das Zwielicht.

»Am Steuer«, sagte die Stimme.

Im Nu erhob er sich, ging die paar Schritte über die Veranda und sprang hinunter in den weichen mexikanischen Sand. Langsam und bedacht, so als wollte er einen seltenen Vogel betrachten, näherte er sich dem Jeep.

Da saß tatsächlich jemand hinter dem Steuer. Doch im Dunkel der Nacht konnte er kaum mehr erkennen als einen Schemen; und selbst darüber war er sich nicht sicher.

»Du darfst näherkommen«, sagte die Stimme, »aber nicht zu nah. Du willst doch nicht, dass der Zauber vergeht.«

»Ganz sicher nicht.«

»Ich kann dich hören und du mich. So ist es gut?«

Er blieb stehen.

»Beverly hat Recht. Du musst an dich glauben.«

»Gerade das ist ja so schwer.«

»Vertrau mir! Es kommt durch das Wissen und alles, was du erlebt hast. Und durch ein klein wenig Übung natürlich ... Das muss ich zugeben.«

Er meinte, die Stimme klang nicht wenig belustigt.

»Und was soll ich draus machen?«

»Jeder, der schreibt, muss sich eines Tages mit allem, was er erlebt hat, seinen größten Ängsten stellen. Lass es aufeinanderprallen. Stell es gegeneinander. Wie auch immer. Aber gib alles, was du hast.«

»Leichter gesagt, als getan ...«

»Du hast doch schon alles zusammen, da in deinem Kopf. Du fürchtest, etwas Großes wird dich verschlingen. Ein riesiges Maul voller Zähne. Du liebst die See, aber was wäre, wenn all das Wasser verschwindet. Nichts weiter übrigbleibt, als ein Meer aus Sand. Kann dort jemand leben? Überleben? Warum sollte jemand dort leben? Vielleicht gibt es etwas unglaublich Wichtiges, da draußen in der Wüste. Auch mit dieser Natur kann man klarkommen. Wenn man ein freier Mann ist, ein Freeman. Denk an Henry! Er hat dir gezeigt, was es heißt, eins zu sein mit der Natur. Von dem einen oder anderen Mittelchen, das ihr geraucht habt, möchte ich jetzt gar nicht reden. Du weißt, was es mit deinen Gedanken gemacht hat. Wie es dir die grenzenlose Weite gezeigt hat.«

»Du meinst, die Welt da draußen?«

»Den Kosmos, Frank! Warum nicht den Kosmos?«

Er senkte den Kopf. Vergeblich hatte er versucht, etwas an seinem Gegenüber auszumachen, irgendetwas im Schatten unter dem Autodach zu erkennen. Er dachte nach.

Bisher waren ihm seine Erlebnisse zur See gelegen gekommen. In wie vielen Geschichten spielten sie eine Rolle? Abenteuer zweifelsohne, aber es fehlte etwas.

»Denk an meine Worte, an all die Themen. Du musst sie nur unter ein Dach bekommen«, sagte die Stimme. Und obwohl er eigentlich nichts sehen konnte, stellte Frank sich vor, sie kämen aus dem Mund einer wunderhübschen Frau, mit langen blonden Haaren in einem fließend weichen Gewand. Eine Frau wie eine weiße Hexe, ihre Haut hell wie Milch, verborgen hinter einem nachtdunklen Schleier, immer ein Auge für ihn übrig, stets präsent und doch nie da.

»Du willst doch dorthin reisen, Frank«, sagte sie. »Und es gibt nur einen Weg, das zu tun.«

»Gedanken«, sagte er. »Reisen durch Gedankenkraft.«

»Genau«, hauchte sie, schon leise schwindend. »Es bleibt nur, alles aufzuschreiben. Das wirst du schon schaffen. Du bist doch Schriftsteller.«

Als Beverly die Tür des Apartments aufriss und auf die Veranda stürzte, stachen gerade die ersten Sonnenstrahlen in den wolkenlosen Himmel über der Bucht von Mazatlán.

»Da ist er!«, rief sie durch die Tür nach drinnen. »Alles in Ordnung, hab ihn gefunden.« Und deutlich leiser. »Weit bist du heut Nacht ja nicht gekommen?«

Er blinzelte schläfrig. Rappelte sich aus dem inzwischen sehr unbequemen Korbsessel auf. Da war er doch glatt eingeschlafen. Hatte geträumt.

Bestimmt hatte er nur geträumt.

'66

»Du wirst gewinnen«, sagte Robert, und sein Gesicht blieb ausdruckslos, der Kopf starr nach vorne gerichtet. Auch der Rest des Körpers zeigte nicht die geringste Regung. Und doch bewegten sich Frank und Robert aufwärts. Der Fahrstuhl brachte sie auf die nächste Etage, dort wo der Eingang ins Convention Center des Hotels lag. Frank war noch nie in diesem Sheraton gewesen, überhaupt war es sein erster Besuch in Cleveland, aber er war sicher, die Flure würden mit den üblichen dicken Teppichen ausgelegt sein wie überall im Land und die Eichenholztüren in den Ballsaal wären so dick gepolstert wie die Wände eines professionellen Musikstudios.

Er musterte den Mann neben ihm mit nervösen Blicken. Natürlich hatte Robert Heinlein das ehrlich gemeint. Es war kein Witz. Nicht von einem Freund und Kollegen aus derselben Zunft. Durch und durch interessiert an der Zukunft, an dem, was kommen könnte, an dem, was kommen wird. Wenn man das Zeug dazu hatte, es aufzuschreiben und damit Erfolg zu haben, dann durfte man sich glücklich schätzen. Robert hatte schon viel Erfolg gehabt. Er konnte davon leben. Frank dachte an die unzähligen Stunden an der Schreibmaschine und wie wenig es ihm bisher gebracht hatte. Bis auf diesen einen Tag. Der Tag im März, als ihm die anderen, all die Schreiber und Verleger, gratulieren durften. Da hatte sich etwas am Horizont abgezeichnet, etwas Großes und der Nebula Award war nur die Spitze des Eisbergs.

Aber was würden die Fans sagen? Was war in diesem Jahr ihr liebstes Buch? Um das herauszufinden, war er schließlich angereist. Und nicht nur er, auch Robert machte sich Hoffnungen. Er hatte mit *Fremder in einem fremden Land* schon einmal Erfolg gehabt. Er wusste, wie es geht und wie es sich anfühlt, ganz oben zu stehen.

Zu dumm, dass Robert nicht nur ein alter Hase war. Seine neue Geschichte stand in diesem Jahr ebenfalls auf der Liste der Nominierten, und *Revolte auf Luna* war wie immer ein richtiger Reißer. Nicht schlecht für einen Marineoffizier im Ruhestand.

Frank überlegte.

Noch bevor sich die Aufzugtüren öffneten, wollte er wissen, ob Robert beabsichtigte, ihn ein bisschen aufzuziehen. Deswegen schaute er genauer hin.

Sah er da ein Schmunzeln, ein verräterisches Zucken der Mundwinkel, irgendein Zeichen, dass der große Mister Heinlein es vielleicht nicht ernst gemeint haben könnte?

Bevor Frank die Chance bekam, nachzubohren, öffneten sich die Aufzugtüren und sie mussten den Lift verlassen. Die riesigen Doppeltüren zum Eingang in den Ballsaal standen weit geöffnet. Eine Geräuschkulisse von unzähligen Gesprächen brandete heran, wenn auch gedämpft durch den dichten Flor des Bodenbelags. Über achthundert Gäste waren angekündigt. Man konnte keine Worte verstehen, alles klang wie Husten durch einen dicken Winterschal.

Sie gaben ihre Einladungen am Empfang ab und der befrackte Mann hinter dem Tresen wies ihnen Tisch 24 an, auf der rechten Seite der großen Halle, in erster Reihe gleich vor der Empore.

Er setzte sich mit Robert zu seiner Rechten und fühlte sich kein bisschen entspannt. Er saß bequem und trotzdem spürte er die Spannung steigen. Dass ihm die anderen Autoren mit dem Nebula die Ehre erwiesen hatten, war nicht unerwartet gekommen. Schließlich hatte im letzten Jahr niemand ein so umfangreiches Werk vorgelegt wie Frank. Und sollte es ihm gelingen, auch heute erfolgreich zu sein, und durch die Wahl der Fans den Hugo zu bekommen, dann wäre er der erste, der beide Preise im selben Jahr für ein einzelnes Buch gewonnen hätte.

Jetzt, wo er daran dachte, wurden seine Hände schweißnass.

Robert prostete ihm mit dem Begrüßungsdrink zu. Frank nickte nur kurz herüber und leerte das Sektglas in einem einzigen Zug.

Sie waren mit den letzten Gästen gekommen, schon wurden die Türen geschlossen und die Show begann.

Frank blickte sich um. Am Nebentisch der dürre Harlan Ellison, ihm gegenüber Frederik Pohl, distinguiert wie immer, und weiter hinten meinte er die lange Nase von Roger Zelazny im abgedunkelten Licht des inzwischen vollbesetzten Ballsaals gesehen zu haben.

Von der Einleitung, den Reden und Glückwünschen auf der Bühne bekam Frank wenig mit. Das lag daran, dass ihm Robert gleich zu Beginn die Hand auf den Arm legte und näherkam, um ihm etwas ins Ohr zu flüstern.

»Ich weiß, für dich ist das neu hier«, sagte er und nur Frank konnte es hören. »Aber ich muss dir was verraten.«

Frank schaute für eine Sekunde verstört in Roberts Augen.

»Ich hab ja schon ein paar Mal da oben gestanden, aber es gibt etwas, dass sie alle gerne wüssten, weil sie es alle gerne hätten.«

»Und was soll das sein?«, fragte Frank ungeduldig.

Robert machte eine unangenehm lange Pause, als würde er noch einmal nachdenken. Schon wollte ihn Frank unterbrechen und sich wieder auf die Show konzentrieren, doch Robert kam ihm zuvor.

»Ich hab jemanden, ohne den könnt ich nicht schreiben.«

»Sprichst du jetzt über Virginia oder hast du außer deiner Frau noch wen, den ich nicht kenne, der dich inspiriert?«

»Sie hat mir ihren Namen nie genannt«, flüsterte Robert noch leiser als zuvor, »aber immer, wenn ich wirklich feststecke und nicht mehr weiter weiß oder mich die Blockade packt, dann ist sie zur Stelle. Auf sie kann ich mich verlassen.«

Frank schaute ihn an, noch ungläubiger als zuvor.

»Sprichst du von jemand Realem oder nur von deiner Inspiration?« Frank konnte dabei seine Frustration über die dauernde Ablenkung nur schwerlich verbergen. Er hätte sich gerne auf das konzentriert, was auf der Bühne stattfand.

Die Pause, die Robert diesmal machte, ließ ihn stutzen. Er musterte seinen Freund erneut mit kritischem Blick.

»Das eine schließt das andere nicht aus«, sagte Robert und Frank kannte ihn lange genug, um herauszuhören, dass es keineswegs scherzhaft gemeint war.

Das brachte ihn aus der Fassung. Es beschäftigte ihn in den nächsten Minuten so sehr, dass er überhörte, wie plötzlich sein Name aufgerufen wurde.

Robert stieß ihn mit dem Ellenbogen an.

»... eine unvergleichlich visionäre Geschichte, ein Meisterwerk, das uns noch lange Freude bereiten wird«, hallten die Worte des Laudators in seinen Ohren. »Und der diesjährige Hugo Award geht an ...«

Stille im Saal, alle hielten den Atem an.

»Dune, Frank Herbert, Chilton Publishing, Philadelphia.«

Aufbrandender Applaus, Scheinwerfer, Glückwünsche und da waren sie wieder, die Gratulanten und das Schulterklopfen, so als hätte er gerade die Attacke eines Sandwurms überlebt.

Nicht ohne eine Narbe davonzutragen, schoss es ihm durch den Kopf.

Franks Gedanken waren nicht mehr in diesem Raum, auch wenn sein Lächeln kaum noch aus seinem Gesicht zu vertreiben war, auch wenn er die vielen Hände drückte, die ihm zuflogen und viele Gläser hob, um auf seinen Erfolg anzustoßen.

Was hatte Robert da gesagt?

Er dachte an sie.

Hörte ihre Stimme.

Sie war doch sein?

Allein.

Oder etwa nicht?

Er blickte sich nervös um, da kam der Laudator auf ihn zu, um ihm persönlich zu gratulieren. Isaac Asimov hatte ihn mit *Wasser für den Mars* vor Jahren überrascht. Fast hätte ihm dieser Vielschreiber einiges vorweggenommen. Aber das war nur eine kleine Geschichte, eine tolle Idee, zugegebenermaßen, jedoch kein Vergleich mit seinen vierhundert Seiten *Dune*.

Asimov schüttelte ihm die Hand mit kräftigem Griff. Wie es seine Art war, grinste er sein breitestes East-Coast-Grinsen. Die mächtigen Büschel seines Backenbarts bewegten sich im Takt der Glückwünsche. Und als sich alle wieder beruhigt hatten, zog er Frank heran, schaute ihm durch die dicke Hornbrille mit großen Augen direkt ins Gesicht und flüsterte in seinem Bariton so laut, dass es alle hören konnten:

»Für das Meisterwerk hat sie sich aber ganz schön angestrengt.«

Frank musste für einen Moment blinzeln.

»Was?«

Asimov lachte sein Bärenlachen und zwinkerte herüber.

»Na die Muse!«, bollerte er weiter und klopfte ihm dabei unentwegt auf die Schulter. Alle stimmten in sein Lachen ein.

»Was wären wir alle ohne die Muse!«

Jay Kay
Native American Girl
Roman

Die Luxusausgabe
HC, erweitert

Hardcover-Edition,
422 Seiten, gebunden,
kaschiert,
Lesebändchen,
6 Abbildungen

ISBN: 978-3-7460-4804-8
Auch als TB / eBook erhältlich

»Ein Buch wie eine mittlere Naturgewalt.«
lovelybooks.de

Melanie hat sich mit ihrem Erbe einen Traum erfüllt. Die eigene Hotelanlage in den Rocky Mountains. Dort endet der Ferientrip der Harpers im Desaster und in einem Fluch, der die Familie bis ins heimische Denver verfolgt. Um den Fluch abzuwenden, werden die Harpers in die Berge zurückkehren. Das weiß Melanie ganz sicher, schließlich hat sie den Fluch verhängt. Denn sie ist ein Native American Girl.

Ein Mystic Thriller in der Tradition des Magischen Realismus

Die erweiterte Ausgabe des Debüterfolgs von Jay Kay
mit exklusiven 16 Seiten Nachwort
zum Schenken, Schmökern, Nachlesen

Even Terms Press

Erhebendes
Für die stille Zeit des Jahres

Jay Kay
Ich, Santa

Der Roman

**Eine
Geschichte
der
Kinder der Erde**

HC / TB / eBook
320 Seiten

**Ein Buch über die
Macht der Erinnerung
und die Zeit, die uns bindet.**

Sagen und Märchen erzählen von Feen und Kobolden, von Nixen und Elfen und von ihm, Santa. Nur wenige wissen, dass all die Geschichten, die Sagen und Märchen, aus ihrer Feder stammen. Denn sie leben unter uns, unerkannt. Und das soll auch so bleiben. Wären da nicht ein Unfall und mein Onkel Frank. Ein manischer Sammler und wenn ich ihn nicht stoppe, wird es bald keine Weihnachten mehr geben.
Die Geschichte von einem Jungen und seinem magischen Erbe.
Ein Abenteuer um den Zauber der Jahreszeiten, den Mythos von Santa und die Realität, wenn man zu retten versucht, was von der Vergangenheit noch zu retten ist.

Roman, Hardcover, 320 Seiten
ISBN: 978-3-7528-1639-6

Mit diesem Roman fängt alles an.
Auch als Taschenbuch & eBook

Mythisches
Für die sagenhafteste Zeit des Jahres

Jay Kay
**Der Dachs, der Wind
und das Webermädchen**
Der Roman

**Eine
Geschichte
der
Kinder der Erde**

Erhältlich als
Hardcover & eBook
156 Seiten

»**Wer Tolkien mag, wird dieses Buch lieben.**«
lovelybooks.de

Wir kennen sie als Jito, die größte Kaiserin des antiken Japan. Die Kinder der Erde nennen sie Hiéva. Sie gebietet über die Macht des kalten Nordwindes. Ihre Geschichte ist geprägt von einer unerfüllten Liebe und dem Schicksal eines einfachen Webermädchens. Wer weiß, wie alles gekommen wäre, wenn nicht ein Feuerwerk einst den Dachs in seiner Höhle aus dem Winterschlaf gerissen hätte. Doch auch sein Schicksal soll für immer verknüpft sein mit dem Webermädchen und der mächtigsten Waffe des alten Nihon, dem schwarzen Schwert Seelentilger.

In dieser sagenhaften Geschichte verschmelzen die vielschichtige Geisterwelt von Japan und seine reiche Historie zu einer Legende von epischer Wucht.

Erhältlich als eBook & Hardcover.
ISBN: 978-3-7504-0144-0

Königliches
Für die wundersamste Zeit des Jahres

Jay Kay
Die Mäusekönigin

Roman

Hardcover & eBook
288 Seiten

Bao ist eine Maus und Nhi ein hübsches Mädchen. Im Haus der Versehrten bringt sie der Zufall zusammen. Beide teilen ein gemeinsames Schicksal: Die Folgen der unzähligen Kriege aus der Vergangenheit Vietnams zu ertragen. Beide sind klein und zerbrechlich, von der Gesellschaft kaum akzeptiert. Wie kann man überleben und einen sicheren Platz im Leben finden? Vor allem, wenn man seinen eigenen Weg gehen will. Denn das fällt Nhi schwer, schließlich hat sie keine Beine.

Doch sie hat ein Geheimnis.
Sie kann etwas, dass niemand auf der Welt je konnte.

Träumende Schlangen, eine Villa voller Hühner und der letzte Brief von Ho Chi Minh. Diese Geschichte ist so wundersam wie das Leben im heutigen Vietnam, alles erzählt aus der Sicht einer kleinen Maus.

Erhältlich als eBook & Hardcover.
ISBN: 978-3-7504-2638-1

Susanne Mischke

MORDSWEIBER

Kleine böse Geschichten

Gießen, 18. 10. 2012

Susanne Mischke

Herausgegeben von Susanne Mischke

© 2012 zu Klampen Verlag · Röse 21 · D-31832 Springe
info@zuklampen.de · www.zuklampen.de

Umschlaggestaltung: Stefan Hilden, www.hildendesign.de
Bildmotiv: shutterstock.com
Satz: thielenVERLAGSBUERO, Hannover
Druck: CPI - Clausen & Bosse, Leck

ISBN 978-3-86674-177-5

Bibliografische Information der Deutschen Nationalbibliothek
Die Deutsche Nationalbibliothek verzeichnet diese Publikation in der
Deutschen Nationalbibliografie; detaillierte bibliografische
Daten sind im Internet über ‹http://dnb.d-nb.de› abrufbar.

Inhalt

Das Blutloch von Drüggelte

Ich habe es nicht mit dem Übersinnlichen. Mein Geschäft ist die Realität: Gas, Wasser, Scheiße. Das ist nicht mein Lebenstraum, aber jemand muss es ja machen.

Wir machen es schon in der dritten Generation. Klempnerei *Völlmecke & Sohn* hieß der Betrieb unter meinem Großvater, danach nur noch *Völlmecke*, weil *Völlmecke & Tochter* »nicht klingt«, wie mein Vater seinerzeit bemerkte, ehe er sich am Kamener Kreuz mit seiner Harley unter einen holländischen Laster legte. Die Harley war sein Lebenstraum gewesen.

In meinem Leben ist kein Platz für Träume und erst recht keiner für Gespenster. Dachte ich. Bis zu dieser seltsamen Sache in der Drüggelter Kapelle.

Die Drüggelter Höfe befinden sich auf der Strecke von Soest zum Möhnesee, kurz vor dem See und der Ortschaft Delecke. Mona und ich hatten den Sommer über auf dem Gelände zu tun: ein neues Bad im Gutshof, eine neue Heizung in der »alten Backstube«, ein netter, fetter Auftrag.

Mona hatte es besonders die Drüggelter Kapelle angetan. »Das ist ein Kraftort«, behauptete sie. »Dort müssen Sie sich mal ruhig hinsetzen und meditieren, Chefin.« Mona siezt und cheft mich hartnäckig. »Aber Sie müssen unter der Woche reingehen, wenn es ruhig ist. Nur wenn man allein ist, spürt man die Magie des Ortes.« Sie bemerkte meinen skeptischen Blick. »Das ist nachgewiesen.«

»Nachgewiesene Magie?«, zweifelte ich. »Ein Widerspruch in sich.«

Sie schüttelte so heftig mit dem Kopf, dass das Silber an ihren Ohrmuscheln rasselte. »Ist es nicht. Radiologen haben in der Kapelle energetische Strahlenbahnen und Energiezentren nachgewiesen. Sie entstehen durch die besondere Anordnung der Säulen, und weil die Kapelle auf vier sich kreuzenden Wasseradern steht. Alte Kirchen stehen nämlich gerne auf sich kreuzenden Wasseradern«, klärte sie mich auf. »Aber gleich vier davon, so was gibt es sonst in keiner Kirche.«

»Wenn ich mal Zeit habe, werde ich mich reinsetzen und berichte dir dann von meinen spirituellen Erfahrungen«, versprach ich.

Aber wann würde ich schon Zeit haben? Ich bin Unternehmerin und habe anderes zu tun, als auf Wasseradern zu meditieren.

Ich hatte an diesem Tag spät Feierabend gemacht, und auf dem Weg zu meinem Wagen machte ich dann doch einen Abstecher zur Kapelle. Im Abendlicht leuchteten die weißen Wände vor dem grünen Dämmer der Kastanienbäume. Zwischen den gemütlich-eckigen Fachwerkgebäuden des Guts wirkte der runde Bau wie ein Fremdkörper.

Dabei ist die Kapelle eigentlich nicht rund, sondern ein Zwölfeck. Sie hat ein Dach aus Schiefer mit einem achteckigen Türmchen in der Mitte, und auf der Ostseite eine Ausbuchtung – eine Apsis – für den Chor.

Ich folgte dem gekiesten Weg um die Kapelle herum, als mir das Loch in der Wand auffiel. Es befand sich an der Ostseite, ungefähr auf Kniehöhe, und hatte, grob geschätzt, den Durchmesser eines Tennisballs. Ich stellte meinen Werkzeugkoffer hin und sah es mir genauer an. Es war nicht nur ein rundes Loch in der Wand, sondern eine kurze Röhre mit einem Gefälle. Also ein Abfluss. Das weckte sofort meine berufliche Neugierde. Ich stand auf und rüttelte an der Tür. Abgeschlossen. Dann eben nicht. Ich hatte ohnehin keine Zeit, denn ich musste mich noch um die defekte Gastherme von Monas Großmutter kümmern. An eine Gastherme lasse ich keinen Azubi, auch nicht Mona, obwohl sie sich recht geschickt anstellt.

Mona wollte unbedingt Installateurin werden, fand aber keine Lehrstelle, trotz ihres guten Zeugnisses, und obwohl sie sich von Paderborn bis Unna beworben hatte. Dies klagte mir eines Tages ihre Großmutter, Frau Eusterbrock, die in meiner Nachbarschaft wohnt. Ich hatte anfangs Zweifel, ob eine weitere Frau dem Betrieb guttun würde, aber ich habe Monas Anstellung noch nie bereut. Klar, manchmal gucken die Leute schon etwas konsterniert, wenn wir beide in unseren knallroten Latzhosen aus dem knallroten Lieferwagen steigen. Auf dem Wagen und auf unseren Hosenlätzen steht in weißer Schrift: *Toni Völlmecke - Heizung - Sanitär - Installation*. Toni, das bin ich. Eigentlich lautet mein Name Antonia, und noch eigentlicher hätte ich ein Anton werden sollen.

»Oh, ich dachte, es kommt ein Mann«, bekomme ich oft im Tonfall mühsam beherrschten Entsetzens zu hören, besonders von Frauen. Es scheint Überwindung zu kosten, mit einer Frau über ein verstopftes Klo zu sprechen. Hinterher heißt es dann zufrieden: »Frauen arbeiten ja so viel sauberer und haben viel mehr Sinn für Ästhetik. Und sie fluchen nicht.«

Frau Eusterbrock erwartete mich schon. Sie war das, was

man eine wirkliche Dame nennt. Ihr Gesicht war stets perfekt geschminkt und jede Strähne ihres weißen Haars war mit Spray an ihrem vorgesehenen Platz fixiert. Ich habe sie noch nie nachlässig gekleidet gesehen. Jeden Sonntag besuchte sie die katholische Kirche und war im Frauenverein aktiv. Ich bekam bei ihr stets grünen Tee mit selbstgebackenen Mandelkeksen serviert. So auch heute, während ich der alten Dame erklärte, dass an ihrer Therme ein Modul ausgewechselt werden sollte, welches ich aber erst bestellen musste.

»Wird es sehr teuer werden?«

»Es geht«, antwortete ich vage. Sie war nicht arm, aber sparsam. Sie war die Tochter eines Apothekers, und ihr Mann hatte eine leitende Position bei der *Westfälischen Union* gehabt. Er war seit zehn Jahren tot.

»Acht Jahre musste ich nach dem Krieg auf ihn warten«, erzählte sie mir – nicht zum ersten Mal. »So lange war ich verlobt. Als mein Hellmuth heimkehrte, anno dreiundfünfzig, da war ich schon dreißig. Also ein spätes Mädchen. Ich habe diesen Mann, der da plötzlich vor der Tür stand, fast gar nicht gekannt. Aber wir waren ja verlobt. So was galt damals noch. Und die wenigen Briefe, die mich erreicht hatten, die haben sehr schön geklungen.«

Ich lächelte höflich und trank von meinem Tee, während ich die silbergerahmten Fotos auf der Anrichte betrachtete: sepiafarbene Aufnahmen von Frauen mit strengen Frisuren und Männern in Uniformen oder Anzügen. Das Fotografiertwerden war damals noch eine hochoffizielle Sache. Nur ein junger Mann mit einem Akkordeon auf den Knien wirkte einigermaßen locker.

»Und wie sieht es bei Ihnen aus?«, fragte sie unverblümt.

Ich hatte keine Lust, ihr von meinem armseligen Privatleben zu berichten.

»Die Geschäfte gehen recht gut, doch, doch. Zurzeit arbeiten Ihre Enkelin und ich auf den Drüggelter Höfen.«

Täuschte ich mich, oder war sie bei der Erwähnung der Drüggelter Höfe eben zusammengezuckt?

»Ein schönes Fleckchen Erde«, schwafelte ich weiter, und beobachtete sie dabei. »Heute wollte ich in die Kapelle, da war ich zuletzt als Kind, mit der Schulklasse, aber sie war abgeschlossen.«

Ihre Tasse knallte auf die Untertasse. »Gehen Sie da besser nicht hinein.«

»Wieso nicht?«

Den Blick stur an mir vorbei auf ihre Ahnengalerie gerichtet, sagte sie: »Das ist ein böser Ort.«

Mehr war nicht aus ihr herauszuholen. Ihre dünnen Lippen blieben verschlossen wie die Bügel ihrer Handtasche.

Monas Kraftfeldgeschichten hatten mein Interesse an der Drüggelter Kapelle längst nicht in dem Maße wecken können wie die Warnung ihrer Großmutter. Gleich am nächsten Morgen versuchte ich es wieder, doch die schwere Holztür war erneut oder noch immer abgeschlossen. Aber als ich um zehn Uhr Frühstückspause machte, war sie offen. Es war ein regnerischer Tag, durch die kleinen Bogenfenster fiel graues Licht. Im ersten Moment erkannte ich nur Säulen, überall Säulen, zwei Kreise, einen äußeren mit zwölf und einen inneren mit vier Säulen, zwei davon dicker und mit grauem Stein verkleidet. Erst, nachdem sich meine Augen an das Halbdunkel gewöhnt hatten, nahm ich mehr wahr: die weiß getünchte Gewölbedecke, den Boden aus Terrakotta, die Säulenkapitelle, verziert mit Sonnen, Gesichtern, Widderköpfen, Pflanzen, Lebensbäumen und allerhand rätselhaften Runenzeichen. Nicht ein einziges christliches Symbol war dabei, und ich erinnerte mich, dass die Kapelle im Volksmund auch die »Heidenkapelle« genannt wurde. Bewegliche Holzbänke standen an die Wand gerückt, ordentlich gestapelte Klappstühle neben dem Eingang. Freudig erkannte ich die massige, mit Stahlbändern gefasste Eichenholztruhe aus dem zwölften Jahrhundert wieder. Als Kinder hatten wir den schweren Deckel hochgestemmt, in der festen Überzeugung, darin ein vermodertes Skelett oder einen Schatz zu finden. Die Truhe war leer gewesen, und wir enttäuscht.

Heute zog es mich zum Altar, einem schlichten, gemauerten Rechteck mit einer bündig abschließenden Granitplatte darauf, in deren Ecken je ein Krukenkreuz geritzt war. Auf der Platte thronte ein stark stilisierter Jesus am Kreuz, dessen Mitgekreuzigte man zu phallusartigen Gebilden reduziert hatte. Wenn schon das Christentum unbedingt vertreten sein muss, dachte ich, hätte man das auf geschmackvollere Weise angehen können.

Rechts neben dem Altar fand ich, wonach ich gesucht hatte. Am Fuß der kleinen Fensternische befand sich auf einem Absatz ein grauer Stein von der Größe eines Schuhkartons. In seine Oberfläche war ein zweifingertiefes, rechteckiges Becken geschlagen worden, dessen Boden sich zu einer Rinne neigte, die in jenen Abfluss mündete, den man von außen sah.

Wozu hatte dieses Becken gedient? Sicher nicht, um Blumenwasser zu entsorgen, orakelte ich. Wahrscheinlich hatten es die Heiden nach ihren Blutorgien nicht so mit dem Saubermachen, weshalb sie den Lebenssaft ihrer armen Opfer durch das Loch nach draußen hatten fließen lassen.

Ich setzte mich auf eine der Bänke am Rand, und richtete meinen Blick auf das runde, bleiverglaste Fenster hinter dem Altar. Wie meditiert man eigentlich korrekt, überlegte ich. Indem man an gar nichts denkt. Kann der Mensch an gar nichts denken? Der Mensch vielleicht, ich nicht. Dazu brauchte es Übung, die mir fehlte. Also dachte ich an den schnuckeligen Barkeeper vom *Geronimo*, an unbezahlte Rechnungen, und dass ich nicht vergessen durfte, das Modul für die Gastherme von Frau Eusterbrock zu bestellen.

Draußen musste die Sonne herausgekommen sein, denn auf einmal wurde der Lichtkreis des Fensters unerträglich hell. Geblendet wandte ich den Blick ab. Auf der kleinen Bank, die vor dem Altar stand, saß ein Mann. Ich wusste genau, dass ich vorhin die Tür hinter mir geschlossen hatte, dennoch hatte ich den Mann nicht hereinkommen sehen. Er wandte mir den Rücken zu und saß einfach nur da, völlig unbeweglich. Er trug einen schwarzen Anzug und ein weißes Hemd. Der Schnitt des Anzugs hatte etwas Antiquiertes. Sein Haar war im Nacken kurz rasiert, das braune Deckhaar war länger. Ich hüstelte. Nun kam Bewegung in seine Gestalt, ganz langsam wandte er sich um. Er war jung, höchstens dreißig, das Gesicht glatt rasiert mit fein modellierten Wangenknochen. Ein paar Haarsträhnen fielen ihm in die hohe Stirn. Seine grauen Augen hatten einen melancholischen Ausdruck, den Mund umspielte ein kleines, trauriges Lächeln. Er sah aus wie eine Figur aus einem uralten Schwarz-Weiß-Film. Genau, das war es, das Seltsame an ihm: Es schien nichts Farbiges an ihm zu sein. Sogar die Haut seiner Wangen war grau. Das mochte an den Lichtverhältnissen hier drin liegen, sagte ich mir, aber dennoch streifte mich ein eiskalter Hauch. Ich sah zur Tür, ob es vielleicht von dort zog. Aber die Tür war zu, und mir wurde unheimlich zumute. Wie er da saß und durch mich hindurch starrte …

Ein Geräusch lenkte mich ab. Jemand öffnete die Tür, ein Streifen Licht fiel auf den Fußboden.

»Verzeihung, Chefin, aber der Fliesenleger will wissen, wo die Anschlüsse hinkommen. Ich habe ihm gesagt, er soll warten, aber Sie sind jetzt schon über eine Stunde da drin …«

Eine Stunde? Was erzählte Mona denn da für einen Unsinn?

»Ich komme gleich«, sagte ich und sah auf die Uhr. Viertel nach elf. Mit der Uhr musste was nicht stimmen. Als ich mich wieder dem Altar zuwandte, war der Mann fort. Ich stand auf. Versteckte er sich hinter einer der beiden dicken Säulen in der Mitte? Oder hinter dem Altar? Mehr Möglichkeiten gab es nicht. Aber der Mann war nirgends. Ich befühlte das flache Kissen der Altarbank, auf dem er gesessen haben musste. Es war kalt.

»Chefin?« Mona stand immer noch im Eingang. »Suchen Sie was?«

»Hast du eben einen Mann hier rausgehen sehen?«

»Nein, hier war niemand. Wieso? Stimmt was nicht?«

»Doch, doch, alles klar«, sagte ich und dachte: Ich hätte den letzten Tequila im *Geronimo* nicht mehr trinken sollen.

An den folgenden Tagen ging ich noch einige Male in die Kapelle, aber den Mann sah ich nicht mehr. Ich betrachtete das Ganze inzwischen als ein Trugbild in Folge exzessiven Alkoholgenusses und achtete seitdem etwas sorgfältiger auf meine Trinkgewohnheiten.

Nebenbei recherchierte ich ein wenig über die Kapelle. Sie war im Jahr 720 als heidnischer Zwölfecktempel erbaut worden. Um 790 erfolgten ein Umbau zur christlichen »Eigenkirche«, was immer das bedeutete, und der Anbau der Chornische. Über die Blutrinne, wie ich das Loch in Gedanken nannte, war jedoch nirgends auch nur ein Wort zu lesen.

Zwei Wochen später saß ich wieder an Frau Eusterbrocks Teetisch. Diesmal war Mona dabei, wir hatten die Gastherme auf Vordermann gebracht. Monas Großmutter schwelgte in Erinnerungen, während wir Tee tranken und Mandelkekse knabberten und mein Blick ein wenig gelangweilt über die Ahnengalerie auf der Anrichte glitt. Und dann sah ich ihn: den Mann aus der Kapelle. Derselbe Anzug, der Haarschnitt, das Gesicht … Er war es, kein Zweifel. Der Mann aus der Kapelle war der Mann auf dem Foto, der mit dem Akkordeon. Mir meiner Unhöflichkeit bewusst stand ich auf und nahm das Bild von der Anrichte.

»Frau Eusterbrock, darf ich Sie fragen, wer das ist?«

Die alte Dame zuckte vor dem Foto zurück wie ein Vampir, dem man ein Kruzifix entgegenstreckt. Mona dagegen machte einen langen Hals. »Gib mal her«, sagte sie und ich reichte ihr das Foto.

»Das war ein Bekannter. Ein Freund meines Mannes. Er ist … gestorben. Schon lange. Warum fragen Sie?« Ihre admiralsblauen Augen fixierten mich voller Argwohn. Gleichzeitig nahm sie Mona den Fotorahmen aus der Hand und legte ihn mit einer heftigen Bewegung und mit der Bildseite nach unten hinter sich auf die Anrichte.

»Wann wurde das Foto gemacht?«, fragte Mona und entband mich von einer Antwort.

»Das ist Ewigkeiten her, ich erinnere mich nicht mehr.« Frau Eusterbrock wischte das Thema mit einer unwilligen Handbewegung von Tisch und stieß dabei ihre Teetasse um. Wieselflink sprang die alte Dame auf und eilte in die Küche, um einen Lappen zu holen. Wortlos beseitigte sie die Teepfütze und polierte den Tisch mit einem weißleinenen Geschirrtuch. Mit blutrotem Garn und in altertümlicher Schrift war darauf die Durchhalteparole eingestickt: *Ohne Fleiß kein Preis.*

Mona und ich gingen so, wie wir waren, in unseren roten Arbeitshosen, ins *Geronimo*. Das Lokal in Delecke ist für amerikanisch-mexikanische Küche in Riesenportionen bekannt, besonders bei Bikern. Wir wählten einen Tisch mit Blick auf den Möhnesee und schauten den Segelbooten zu, die in der letzten Abendsonne übers Wasser glitten.

»Bestimmt war er ihr Liebhaber«, sagte Mona, nachdem wir einen Berg *Chicken wings* verdrückt hatten.

»Ich hätte nicht so neugierig sein sollen«, bedauerte ich.

»Was ist schon Schlimmes dabei?«, meinte Mona. »Wo ihr Verlobter doch jahrelang fort war. Er hätte ja längst tot sein können. Aber sagen Sie mal, Chefin, wieso haben Sie ausgerechnet nach diesem Foto gefragt?«

Ich konnte Mona unmöglich die Wahrheit sagen, ohne Gefahr zu laufen, an Respekt einzubüßen, also antwortete ich: »Weil er mir gefallen hat.«

»Ja, er sieht schon gut aus«, sagte Mona und zog feixend das Bild aus der Brusttasche ihrer Latzhose. »So melancholisch. Als würde ihn ein schweres Schicksal umtreiben.«

»Du hast es geklaut!«

»So kann man das nicht sagen. Es handelt sich immerhin um Familienbesitz.«

»Du bringst es zurück! Am Ende werde sonst noch ich verdächtigt.«

»Aber vorher werde ich es meiner Mutter zeigen. Vielleicht weiß die was über ihn. Oder ihre Schwester, Tante Hilda.«

Wir bestellten uns zum Nachtisch einen Mojito und brüteten noch eine Weile über dem Bild des traurigen Akkordeonspielers. Langsam schien die Sache für mich klar zu werden: Ich musste das Bild schon bei meinem Besuch vor zwei Wochen gesehen haben. Unbewusst, wie die Freudianer sagen würden. In der Kapelle war ich dann kurz eingenickt, hatte von dem Mann auf dem Bild geträumt und war aufgewacht, als Mona hereingekommen war. So und nicht anders musste es gewesen sein. Tagträume konnten viel intensiver sein als normale, das hatte ich mal irgendwo gelesen.

»Wie er wohl gestorben ist?«, sinnierte Mona.

»Schwindsucht«, tippte ich. »Er ist ja auch blass wie ein Gespenst.«

Als ich Tage später an der Kapelle vorbei kam, warf ich im Vorübergehen einen Blick auf das Loch in der Wand. Ich stutzte. Der feine Kies, der den Weg bedeckte, war unterhalb des Lochs dunkelrot. Ich beugte mich hinunter. Das war Blut. Es roch wie Blut, es glänzte feucht, und an der Wand zwischen dem Loch und dem Erdboden verlief ebenfalls eine schmale Blutspur. Ich rannte zum Eingang und betrat die Kapelle. Ich war auf alles Mögliche gefasst. Aber ich sah – nichts. Das kleine Steinbecken war sauber und trocken und ohne eine

Spur von Blut. Tief verwirrt ging ich wieder hinaus. Der Fleck war verschwunden. Die Kieselsteine waren sauber und trocken, als hätte die Blutlache, die eben noch die Größe einer neunziger Duschwanne gehabt hatte, nie existiert. Ich werde wahnsinnig, dachte ich. Zu viel Arbeit, zu viel Alkohol – so fängt es also an.

Am Abend dieses Tages suchte mich mein Azubi in meiner Stammkneipe auf: »Chefin, ich habe endlich was über den Mann rausgekriegt«, platzte Mona heraus, kaum dass sie sich neben mich an den Tresen gesetzt hatte. »Er hieß Viktor Kolditz und war der Sohn eines Bauunternehmers aus Völlinghausen.«

Der kleine Ort liegt am östlichen Zipfel des Möhnesees.

»Tante Hilde erinnert sich ganz dunkel an ihn. Als sie noch klein war, vier oder fünf, war er häufiger zu Besuch bei ihnen. Und, Achtung, jetzt kommt der Knüller!«, verkündete Mona. »Er hat sich umgebracht, 1958, mit neunundzwanzig Jahren. Er hat sich die Pulsadern aufgeschnitten.«

Mona legte eine dramaturgische Pause ein, die ich nutzte, um zu ergänzen: »In der Drüggelter Kapelle.«

Mona vergaß, den Mund zu schließen. »Woher wissen Sie das, Chefin?«

»Intuition.«

Sie fuhr aufgeregt fort. »Und es gab tatsächlich Gerüchte, dass meine Großmutter was mit ihm gehabt haben soll. Bestimmt hat er sich aus Liebeskummer umgebracht.«

»Wieso in der Kapelle?«, rätselte ich.

»Ich wette, sie haben sich dort immer getroffen.« Mona seufzte. »Ach, sie hätte lieber diesen Viktor heiraten sollen.«

»Wie kommst du darauf?«, fragte ich. »Du kennst den Mann doch gar nicht.«

»Aber ich kannte meinen Großvater, auch wenn ich erst neun war, als er starb. Er war ein Arschloch.«

»Mona!«

»'tschuldigung, Chefin. Aber er war echt eines. Ein eitles, selbstgerechtes Arschloch. Humorlos, jähzornig und geizig. Nur nicht mit sich selbst. Immer die feinsten Hemden, maßgeschneiderte Anzüge, edle Parfums. Aber für Frau und Töchter nie einen Pfennig übrig. Nur Moralpredigten. Tante Hilda und meine Mutter durften als Kinder fast gar nichts, außer in die Kirche rennen. Er hat meine Mutter noch mit neunzehn verprügelt, weil sie abends eine Stunde zu spät nach Hause gekommen ist. Dabei war sie nur bei einer Freundin gewesen.«

Ich überlegte, ob ich Mona in mein Geheimnis einweihen sollte und riskierte es. Mona hörte mir zu, wobei ihre Augen immer größer wurden.

»Sie meinen, er ist Ihnen als Geist erschienen, Chefin?«

»Pscht! Nicht so laut!«

Mein schnuckeliger Barkeeper kam herbei und fragte Mona nach ihren Wünschen. Sie bestellte eine Cola und sagte zu mir: »Mein Gott, Chefin, das ist ja furchtbar!«

Das konnte ich nur bestätigen. »Allerdings. Deine Chefin hat einen an der Klatsche, das ist nicht zu leugnen.«

»Quatsch. Sie verstehen nicht, Chefin. Er wurde umgebracht.«

»Wie kommst du denn jetzt darauf?«, fragte ich.

»Das ist doch sonnenklar!«

»Ach ja?«

»Passen Sie auf, Chefin. Viktor Kolditz war katholisch. Die

19

Katholische Kirche verweigerte Selbstmördern bis Anfang der Siebziger Jahre ein christliches Begräbnis. Sie wurden meistens an einer abgelegenen Stelle des Friedhofs ohne Grabrede, ohne Segen, oft auch ohne Kreuz begraben. Und wenn Viktor Kolditz nun in der Kapelle herumspukt, dann kann das doch nur eines bedeuten: Seine Seele kommt nicht zur Ruhe, bis die wahren Umstände seines Todes geklärt sind.«

»Mona, du solltest weniger Gruselfilme anschauen.«

Sie beachtete meinen Einwurf nicht. »Und ich kann mir auch schon denken, wer sein Mörder war«, erklärte sie.

»Dein Großvater?«

»Wer sonst?«, rief sie so leidenschaftlich, dass sich ein paar Gäste nach uns umdrehten. Sie trank von ihrer Cola und fuhr leiser fort: »Um den Verdacht von sich zu lenken und den Nebenbuhler noch zusätzlich zu demütigen, hat er ihn als Selbstmörder hingestellt.«

»Mona, bitte. Jetzt reicht es.«

Aber Mona war nicht aufzuhalten. »Ich werde meiner Oma mal auf den Zahn fühlen. Sie muss die Wahrheit sagen und Viktor Kolditz zu einem christlichen Begräbnis verhelfen.«

Ich bestellte mir noch einen Mojito und schüttelte den Kopf. »Selbst, wenn an diesem Hirngespinst was dran sein sollte … Nur, weil ich ein Gespenst gesehen habe, wird sie sich nicht nach fast fünfzig Jahren als Gattin eines Mörders outen. Außerdem geht uns das nichts an, damit muss sie alleine fertig werden.«

»Sie braucht es ja nicht an die große Glocke zu hängen«, sagte Mona unbeirrt. »Sie muss es nur dem Pfarrer sagen, damit der das Grab segnet, oder was ein Pfarrer in solchen Fällen halt so macht.«

»Und wenn sie überhaupt nichts von dem Mord weiß?«

»Zumindest ahnt sie was«, widersprach Mona. »Sonst hätte sie sich nicht so komisch benommen. Vielleicht müssen wir ihr ein bisschen drohen, damit sie redet. Mit Polizei und Exhumierung und so.«

»Was?«, rief ich entsetzt.

»Exhumierung wäre überhaupt das Beste«, steigerte sich Mona in die Sache hinein. »Dann könnte man gleich einen DNA-Test machen. Meine Mutter ist im März neunundfünfzig geboren. Vielleicht ist in Wirklichkeit dieser Viktor mein Großvater.«

Aha, dachte ich, daher weht der Wind. Mona wünschte sich in erster Linie einen anderen Großvater. Ich musste das Mädchen irgendwie bremsen. Sie würde ihrer Großmutter sonst in ihrem Übereifer zu sehr zusetzen. Ich machte ihr einen Vorschlag: »Lass erst mich allein mit ihr sprechen.«

»Aber Chefin, sie ist *meine* Großmutter!«

»Aber *ich* habe den Geist von Viktor Kolditz gesehen.«

Unter dem Vorwand, die Therme noch einmal durchmessen zu müssen, ging ich am nächsten Abend zu Frau Eusterbrock. Es gelang mir, das Foto wieder auf die Anrichte zu schmuggeln. Ob sie sein Fehlen überhaupt bemerkt hatte? Ihre Hand zitterte, als sie den Tee eingoss und mir den Teller mit den Keksen reichte. Ich erkundigte mich vorsichtig nach Viktors Grabstätte. Dass ich inzwischen seinen Namen kannte, registrierte sie, ohne eine Miene zu verziehen.

»Auf dem Friedhof in Körbecke«, antwortete sie einsilbig.

»Er soll angeblich Selbstmord begangen haben …«, tastete ich mich voran, aber da fuhr sie mich an: »Was wollen

Sie? Warum stellen Sie mir laufend Fragen über diesen Menschen?«

Auf einmal schämte ich mich. Es war ekelhaft, was ich tat. Wer gab mir das Recht, in ihrer Vergangenheit zu wühlen, alte Wunden aufzureißen? Selbst, wenn sie sich schuldig gemacht hatte – sie hatte sicherlich genug gebüßt durch die Ehe mit einem Tyrannen.

Ich murmelte eine Entschuldigung und wollte aufstehen, aber sie bat mich, sitzen zu bleiben. Ihr Einlenken kam überraschend. Während ich stumm dasaß und Kekse aß und Tee trank, begann sie zu erzählen. Von der anfänglichen zarten Romanze … »Er konnte Akkordeon spielen zum Herzerweichen …« bis zur helllodernden Affäre. »Lügen über Lügen. Aber wenn die Triebe erst mal geweckt worden sind … Es war so …« Sie ließ den Satz unvollendet, verzog nur ihren Mund, wahrscheinlich vor Selbstekel.

Das Ende nahte, als ihr Mann sie an ihrem heimlichen Treffpunkt, der Drüggelter Kapelle, überraschte. Wenige Tage später dann Viktors Selbstmord … »An den ich nie so recht geglaubt habe, aber was sollte ich tun? Wir hatten eine Tochter und ein zweites Kind war unterwegs. Also schwieg ich.«

»Was glauben Sie, wie hat Ihr Mann ihn umgebracht?«

»Vergiftet. Alles andere wäre ja aufgefallen.« Frau Eusterbrock lächelte plötzlich. »Noch einen Mandelkeks, Fräulein Völlmecke?«

Das Fräulein lehnte dankend ab. Das Fräulein hatte plötzlich ein unbändiges Verlangen nach frischer Luft und einen höllischen Durst. Ich wankte mit letzter Kraft nach Hause. Mir war überhaupt nicht gut. Vor meiner Tür lauerte mir Mona auf.

»Chefin, Sie sind ja ganz grün!« Ich kam zu keiner Antwort, sondern stürzte ins Haus, aufs Klo. Dort würgte ich Tee und Mandelkekse aus mir heraus.

»Wie wirkt eigentlich Blausäure?«, fragte ich Mona.

Im Krankenhaus Soest pumpte man mir den Magen aus und zapfte mir Blut ab. Dann lag ich in einem Bett hinter einer Plastikstellwand, aus einer Flasche tropfte eine klare Flüssigkeit in meine Venen, und ich hatte viel Zeit zum Nachdenken.

Irgendetwas störte mich an Frau Eusterbrocks Geschichte. War es das alte Vorurteil, welches Giftmorde eher den Frauen zusprach? Nein, das war es nicht. Ich rief mir Monas Schilderung über ihren Großvater ins Gedächtnis: *Ein eitles, selbstgerechtes Arschloch. Humorlos, jähzornig …* War so ein Mann ein Kandidat für einen Giftmord? Und warum hatte Frau Eusterbrock die Kapelle als »bösen Ort« bezeichnet, wenn er doch die Stätte ihrer romantischen Stelldicheins gewesen war? Wegen dieses Selbstmordes, an den sie nicht glaubte? Das alles passte hinten und vorne nicht zusammen. Noch ein Satz von Mona über ihren Großvater fiel mir ein: *Er hat meine Mutter noch mit neunzehn verprügelt, weil sie abends eine Stunde zu spät nach Hause gekommen ist. Dabei war sie nur bei einer Freundin gewesen.*

Eine Schwester trat an mein Bett.

»Kein Grund zur Sorge«, gab sie bekannt. »Es wurde kein Gift gefunden, weder im Mageninhalt, noch im Blut.«

Ich dankte ihr und schalt mich eine hysterische Zicke.

Mona, die treue Seele, hatte im Flur gewartet und fuhr mich nach Hause. Sie war rücksichtsvoll und stellte keine

Fragen. Ich fühlte mich wie ein ausgewrungener Putzlappen und legte mich sofort ins Bett. Dort spann ich den Gedanken weiter, der mir im Krankenhaus gekommen war. Und plötzlich hoben sich die Schleier. Die Sache war auf einmal logisch und klar.

Am nächsten Morgen ging ich statt zur Arbeit zum Friedhof. Das Grab von Viktor Kolditz lag am Rand. Es bestand nur aus einem Stein im dürren Gras, der seinen Namen trug, sowie die Information: *geboren am 15. 4. 1929, verstorben am 18. 9. 1958.* Dazu noch der Spruch: *Herr, sei seiner Seele gnädig.* Immerhin, dachte ich, als mich ein Geräusch hinter mir herumfahren ließ.

»Ich dachte mir schon, dass ich Sie hier finde«, sagte Frau Eusterbrock. Sie trug, der Situation angemessen, ein schwarzes Kleid.

»Es war heute«, antwortete ich. »Sein Todestag. Heute vor sechsundvierzig Jahren.«

Sie nickte nur.

Ich wollte ihr vorhalten, dass sie mich gestern angelogen hatte, aber ich machte mich wieder einmal schlecht in der Rolle der Inquisitorin und brachte kein Wort heraus.

Es dauerte eine Weile, dann begann sie, den Blick auf den Grabstein gerichtet, zu sprechen: »Heutzutage ist so was keine Schande mehr. Es gibt sogar lustige Fernsehsendungen darüber, und manche sind sogar noch stolz darauf und erzählen es jedem, und kleiden sich wie … na ja, Sie wissen schon. Aber damals war das ganz anders. Bei den Nazis kam man dafür ins Zuchthaus. 175er nannte man diese … Männer. Nach dem Unzucht-Paragraphen. Wussten Sie, dass man ihn zwar

'69 entschärft, aber erst 1994 völlig aus dem Strafgesetzbuch gestrichen hat?«

»Nein.«

»Mein Mann wollte nicht so einer sein. Er hat es mit Gewalt unterdrückt. Bis er Viktor kennenlernte. Das war im Jahr '55, zwei Jahre nach unserer Hochzeit, Hilda lernte gerade laufen. Am Anfang dachte ich, es sei eine ganz normale Männerfreundschaft. Ich mochte Viktor, er war so leichtlebig, so charmant. Ich hatte mich sogar ein klein wenig in ihn verliebt. Es ging so weit, dass wir uns einmal küssten, bei einer Ruderpartie auf dem See. Mehr war nicht, weil ich es ablehnte, Ehebruch zu begehen. Ich dumme Gans!« Sie lachte bitter. »Eines Tages, Viktor verkehrte schon über zwei Jahre in unserem Haus, da überraschte ich sie in unserem Ehebett.« Sie schluckte und atmete schwer. »Es war so schmutzig. So pervers. Ich bin Hals über Kopf mit Hilda weggerannt, zu meinen Eltern, und zwei Tage nicht nach Hause gekommen. Aber schließlich musste ich mich der Situation doch stellen. Was hätte ich meinen Eltern denn sagen sollen? Eine Scheidung kam nicht in Frage. Erstens bin ich katholisch, außerdem wäre dann dieser ganze Dreck an die Öffentlichkeit gelangt. Alle hätten erfahren, dass ich die Frau eines Schwulen bin. Mein Mann schwor mir unter Tränen, es würde nie wieder vorkommen. Eine Weile ging es gut, fast ein Jahr lang. Aber dann … Ich war nicht mehr so naiv, ich bemerkte die Anzeichen diesmal schneller. Und noch etwas merkte ich: Ich war zum zweiten Mal schwanger.« Sie hielt inne.

Auch mir hatte es die Sprache verschlagen.

Als sie weiterredete, war ihre Stimme wieder fester. »Ich bat Viktor zu einer Aussprache in unser Haus. Er trank gerne Absinth, stark und bitter. Ich hatte ein Schlafmittel darunter gemischt. Ich wollte ihn von der Delecker Brücke in den Möhnesee werfen, damit es aussah, als sei er ertrunken. Als ich ihn gerade zu unserem VW Käfer schleifte, kam mein Mann nach Hause. Er verstand sofort, was geschehen war. Ich glaube, er war erleichtert, dass ihm jemand die Entscheidung abgenommen hatte. Wir brachten ihn zusammen zur Kapelle. Das war Hellmuths Idee. Dort hatten sie sich ab und zu getroffen. Damals war die Kapelle auch nachts offen. Er legte ihn neben den Altar und ich schnitt ihm mit dem Taschenmesser meines Mannes die Adern auf. Er war bewusstlos, sein Blut floss aus ihm heraus, einfach so, wie ein Bach, es floss und floss durch diese Rinne nach draußen. Durch das viele Blut auf dem Weg entdeckte man ihn gleich am nächsten Morgen.«

»Die Blutrinne«, flüsterte ich.

»Danach hat sich mein Mann nie mehr was zuschulden kommen lassen – in dieser bestimmten Richtung«, sagte sie mit scheinbarer Zufriedenheit, aber dann fügte sie leise hinzu: »Es war die Hölle, danach, all die Jahre …«

»Und jetzt?«, fragte ich ratlos.

»Ich habe alles aufgeschrieben. Ich werde nicht mehr sehr lange leben. Die Leber ist hinüber. Der Alkohol hat mir all die Jahre geholfen, es zu ertragen.«

Ich sah sie verwundert an. Heute trug sie kein Make-up und ich bemerkte erstmals das Netz aus roten Äderchen, das sich über ihre welken Wangen spannte.

»Wenn es vorbei ist mit mir, können Sie den Brief dem Pfarrer geben und ihn um seinen Segen bitten. So lange muss er sich noch gedulden. Die Toten haben viel Zeit.« Bei diesen

Worten schlug sie ein Kreuz über ihrer Brust. Dann wandte sie sich um und ging davon.

Ich fuhr zur Kapelle. Drinnen hielt ich mich an einer der dicken Säulen fest, weil ich plötzlich spürte, wie mir schwindelig wurde. Ich musste an den Blutflecken denken, den von neulich und den in Frau Eusterbrocks Schilderung, und an meinen Vater, und wie er wohl ausgesehen hatte, als sie ihn unter dem Laster herausgezogen hatten. War sein Blut auf die Fahrbahn geflossen, hatten sie Sägemehl oder rotes Pulver draufgestreut, wie sie es mit Öllachen machten? Nach einer Weile ließ ich die Säule los. Ich stand in der Mitte der Kapelle. Dem Kraftzentrum, wie Mona es genannt hätte, und obwohl ich weinte, spürte ich, wie es mir von einer Sekunde zur anderen besser ging.

Plötzlich hörte ich es. Jemand spielte Akkordeon. Eine nie gehörte, schwermütige Melodie, deren Töne von überallher zu kommen schienen. Ich schloss die Augen, ein warmes Gefühl hüllte mich ein, und ich öffnete die Augen erst wieder, als die Musik aufhörte. Von der Altarbank lächelte mir Viktor Kolditz zu, ehe sein Bild langsam verblasste und sich in Nichts auflöste, so, wie es sich für einen Geist gehörte.

Das Brautkleid

Ariane Mommsen, geborene Kornitzke, steht vor dem Spiegel der Damentoilette und wischt mit dem Puderschwämmchen über ihre Nase. Die Wimperntusche ist zerlaufen, sie sieht aus wie ein Zombie. Kein Wunder, der Saal kocht. Gerade führen die Gymnastik-Damen auf der Saalbühne des Goldenen Hirschen den Bananentanz vor. Vorhin haben Ariane und Lorenz die Hochzeitstorte mit dem Plastikpärchen obendrauf angeschnitten, seither picheln die Damen Sekt und Likörchen, die Männer haben den ersten Klaren schon mittags gekippt, dem Spanferkel hinterher.

Ihre Hochzeit. Es fühlt sich immer noch an wie etwas Fremdes, das gar nicht ihr passiert, sondern bloß einem Abbild von ihr. Aber da hilft alles nichts: Sie, Ariane, ist heute die Braut.

Wer hätte das gedacht, vor gut einem Jahr, als Lorenz Mommsen sie beim Osterfeuer hinter den Getränkewagen der Landjugend gezerrt und ihr zwischen den Bierkisten die Zunge in den Hals gesteckt hat? Nach Zwiebel und Schnaps hat er gerochen, das weiß sie noch, obwohl auch sie zu dem Zeitpunkt schon nicht mehr ganz nüchtern war. Wenige Wochen darauf, beim Maisingen, winkte Lorenz ihr zu und wurde sogar ein bisschen rot dabei. Und dann, beim Erdbeerfest, macht er ihr einen Antrag. Sogar mit Ring, Weißgold. Ihre Verlobung war wochenlang *das* Thema der Klatschmäuler in beiden Dörfern. Gerade vorhin, als sie heimlich hinter den Glascontainern eine geraucht hat, hat Ariane gehört, wie sich die Frau des Metzgers mit einer Bäuerin aus dem Dorf unterhalten hat: *»Ach, irgendwie sind doch alle Bräute ganz hübsch – sogar die Ariane.«*

»Hübsch muss eine Bäuerin nicht sein. Arbeiten muss sie können.«

»Das Land, das ist es. Deswegen hat der alte Mommsen der Sache gehörig nachgeholfen, wetten?«

»Der Teufel scheißt immer auf den größten Haufen.«

Ja, zugegeben, es ist keine Liebesheirat. Den Mommsens gehört die größte Schweinezucht im Umkreis, und Arianes Eltern sind Getreidebauern und bewirtschaften einen ansehnlichen Hof in der Nachbargemeinde. Es ist ihr egal. Sie liebt Lorenz ohnehin nicht, sie liebt nur einen: Robert Pattinson. Was natürlich Blödsinn ist, völlig aussichtslos, das weiß sie genau – und doch ist es so. Und davon abgesehen: Heiraten, das wollte sie schon immer. Einmal der Mittelpunkt sein, die Braut.

Sie denkt an ihr Zimmer, in dem sie heute früh mit Hilfe ihrer Mutter und ihrer Tante das Brautkleid angezogen hat. Es ist tief ausgeschnitten, dennoch gibt es nicht viel zu sehen; es hilft auch kein Push-up, wo es nichts zu pushen gibt. Aber unterhalb der Taille gewinnt sie durch das Kleid endlich einmal an Umfang, denn über den Reifrock breiten sich mehrere Lagen Stoff: Rüschen, Spitzen, Seide – ein Traum.

Die Poster von Robert Pattinson müssen leider in ihrem Mädchenzimmer bleiben, denn es würde Lorenz bestimmt nicht gefallen, wenn der attraktive Vampir aus der *Twilight*-Saga die Wände ihres ehelichen Schlafzimmers zieren würde.

Aber vielleicht kann sie ja eines der Bilder an den neuen amerikanischen Kühlschrank pinnen, der auch Eiswürfel machen kann. Eiswürfel, die wären jetzt gefragt, bei diesen Temperaturen. Hinter Ariane rauscht eine Toilettenspülung und eine Tür geht auf.

»Hi, Ariane, hier bist du. Wolltest du dir auch den Auftritt der Hupfdohlen ersparen?«

Ariane nickt Katrin Klausen im Spiegel zu. Katrin trägt Jeans und eine blaue Leinenbluse. ›So geht die zu einer Hochzeit‹, werden die anderen Gäste hinterher tuscheln. Sie haben ja immer was zu tuscheln.

Katrin legt Ariane kurz die Hand auf die Stelle, wo sich der Träger des bräutlichen BHs über ihre knochige Schulter spannt. Katrins Hand ist warm, trocken und ein wenig rau. »Alles Gute zur Hochzeit, Ariane!«

»Danke, dass du gekommen bist«, sagt Ariane verlegen.

Katrin wäscht sich die Hände mit den vielen Ringen und fährt mit einem Kajalstift um ihre Perlmuttaugen. Mit einem Kamm, den sie aus der hinteren Tasche ihrer Jeans zieht, streicht sie durch ihr honigfarbenes Haar, das ihr herzförmiges Katzengesicht in sanften Wellen umspielt. Alles an ihr ist weich und harmonisch.

Arianes Augen sind zwei kleine, tief in den Höhlen liegende Schlitze, ein Eindruck, der durch die hohen Wangenknochen und die lange, hakenförmig gebogene Nase noch verstärkt wird. Und wenn sie lächelt, so wie jetzt, sind ihre schmalen Lippen kaum noch zu sehen. Alles an ihr ist irgendwie zu dünn und zu lang: Beine, Arme, Finger, Hals – und auch sie selbst. Ihre Bewegungen wirken ungelenk und hektisch, und mit eins sechsundachtzig überragt sie die meisten Männer, auch ihren Bräutigam. Zur Feier des Tages hat sie ihre mausbraunen Flusen in Löckchen legen lassen, die sich nun unter dem Schleier herausgewunden haben und an ihren bleichen Wangen kleben. Da hilft weder Rouge noch Puder und auch kein Solarium: Ihr Gesicht sieht immer durchscheinend blass aus, als wäre sie gerade einem Sarg entstiegen, sogar dann noch, wenn sie schwitzt oder lügt. Schon seit ihrer Kindheit ist das so. *Bohnenstange* nannten sie sie im Kindergarten, oder *Heuschrecke*. Später dann *Frankensteins Braut, Zombie, Spiderwoman*.

Katrin anzusehen ist dagegen so, als würde man eine geschmeidige Katze betrachten. Nun zwinkert sie Ariane im Spiegel verschwörerisch zu – als wären sie Freundinnen. Das tut gut. Ariane hätte gerne eine Freundin wie Katrin, es würde ihr nichts ausmachen, der hässlichere Teil des Duos zu sein. Es ist ihr auch egal, dass man im Dorf behauptet, Katrin sei verrückt und außerdem eine Schlampe. Warum eigentlich? Weil sie mit dreißig anstatt eines Eherings lieber einen Ring am Nasenflügel trägt? Oder weil Lorenz Mommsen, Arianes Bräutigam, mal was mit Katrin Klausen hatte? Richtig verliebt soll der Dorfcasanova angeblich in sie gewesen sein. Aber Katrin hat ihn nur wie ein Spielzeug benutzt, ein Spielzeug, das ihr rasch langweilig wurde. Ihre Abfuhr soll ihn seinerzeit schwer getroffen haben.

Durch das von Spinnweben überzogene Fenster der Toilette, das auf den Hof weist, dringt Geschirrgeklapper, das hektische Gezänk des Küchenpersonals, der Geruch von Marihuana und die Stimmen dreier junger Männer. »*Dass es den Lorenz jetzt so schnell erwischt, das hätte ich nicht gedacht.*«

»*Ey, wirklich, dem graust vor gar nichts.*«

»*Und es steht schon in der Bibel: Es wird eine lange Dürre kommen!*«

Gekicher.

»*Nee, nich' für viel Geld würd' ich's der besorgen wollen. Da holt man sich ja blaue Flecken!*«

»*Aber der Katrin schon, ja?*«

»*Die … die hatte ich doch längst schon in der Kiste.*«

»*Zwei Liter Herrenhäuser machen sogar eine Heuschrecke schön. Prost, auf Lorenz!*«

Bierkrüge klirren aneinander.

»*Ich sag nur: Fahne drüber und für Deutschland!*«

Katrin und Ariane sehen sich an.

»Scher dich nicht um diese Arschlöcher«, sagt Katrin laut zum Fenster hinaus und dann drückt sie Ariane an sich und reibt ihr dabei tröstend über ihre hervorstehenden Halswirbel. Für einen Moment liegt Katrins heiße Wange an Arianes Brust. Katrin ist ein gutes Stück kleiner als ihr Gegenüber.

Eigentlich kennen sie sich kaum. Katrin ist acht Jahre älter als Ariane, fast schon eine andere Generation.

»Ich muss mal.« Rasch verschwindet Ariane in der Kabine der Toilette.

»Soll ich dir beim Pinkeln helfen? Ich meine, mit dem Kleid?«

»Nein, nein, es geht schon«, versichert Ariane und rafft Lage um Lage ihres Kleides in die Höhe, aber selbst ihre langen Arme bekommen diesen Überfluss an Stoff nicht in den Griff. Sie hat Angst, sich das Kleid vollzupinkeln. Das fehlte noch, das wäre Gesprächsstoff für Monate – die bepisste Braut! Schließlich ruft Ariane doch verzweifelt nach Katrin.

Keine Antwort. Mist, sie ist schon weg. Oder doch nicht?

Die Tür des Toilettenvorraumes geht wieder auf, herein dringt ein Schwall abgestandener Luft und Gesang.

Lebt denn der alte Holzmichel noch, Holzmichel noch, Holzmichel noch …

Katrin schlüpft zu ihr in die Kabine. Sie lässt die Tür offen, so haben sie mehr Platz.

»Das ist nett von dir«, sagt Ariane und denkt: Vielleicht ist das der Anfang einer Freundschaft. Vielleicht mag mich Katrin. Man hilft doch niemandem beim Pinkeln, den man nicht mag, oder?

»Na, Mädels, was treibt ihr denn da?« Lorenz trägt ein weißes Kunstblumensträußchen am Revers und stiert die beiden aus glasigen Augen an.

»Was glaubst du wohl?«, zischt Katrin.

»Wird das 'ne Lesbennummer, oder was?« Seine Stimme klingt verwaschen, sein Atem riecht nach Nordhäuser.

»Blödmann. Deine Zukünftige muss mal pinkeln und ich helfe ihr mit dem Kleid.«

»Geh weg, das mach ich schon. Da muss der Meister persönlich ran.«

»Meinetwegen.« Katrin windet sich an ihm vorbei und verschwindet. Für Sekunden hört man wieder das Holzmichel-Getöse aus dem Saal.

Lorenz quetscht sich zu Ariane in die enge Kabine. Ihren Einwand, dies sei das Damenklo, da hätte er nichts zu suchen und überhaupt – wie würde das denn aussehen, wenn man ihn hier entdeckte, ignoriert er und schließt stattdessen die Tür. Beide ringen mit dem Volumen des Brautkleides. Arianes Schleier verrutscht bei dieser anstrengenden Aktion, ihr wird heiß, und auch Lorenz ächzt, aber das hat andere Gründe. Von einer Hochzeitsnacht im traditionellen Sinn scheint ihr Bräutigam nichts zu halten. Offenbar hat er vor, seine ehelichen Pflichten jetzt und hier zu erledigen, auf dem Damenklo des Goldenen Löwen. Ariane ist das gleichgültig. Schon spürt sie die Mosaikfliesen, die ihr ein Muster in den Rücken stempeln und seine kleinen Wurstfinger, die sich in ihr Gesäß krallen. Wie eine seidige Würgeschlange legt sich der staubige Saum ihres Kleides um ihren Hals. Das rhythmische Grunzen ihres Bräutigams dicht an ihrem Ohr und seinen Alkoholatem in der Nase verfällt sie in Duldungsstarre und denkt an ihren schönen Vampir. Was für ein wunderbares Paar sie doch wären: der Vampir und seine Spinnenfrau. Und während der Adamsapfel ihres Angetrauten vor ihren Augen auf und ab zuckt und sein Schweiß von seinem geröteten Gesicht auf ihr Marmordekolleté tropft, lauscht sie den müden Witzen des Küchenpersonals hinter dem gekippten Fenster, durch das warme, stickige Sommerluft dringt, die einen Hauch von Raps und Schweinedung mit sich führt. Plötzlich wird Ariane unerträglich heiß. Eine Welle von Platzangst überrollt sie. Dieses verdammte Kleid! Überall ist nur noch Tüll und Seide, sie kann kaum noch atmen. Mit heftigen Bewegungen reißt sie sich den Schleier aus dem Haar und ringt das Kleid nieder, drängt es nach unten, nur weg von ihrem Gesicht, weg von ihrem Hals. Sie schnappt nach Luft. Ihren Bräutigam sieht sie jetzt nicht mehr, irgendwo zwischen Unterrock, Reifrock und Spitzenüberwurf ist er verschwunden, sie hört nur noch sein Röcheln und Keuchen. Es begleitet seine verkrampften Bemühungen, sie zu begatten, welche nun in einem hektischen Gestrampel ihren Höhepunkt finden. Fast unbemerkt entgleitet er ihrem Schoß, und dann ist es ruhig, bis auf das

Summen einer Fliege vor dem Fenstergitter, die im Todeskampf in einem Spinnennetz zappelt. Endlich kann sie pin keln. Es läuft und läuft, sie stöhnt auf, vor Erleichterung. O, Gott, tut das gut!

Als sie fertig ist, sagt sie unwirsch: »Lorenz, rück doch mal zur Seite oder mach die Tür auf.« Keine Reaktion. Ihr Ehemann klemmt zwischen der Kloschüssel und der Tür, eine massige Raupe, eingesponnen in einen weißen Seidenkokon.

Ariane beugt sich weit über ihn, ihre langen Finger bekommen die Klinke zu fassen, und stößt die Kabinentür auf. Endlich Luft! Sie atmet ein paar Mal tief aus und ein.

Ein paar angeheiterte Frauen betreten die Toilette, kichernd, giggelnd, dann, recht abrupt, ist es vorbei mit der Fröhlichkeit und ein spitzer Schrei hallt von den weißen Kacheln wider: »Lorenz!«

Im Saal johlt derweil die Hochzeitsgesellschaft: *Jaah, er lebt noch, er lebt noch, er lebt noch …*

Allerdings ist das ein Irrtum – zumindest, was Lorenz Mommsen angeht.

Der Platzhirsch

In scharfen Umrissen hob sich sein wuchtiger Körper mit dem herrlichen Kronengeweih vom fahlgelben Himmel ab. Langsam streckte er das Haupt, dass der zottige Hals sich blähte. Und während ihm der heiße Atem vom Äser rauchte, hallte sein dumpfer, lang gezogener Orgelton in die Lüfte. (Ludwig Ganghofer)

Bei meinen Großeltern hing er über dem Kanapee – röhrend am Bergsee in Öl. Majestätisch stand er da, mit weißem Atemhauch das Haupt hoch aufgerichtet, sodass die Enden des mächtigen Geweihs beinahe die Kruppe berührten, umgeben von einem Rudel Hirschkühe, die begehrlich zu ihm aufsahen.

So wie dieser Hirsch wollte ich auch werden: stark und mächtig, vergöttert von den Weibchen, respektiert und gefürchtet von den männlichen Konkurrenten. Deshalb wurde ich Arzt.

Das Studium war anstrengend in jeder Hinsicht, doch tief in meinem Inneren wusste ich immer, dass ich es schaffen würde. Stets umwehte mich die Aura des Erfolges. Das spürten nicht nur die zahlreichen Frauen, die mir den Studentenalltag versüßten, sondern auch etwaige Nebenbuhler. Begann ich mich für ein Mädchen zu interessieren, zogen sämtliche Mitbewerber den Schwanz ein und überließen mir mehr oder weniger kampflos das Feld.

Zu Beginn meines Studiums wollte ich Chirurg werden, aber Chirurgen sind Metzger, was ich recht bald erkannte. Ich wollte keine Knochen zersägen, wollte nicht in fremden Eingeweiden wühlen und Blutbäder an OP-Tischen anrichten. Ich liebte es feiner, distanzierter. Ich wurde Kardiologe. Fragte man mich nach meinem Beruf, sagte ich: »Ich heile gebrochene Herzen«. Dazu lächelte ich je nach Situation spitzbübisch oder schwermütig. Das kam bei Frauen sensationell gut an.

Mein Doktorvater vermittelte mir eine Stelle als Assistenzarzt an einer Privatklinik und mit meinem ersten Gehalt finanzierte ich den Porsche. Nicht, dass ich den nötig gehabt hätte, es war auch so keine Krankenschwester vor mir sicher, doch der Wagen machte mir einfach Freude, auch wenn die Leasingraten schmerzten. Das Auto ist im Kapitalismus das Geweih des Mannes. Daran kann man sehen, ob er ein Beihirsch ist oder ein Platzhirsch.

Ab Mitte September konkurrieren die Hirsche um den Harem. Der Platzhirsch sucht das Kahlwildrudel auf und markiert den Brunftplatz. (H. Groenert)

Die Stelle des Oberarztes der Kardiologie wurde im nächsten Jahr frei und Professor Rehbein, der Chef der Abteilung, legte mir nahe, mich zu bewerben. »Ich würde ungern den Blaschke auf diesem Stuhl sehen. Aber ich rate Ihnen, sehen Sie sich beizeiten nach einer adäquaten Partie um. In solchen Positionen sieht man Verheiratete einfach lieber als Ledige.«

Hier war sie also, meine Chance. Das Einzige, was Blaschke mir voraus hatte, waren drei Dienstjahre mehr – was ich durch Talent mehr als ausglich – und eine Gattin. Eine Ehefrau, das sah ich ein, war an diesem Punkt meiner Laufbahn unerlässlich. Außerdem wurde es langsam auch Zeit, die kostbaren Gene weiterzugeben.

Professor Rehbein, ein attraktiver, souveräner Mann von Anfang fünfzig, war zwischenzeitlich so etwas wie mein Mentor geworden. »Sie erinnern mich an mich, wie ich früher war«, vertraute er mir irgendwann an und riet mir obendrein, Golf zu spielen. »Wo wollen Sie denn sonst Ihre Privatpatienten ködern?« Also nahm ich Golfstunden und Rehbein nahm mich mit zum Pferderennen. Seine Tochter war auch dabei, ein verzogener, frühreifer Teenager, jedoch ausnehmend hübsch mit ihren roten Haaren. *Rotes Dach, feuchter Keller*, sagt doch der Volksmund. Ich hätte nichts dagegen gehabt, der Schwiegersohn des Chefs zu werden, das hätte mein Fortkommen in der Klinik sicherlich erleichtert, doch das Mädchen war leider erst fünfzehn und ich brauchte sofort eine Frau.

Während der Brunftzeit beobachtet man beim Hirsch folgende Gebärden: Herausstrecken des Leckers, der in kurzen Abständen über den Windfang fährt
Flehmen – Hochziehen der Oberlippe
Zucken der Brunftrute als Ausdruck geschlechtlicher Erregung
Eckzahndrohen – der Hirsch zeigt seinem Konkurrenten die Grandeln.
(H. Groenert)

An diesem Nachmittag wurde mir Elli vorgestellt. Ihr richtiger Name war Elisabeth Sophie von Benthen, und sie besaß das, was mir als Sprössling eines Bahnbeamten und einer Schneiderin fehlte: eine respektable Herkunft. Von Benthen. Das klang nobel und distinguiert, das klang nach Klavier spielenden Töchtern, Gesellschaftsjagden, Golfturnieren, nach altem Landadel.

Elisabeths Vater war Rechtsanwalt und Notar, die Mutter Lehrerin, man lebte in bescheidenem Wohlstand. Der Familiensitz befand sich irgendwo hinter Burgdorf, ein kleiner Gutshof voller Jagdtrophäen. Vater und Großvater waren passionierte Jäger, wie schon ihre Ahnen. In den weitläufigen Stallungen, die das Gut flankierten, züchtete der Großvater englische Vollblüter. Nüchtern betrachtet hatte auch Elli so einiges von einem Pferd; eine großrahmige Hannoveraner-Stute mit einem länglichen Gesicht und großen Zähnen. Wenn sie lächelte, konnte man ihr Zahnfleisch sehen, was mich anfangs etwas störte. Aber mit geschlossenem Mund war sie recht hübsch. Ihre braunen Augen blickten sanft wie die einer Hirschkuh, und so war auch ihr Wesen. Für einen jungen, aufstrebenden Götterliebling wie mich war sie die ideale Ehefrau.

∗

Fast schwarz erschien er im bereits vollendeten Winterkleid, der mächtige Körper mit dem dicken, zottig behaarten Brunfthals. Weiße Schaumflocken am Äser, das Haupt mit den vor Leidenschaft funkelnden Lichtern windend vorgestreckt, und das Geweih, dessen gefegte Enden trotz der Dämmerung gleich weißem Silber blinkten, gegen den Nacken drückend, so stand er vor uns in seinem Stolz, in seiner Kraft und Wildheit. (Ludwig Ganghofer)

Bei meinen Großeltern auf dem Gut hing er über dem Kamin – röhrend am Bergsee in Öl. Groß, mächtig und ein bisschen dumm erschien er mir, wie er so dastand, das Haupt hoch aufgerichtet, sodass die Enden des Geweihs beinahe die Kruppe berührten, werbend vor einem Rudel dumpf glotzender Weibchen. Aber er imponierte mir auch.

Von meinem Großvater, den ich von klein auf zur Jagd begleitete, erfuhr ich viel über Hirsche. Den Rest lernte ich von meiner Großmutter: »Ein Platzhirsch ist kein Haustier«, pflegte sie zu sagen.

Ich lernte Rudolf im Spätsommer kennen, beim Pferderennen auf der Neuen Bult. Unsere ganze Familie war da, denn im dritten und im siebten Rennen gingen zwei Hengste meines Großvaters an den Start. Später erinnerte ich mich nur noch daran, dass sie mittelmäßig abgeschnitten haben, aber ich erinnerte mich umso besser an Rudolf. Er wurde mir von Professor Rehbein, einem Freund und Mandanten meines Vaters, vorgestellt. »Dr. Rudof Krümpel – unser bestes Pferd im Stall.«

Rudolf sah verdammt gut aus und das wusste er auch. Ich war sofort hin und weg. Meine Freundinnen auch. Doch er wollte nur mich, das spürte ich. Ich war zwanzig und hatte seit zwei Jahren einen festen Freund: Holger, meine Sandkastenliebe. Holger studierte Jura in Hannover, er war feinsinnig, ruhig, zuverlässig. Er war für mich fast wie ein Bruder, und wenn wir miteinander schliefen, kam es mir manchmal vor wie Inzest. War es ein Wunder, dass der brave Holger gegen den forschen Rudolf chancenlos war?

Heiß mag die Liebessehnsucht in seinem Blut brennen, denn Schritt um Schritt steigt er der Höhe zu, und Schrei um Schrei schickt er in die sinkende Dämmerung. (Ludwig Ganghofer)

Zur Paarung kam es zwei Wochen später auf einem Hochsitz an einer Lichtung im Revier meines Großvaters. Es war Brunftzeit, im Wald röhrten die Hirsche, über mir Rudolf, ich verharrte in Duldungsstarre. Vier Wochen später waren wir verlobt. Mein Vater, der in Holger bereits den Nachfolger für seine Kanzlei gesehen hatte, war nicht begeistert über meine Wahl. Er nannte Rudolf einen Emporkömmling und noch Schlimmeres. Auch meine Großmutter legte besorgt die Stirn in Falten und glaubte zu wissen, dass Rudolf keinen besonders guten Charakter hätte. Aber ich war verliebt und eigensinnig. Außerdem war der Sex mit Rudolf viel aufregender als das verkrampfte Gefummel mit Holger. Holger, den meine Trennung von ihm sehr mitgenommen hatte, hatte inzwischen seinen Studienplatz getauscht und war nach Aachen gezogen.

Rudolf und ich heirateten im Mai, die kirchliche Trauung fand in der Marktkirche in Hannover statt. Ich war so glücklich, wie eine junge dumme Pute nur sein konnte.

*

Nach der Hochzeit mit Elli spotteten meine missgünstigen Kollegen hinter meinem Rücken über meinen Namenswechsel. *Dr. Rudolf von Benthen.* Das klang schon geil. Und nachdem Dr. Rudolf von Benthen innerhalb eines halben Jahres seinen Anteil an Privatpatienten um dreißig Prozent gesteigert hatte, verstummten die Lästermäuler. Professor Rehbein hatte praktisch gar keine andere Wahl, als mich zum Oberarzt zu machen. Und was die Damenwelt betraf: Arzt sein und dazu noch ein Von im Namen tragen – das war kaum noch zu toppen. Allerdings musste ich mich nun ziemlich einschränken was meine Libido anging. Schweren Herzens entsagte ich den Krankenschwestern, denn die neigten zum Klatschen. Hin und wieder bat mich eine attraktive Patientin zu sich nach Hause zu einer gründlichen Nachuntersuchung oder es ergab sich eine kurzlebige Liaison auf dem Golfplatz. Inzwischen bevorzugte ich verheiratete Frauen. Die machten keine Probleme, denn ihnen war selbst an Diskretion gelegen.

Als mein erster Sohn geboren wurde, tauschte ich den Sportwagen gegen einen SUV. Ich machte den Jagdschein, womit ich bei Ellis Vater ein klein wenig an Boden gewann. Allerdings war die Jagd nicht meine große Leidenschaft. – Diese bräsige Jägersprache, diese zopfigen Bräuche! Am liebsten war ich allein im Wald. Ich liebte das Beobachten des Wildes, das Anpirschen, auch den Ansitz und sogar das Schießen im richtigen Moment. Ich war ein guter Schütze, hatte eine ruhige Hand. Aber die Schweinerei, die danach kam, das Aufbrechen des Wildes, das spätere Zerlegen in der Wildkammer – das war schiere Metzgerarbeit. Manchmal ging mir Elli dabei zur Hand. Ihr machte es offenbar nichts aus, bis zu den Ellbogen in einem aufgeschnittenen, dampfenden Tierleib herumzuwühlen. Sie wäre sicherlich eine gute Chirurgin geworden.

Selbstverständlich liebte und respektierte ich meine Frau. Sie war eine vorbildliche Hausfrau und Mutter, fruchtbar außerdem, sie gebar kurz nacheinander zwei stramme Söhne und eine bezaubernde Tochter. Ich war stolz auf meine Familie, und stolz auf mich, der ich ihnen ein so behütetes, luxuriöses Leben bot. Elli schaltete und waltete eifrig und glücklich in ihrer kleinen heilen Welt. Sie erzog die Kinder vorbildlich, züchtete Rosen, buk Kuchen für Wohltätigkeitsbasare und zauberte köstliche Menüs, wenn ich Gäste einlud. Sie bemutterte und umsorgte mich, wenn ich spät von der Arbeit – oder anderen Verpflichtungen – nach Hause kam, fast so, als hätte sie eine Ahnung davon, welchen Anstrengungen und Anfeindungen ich den ganzen Tag über ausgesetzt war. Aber natürlich konnte sie sich unmöglich vorstellen, wie kräftezehrend es war, täglich Herr über Leben und Tod zu sein, dabei den Status quo zu verteidigen gegen einen Haufen intriganter Widersacher, die so genannten Kollegen, und nebenbei auch noch höhere Ziele anzustreben. Und mein Ziel war: Ich wollte ganz nach oben. Ich wollte der Platzhirsch sein.

✳

Die weiblichen Tiere sind nur wenige Tage brunftig und werden in dieser Zeit mehrmals hintereinander beschlagen. Dabei treibt der Hirsch sie über den Brunftplatz. (H. Groenert)

Gleich nach der Hochzeit setzte ich die Pille ab und wurde prompt schwanger. Wir kauften einen alten Resthof in Isernhagen, einem ländlichen Nobelvorort nördlich von Hannover, und bauten ihn nach und nach liebevoll um. Rudolf wurde kurz nach unserer Hochzeit Oberarzt und machte den Jagdschein. Damit wollte er vermutlich meiner Familie imponieren. Rudolfs Familie sah ich hingegen kaum, und auch er pflegte wenig Kontakt zu den Seinen. Rudolf, das ahnte ich, war seine Sippschaft nicht gut genug, sie passten nicht in sein neues, schickes Leben. Vielleicht nahmen sie ihm auch übel, dass er meinen Namen angenommen hatte. »Ich schulde ihnen nichts, alles was ich bin, habe ich mir selbst erarbeitet«, war Rudolfs Meinung. Ich schwieg dazu, es ging mich ja nichts an.

Innerhalb der nächsten fünf Jahre produzierten wir zwei Jungs und ein Mädchen. Meine vier Semester Germanistik und Orientalistik benutzte ich nun dazu, Handwerker zu beaufsichtigen und den Kleinen abends Märchen vorzulesen. Rudolf war wenig zu Hause. Er arbeitete viel und wenn er endlich Feierabend hatte, warteten entweder noch gesellschaftliche Verpflichtungen auf ihn, oder irgendeine Schlampe. Denn natürlich machte ich mir über Rudolfs Treue keine Illusionen. Aber ich drückte beide Augen zu, unter anderem, weil ich meiner Familie den Triumph nicht gönnte, Recht behalten zu haben, was Rudolfs Charakter betraf.

Als Rudolfs Großvater neunzigjährig starb, erbte Rudolf unter anderem ein Gemälde: Hirsch am Bergsee. Es war dem Ölschinken, der im Haus meiner Großeltern über dem Kamin hing, verblüffend ähnlich. Rudolfs Erbstück war aber nur ein billiger Kunstdruck. Ich wollte das Zeugnis ländlich-alpiner Folklore auf den Speicher verbannen, aber Rudolf – normalerweise nicht ohne Sinn für Ästhetik – bestand darauf, es im Wohnzimmer aufzuhängen. »Der Hirsch ist mein Krafttier«, erklärte er zu meiner Verblüffung, denn sonst hatte er es wirklich nicht mit dem Schamanismus. Leider fanden sich im Nachlass des Großvaters auch Gläser, Bierkrüge, Tassen, Teller, Krawatten und Manschettenknöpfe mit Hirschmotiven, und auch sie mussten in den Hausstand integriert werden. Eine studierte Psychologin, die unser Haus kurze Zeit später in ihrer Eigenschaft als *Vorwerk*-Vertreterin betrat, meinte zu dem Bild: »Ein Symbol der Verherrlichung und Vorherrschaft des Mannes sowie des kapitalistischen Konkurrenzkampfes.«

Im sechsten Sommer unserer Ehe ging Rudolf, der bisher nie ein besonders eifriger Jäger gewesen war, auf einmal fast jeden Abend zur Jagd. Der Ansitz dauerte oft bis in die Morgenstunden, sodass ich mich langsam fragte, ob sie jetzt im Wald Flutlicht hatten. Nur einmal brachte er einen Hasen mit nach Hause. Das angeblich frisch geschossene Tier war innen noch gefroren. Zum ersten Mal im Lauf meiner Ehe tat ich unwürdige Dinge; führte Buch über seinen Tachostand, versuchte, Telefonate zu belauschen, durchsuchte seine Sachen, roch an Hemden, überprüfte Kleidungsstücke und das Innere seines Wagens auf Spuren. Doch ich fand nichts. Sie waren offenbar sehr vorsichtig. Das machte mir Angst. Nur einmal entdeckte ich eine gelbe Haftnotiz in der Tasche seiner Diensthose, auf die aber nur Zahlen notiert waren: 19:15. Eine Uhrzeit? Die Zahlen fielen mir auch nur auf, weil um sie herum ein Herz gemalt war. An diesem Abend folgte ich ihm mit dem Fahrrad bis ins Revier. Sein schwarzer Porsche Cayenne stand an der üblichen Stelle. Mit dem Fernglas um den Hals pirschte ich mich durch das Unterholz bis zur Lichtung. Ich wusste ja um Rudolfs Vorliebe für Freiluft-Sex, und ich kannte die Lichtung von daher recht gut. Innerlich wappnete ich mich gegen den Anblick wüster Szenen, doch was ich dann sah, war geradezu unheimlich. Sie saßen nebeneinander auf dem schmalen Hochsitz und unterhielten sich leise. Er hielt ihre Hand, das Jagdgewehr lehnte in der Ecke wie ein vergessener Regenschirm. Ich verbarg mich im Dickicht und hob das Glas an die Augen. Sie sah exotisch aus, türkisch oder arabisch. Einmal lachte sie, ein dunkles, gurrendes Lachen, bei dem es mir eiskalt den Rücken hinunter lief. Normalerweise stand Rudolf auf blond und blöd. Doch diese Frau war weder das eine noch das andere.

Ich witterte Gefahr: Dies war keine seiner üblichen Affären, und mit der gewohnten Taktik »Augen zu und durch« würde ich hier nicht weiterkommen. Sollte ich ihm zum ersten Mal in unserer Ehe eine Szene machen, ihn zur Rede stellen? Doch derlei lag mir nicht, also tat ich, was die meisten Frauen in so einer Situation machen: Ich packte am nächsten Morgen die Kinder in meinen Familienkombi und fuhr zu meinen Eltern. Den ganzen Tag über stellte ich mir vor, wie Rudolf abends in ein leeres Haus kommt, kein Essen steht auf dem Herd, nur Wände, die ihn anschweigen. Und mein Zettel auf dem Küchentisch: *Ich habe dich gestern mit ihr gesehen. Ich verlasse dich.*

»Gib nicht gleich nach, wenn er anruft. Zier dich ein bisschen. Dieser elende Weiberheld soll seine Lektion ruhig lernen«, hetzte meine Mutter, die den Braten roch, obwohl ich ihr den Grund meines Überraschungsbesuchs nicht bis ins Detail erklärt hatte. Mein Vater dagegen meinte nur: »Du wirst deinem alten Vater noch dankbar sein für den guten Ehevertrag, den er für dich aufgesetzt hat.«

Es wurde dämmrig, es wurde dunkel. Vielleicht war er ja froh, dass ich endlich weg war? Vielleicht saß er schon mit dieser fremdartigen Frau auf der Terrasse bei einem Glas Wein … oder lag bereits mit ihr in unserem Bett? Es war ein riskantes Spiel, aber ich hatte keine Wahl. Um elf Uhr abends rief er endlich an. Er klang so panisch und gehetzt, wie ich ihn noch nie erlebt hatte, und flehte mich an, zu ihm zurückzukommen, was ich empört ablehnte. Nicht zuletzt deshalb, weil meine Mutter mit strenger Miene neben mir stand. Es gab in dieser Nacht noch einige Telefonate, doch ich blieb standhaft. Am frühen Morgen des nächsten Tages hörte ich seinen Wagen vorfahren, und dann stand er in der Tür: bleich, hohlwangig, die Reue selbst.

War es Liebe? Gewohnheit? Einsamkeit? Oder war ihm eingefallen, dass sich eine Scheidung für ihn finanziell desaströs auswirken würde?

Auf Rudolfs Bitte hin ließen wir die Kinder bei meinen Eltern. Er fuhr mit mir in den Wald. Ich war einverstanden. Ein Spaziergang, eine Aussprache erschien überfällig. Er parkte den Wagen tief im Gebüsch, sodass ich mir beim Aussteigen ein paar Kratzer im Gesicht einfing.

»Musstest du so tief in die Büsche fahren?«, fragte ich und Rudolf antwortete nur »Ja.«

Ich fand es nicht sehr geschmackvoll von ihm, mit mir ausgerechnet an der Stelle reden zu wollen, an der er sich mit *ihr* getroffen hatte, aber ich wollte nicht zugeben, dass ich ihnen bis hierher nachgefahren war, also schwieg ich und stolperte hinter ihm her auf die Lichtung zu.

✳

Die braunen Damen sind zu aller Zeit gar fleißig mit ›Äugen‹ und ›Winden‹, besonders aber während der Brunft; da steigert sich ihre Wachsamkeit auf das doppelte Maß, und sie scheinen genau zu wissen, dass nur in ihrer Hut das Heil und Leben ihres Herrn und Gatten steht, den Leidenschaft und Eifersucht trunken und sorglos machen, blind und taub für alle Gefahr. (Ludwig Ganghofer)

Was ich an Elli zu schätzen gelernt hatte, war ihre Ruhe. Diese Frau war wirklich cool. Sie machte keine Szenen, wurde nicht hysterisch, brüllte nicht, kreischte nicht – niemals. Nicht so wie Sehriban hysterisch geworden war, als ich ihr gestern Abend sagte, dass ich sie nicht mehr treffen konnte, weil zu viel auf dem Spiel stand. Familie, Karriere, Haus – mein Leben.

Und Elli blieb auch jetzt noch ruhig, als sie Sehribans Leiche unter dem Hochsitz liegen sah. Sie beugte sich über meine tote Exgeliebte und sah sich deren Gesicht lange an. Ähnlich wie ich es getan hatte, nachdem dieses zauberhafte Geschöpf vor drei Monaten in meinem Sprechzimmer ohnmächtig geworden war. (Sie hatte seit acht Stunden geputzt, ohne etwas zu essen oder zu trinken.) Es war ein schönes Gesicht mit hohen Wangenknochen und schräg stehenden Mandelaugen. Sogar jetzt konnte man das noch erkennen, obwohl ich ihr die Augen zugedrückt hatte und obwohl die Wunde am Kopf schon von Fliegen befallen wurde. Dabei wollte ich sie nicht töten, ich wollte doch nur, dass sie ruhig ist; wollte nur, dass dieses fürchterliche Geschrei aufhörte, dieses hexenhafte Gekreische, mit dem sie mich verfluchte, mich und meine Frau und meine Kinder und deren Kinder. Ich wollte mich wehren gegen ihre Fingernägel, mit denen sie auf mein Gesicht losging, auf die Augen, wie eine Katze. Der Schaft meines Gewehrs hatte sie an der Schläfe getroffen, sie war sofort tot gewesen – Bruch des Schläfenbeins, Exitus.

»Sie ist sehr schön« bemerkte Elli und ihr Blick haftete auf der silbernen Halskette mit dem Anhänger in Herzform. So einen ähnlichen hatte ich Elli zu unserer Verlobung geschenkt. Ja, Männer können manchmal ziemlich fantasielos sein.

»Woher stammt sie?«

»Iran. Sie ist illegal hier. Die Gebäudereinigungsfirma hat sie schwarz beschäftigt, für zwei Euro die Stunde, dabei bezahlt die Klinik der Firma achtzehn …«

»Habt ihr telefoniert?«, unterbrach mich Elli unwirsch.

»Nein, nie. Sie hat kein Telefon.«

Das war sehr romantisch gewesen, so wie früher in der Schule, als man sich im Unterricht Zettelchen schrieb. Sehriban und ich kommunizierten mittels Haftnotizen, die wir unter meine Schreibtischplatte klebten. Ein paar davon hatte ich aufbewahrt, aber nun musste ich sie wohl vernichten.

»Gibt es sonst etwas, das die Polizei zu dir führen könnte?«, fragte Elli.

Das Wort Polizei ließ mich zusammenzucken, ich dachte nach. Nein, niemand wusste von uns. Sehriban war ihrem prügelnden Mann weggelaufen, sie hatte außer ihm keine Angehörigen in Deutschland. »Nein, nichts«, sagte ich. Zum Glück hatte ich diesen Mietvertrag für die Wohnung in Hannover-Linden noch nicht unterschrieben. Ich musste noch heute den Makler anrufen und ihm sagen, dass sich meine Nichte die Sache mit dem Studium in Hannover nun doch anders überlegt hatte. Mir war elend. Die Frau, die ich geliebt hatte, war tot, erschlagen von meiner Hand …

»Elli, ich brauche deine Hilfe.«

»Natürlich brauchst du die.« Es klang nüchtern, nicht zynisch, obwohl sie allen Grund dazu gehabt hätte. »Ist dein Jagdrucksack im Auto?«

Wir gingen zurück zum Wagen. »Gib mir den Hirschfänger und dann fahr nach Hause. Wasch dich, rasier dich, zieh was Frisches an und wirf mein Fahrrad ins Auto. Stell es da vorne hinter dem Holzstoß ab. Dann fahr in die Klinik und lass dir nichts anmerken. Vernichte alles, was nötig ist.«

»Aber sie muss doch verschwinden«, entgegnete ich. »Wir könnten sie zusammen holen und sie in die Schweißwanne legen.« Und dann? Weiter wusste ich nicht.

»Nein. Man könnte ihre DNA in deinem Wagen finden«, sagte Elli ruhig, aber bestimmt. Ich gab ihr das Messer. Ich wollte lieber nicht so genau wissen, was sie damit vorhatte. Vermutlich schaffte sie die Leiche in den Fuchsbau, der sich nur hundert Meter weiter in einer Senke befand. Elli war oft genug auf der Jagd dabei gewesen, mit ihrem Vater und dem Großvater, und auch ein paar Mal mit mir. Sie hatte keinen Jagdschein, aber sie kannte sich gut aus in der Natur, im Revier. Sie konnte einen Hirsch fachgerecht zerlegen, und ein Hirsch wog im Schnitt 160 Kilo. Sehriban war klein und zierlich, sie brachte höchstens 50 Kilo auf die Waage. Aber selbst das war zu groß für einen Fuchsbau … Mir wurde übel.

»Jetzt geh schon«, drängte Elli. Ich setzte mich ins Auto, aber auf dem Weg öffnete ich die Tür und rief ihr hinterher: »Du wirst mich nicht verlassen, nicht wahr?«

∗

Es gibt Dinge, die tut man, weil man sie tun muss, ganz einfach. Andere finden sie zu Recht grausam und behaupten, so etwas könnten sie nie tun – aber ist man erst einmal in einer bestimmten Situation, aus der es kein Entkommen gibt, dann bündelt man seine Kräfte. Während ich also die Perserin fachgerecht zerlegt im Fuchsbau für immer verschwinden ließ, dachte ich an meine Kinder, die es nicht verdient hatten, ihren Vater als Mörder im Gefängnis zu besuchen.

In der folgenden Zeit war mein Platzhirsch recht handzahm. Anfangs hatte er natürlich große Angst vor Ermittlungen durch die Behörden, aber es passierte nichts. So sehr es mich erleichterte, so fand ich es auch bedenklich, dass in unserem wohlgeordneten Land ein Mensch einfach verschwinden konnte. Arme Frau.

Mit der Zeit wurde Rudolf etwas ruhiger und widmete sich wieder ganz seiner Karriere. Professor Rehbein würde bald in den Ruhestand gehen, jetzt stand der Chefarztposten auf dem Spiel, das große Finale. Soweit ich es mitbekam, spekulierten drei oder vier Kandidaten auf diesen Posten, und es gab auch noch Bewerber von außerhalb. Mir war es ziemlich gleichgültig, ob Rudolf die Stelle bekam oder nicht, ich fand dieses verzweifelte Ringen um Posten schon immer lächerlich. Hähnchenkämpfe. Unser Leben ging weiter. Ich kümmerte mich um den Haushalt und die Kinder und fing zusammen mit ein paar Freundinnen an, Golf zu spielen. Ab und zu spielte ich mit Rudolf, aber seine Besserwisserei ging mir ziemlich auf die Nerven. Und als ich einmal den Kurs mit fünf Schlägen weniger als er absolvierte, war er auf eine kindische Weise sehr beleidigt.

Etwa zur selben Zeit starb überraschend mein Vater an einem Herzinfarkt – was Rudolf ihm postum übel nahm, denn es sah nicht gut aus, wenn der Schwiegervater des Chef-Kardiologen in spe mit 65 an Herzversagen starb. Nun, wo mein Vater nicht mehr lebte, entdeckte Rudolf doch noch die Jagd für sich. Nein, er traf dieses Mal keine Frau, er verbrachte seine Abende allein auf dem Hochsitz, wenn auch nicht auf dem bewussten. Er sagte, er würde einen alten Platzhirsch beobachten, hinter dem er schon lange her sei, und ich glaubte ihm. Selbst wenn es nicht wahr gewesen wäre – unsere Ehe hatte jenes Stadium der Lähmung erreicht, in der einem so ziemlich alles gleichgültig ist, was der andere tut.

Mein alter Freund Holger kam nach Hannover zurück und übernahm die Kanzlei meines Vaters. Holger hatte sich nicht nur gut gehalten, er war sogar attraktiver als früher. Und er war noch immer ledig und an mir interessiert. Vielleicht wollte er auch nur Rudolf eins auswischen, wer weiß. Jedenfalls gönnte ich mir eine Affäre mit meiner alten Liebe. Das war aufregend, eine Weile. Holger wollte, dass ich zu ihm zog, mitsamt den Kindern. Ich sollte mich scheiden lassen, er wollte eigene Kinder mit mir – das ganze Paket. Aber letztendlich siegte die Vernunft. Ich blieb, wo ich war, und beendete die Sache mit Holger. Rudolf hat von der ganzen Sache übrigens nichts mitbekommen. Frauen sind doch raffinierter im Tarnen und Täuschen.

✳

Spür' es nur einmal selbst, wie dir in Freude das Herz schlägt, wenn der geweihte Recke im Feuer stürzt und wenn du mitten im Zauber der Natur als Herr und Meister stehst! (Ludwig Ganghofer)

Nach dieser verhängnisvollen Nacht war ich nicht mehr derselbe. Eine Weile lang wünschte ich mir sogar, die Polizei möge mich festnehmen. Ich war schließlich ein Mörder, ich war gefährlich. Ich traute mir selbst nicht mehr.

Elli hatte mich in der Hand, meine Verschafung war nicht mehr aufzuhalten. Wir wurden zu einem dieser schrecklichen Ehepaare, die alles gemeinsam machen, sie fing sogar an, Golf zu spielen. Es war furchtbar. Das hörte erst auf, als ihr alter Freund Holger auftauchte und Elli eine Affäre mit ihm hatte. Ich muss gestehen, dass mich das sehr wurmte, aber ich sagte nichts. Ich ahnte, was sie geantwortet hätte. Andererseits war es auch gut zu wissen, dass selbst sie nicht perfekt war. Irgendwann hörte es dann auch wieder auf, ich habe sie nie gefragt, warum.

Mich dagegen zog es immer öfter in den Wald. Nicht zu der Lichtung natürlich, an diesen schrecklichen Ort würde ich mein Leben lang nie mehr zurückkehren.

Ich beobachtete schon seit Längerem einen alten Kronenhirsch, einen ungeraden Sechzehner, ein wunderbares Tier. Er hatte zu tun, um sein Rudel Kahlwild zu verteidigen, etliche Nebenbuhler wollten ihm seine Stellung streitig machen. Es kam einige Male zu Kämpfen mit einem hartnäckigen Herausforderer. Die Scharmützel schwächten ihn, aber noch war er der Herr im Haus.

Die Gefechte der Hirsche erinnerten mich an die Situation in der Klinik. Rehbein hörte auf, und das Gerangel um seine Nachfolge trieb auf den Höhepunkt zu. War das Erreichen dieser Stellung bisher mein Lebensziel gewesen, so erschien mir das Ganze plötzlich wie ein absurdes Theater. Ich ließ mir natürlich nichts anmerken, ich spielte das Spiel scheinbar engagiert und ernsthaft mit, aber dabei musste ich oft über mich selbst lächeln. Manchmal hatte ich das Gefühl, als würde ich mich selbst mit einigem Abstand beobachten, dann war mir wieder, als könnte ich tief in mein Inneres blicken. Und was ich dort sah, gefiel mir nicht sonderlich.

Anstatt am Abend mit wichtigen Menschen essen zu gehen, saß ich auf einer Kanzel am Brunftplatz. Unter den Beihirschen, die sich dem Rudel immer wieder näherten, war auch ein Spießer. Spießer sind minderwertige Hirsche, aber sie sind gefährlich, denn ihr Geweih, das keine Verzweigungen aufweist, kann leicht zu einer tödlichen Waffe werden. Und genau dieses Schicksal ereilte den Platzhirschen. Tödlich getroffen floh er ins Unterholz, wo ich ihn aufspürte und ihm den Gnadenschuss gab. Unfroh brachte ich meine »Jagdbeute« nach Hause.

Es wunderte mich nicht, dass drei Tage später ein junger Opportunist aus der zweiten Reihe, mit dem wir alten Hasen allesamt nicht gerechnet hatten, zum Chef der Klinik ernannt wurde. Meine Mitbewerber schäumten vor Wut, ich dagegen verspürte fast so etwas wie Erleichterung. Drei Tage später nahm ich Elli mit auf die Kanzel. An diesem Abend erlegte ich den Spießer, den der neue Platzhirsch längst vom Rudel vertrieben hatte. Der neue Chef war ein viel versprechender Zwölfender, ein prächtiges, kräftiges Tier. Wir beobachteten ihn und sein Rudel bis zum letzten Büchsenlicht. Der Kampf war entschieden. Ich lebte noch, das Leben war schön.

Quellen:
Ludwig Ganghofer, Hochlandzauber – Hirschbrunft
Hansjörg Groenert, Brunft und Fortpflanzung beim Rotwild, Universität Koblenz

Die Haus-Sitterin

Ich hörte, wie er näher kam, Schritt für Schritt. Jetzt stand er vor der Tür. Ich spürte ihn, noch ehe ich sein Schnaufen vernahm. Mit seiner ganzen Wucht warf er sich gegen das Hindernis, das ausgeleierte Schloss gab sofort nach. Einen Augenblick verharrte er keuchend vor meinem Bett.

»Nein!« Ich fuhr in die Höhe, aber schon drückte mich sein Gewicht nieder, bohrten sich seine Klauen durch mein Hemd, fauligfeuchte Luft entwich seinem Rachen, nahm mir den Atem, während mir seine Zunge das Gesicht einschleimte.

»Plaaatz!«

Zwei stramme Hinterbeine rammten sich in meine Magengrube, jetzt hockte er auf meinen ausgestreuten Kleidern, jeden Muskel seines Riesenkörpers angespannt, bereit zum nächsten Angriff. Haare stoben auf, als ich zum Zeichen der Kapitulation die Decke zurückschlug. Ich musste niesen. Steffen, dachte ich – ich dachte an Steffen, sowie ich erwachte, und das wurde bis zum Einschlafen nicht besser und oft nicht einmal danach – Steffen hätte das nichts ausgemacht. Das Aufstehen. Der Hund schon. Steffen verabscheute Hunde, aber er stand gerne früh auf, kochte Kaffee, weckte mich mit einem Kuss aufs Ohr … Ob er wohl jetzt, in diesem Moment gerade die Person irgendwohin küsste?

Am Ende von Bennos Leine taumelte ich in den Morgen.

Der Hund war gewohnt, um sieben Uhr ums Kartoffelfeld geführt zu werden, meine Schlafgewohnheiten interessierten ihn nicht.

Am Rückweg Dienstantritt in Nummer sechzehn; Briefkasten leeren, Tischtuch vom Käfig nehmen, die Gittertür öffnen, »damit Jocki ein paar Runden fliegen kann«, wie man mir erklärt hatte. Beim Türöffnen aufpassen auf die Finger!

Jocki flog nicht. Er war die ganze Woche nicht geflogen, er erklomm lediglich das Dach seines Gefängnisses, bestimmt war selbst ihm der Tag zu jung zur Körperertüchtigung. Ich zweifelte ohnehin, ob er fliegen konnte, denn er aß gern, und seine Figur erinnerte eher an ein Huhn als an einen Papageien.

Obst aus der Speisekammer holen und kleinschneiden, Körner und Wasser auffüllen, Papageienscheiße vom Käfigboden kratzen. Ich verrichtete die nötigen Arbeiten in demonstrativem Schweigen. Jocki imitierte das Erkennungsgeräusch der NDR2 Verkehrsnachrichten, ich schaltete die Stereoanlage ein. Das freute den Vogel, er pfiff und tat ein paar Hüpfer auf dem Käfigdach. Ich verstellte den Sender: Kulturkanal. Für den Finger, du Biest! Solange der wie eine Mumie aussah, fühlte ich mich nicht an mein Versprechen gebunden, täglich eine halbe Stunde mit Jocki zu plaudern. Und überhaupt: eine halbe Stunde, und das täglich, was dachten sich die Knockenbrocks eigentlich? Das war mehr, als die ganze Woche über mit mir geredet wurde.

Anfangs war ich dennoch pflichtbewusst gewesen. Am ersten Tag erörterten wir unsere Wohnverhältnisse.

»Schon edel hier, fast ein bisschen zu durchgestylt, findest du nicht? Das Bronzeteil da drüben, das soll wohl auch ein Vogel sein?«

Mein Gesprächspartner sträubte die Nackenfedern.

»Verstehe, ihr könnt euch nicht ab. Und die Bilder – na ja. Sind sicher wertvoll. Oben hängen noch mehr davon, hast du da schon mal 'ne Runde gedreht? Du solltest den Schmuck sehen, den sie in ihrer Wäschekommode hat! Nein, nein, kein alter Plunder, wo denkst du hin? Platin und Brillis, ganz moderne Sachen. Übrigens, ich heiße Juliane. Ich wohne nebenan, in Nummer achtzehn. Im Block.«

Ich zeigte aus dem Fenster auf die Betonsünde, die das schmucke Wohnviertel partiell verschandelte. »Zwei Zimmer, Küche, Bad, kein Balkon. Ziemlich gammelig. Die Türen schließen nicht richtig, und hellhörig ist es auch, ich kann mir ein Radio glatt sparen. Dafür ist es billig. Und im Moment ist es sogar ruhig, sind alle in Urlaub, dafür haben sie immer Geld, nur nicht für Dosensuppen und Kräuterlikör.« Das Stichwort trieb mich an die Hausbar. Ich prüfte die Vorräte; gar nicht übel. Steffen hatte mir beigebracht, wie man seine Lieblingsdrinks fachgerecht mixte. Ich entschied mich für einen Margherita – zu früher Stunde bevorzugte ich Leichtes, Vitaminreiches – trug das Glas nach oben und setzte mich auf den Balkon, der sich ans Knockenbrocksche Schlafzimmer anschloss. Zierliche Eisenmöbelchen, weinlaubgefilterte Morgensonne, blühender Oleander in toskanischer Terrakotta. Ferien für zehn Minuten. Wenn ich die Augen schloss und die Füße auf dem winzigen Marmortisch ablegte, konnte ich das Meer sehen.

Die Oleanderkübel musste ich auch noch wässern.

Am zweiten Tag – nach einer Bloody Mary zwischen den Oleanderbüschen – offenbarte ich dem Tier schonungslos meinen Kontostand, der mich zwang, die Urlaubstage zu Hause zu verbringen, während die Knockenbrocks ein Tai Chi Seminar in Südwestfrankreich absolvierten. Dazu schwieg der Vogel taktvoll.

Am dritten Morgen mixte ich mir einen Blue Lagoon und blinzelte in den Himmel, der heute besonders blau war. Erinnerungen wurden wach, ich hielt es auf meinem Lieblingsplatz nicht länger aus.

»McDonald's ist einfach gut«, sang Jocki, als ich mit dem halbleeren Glas herunterkam und hieb mit dem Schnabel in eine Feige, dass die Fetzen ins Bücherregal flogen. Ich holte einen Lappen und befreite Harenbergs Opernführer vom Feigenfleisch. Papageien können nicht anständig essen, zumindest kein Obst. Plumpvertraulich überschüttete ich Jocki mit meinem Kummer über mein nicht mehr vorhandenes Liebesleben.

»Mir hat er immer was von Unabhängigkeit erzählt, wenn die Rede aufs Wohnen kam, und dann zieht er Knall auf Fall bei dieser Zicke ein! Dabei hat sie Waden wie Bierfässer.«

Kopfunter am Gitter hängend, fand Jocki einfühlsame Worte: »Katzen würden Whiskas kaufen«, kreischte er und verwechselte meinen Zeigefinger mit etwas Essbarem. Blut floss.

Das Gerubbel mit dem Küchenschwamm hatte die Sache eher verschlimmert. Steffen hätte garantiert einen Trick gekannt, wie man Blut aus Berbern entfernte, aber mit Steffen, vielmehr mit seinem Anrufbeantworter, hatte ich das letzte Mal vor zehn Monaten und elf Tagen gesprochen, zwei Tage nach meinem Auszug aus der sonnigen Altbauwohnung mit Dachterrasse, in der jeder Quadratzentimeter verseucht war mit Erinnerungen.

Die zwei Räume, die ich nun bewohnte, waren düster, sogar im Hochsommer, dafür erinnerungsfrei. Ich hatte Steffen meine neue Telefonnummer auf Band gesprochen »für alle Fälle«. Aber es traten nie Fälle ein, nicht mal ein einziger, bestimmt hatte Dickwade meine Nachricht gelöscht.

Ich goss die Bonsais, zupfte hier und dort ein paar welke Blättchen ab. Anfangs hatte ich die Pflanzen in die Unterhaltung einbezogen, wenn das Thema es hergab, doch heute blieb ich stumm. Der rabiate Vogel sollte sich keinesfalls rehabilitiert fühlen.

Ich sei nachtragend »wie ein Elefant« hatte Steffen hin und wieder behauptet. Da mochte er recht haben. Ich vergaß nie, wenn man mich verletzte.

Durch die offen stehende Haustür tönte rasendes Gebell von Benno, den ich ans Gartentor geleint hatte. Ich sammelte die Obstschnipsel vom Parkett und ging nachsehen. Es war nichts. Benno bellte häufig wegen nichts, das hatte mir Frau Schnabel verschwiegen, als sie mir ihren Berner Sennhund aufhalste, damit sie selbst um Island radeln konnte.

Ich bin ein Typ, dem das Neinsagen schwerfällt, das hatte Steffen stets bemängelt, wenngleich er nicht schlecht damit gefahren war. Deshalb, so sagte ich mir, als ich auf dem Weg zu Nummer zwanzig war, brauchte ich mich jetzt gar nicht über den Stress zu beschweren. Stress war übertrieben. Bei den Kleemanns war der Job einfach: Post reinholen, Napf säubern und nachfüllen, Wasser erneuern, das war's schon. Es war keine Kacke wegzukratzen, die Katze pflegte ihre Geschäfte in Knockenbrocks japanischem Steingarten zu erledigen, Konversation war auch nicht verlangt, die Katze legte prinzipiell keinen Wert darauf, und Zimmerpflanzen gab es keine mehr, seit es die Katze gab.

Die Katze war nicht da. Ein Loch mit einer Klappe in der Terrassentür war ihre Pforte zu einem freien Leben. Es schien ihr egal zu sein, wer täglich die Dose öffnete. Möglicherweise hatte sie noch gar nicht zur Kenntnis genommen, dass ihre Besitzer im Allgäu wanderten. Ich schloss die Haustür sorgfältig hinter mir ab, das hatten mir sowohl Knockenbrocks als auch Kleemanns ans Herz gelegt, denn Einbrecher, so klärten sie mich auf, Einbrecher würden keinen Urlaub machen, ganz im Gegenteil, Urlaubszeit sei für Einbrecher Hochsaison.

Ansonsten herrschte sommerliche Trägheit, Stillstand beinahe. Der Verkehr lahmte und auf dem Weg zum Bäcker begegnete mir kaum ein Mensch, obwohl sonst um halb acht schon ein Mordsbetrieb herrschte. Das nahm ich zumindest an, denn wenn ich nicht gerade anderer Leute Hunde hütete, schlafwandelte ich um diese Zeit ans Fenster und schloss es, um die rasch anschwellenden Geräusche der Zivilisation auszusperren. Jetzt vermisste ich den Trubel auf einmal. In der eigenen Stadt bekommt der Sommer schnell etwas Bedrückendes und das Wort Urlaub klingt zynisch, wenn man einfach nur dageblieben ist, weil man nicht wusste, wohin. Mit Wehmut dachte ich an meinen letzten Urlaub, an das weiße Touristendorf, im Prospekt hatte »Fischerdörfchen« gestanden. Jeden Morgen um halb sieben wurden wir vom Rumpeln des Müllfahrzeugs geweckt, dann ging Steffen schwimmen, während ich mich nochmal umdrehte. Ein Fehler.

Ein grauer Mann mit einem grauen Rucksack schob mir sein Rad entgegen und fragte nach einer Straße, es war keine Adresse, die zu seinem Äußeren gepasst hätte. Ich gab Auskunft und wünschte dem Einbrecher einen erfolgreichen Tag, Benno wedelte ihn freundlich an. Ein Weichei von einem Hund, im Ernstfall garantiert zu nichts zu gebrauchen.

Ich schüttete Kaffeepulver in den Filter, als das Telefon läutete. Es hatte sich seit Wochen tot gestellt, ich hatte kaum noch Freunde, ich war nicht mehr amüsant. Ungläubig ließ ich es läuten, berauschte mich am immergleichen Klang, ehe ich mich zusammenriss und abnahm.

»Ja?«

»Bist du's, Juliane?«

Steffen. Es war Steffen.

»Jaah …?« Ein rostiger Nagel saß mir in der Kehle.

»Wie geht's denn so, alles im Grünen?«

»Ja. Gut. Sehr gut«, antwortete ich und bekam plötzlich nicht mehr genug Luft.

»Du bist umgezogen«, sagte er anklagend.

»Ja.«

»Ich musste extra die Auskunft anrufen.« Steffen hasste es, Geld auszugeben.

»Tut mir leid.«

»Wo wohnst du denn jetzt?«

»In der Lessingstraße.«

Er pfiff. »Nette Gegend. Hast du Karriere gemacht?«

So konnte man es auch nennen. Ich hatte die Stelle in der Redaktion gekündigt, nachdem Steffen zu Dickwade gezogen war. In meinem Gemütszustand war es mir unerträglich gewesen, in das fröhlich-freche Emanzengeplauder dort einzustimmen.

»Bin selbständig«, erklärte ich. Ich arbeitete in Supermärkten, ließ Kunden Dosensuppen, Kräuterschnaps und vegetarischen Brotaufstrich probieren. Ich bin kein Verkaufstalent, es fehlt mir an optimistischer Ausstrahlung. Entsprechend verdiente ich.

»Gratuliere«, sagte Steffen.

Das hätte genauso gut von Jocki kommen können.

»Und ich dachte schon, die Jule, die ist sicher auch in Urlaub, jetzt, im August.«

Urlaub! Schon war das Bild in meinem Kopf, obwohl es dort längst Hausverbot hatte: Rot kriecht die Morgensonne über das weiße Dorf, Dickwade stapft durch den kühlen Sand, entdeckt Steffens Kopf zwischen den glitzernden Wellen, lässt ihren Körper zu Wasser, nimmt Kurs auf die verwandte Frühaufsteherseele … Kann auch umgekehrt gewesen sein. Am katastrophalen Ergebnis änderte das nichts.

»Was willst du?«

Mich besuchen wollte er. Er war auf dem Weg von Hamburg nach Zürich, wo er »Jemanden« von einem Seminar abholen sollte. Und da ich gerade »so günstig auf dem Weg« läge …

Günstig, aha. Die Hotelkosten waren es also.

»Wann wirst du da sein?«

»Hab da noch diesen Termin … so gegen sieben, wenn's gut läuft.«

Noch knapp elf Stunden. Genug Zeit, um zum Friseur zu gehen und den Saustall hier aufzuräumen. Zu wenig Zeit, um fünf Kilo abzunehmen und die Wohnung zu wechseln. Denn ob aufgeräumt oder nicht, er würde den Block sehen, die schimmligen Tapeten und die Sperrmüllmöbel, und sofort wissen, was mit mir los war.

»Komme ich ungelegen?«

»Aber nein«, sagte ich leichthin. »Musste bloß gerade auf dem iPad meinen Kalender checken. Hab heute nichts Wichtiges. Das übliche Sommerloch.«

»Lessingstraße um sieben«, wiederholte er, als würde er einen Kundenbesuch bestätigen. »Die Nummer?«

»Wie?«

»Deine Hausnummer.«

»Acht … ach so. Sechzehn. Lessingstraße sechzehn«, sagte ich und warf den Hörer auf die Gabel.

Ich schnaufte tief durch. War das nicht ein bisschen dick aufgetragen? Zwanzig hätte es auch getan, auch wenn mit dem bieder-plüschigen Reihenhäuschen der Kleemanns nicht ganz so viel Staat zu machen war. Würde Steffen mir die Knockenbrockvilla abnehmen? Die tischtennisplattengroßen Bilder, die Seidenteppiche, die bronzene Vogelskulptur, die Bonsais, die B & O-Anlage, den Sportwagen in der Garage? Den Papageien? Das alles war so gar nicht mein Stil. »Du hast gar keinen Stil«, hatte ich mir des Öfteren von Steffen vorhalten lassen müssen, und wenn ich mich so umsah, musste ich ihm recht geben.

Im selben Moment kam mir eine neue Idee: Ich lebte mit jemandem zusammen. Jemandem mit Stil. Für mich allein schien das Haus ohnehin unglaubwürdig groß. Der »Jemand« – wir würden übrigens demnächst heiraten – war leider gerade auf Geschäftsreise. In Johannesburg. Musste einen wahnsinnig heiklen Diamantendeal durchziehen, denn der »Jemand« war Chefeinkäufer – *der Chefeinkäufer* – von *DeBeers* Deutschland, ein Bild von einem Mann, achtunddreißig, eins fünfundachtzig groß, dunkelblond, Topfigur, Augen wie Einkaräter, ein Typ aus altem Adel – in seiner Bescheidenheit verzichtete er auf das »von« vor dem Namen – eine fleischgewordene Melange aus Kultur, Sex-Appeal und Geld. Ich kicherte in Vorfreude auf Steffens Gesicht. Ich müsste bloß noch ein paar persönliche Gegenstände hinüberschaffen, die er wiedererkennen würde, und die Illusion war perfekt.

Mit meinem Laptop unter dem Arm betrat ich gegen Mittag mein neues Heim. Im Kulturkanal brachten sie ein Kriminalhörspiel, Bücher lagen zwischen Obstresten, der Bronzevogel war vom Sockel gefallen und hatte den Gingko-Bonsai mitgerissen, überall waren Federn; große, azurblaue und kleine, flaumige in grau und weiß, die bei jedem Luftzug ins Wirbeln gerieten. Jocki hatte keine sichtbare Verletzung, er lag lediglich verrupft und zusammengestaucht auf dem gläsernen Couchtisch, als hätte er sich vom Lüster gestürzt. Nicht mal sein letztes Frühstück hatte der arme Vogel beenden dürfen. Ich bereute, während der letzten Tage so muffelig zu ihm gewesen zu sein. Zudem fiel mir ein, dass ich es war, die die Käfigtür nicht geschlossen hatte, und auch an Bennos rasendes Gebell durch die offen stehende Haustüre erinnerte ich mich jetzt wieder.

Wahrscheinlich war Kleemanns Raubtier am angebundenen Hund vorbei frech ins Haus stolziert und hatte dann in irgendeinem Winkel mein Verschwinden abgewartet, ehe es zur Freveltat schritt. Den Spuren nach hatte es den Vogel unter optimaler Ausnutzung der Räumlichkeiten zu Tode gehetzt. Lange dürfte der Spaß allerdings nicht gedauert haben, Jockis Kondition war garantiert nicht die beste gewesen, bei seiner Hühnerfigur.

Nun war von der Verbrecherin nichts zu sehen, was mich nicht wunderte, Katzen sind ja nicht dämlich. Einen Schlamassel hatte sie angerichtet, vom Papageienmord einmal abgesehen: Der gefallene Bronzevogel hatte einen tiefen Kratzer ins Parkett gezogen, ein Stück vom Schnabel war abgebrochen, der Bonsai war hinüber. Ich machte mir einen B52, den ich auf der Stelle leerte, stellte die Bücher zurück, fegte Topfscherben und Federn auf, legte den Toten in den Käfig und stellte ihn in den Abstellraum. Das Obst warf ich weg, während ich, wie gewohnt, an Steffen dachte. Trotz dieses Zwischenfalls stand dem Abend mit ihm nichts im Weg. Steffen würde weder den Papageien noch den Bonsai vermissen, aber die Frage, wie ich den Knockenbrocks das Ableben ihres Haustieres erklären sollte, ohne dass meine Nachlässigkeit zur Sprache kam, beschäftigte mich schon ein wenig.

Steffen kam pünktlich um sieben, er fuhr zweimal am Haus vorbei, wobei er sich fast den Hals ausrenkte. Er blieb erst stehen und stieg aus, als er mich lässig in der Haustür lehnen sah. Das Kleine Schwarze von Elvira Knockenbrock saß ein bisschen eng um die Hüften und ich spürte kleine Stiche in der Herzgegend, als Steffen auf mich zukam, aber bis er vor mir stand, hatte ich mich wieder gefangen, ich brauchte bloß an *die Person* zu denken und mir vergingen die Sentimentalitäten. Förmlich hielt ich ihm meine Wange entgegen, worauf er seine ausgebreiteten Arme wie lahm gewordene Flügel sinken ließ. Er hatte doch nicht etwa angenommen, dass ich ihn sofort bis auf die Knochen abknutschen würde?

Ich bat ihn herein. Zur Begrüßung gab es einen Mojito, seinen Lieblingsdrink, wie er entzückt bemerkte. Wie gesagt, ich vergesse nichts.

Starr vor Ehrfurcht durchwanderte Steffen die Räume. Seine kindliche Neigung, alles anzufassen, was ihm gefiel, sollte ihm bald zum Nachteil gereichen. Der Abend war lau, ich führte ihn nach oben. Jetzt gab es keine ordinären Drinks mehr, nein, auf dem winzigen Marmortischchen wartete wohltemperiert ein 94er *Mouton-Rothschild* aus Knockenbrocks Weinkeller. Dazu tischte ich die Vita meines Verlobten auf. (Das mit dem verschmähten Adelstitel ließ ich doch lieber weg.) Steffen schluckte beides.

Die Sonne sank, der Abendstern blinzelte durch die Weinranken, Steffen zeigte ihn mir. Das tat er immer, wenn er Romantik für angesagt hielt. Später würde noch der große Wagen herhalten müssen.

Natürlich wurde ich mürbe, als wir eng aneinander auf dem verschnörkelten Eisenbänkchen unter dem großen Wagen saßen und Steffen Elvira Knockenbrocks Diamantohrclip küsste. Schon lagen wir wild ineinander verbrezelt auf der Seidenbrücke vor Knockenbrocks Ehebett – anscheinend kannte Steffen doch ein paar Skrupel – und ich Schaf war kurz davor, meinen Plan zu entschärfen, als ich ihn »ah, Birgit …«, oder so ähnlich, röcheln hörte.

Ein Fehler.

Diese lästige Zwangshandlung, sich gleich hinterher ins Bad stürzen zu müssen, hatte ihm offenbar auch Dickwade nicht austreiben können, aber wenigstens bekam ich dadurch auf bequeme Weise seine Wagenschlüssel in die Finger.

»Wäre übrigens nett, wenn du noch ein wenig bleibst«, sprudelte ich munter, als er aus der Dusche kam. »Ich habe Christoph versprochen, ihn um zehn vom Flughafen abzuholen. Ich fände es schön, wenn ihr euch kennenlernen würdet.«

Um Ausgaben zu umgehen, tat Steffen so manches, aber welcher Mann hätte sich freiwillig diesem Übertypen gestellt? Erwartungsgemäß kniff Steffen den Schwanz ein, zückte sein Smartphone, wobei er murmelte, ich hätte vielleicht Nerven, und reservierte ein Zimmer im Luisenhof.

Während ich ihm vom Balkon aus nachwinkte, schloss ich eine Wette mit mir ab, dass er hinter der nächsten Kurve den Luisenhof gegen eine popelige Pension tauschen würde, so wie ich den Knockenbrockfetzen gegen meinen Jogging-anzug.

Ich fing an, wo ich war, im Schlafzimmer: Fegte sämtliche Klamotten aus den Schränken, Handtücher und Bettlaken hinterher, Dessous stoben aus Schubladen (Elvira Knocken-brock besaß drei Paar Strapse!) die Schubladen flogen hin-terher, dann die Nachttischlampe, es entstand Glasschaden. Ähnlich erging es den Papieren und der Einrichtung in Dr. Knockenbrocks Arbeitszimmer und den Kosmetika im Bad. Nur mit den Parfums war ich vorsichtig, ich wollte nach-her nicht in einer Dunstwolke daherkommen. Dann wurde es im Erdgeschoss lebendig, Bücher und CDs lagen bald da wie ein umgestürzter Stapel Brennholz, Glas und Porzellan folgten mit viel Karacho. Um manche Stücke tat's mir leid, aber das Inferno diente einem höheren, einem längst fälligen Zweck, das hielt ich mir Glas für Glas und Vase für Tasse vor Augen, und die Knockenbrocks waren bestimmt versi-chert, solche Leute sind immer versichert. Der Bronzevogel kippte erneut vom Sockel, die Bonsais vom Fensterbrett. Le-diglich die Bilder ließ ich unangetastet, sie gefielen mir zwar nicht, aber vor der Kunst hatte ich einen gewissen Respekt. Die Hausbar ergab einen grandiosen Schepperer, *sorry*, wat mutt, dat mutt. Den leeren Papageienkäfig platzierte ich im Zentrum der Verwüstung, und ich vergass nicht, die vorhin aufgefegten Federn und Topfscherben wieder auszustreuen.

Jockis Leiche wurde auf dem Glastisch aufgebahrt. Dann wickelte ich den Aschenbecher aus Muranoglas in ein Küchentuch und schlug damit die Terrassentür von außen ein. Zum Schluss räumte ich die Weingläser und die Flasche vom Balkon, schnappte mir mein Laptop und kehrte der Schweinerei den Rücken.

In meiner Wohnung holte ich den beleidigten Benno zum Abendspaziergang ab.

»Wo ist die Katze?«, wisperte ich, als wir Knockenbrocks Japangarten erreichten, und prompt geriet der Hund außer Rand und Band. Sein Gebell bildete den idealen Hintergrund für mein Gespräch mit der Polizei.

Fürs Protokoll: Ich befand mich mit dem Hund auf einem Spaziergang, als ich in Knockenbrocks Villa Licht sah und Geräusche vernahm. Ich ließ den Hund los, er sprang sofort bellend ums Haus, in diesem Moment kam der Mann aus der Tür, rannte auf ein parkendes Auto zu, er trug irgendwas in der Hand, stieg ein und schoss davon wie eine Rakete. Die Marke? Irgendein BMW. Mit Hamburger Nummer. Danach PS 189 oder 198, das weiß ich nicht mehr so genau. Die Aufregung, Sie verstehen?

Sie fassten Steffen am nächsten Morgen an der Dänischen Grenze. Ich hätte gerne sein Gesicht gesehen, als man Elvira Knockenbrocks Schmuckschatulle unter seinem Sitz herauszog. Meine Zeugenaussage und seine zahlreichen Fingerabdrücke am Tatort machten seine Lage nicht besser.

Die Knockenbrocks sind mir noch heute dankbar, dass ich »das Schlimmste«, was immer das sein mochte, verhindert habe. Wir schreiben uns ab und zu, denn inzwischen habe ich wieder eine sonnige Wohnung, mit Balkon. Und eine neue Arbeitsstelle in der Redaktion der Zeitschrift *Landlust*.

Für die Ohrclips bekam ich achtzehnhundert Euro. Steffen bekam achtzehn Monate für Einbruchdiebstahl und Vandalismus. Bei guter Führung kann er in drei Monaten rauskommen. Vielleicht hole ich ihn ab.

Die Tänzerin

Hanne stand am Wohnzimmerfenster im dritten Stock. Ihr Blick mied den kahlen Hinterhof, der schwarz und still wie ein Brunnen unter ihr lag. Lieber schaute sie auf die erleuchteten Fenster gegenüber. Ein Altbau, wie es in Linden, Hannovers Multi-Kulti-Viertel, viele gab. Sie kannte von da drüben nur Elvira aus dem zweiten Stock. Hanne war keine, die ihren Nachbarn nachhaltig in die Fenster glotzte. Jedenfalls nicht, solange der Fernseher in Ordnung gewesen war. Sie sah auf die Uhr. Halb sieben. Und schon stockdunkel. Gerade lief ihre Lieblings-Telenovela. Natürlich würde die Gutsbesitzerstochter am Ende den netten jungen Tierarzt heiraten und nicht den arroganten Nachbargutsbesitzerssohn, aber Hanne wollte trotz dieser Gewissheit keinen Winkelzug der Handlung verpassen. Sie hätte sich bei Elvira zum Fernsehen einladen können, aber sie ertrug die Gegenwart von deren Ehemann Walter nur mit zusammengebissenen Zähnen. Außerdem hatte Walter großspurig zugesichert, er würde so bald wie möglich vorbeikommen und sich den Kasten ansehen. Das war vor drei Tagen gewesen. Hannes Stolz verbot ihr, ihn daran zu erinnern. Entsetzlich, dass sie inzwischen so knapp bei Kasse war, um auf solche Leute angewiesen zu sein.

Bei Elvira waren die Gardinen zugezogen, aber ein Stockwerk höher waren sie offen. Vielleicht gab es auch keine. Es brannte ein trübes Licht, das ab und zu flackerte. Es mussten Kerzen sein. Eine Gestalt bewegte sich durch das Zimmer, warf die Arme nach oben, verbog ihren Körper, drehte sich um sich selbst, ließ das weite Kleid um ihren Körper wirbeln. Es war seltsam, jemanden tanzen zu sehen, ohne die Musik zu hören. Für wen sie wohl tanzte? Es war niemand zu erkennen, allerdings konnte Hanne nicht das ganze Zimmer einsehen. Das Gesicht der Frau lag im Schatten ihres Schleiers.

Auf der Suche nach dem Fernglas durchforschte Hanne den Wandschrank im Flur. Es war nicht da. Vermutlich befand es sich, zusammen mit den Sahnestücken der Einrichtung, in Hannover-Buchholz, im Haushalt ihres Exgatten und seiner neuen Lebensabschnittsgefährtin. Den alten Fernseher hatte er dagelassen, wohlweislich.

Das Telefon klingelte.

»Observierst du mich?«

Hanne trat wieder ans Fenster.

»Wieso?«

»Du starrst schon die ganze Zeit zu mir rüber.«

»Der Fernseher ist kaputt. Noch immer«, meinte Hanne. »Außerdem starre ich nicht auf deine alte Gardine, sondern auf die Wohnung darüber.«

Elvira hatte besagte Gardine zurückgezogen und winkte ihr zu. Mit der anderen Hand hielt sie den schnurlosen Hörer am Ohr, genau wie Hanne. Im Hintergrund lief der Fernseher, eine Werbung für Gebissreiniger.

»Du beobachtest den Özel?«, krähte Elvira. »Schäm dich! Was macht er?«

»Ihn sehe ich nicht. Nur sie. Sie tanzt.«

»Sie? Welche Sie?«

»Seine Frau vermutlich. Wenn du mal den Fernseher leiser stellst, kannst du vielleicht die Musik hören.«

Elvira ging zum Couchtisch und griff nach der Fernbedienung. Die Frau aus dem zweiten Stock drehte sich jetzt immer schneller um die eigene Achse, bis sie abrupt stehen blieb. Ihre Schultern hoben und senkten sich, bestimmt war sie außer Atem. Dann ging sie aus dem Zimmer.

»Ich hör nichts«, sagte Elvira.

»Jetzt hat sie gerade aufgehört.«

»Du willst mich veräppeln. Der Özel hat doch gar keine Frau.«

»Was weiß denn ich? Wo ist eigentlich dein Walter?«

»Arbeiten.«

»Jetzt willst *du* mich veräppeln.«

»Nein. Er hat einen Aushilfsjob an einer Tankstelle. Drei Abende die Woche. Willst du zum Fernsehen rüberkommen?«

Hanne seufzte dankbar. Der Abend war gerettet.

»Vielleicht ist sie eine Bekannte oder Verwandte«, sagte Hanne am übernächsten Abend zu Elvira.

Elvira ließ den Feldstecher sinken und sah Hanne mit gerunzelter Stirn an. »Hanne, das sind *Türken*. Da geht doch keine Frau einfach so zu einem Mann und tanzt für ihn. Schon gar nicht auf diese Art.«

»Ja, es hat was Erotisches«, stimmte Hanne ihr zu. »Trotz der vielen Gewänder.«

Sie standen im Dunkeln, Hanne hatte das Licht gelöscht, um zu vermeiden, dass jemand sie beide mit dem Feldstecher am Fenster stehen sah.

72

»Wer sagt denn, dass sie für ihn tanzt?«, wandte Hanne ein. »Siehst du ihn irgendwo?«

Elvira pflanzte das Fernglas wieder auf ihre kräftige Nase. »Nein.«

Stumm beobachteten sie die Tanzende, bis diese, wie schon vor zwei Tagen, in einem letzten, wilden Wirbel zum Ende kam. Dann ging das Licht aus.

»Ich habe eine ganz schlimme Vermutung«, verkündete Elvira mit wichtiger Miene.

»Was?«, fragte Hanne.

»Es stand erst neulich wieder in der Zeitung, dass in Hannover schätzungsweise ein paar hundert Frauen so leben.«

»Wie?«

»Na, eingesperrt. Ausgang nur unter Aufsicht. Oder hast du die Frau schon mal außerhalb der Wohnung gesehen?«

»Wie sollte ich? Weiß ich, wer unter den Kopftüchern steckt, die hier im Viertel herumlaufen? Außerdem lebst du doch mit ihr in einem Haus«, erwiderte Hanne.

»Eben. Und ich habe die Frau noch nie im Treppenhaus gesehen.«

»Vormittags kannst du sie ja nicht sehen.« Hanne gab sich Mühe, ihren Neid nicht durchklingen zu lassen. Elvira war Schulsekretärin. Der kleine Verlag, bei dem Hanne zwanzig Jahre lang gearbeitet hatte, hatte im Frühjahr Insolvenz beantragt. Niemand wollte eine fünfzigjährige Sekretärin einstellen. Nicht mal als Verkäuferin wollte man sie haben, erst gestern war wieder eine Absage gekommen. Wenn es so weiterging, musste sie Hartz IV beantragen und Putzen gehen. Falls man ihr das noch zutraute.

»Vielleicht ist sie Özels Putzfrau«, überlegte Hanne laut.

»Und statt zu putzen, tanzt sie in der Wohnung herum?«
Elvira schüttelte den Kopf. »Ich hab die Hinrich aus dem Erdgeschoss nach der Frau gefragt. Selbst sie, die alles sieht, hat
die Frau noch nie zu Gesicht bekommen. Nein, glaub mir, es
ist so, wie ich dir sage: Der Özel hat sich eine Ehefrau aus der
Türkei kommen lassen und hält sie in der Wohnung gefangen
wie einen Wellensittich.« Elvira versetzte der Lehne von Hannes schäbigem Fernsehsessel einen Hieb mit der Faust.

Hanne rief sich den kleinen, zarten Herrn Özel ins Gedächtnis, wie er in seinem Laden zwischen den Gemüsekisten
herumpusselte und mit freundlicher Stimme die Kundschaft
bediente. Er sprach einwandfrei Deutsch, und obwohl Hanne
mit dem Mann bisher ausschließlich über Lebensmittel gesprochen hatte, hatte sie mit der Zeit den Eindruck gewonnen, dass Özel ein kultivierter Mann war.

»Doch nicht der Özel«, sagte Hanne. »Der ist so sanftmü-
tig und … feinsinnig.«

»Die haben alle zwei Gesichter«, behauptete Elvira.

Da musste Hanne ihr Recht geben. Ihr Geschiedener war
in Gesellschaft ein espritvoller Charmeur gewesen, weshalb
ihr ehemals gemeinsamer Freundeskreis mit fliegenden Fah-
nen zu ihm übergewechselt war. Nur innerhalb der eigenen
vier Wände hatte sich seine wahre Natur offenbart: die eines Rechthabers und Hypochonders, der sich in Gegenwart
seiner Frau hemmungslos der Flatulenz hingab. Und Walter?
Hatte der zwei Gesichter? Hanne kannte an ihm nur das vom
Alkohol aufgedunsene Gesicht, das über seine eigenen dum-
men Sprüche grinste. War er in Wirklichkeit ein sensibler
Schöngeist?

»Was gibt es zu lachen?«, wollte Elvira wissen.

»Nichts«, sagte Hanne rasch und fuhr fort. »Gesetzt den Fall, mit Özel ist es so wie du sagst – was sollen wir dann machen?«

»Wir? Gar nichts.«

»Sollte man nicht die Polizei informieren?«

»Was soll die tun? Die Frau wird alles leugnen, aus Angst. Man kann diesen Frauen erst dann helfen, wenn sie aus freien Stücken bereit sind, ihren Mann zu verlassen. Aber damit riskieren sie ihr Leben. Es bleibt nur die Flucht in ein Frauenhaus und ein lebenslanges Sichverstecken vor dem rachsüchtigen Clan.«

Hanne konnte sich Herrn Özel noch immer nicht als dominanten Macho vorstellen. Als hätte Elvira ihre Gedanken gelesen, sagte sie: »Der Özel allein hat wahrscheinlich keine Schuld. Es ist meistens die komplette Familie, die diesen Druck ausübt.«

»Aber man kann doch nicht tatenlos zusehen …«

»Information«, sagte Elvira gestelzt. »Sie muss ihre Rechte kennen. Wir müssen Informationsmaterial besorgen, natürlich auf Türkisch, denn sie spricht ja wahrscheinlich kein Wort Deutsch. Das müssen wir ihr heimlich zukommen lassen.«

Hanne nickte.

»Kannst du das nicht machen? Du hast doch den ganzen Tag Zeit.«

»Allerdings«, bestätigte Hanne schroff.

»Verzeihung, ich wollte nicht … Aber ich kann das nicht tun. Wenn Walter mitkriegt, dass ich mich in solche Angelegenheiten einmische, dann …«

Elvira führte den Satz nicht zu Ende, und Hanne dachte sich ihren Teil.

»Frag deinen Göttergatten, wann er endlich nach meinem Fernseher schaut«, sagte sie nur.

Bei der Ausländerbehörde schickte man sie zur Frauenbeauftragten, und am Ende war Hanne im Besitz eines gelben Merkzettels in türkischer Sprache. Sie hatte keine Ahnung, was darauf stand. Als sie am nächsten Vormittag bei Herrn Özel ein Kilo Orangen und eine Stange Sellerie kaufte, fühlte sie sich wie eine Verräterin. Aber sie musste sicher sein, dass der Mann im Laden war und nicht zu Hause. Wenig später betrat sie mit Elviras Ersatzschlüssel den Hausflur. Es roch wie in allen alten Treppenhäusern nach Putzmitteln, altem Holz und einem Hauch Bohnerwachs. Hanne fühlte sich wie eine Einbrecherin, als sie an Elviras Tür vorbeischlich und eine Treppe höher stieg. Wohl oder übel musste sie den Zettel der Frau persönlich aushändigen, denn wenn sie ihn in den Briefkasten warf oder vor die Tür legte, fand ihn womöglich ihr Kerkermeister. Sie klingelte. Es rührte sich nichts. Sie klingelte erneut und horchte. Alles blieb still. Bestimmt hatte Özel der Frau eingeschärft, niemandem die Tür zu öffnen. Oder sie war ausgegangen. In dem Fall wäre ihre Sorge unberechtigt und der Zettel lächerlich. Aber wie sollte sie das herausfinden? Hanne klopfte leise an die Tür. Kein Laut war zu hören. Was jetzt? Da bemerkte sie den Briefschlitz, die sich gut über Kniehöhe in der Tür befand. Sie hob die Klappe an und spähte in den dunklen Flur. Nichts bewegte sich. Rasch steckte sie den gelben Zettel durch den Schlitz. Er segelte lautlos auf den Kokosläufer. Ihre Mission war beendet. Fluchtartig verließ Hanne das Haus.

Am selben Abend tanzte die Türkin wieder, und Hanne, die ihr zusah, hatte extra die Stehlampe angelassen. Als der Tanz zu Ende war, blieb die Person mit dem Gesicht zu ihr gewandt stehen. Schaute sie zu ihr her? Hanne hob die Hand zu einem zarten Winken. Die Frau hob ebenfalls die Hand, zögerlich. War das ein Winken gewesen? Noch während Hanne darüber nachdachte, drehte sich die Tänzerin um und ging aus dem Zimmer.

Wenige Minuten später läutete es an der Tür. Der Özel! Der würde sie nun zur Rede stellen, wegen des Zettels. Was mischte sie sich auch in die Angelegenheiten ein von Leuten, die sie kaum kannte? Mit vorgelegter Kette machte Hanne die Tür vorsichtig einen Spalt auf.

»Hallo, schöne Frau? Ich hörte, ihr Alter tut's nicht mehr, da muss dann halt mal der Meister persönlich ran, hahaha!«

Der Fernseher konnte nicht repariert werden, jedenfalls nicht von Walter, obwohl er den Apparat gründlich zerlegte. Dazu brauchte er den ganzen Abend und drei Flaschen Pils. Stolz erzählte er von seinem neuen Job in der Tankstelle. Seiner Darstellung nach handelte es sich dabei mindestens um den Posten eines Tankstellen-Managers. Dieser Stress, diese Verantwortung, diese Gefahr!

»Was ist denn daran so gefährlich?«, fragte Hanne.

»Na, die Überfälle.«

»Gibt es kein Alarmsystem?«

»Doch, es ist eine Kamera im Verkaufsraum, und ich habe einen Alarmknopf unter dem Tresen. Wenn ich den drücke, geht bei den Bullen der Alarm los. Aber bis die da sind … Und was ist, wenn ich gerade nicht am Tresen stehe?«

»Pech«, sagte Hanne und blickte besorgt auf die Eingeweide ihres Fernsehers, die auf dem zerschlissenen Teppich lagen. »Aber lohnt es sich denn? Zahlen nicht die meisten Leute heutzutage bargeldlos?«

»Lohnen ist relativ«, sagte Walter. »Aber ein paar Tausender kommen an einem guten Tag schon zusammen. Bei den Benzinpreisen.«

»Wird das Geld denn nicht sicher gelagert?«

»Es liegt halt in der Kasse. Aber es wird jeden Abend um acht abgeholt. Die Luft ist hier so trocken, ist zufällig noch ein Bier im Kühlschrank?«

»Wir haben getan, was wir konnten«, sagte Elvira. »Wenn sie ihre Chance nicht nutzt, ist sie selbst schuld.«

»Was heißt hier Chance? Wahrscheinlich haben wir es mit dem Zettel nur schlimmer gemacht. Bestimmt hat Özel ihn in die Finger bekommen.«

An dem bewussten Fenster war eine Gardine angebracht worden, so dass man ab jetzt nur noch den huschenden Schatten der Tanzenden sehen konnte.

»Du solltest ihn ihr ja auch persönlich geben.«

»Wie denn, wenn sie nicht öffnet?«, ereiferte sich Hanne. »Immer alles auf mich abwälzen, und wenn dann was nicht klappt, bin ich schuld. Das war schon früher in der Schule so!«

»Reg dich nicht auf. So war es nicht gemeint«, beschwichtigte Elvira ihre alte Freundin.

»Außerdem – was nützt ihr das Frauenhaus?«, fand Hanne zum Thema zurück. »Auf die Dauer kann sie da nicht bleiben. Um eine neue Existenz zu gründen, braucht man Geld.«

»Willst du etwa dein Sparschwein für sie schlachten?«, fragte Elvira.

»Welches Sparschwein denn, bitteschön?«

»Wie viel Geld bräuchte sie wohl, so für den Anfang?«, sinnierte Elvira.

»So viel wie möglich«, antwortete Hanne trocken und seufzte dann: »Tja. Aber wir können schließlich keine Bank überfallen. Auch nicht für einen guten Zweck.«

»Ich wüsste ja nicht mal, wie man das anstellt«, stellte Elvira fest. »All diese Sicherheitsvorkehrungen heutzutage. Außerdem hätte ich viel zu viel Angst. Du, du wärst zu so was fähig. Du hattest schon früher beim Spicken die besseren Nerven.«

»Das ist ja wohl ein Unterschied«, wehrte Hanne ab. »Wenn ich in der Lage wäre, eine Bank zu überfallen, dann hätte ich es schon längst getan. Und mir einen neuen Fernseher gekauft«, setzte Hanne hinzu, auf das Versagen von Elviras Gatten anspielend. Als sie die Worte aussprach, kam ihr ein Gedanke: Warum eigentlich eine Bank?

In einem Geschäft auf der Limmerstraße erstand Hanne ein graues, mantelartiges Kleid und ein blaues Kopftuch. Sie probierte die Sachen zu Hause an. Wie fremd sie damit aussah. Das Kopftuch tief über die Stirn gezogen ging sie am nächsten Tag auf die Straße. Mit gesenktem Kopf lief sie durch Linden. Was, wenn man sie auf Türkisch ansprach? Dann musste sie eben irgendwelchen arabisch klingenden Kauderwelsch von sich geben. Aber niemand nahm Notiz von ihr. Sie schien unsichtbar zu sein. Sie nahm die Stadtbahn bis zu der Tankstelle an der Podbielski. Walter hatte keinen Dienst. Eine Frau saß an der Kasse. Hanne beobachtete von der Straße aus eine

Weile das rege Kommen und Gehen. Schließlich kaufte sie im Tankshop eine Packung Butterkekse. Die Kamera hing über der Eingangstür.

So ein Aufzug hat auch seine Vorteile, stellte Hanne auf dem Nachhauseweg fest, denn ein Pulk türkischer Jungs mit zu weiten Hosen und Handys am Ohr machte ihr respektvoll Platz auf dem Gehweg. Nicht einmal Elvira, die gerade von der Arbeit kam, erkannte ihre älteste Freundin, als sie ihr an der Haltestelle der Linie 10 über den Weg lief. Nur um Özels Laden machte Hanne vorsichtshalber einen Bogen.

Die Frau stieg in den roten Polo, den sie eben betankt hatte, und fuhr davon. Kein anderes Fahrzeug war mehr an den Zapfsäulen. Hanne sah auf die Uhr. Viertel vor acht. Jetzt oder nie. Der Wagen von der Sicherheitsfirma, der das Geld abholte, kam jeden Abend kurz nach acht, das hatte sie während der vergangenen drei Wochen beobachtet. Sie hatte sich für den Freitag vor den Herbstferien entschieden. An diesem Tag musste ordentlich was in der Kasse sein. Wenn sie schon ein Verbrechen beging, musste es sich lohnen. Sie betrat den Tankshop. Das Kopftuch ragte wie ein schützendes Dach weit über ihr Gesicht. Sie kramte in einem Regal. Eine Bierflasche fiel heraus und zerschellte klirrend am Boden. Walter sah von seiner Kasse auf. Sein feistes Antlitz färbte sich zornrot.

»Kannst du nicht aufpassen?«

»Saubermachen«, krächzte Hanne.

»Auch noch unverschämt werden! Diese Kanaken, immer frecher werden die!« Walter kam hinter dem Tresen hervor und verschwand fluchend und schimpfend in einer Abstellkammer. Hanne zog sich das Tuch wie einen Schleier über ihr

Gesicht. Sie ging zu der Kamera, zückte die Dose, schüttelte sie kurz und verpasste dem Objektiv der Kamera eine Ladung Sprühsahne. Sie hatte mehrere Sorten ausprobiert, und eine besonders klebrige mit einem aufdringlichen Vanillearoma hatte sich für diesen Einsatz qualifiziert. Walter kam mit Eimer und Wischmopp aus der Kammer. Ein ungewohnter Anblick, Elvira hätte sicher ihre Freude daran gehabt. Doch schon ließ Walter den Eimer fallen und der Mopp glitt ihm aus der Hand. Die Schreckschusspistole stammte noch von Hannes Exmann. Anscheinend war er der Meinung gewesen, dass er sie in Buchholz nicht brauchen würde. Oder er hatte sie vergessen. Die Waffe erfüllt ihren Zweck, das Erschrecken, zu ihrer vollkommenen Zufriedenheit, sogar ohne Schuss. In Walters Gesichtszügen spiegelte sich die schiere Angst, als er die Mündung vor Augen hatte.

»Hinlegen, Hände auf den Rücken«, befahl Hanne mit verstellter Stimme. Walter starrte sie an. Hatte er sie erkannt? Draußen hielt ein Geländewagen an Säule zwei.

»Los, runter!«, zischte sie und drückte ihm den Lauf gegen die Stirn. Ohne dem ausgelaufenen Putzwasser auszuweichen, sank Walter auf den Steinfußboden nieder. Na also.

Hanne eilte zur Kasse. Der Schlüssel steckte. Hastig stopfte sie die Scheine in eine mitgebrachte Plastiktüte von Aldi. Ohne sich um den zusammengekrümmt in der Wasserlache liegenden Walter zu kümmern, verließ sie die Tankstelle. Der Fahrer des Geländewagens betrachtete mit kummervoller Miene die ratternden Zahlen an der Zapfsäule und hatte keinen Blick für die graue Gestalt, die aus der Tür schlüpfte und rasch über die Straße davonging.

Am nächsten Morgen läutete es um halb sieben an der Tür. *Die Polizei. Sie kommen, um mich zu holen.*

Sie betrachtete ihre schäbige Wohnungseinrichtung. In Zukunft wird es noch spartanischer zugehen, dachte sie und öffnete im Bademantel die Tür.

Elvira trat unaufgefordert ein und steuerte die Küche an. Hanne folgte ihr.

»Walter ist tot.«

»Was?«

»Man hat die Tankstelle überfallen. Hast du mal einen Schnaps?«

»Wurde er erschossen?«, fragte Hanne, nahm die Aldi-Tüte vom Tisch und legte sie in das Gemüsefach des Kühlschranks, dessen Kompressor altersschwach röchelte. Sie stellte eine Flasche Korn auf den Tisch.

»Nein. Er hat vermutlich vor lauter Schreck einen Herzanfall erlitten. Er war ja nie der Mutigste. Er lag neben einem Putzeimer, stell dir vor. Walter und ein Putzeimer. Ist das nicht paradox?« Sie kicherte ein wenig hysterisch.

»Hat man denn eine Spur vom Täter?«

»Nein, nichts. Niemand hat was bemerkt, die Kamera war mit Sahne zugesprüht. Zuvor hat sie nur eine vermummte Gestalt gefilmt.«

Hanne legte den Arm um Elvira. »Das tut mir schrecklich leid«, sagte sie und spürte einen Kloß im Hals.

»Ach, na ja«, sagte Elvira, zuckte die Schultern und kippte den Schnaps hinunter.

Herr Özel zählte das Geld, das aus dem unbeschrifteten braunen Umschlag auf die Frisierkommode fiel. Man hatte ihn nicht einmal zugeklebt. Es waren fast fünftausend Euro. Er saß reglos da, betrachtete die vielen Scheine und sein Gesicht im Spiegel und überlegte. Vor Wochen dieses seltsame Flugblatt, nun das Geld. Nach und nach begann er zu begreifen. Er lächelte. Nein, er brauchte keine Angst zu haben. Wer immer dahinter steckte, die Person würde ihn niemals bei seinen Verwandten verraten. Denn davor fürchtete er sich am meisten. Sollten sie je von seinen Neigungen erfahren, blieb ihm nur noch der Selbstmord. Er zog die Gardine sorgfältig zu. Vielleicht sollte er zusätzlich ein paar Rollläden anbringen lassen. Dann trug er sein Make-up auf, schminkte sich, zog das Tanzkleid an, zündete die Kerzen an und legte die CD ein.

Das Phantom schlägt wieder zu
Vierter Tankstellenüberfall in sechs Monaten
Zum vierten Mal hat der als »verschleierte Türkin« vermummte Täter eine Tankstelle im Stadtgebiet Hannover überfallen. Dieses Mal traf es die Aral-Tankstelle in Garbsen. Der Täter bedrohte die Angestellte mit einer Pistole, zwang sie, sich auf den Boden zu legen und räumte die Kasse leer. Kurz zuvor hatte er die Kameras mit Sprühsahne lahm gelegt. Die Polizei hat nach wie vor keine Spur von dem dreisten Täter, der vermutlich sofort nach der Tat seine Kleidung ablegte und unauffällig zu Fuß oder mit der Stadtbahn flüchtete.

Zufrieden legte Hanne die *Hannoversche Allgemeine* auf die Arbeitsplatte ihrer neuen Küche. Trotz der guten Kritik sagte ihr der Instinkt, dass es an der Zeit war, eine Weile damit aufzuhören. Sie hatte alles, was sie brauchte. Die Qualität der Telenovelas war durch den neuen Flachbildfernseher und den ergonomischen Fernsehsessel nicht besser geworden, und das Schicksal von Frau Özel – an deren Existenz sie inzwischen kaum noch glaubte – war nach wie vor unklar. Von Elvira war darüber nichts mehr zu erfahren. Sie hatte sich von dem Geld aus Walters Lebensversicherung ein Häuschen auf dem Land gekauft und blühte darin auf wie eine Blume, die man aus einem zu engen Topf ins Freie gesetzt hatte.

Hanne hatte wieder eine Anstellung gefunden. Sie war zwar deutlich überqualifiziert für den Job, aber sie half gerne an drei Nachmittagen in der Woche in Herrn Özels Gemüseladen aus. Hauptsache, sie kam unter die Leute und niemand redete ihr rein. Stets verschwand Herr Özel, kurz nachdem er sie eingewiesen hatte, und überließ ihr vertrauensvoll das Regiment über den Laden. Sie hatte keine Ahnung, was er in dieser Zeit machte.

Eine Frage des Geschmacks

»Das riecht aber fein! Du bist die beste Köchin der Welt, Mama.« Max umarmt seine Mutter und küsst sie schmatzend auf die Wange. Die lächelt geschmeichelt vor sich hin und brummt: »Jetzt geh aber weg da, sonst verbrennst du dir noch die Nase!«

Folgsam tritt Max vom Herd zurück. »Ich krieg noch Taschengeld, aber *pronto!*«

Er sieht seiner Mutter zu, wie sie mit der linken Hand unter ihrer Schürze nach ihrer Geldbörse fahndet, die sie stets am Leib trägt. Mit der Rechten rührt sie weiter in der Tomatensoße.

»Verdammt!« Sie lässt den Kochlöffel fahren und tastet mit beiden Händen an sich herum, als führe sie eine Leibesvisitation durch. Amüsiert beobachtet ihr Sprössling, wie sie dabei immer nervöser wird.

»Da«, erbarmt er sich schließlich und streckt ihr die Börse hin. »Es fehlt nichts.«

»Woher hast du die, du Bengel?«

»Eben geklaut. Hat mir der Alte von Nummer vier gezeigt. Irgendwie muss ich ja mein mickriges Taschengeld aufbessern.«

»Es heißt Herr Nachtigall, nicht ›der Alte‹«, mahnt die Mutter und ruft: »Ernst, was sagst du dazu? Dein Sohn beklaut seine eigene Mutter!«

»Das wirst du in Zukunft lassen, verstanden«, kommt es von nebenan, wo sich der Herr des Hauses gerade vom Sofa stemmt. Augenreibend schlurft er in die Küche.

»Schon wieder Pasta. Ich weiß gar nicht mehr, wie Fleisch schmeckt. Und wo, zum Teufel, ist Lisa?«

»In Nummer eins, bei den Spaghettis. Bandini … Signor Bandini hat ihr erlaubt, in seinem Pool zu baden, solange sie es ohne Badeanzug macht«, klärt Max seine Eltern auf. »Warum haben wir keinen Pool im Keller?«

»Weil dein Vater kein Mafiaboss ist«, knurrt der Hausherr und schraubt den Korkenzieher in eine Flasche Chianti. Schluck Wein, Mimmi?«

»Einen winzigen, danke. Und weil dein Vater den Keller für seine Ware braucht.«

»Genau. Wein, Max?«

»Nein. Ich bin zehn, ich brauche meine Gehirnzellen noch. Gebt ihn der da. Da ist nicht viel kaputt zu machen«, empfiehlt Max und deutet auf die Tür, durch die seine Schwester eben hereinkommt.

»He, wisst ihr's schon? Der Kaminski von Nummer zehn hat 'nen neuen Porsche. Gekauft, bar.«

»Es heißt *Herr* Kaminski«, krittelt Max.

»Bleib mir ja von diesem Kerl weg«, warnt Ernst Gierhahn seine Tochter.

»Aber Papa! So ein mickriger Zuhälter, denkst du, auf so einen falle ich rein? Nur weil er ein geiles Auto hat und mir ab und zu eine Prise Koks zusteckt?«

»Warst du jetzt so lange schwimmen?«, fragt die Mutter.

»Nein. Ich war noch bei Haustein von Nummer elf. Er hat mir seine Fotosammlung gezeigt.«

Mimmi schaut erst ihre Tochter skeptisch an, dann ihren Mann. »Es gefällt mir nicht, dass Lisa so oft bei Haustein ist.«

»*Herr* Haustein, bitteschön.«

»Es reicht, Max. Lisa wird bald fünfzehn und …«

»… hat 'nen Plattarsch und Titten wie Rosinen«, verkündet Max und fängt sich damit eine Ohrfeige von seiner Schwester ein.

»Ach, was«, winkt der Vater ab. »Lisa ist gar nicht sein Typ. Der steht auf weiche, üppige Rundungen.« Er vollführt eine illustrierende Handbewegung. »Wie du sie hast, mein Mimmischatz.«

Und Lisa meint: »Keine Angst, Mama. Er hat gesagt: ›Die Nachbarschaft ist tabu.‹«

»Setzt euch, wir essen!«, befiehlt Mimmi.

»Wieder Nudeln«, mault Max. »Wann gibt's hier mal 'nen Hamburger?«

»Hat sich der Kerl aus Nummer sechs denn noch immer nicht vorgestellt?«, fragt Ernst Gierhahn in die kauende Runde.

»Doch«, antwortet Mimmi. »Heute. Er nennt sich Hadrian Lecker.«

»Und was treibt er so?«

»Er sagt, er sei auf kulinarischem Gebiet tätig.«

»Bei McDonald's?«, fragt Max.

»Er geht regelmäßig um fünf Uhr am Nachmittag aus dem Haus und kommt gegen zwölf wieder«, berichtet Mimmi.

»Du meinst, er *arbeitet*? Regelmäßig?« Ihr Gatte sieht aus, als hätte er in etwas Saures gebissen.

»Schon möglich.«

»Als ob uns dieser Meier aus Nummer sieben nicht reichen

würde«, seufzt der Vater und nun zeigen auch die restlichen Mitglieder der Familie Gierhahn finstere Mienen.

»Den Kerl hab ich schon länger nicht mehr gesehen« überlegt Mimmi. »Mindestens eine Woche. Nicht, dass ich ihn vermisst hätte. Er passt einfach nicht hierher.«

»Wahrscheinlich macht er Urlaub.« Das letzte Wort spuckt Ernst verächtlich aus. »So was kennt unsereiner gar nicht. Im Gegenteil, wenn sich die Leute in der Sonne aalen, haben wir Hochsaison.«

»Er soll zur Jagd gehen«, weiß Mimmi. »Vielleicht ist er Bärenschießen in Kanada. Widerliches Hobby. Die armen Tiere!«

»Der aus Nummer sechs muss jedenfalls Kohle haben«, kommt Lisa auf das Thema »neuer Nachbar« zurück. »Habt ihr die Küche gesehen, die sie dem gestern geliefert haben? So ein italienisches Designerding. Riesenherd mit Geländer drum herum, eine Esse wie im Krematorium und lauter Granitplatten und so Zeug. Für so ein Teil müsste Papa drei kleine Sparkassenfilialen besuchen. Hast du das nicht mitgekriegt, Mama?«

»Nein, ich war doch gestern mit der Frau vom Crack-Müller aus Nummer acht in der Stadt. Sie wollte ein neues Auto. Mann, bis die sich entschieden hatte! Drei Parkhäuser haben wir abgeklappert, mir taten vielleicht die Beine weh …«

Das Tischgespräch wendet sich damit wieder anderen Themen zu, aber Ernst Gierhahn geht der neue Nachbar nicht aus dem Kopf. »Abwarten«, murmelt er nach der zweiten Flasche Chianti vor sich hin. »Ich hab da kein gutes Gefühl.«

Am nächsten Tag gibt es für Familie Gierhahn eine kleine Überraschung, denn ehe der neue Nachbar zu seiner wie immer gearteten Tätigkeit aufbricht, überreicht er Mimmi etwas Längliches auf einer Silberplatte.

»Pastete«, erklärt er, »selbstgemacht. Ich hoffe, sie mundet.«

Allerdings, das tut sie. Selbst die mäkelige Lisa, die eigentlich gerade ihre vegetarische Phase durchlebt, streitet sich mit Max so heftig um die letzte Scheibe, dass Mimmi mit dem Ausbeinmesser dazwischengehen muss.

»Seid höflich und nett zu dem Mann, dann kommt vielleicht noch mehr.«

Sie behält Recht: Ein gekochter Schinken, ein Ausbund an Zartheit und eine Art Salamiwurst mit Fenchel, die ihresgleichen sucht, findet den Weg ins Nachbarhaus. Aber seine Pasteten sind das Beste, da sind sich alle einig.

Ernst Gierhahn revanchiert sich mit einem fabrikneuen DVD-Recorder, den Herr Lecker etwas erstaunt entgegennimmt, und einem fast kompletten antiken Silberbesteck, über das sich der Beschenkte so sehr freut, dass er die Gierhahns für Sonntag zum Dinner einlädt.

Leckers Wohnzimmereinrichtung erinnert an die eines vornehmen Restaurants, nur dass lediglich *ein* großer, ovaler Tisch zur Verfügung steht. Ein gestärktes weißes Tischtuch mit Spitzenborte bedeckt das Mahagoniholz und darauf glänzt und funkelt es von Silber und Kristall. Eine ältere, taubstumme Dame in einer langen weißen Schürze – die Gierhahns haben die Person vorher noch nie gesehen – fungiert als Kellnerin.

Zum Auftakt gibt es eine seiner unübertrefflichen Pasteten, diesmal mit Trüffel, und dazu einen spritzigen Riesling.

»Ihre Pasteten sind ein Gedicht«, schwärmt Mimmi. »Bisher glaubte ich, meine Mutter würde die besten Pasteten der Welt machen, sie ist Elsässerin, müssen Sie wissen, aber Sie, Herr Lecker, übertreffen sie bei Weitem.«

»Das freut mich«, antwortet der Gastgeber und lächelt zurückhaltend.

Mimmi nimmt einen Kampfschluck vom trockenen Sherry und fragt Herrn Lecker dann rundheraus nach seiner beruflichen Tätigkeit.

»Ich koche«, antwortet er bescheiden. Mehr nicht. Dann wendet er sich an Lisa: »Und du? Was möchtest du einmal werden? Vielleicht Schauspielerin?«

»Nein«, antwortet Lisa artig, »ich werde Sprachen studieren und Kunst.«

»Interessant«, findet Herr Lecker.

»Damit werde ich Heiratsschwindlerin. Natürlich nur in allerbesten Kreisen.«

»Warum nicht«, meint Lisas Mutter achselzuckend. »Ich sag's immer: Wenn das Mädel sich anstrengt, kann sie es weit bringen. Sie ist hübsch und klug …«

»Die? Hah!«

»Halt's Maul!«

»Und du, Max, was sind deine Zukunftspläne?«, lenkt Herr Lecker seine jungen Gäste von ihrem Streitgespräch ab, während die Taubstumme eine intensiv duftende Fleischbrühe mit kleinen, leberartigen Klößchen darin serviert.

»Ich werde Taschendieb. Wie der alte Nachtigall von Nummer vier.«

»Lausiges Geschäft, lohnt sich nicht«, meint sein Vater. »Und ein Gierhahn wird kein Taschendieb! Dein Großvater

Maximilian war immerhin am Postraub von England beteiligt, da kann sein Enkel kein windiger Taschendieb werden. Lass dir lieber von Krause aus Nummer neun zeigen, wie das mit den Kreditkarten und dem Internet funktioniert. *Electronic cash.* Das hat Zukunft.«

»Genau«, assistiert Mimmi, »wozu hat Papa dir dieses teure Laptop besorgt, hm? Damit aus dir mal was Besseres …«

»Awa Hallo!«, protestiert der Hausherr mit vollem Mund. »Bis jetzt haben wir von meinen Einkünften doch recht gut gelebt, oder?«

»Ich meine doch nur, dass dein Beruf auf Dauer ein harter Job ist. Die Alarmanlagen werden immer raffinierter, das sagst du doch selbst. Der Junge soll sich mal nicht die Hände schmutzig machen müssen.«

»Besser die Hände, als …«, knurrt ihr Mann, verstummt jedoch, als er das Steakmesser kühl an seiner Kehle spürt.

»Nicht vor den Kindern!« Ihre Augen funkeln mit dem Solinger Stahl um die Wette.

»Ich weiß längst, womit Mama früher ihr Geld verdient hat«, quäkt Max. »Bettenklau. Oder so ähnlich.«

»Beischlafdiebstahl«, korrigiert Lisa.

Vater Gierhahn lächelt versonnen. »Wir haben uns im Hilton in Zürich kennengelernt. Zimmer 512. Weißt du noch, Mimmi?«

Die Angesprochene nickt. Ihre Wangen sind ein wenig rot geworden und sie überrascht Herrn Lecker dabei, wie er sie mit einem begehrlichen Ausdruck in den Augen ansieht.

»Ernst kam über die Fassade, als ich mir gerade den Koffer mit dem Schwarzgeld schnappen wollte. Es war Liebe auf den ersten Blick. Damals war er noch sehr sportlich«, fügt sie mit einem schrägen Blick auf seinen Bauchansatz hinzu.

»Haben Sie das Geld bekommen?«, fragt der Gastgeber.

»Klar«, versichert Herr Gierhahn. »Es war der Grundstock für unser Haus hier. Wir wollten beide, dass unsere Kinder in einer ruhigen Gegend aufwachsen.«

»Eine zauberhafte Nachbarschaft, in der Tat, ich fühle mich sehr wohl hier«, pflichtet ihm Herr Lecker bei, und damit ist der Bann gebrochen. Tratsch und Klatsch wird ausgebreitet, wieder und wieder gedehnt und gewendet wie Brotteig, so, wie es gemeinhin unter Nachbarn üblich ist. Man lästert über Fuchs aus Nummer drei, einen alten KGB-Spion, über Kaminskis drittklassige Miezen, Bendinis protzige Hochsicherheits-Villa, Crack-Müllers miesen, selbstzusammengebrauten Stoff und natürlich auch über Meier von Nummer sieben.

»Was ist der nochmal?« fragt Lisa. »Ich kann mir das nie merken.«

»Blöde Blondine!«

»Steuerprüfer«, knirschen die Eltern unisono.

»Ein Beamter in unserem Viertel. Es ist eine Schande!«, klagt Ernst Gierhahn und nimmt einen Schluck Burgunder, den die Taubstumme zum Entrecote reicht. »Herrlich saftig, dieses Fleisch«, lobt er nebenbei.

Als Lisa ein wenig angeschickert ist und auf den Bewohner von Haus Nummer elf zu sprechen kommt, tritt ein kurzes Schweigen ein. Haustein ist ein heikler Punkt, findet Mimmi. Sie mag den Mann nicht sonderlich und es fällt ihr manchmal schwer, die notwendige nachbarschaftliche Toleranz aufzubringen. Sie geht ihm aus dem Weg, nicht zuletzt deshalb, weil sie vom Äußeren her zweifellos zu seiner bevorzugten Zielgruppe zählt.

»Haustein ist in Ordnung«, meint Ernst. »Immerhin hat er das Problem mit Frau Weise, Lisas Deutschlehrerin, geregelt …«

»Stimmt«, räumt seine Frau ein und wendet sich an den Gastgeber: »Lisas Versetzung war gefährdet und wir wollten den Schmude aus Nummer zwei anheuern. Aber unter zwanzigtausend rührt der keinen Finger am Abzug, das ist Wucher, ist das!«

»*Das* Bild hab ich neulich auch gesehen«, kichert Lisa. »Die Weise sah sehr blass aus, besonders das eine Stück …«

»Kind, wir essen«, mahnt Mimmi sanft.

»Das letzte Mal hatte Haustein ziemlich schlechte Kritiken in den Zeitungen«, bemerkt Herr Lecker. »Zu Recht, finde ich. Der Mann hat keine Ahnung, wie man mit einem Messer umgeht.«

Die Gierhahns stimmen ihm zu und das Mahl wird fortgesetzt. Es gibt insgesamt sechs Gänge, sie trinken vier verschiedene Weine, erstklassige selbstverständlich, auch die Kinder. Letztere benehmen sich für ihre Verhältnisse geradezu mustergültig und Hadrian Lecker ist ein fürsorglicher Gastgeber: »Frau Gierhahn, noch ein wenig Tartar? Max, nimm doch noch von dieser Pâté. Lisa, noch eine winzige Roulade mit Waldpilzen, na? Und Herr Gierhahn, Sie *müssen* noch ein Stück von der Lende probieren …«

Als sie beim Digestiv angelangt sind und sich stöhnend auf ihren Stühlen winden, fragt Mimmi noch einmal: »Herr Lecker, wo haben sie so gut kochen gelernt?«

»Ich besitze ein kleines Restaurant, eher so eine Art Club. Was für Eingeweihte. Da koche ich ab und zu selbst.«

»Diese Roulade, dieses Steak. So was Zartes! Und dieses Sößchen dazu! So ausgezeichnetes Fleisch habe ich noch nie gegessen«, bekennt Ernst Gierhahn und klopft sich selig auf den Bauch.

»Es ist von Meier aus Nummer sieben.« Der Gastgeber unterdrückt dezent ein Aufstoßen.

»Meier? Etwa selbst geschossen?« Ernst zieht seine Stirn kraus.

»Oh, nein«, wehrt der Hausherr empört ab, »ich schieße niemals. Blei verdirbt den Geschmack. Ich bevorzuge einen Hauch Äther, ein schönes, scharfes Messer und langsames Ausbluten.«

»Aber ich denke, Meier hat …«

»Das Fleisch *war* Meier.«

»Oh«, meint Mimmi und nimmt einen großen Schluck aus ihrem Weinglas.

Die anderen tun es ihr nach. Lisa würgt ein bisschen, Max hat große Augen bekommen und Ernst starrt stumm auf seinen letzten Teller.

»Erstaunlich«, meint Mimmi schließlich, »ich hätte nicht gedacht, dass ausgerechnet der einen so ausgezeichneten Geschmack hat.«

Hadrian Lecker lächelt, während die Taubstumme in der Küche emsig dabei ist, vier blütenweiße Kompressen mit Äther zu tränken.

Landliebe

»Och ist der süüüüß!«

»So treue braune Augen!«

»Nee, der ist mir zu dick.«

»Ich finde, er sieht gesund aus.«

»Der da! Der ist doch niedlich, der Tapsige mit den großen Ohren.«

Okay, ich gebe es zu, Britta und ich hatten schon ein Fläschchen Prosecco gepichelt, und was sich anhörte, als würden wir einen Welpen aussuchen, waren unsere Kommentare zu den Kandidaten der neuen Staffel von *Landwirt sucht Liebste*.

Mein Favorit war schnell gefunden, es war *der schüchterne Schweinebauer Sebastian* aus dem Chiemgau, wie er in seinem Steckbrief genannt wurde. Er war zweiundvierzig, an die eins neunzig groß, hatte ein längliches Gesicht, braune Locken und graue Augen, die ein wenig langsam in die Welt blickten. Für einen körperlich arbeitenden Menschen waren seine Schultern schmal und etwas hängend, aber alles in allem fand ich ihn durchaus vorzeigbar.

»Wieso kriegt der keine Frau?«

»Weil er ein Gesicht wie ein Maultier hat?«, schlug Britta vor.

»Ich finde ihn knuffig.«

»Willst du nicht lieber den *rolligen Rinderwirt Rudi*«, frotzelte sie in Anspielung auf den unverbesserlichen Hang der

Kommentatorin zur Alliteration, »oder den *käsigen Kuhbauern Kurt?*«

Ich bestand auf Sebastian. Er gefiel mir, wie er da im Stroh kniete, umtobt von einer Horde lustiger rosa Ferkel.

»Aber Schweine! Schweine gehen gar nicht«, fand Britta. »Wer möchte schon sein Leben im Gestank verbringen?«

»Daran gewöhnt man sich bestimmt. Ich mag Schweine, sie sind intelligenter als Hunde, wusstest du das?«

»Umso schlimmer, dass wir sie fressen. Du würdest doch jedes Mal in Tränen ausbrechen, wenn die süßen Ferkelchen zum Schlachten abgeholt werden.«

Meinen Einwand, man könnte den Betrieb ja auf Bio-Obst umstellen oder auf Schafe, die nur der Produktion handgestrickter Norwegerpullover dienten, überhörte sie und geierte: »Du mit Mistgabel und Latzhose im Saustall, das möchte ich sehen!«

»Jedenfalls würde ich nicht mit High-Heels und French-Nails dort auflaufen wie diese anderen Tussen.«

»Eben«, meinte Britta. »Dich würden sie gar nicht nehmen. Die wollen ja French-Nails und tiefe Dekolletés im Stall. Die Sendung lebt vom Voyeurismus und vom Fremdschäm-Faktor. Entweder müssen die Bauern Dumpfbacken sein oder die Tussen. Im Idealfall beide.«

»Ich sehe das gerne«, widersprach ich trotzig. »Das Thema Liebe muss nicht immer nur an jungen schönen Menschen illustriert werden. Ich finde es gut, dass auch Ältere und Dickere dabei sind. Ich will reale Menschen sehen, keine Casting-Luder. Und außerdem sind längst nicht alle Bauern Dumpfbacken.«

»Das mag sein«, räumte Britta ein. »Aber die Zuschauerquote ist nicht deshalb so hoch, weil hier Realismus betrieben wird.«

Möglicherweise hatte Britta Recht. Möglicherweise war eine vierzigjährige Religionswissenschaftlerin nicht gerade das, was das Millionenpublikum dieser Doku-Soap im Schweinestall sehen wollte. Oder doch? Wenn ich zu viel getrunken habe – und drei Glas Prosecco waren für mich zu viel – wurde ich schon mal übermütig. Übermütig und stur. »Ich werde mich bewerben«, verkündete ich. »Für Schweinebauer Sebastian. Und du musst mich fotografieren.«

Dies wiederum war für Britta eine Herausforderung, die sie sofort in Angriff nahm.

»Jetzt doch nicht, ich sehe viel zu fertig aus!«, protestierte ich.

»Im Gegenteil, das passt gut.«

Normalerweise verkrampfte ich, sobald sich eine Kamera auf mich richtete, aber der Alkohol, den ich intus hatte, trug ebenso zum Gelingen des Werkes bei wie die präzisen Ansagen der Fotografin: »Guck ein bisschen doof. Ich sagte ein bisschen! Ja, Bauch rein, Brust raus, zeig's mir, *babe*, wirf den Kopf zurück, die Haare ein bisschen wilder, *shake your ass*, yeah! Und nochmal diesen Blick wie ein weidwundes Reh. – Okay, ich glaube, das reicht. Ich werde es noch fotoshoppen und maile es dir dann. Falls du dich morgen noch traust.«

Wir wetteten um ein Abendessen, dass ich es wenigstens bis zur *Heuparty*, dem Kennenlern-Fest zum Auftakt der neuen Staffel, schaffen würde.

»Und üb schon mal Ein-Wort-Sätze«, riet mir Britta, ehe sie aufbrach.

Am Montagmorgen ließ ich mir die Sache noch einmal durch den verkaterten Kopf gehen. Genau genommen zog ich Bilanz. Ich war vierzig, ich sah nicht schlecht aus, doch zu meiner Überraschung fand ich mich beziehungslos und ohne Familie wieder, während meine Altersgenossinnen gerade ihren Nachwuchs einschulten. Seit über zwanzig Jahren praktizierte ich, ohne es je ernsthaft gewollt zu haben, das, was man serielle Monogamie nannte. Und die Serien wurden immer kürzer. Die längste Beziehung war die zu Holger, einem Fondsmanager der Nord-LB, gewesen. Sie hatte fünf Jahre gehalten, von denen ich viereinhalb bereute. Ansonsten konnte ich auf eine recht bunte Reihe zurückblicken: diverse Medienfuzzis, ein evangelischer Pfarrer, ein Taxi fahrender Schriftsteller, ein arroganter Arzt mit Alkoholproblem, ein blond gesträhnter Punkrocker, der mich ständig anpumpte, ein frustrierter Radioredakteur (Kultursender), ein lausiger Tangotänzer, ein esoterisch angehauchter Verteidiger von Hannover-96, eine lesbische Physiotherapeutin, ein charismatischer Hundetrainer und Frauenheld, ein Professor für Quantenphysik, bärtig, verheiratet und doppelt so alt wie ich.

»Ein Bauer fehlt dir noch in der Sammlung«, hatte Britta gestern gelästert, aber es ging nicht um eine Sammlung, mir war die Sache plötzlich ernst. So ein bayerischer Bauer wäre ideal für mich: vernünftig, kernig, verlässlich. So wie die letzten Jahre konnte es jedenfalls nicht weitergehen, ich wurde schließlich auch nicht jünger. Für meine gerade beginnende zweite Lebenshälfte brauchte ich etwas Beständiges, eine feste Größe in meinem Leben, ich musste endlich Wurzeln schlagen. Ich würde den *symphatischen Schweinebauern Sebastian* im Sturm erobern. Im Sommer säße ich dann in meinem duftenden Kräutergarten, während mein Landwirt mit dem Trecker über die Felder ratterte und Gülle in die oberbayerische Landschaft schleuderte. Ich sah mich im Winter am knackenden Kaminfeuer lagern, das Holz hatte mein schüchterner Schweinebauer natürlich zuvor eigenhändig gehackt. Zu jeder Jahreszeit könnte ich stundenlange Spaziergänge – ach was, Bergtouren! – unternehmen, unbehelligt von den Schweißfahnen joggender Großstädter.

Je länger ich darüber nachdachte, desto mehr wurde mir klar, dass ein Leben als Landwirtin geradezu ideal für mich wäre. Warum war ich nicht schon früher auf die Idee gekommen? Ich mochte frische Luft, ich liebte Tiere und ich war körperlich fit. Immerhin praktizierte ich regelmäßig Pilates.

Aber würde ich das Stadtleben nicht vermissen? Die Cafés, das Kino, die Schuhgeschäfte? Aber ein Café fand man sicher auch in Rosenheim oder Prien am Chiemsee. Ja, ich würde den Maschsee gegen den Chiemsee tauschen, ich würde dort leben, wo andere Menschen Urlaub machten. Was konnte es Schöneres geben?

›Was ist mit deinen Freunden?‹, hörte ich im Geist Britta sagen. Welche Freunde? Die Menagerie meiner Exfreunde? Geschenkt. Meine längst verheirateten Klassenkameradinnen, die zu Tode gelangweilt ihre Gärten und Affären pflegten? Diese Kaschmir-Weibchen, die mich zu ihren faden Pärchenfeiern einluden – *bring doch deinen Lebensabschnittsgefährten mit* – und mich einerseits bedauerten ob meines nachhaltigen Versagens auf dem Heiratsmarkt und meiner stets angespannten wirtschaftlichen Situation, mir andererseits aber klammheimlich meine Freiheit neideten? Nein, außer Britta, die gerade zum zweiten Mal geschieden war, würde ich niemanden vermissen. Und wozu gab es schließlich *Facebook*? So ein Hof hatte heutzutage doch wohl einen Internetanschluss, oder?

Ich verfasste einen Brief, handschriftlich und mit blassblauer Tinte, der verbindlich, aber nicht plumpvertraulich klang. Ich schilderte darin meine Begeisterung fürs Landleben, nicht ohne anklingen zu lassen, dass ich sehr wohl wüsste, dass das Leben einer Bäuerin von harter Arbeit geprägt sei. Ich vermied Fremdwörter. In dem Schreiben klang meine Sehnsucht nach einem Partner an, nicht aber meine Verzweiflung über den Scherbenhaufen meines Lebens. Es war eine gekonnte Mischung aus Liebesbrief und Bewerbungsschreiben. Schwafeln konnte ich ja, nicht umsonst war ich als Trauerrednerin recht gefragt. Vielleicht, so dachte ich, während die Worte aus meinem alten Pelikan flossen, waren die Menschen in Zeiten, als die Ehen noch von den Eltern arrangiert wurden, gar nicht so schlecht dran. Die Scheidungsrate seit Einführung der Liebesheiraten sprach ohnehin nicht gerade für diese. Vielleicht war es erfolgversprechender, die Sache pragmatisch anzugehen. Zudem pflegte meine Großmutter, die dreißig Jahre lang ein Eheinstitut geführt hatte, zu sagen: »Nach einem Jahr sieht es unter jeder Bettdecke gleich aus.«

Ich rief beim Sender an, um zu erfragen, wohin ich meinen Brief an Sebastian schicken konnte, und erfuhr, dass es ein Casting für die Sendung gab.

»Wie – Casting? Ich dachte, die Bauern suchen sich die Frauen aus den Zuschriften selber aus?«

Die Dame klärte mich auf, dass die Redaktion eine Vor-

auswahl träfe und erkundigte sich nach meiner Konfektionsgröße.

»Vier ... achtunddreißig«, stotterte ich perplex. Bestimmt
würde ich bis dahin noch abnehmen.

»Beruf?«

Jetzt wurde es schwierig. Den nutzlosen Zierrat meines
Doktortitels unterschlug ich hier wohl besser. Von dem konnte ich mir schon lange nichts mehr kaufen, außerdem hatte sie nicht nach meiner Ausbildung gefragt, sondern wollte
wissen, was ich aktuell machte. Als *Freelancer*, wie die Kaste
der verarmten Selbständigen auf gut Neudeutsch hieß, lebte
ich von allen möglichen und unmöglichen Gelegenheitsjobs.
Ich schrieb Artikel für Gartenmagazine (obwohl der »Garten« meiner Stadtwohnung aus zwei Geranienkästen auf dem
Balkon bestand), ich jobbte bei einem Callcenter und hielt
besagte Trauerreden bei Beerdigungen, ich verkaufte sonntags Brötchen in einer Bäckereifiliale, trug Zeitungen aus,
bewachte Kunstwerke in Museen ... Ich wollte gerade *Journalistin* angeben, wegen der Gartenmagazine, bremste mich
aber im letzten Augenblick. Bei einer Journalistin würden sie
befürchten, sie könnte hinterher heikle Interna ausplaudern.
Nein, hier war ein handfester Beruf gefragt, um mich nahtlos
zwischen die Kosmetikerinnen, Krankenschwestern, Fußpfle-
gerinnen und Bürokauffrauen der bisherigen Staffeln einzu-
reihen. Trauerrednerin klang zu traurig, der Rest zu armselig.
Inzwischen waren schon zwei, drei peinliche Sekunden ver-
strichen und mir fiel nichts Besseres ein als: »Webdesignerin.«

Der Dame aus der Redaktion gefiel das nicht so ganz. Offenbar war Webdesign kein Begriff, den zu verstehen sie ihrer
Klientel zutraute. Als das Wort *Computer* fiel, hakte sie sofort

ein, ganz glücklich war sie, und wir einigten und schließlich auf die Berufsbezeichnung *Computer-Spezialistin* mit Idioten-Bindestrich. Ab sofort war ich *die Computer-Spezialistin Claudia.*

Es kam, wie es kommen musste. Brittas Styling-Tipps befolgend – »Hast du was richtig Geschmackloses zum Anziehen? Da muss viel Schminke ins Gesicht. Und schmier dir Gel in die Haare, es muss aussehen wie der letzte Versuch.« –, überzeugte ich beim Casting und fand mich sechs Wochen später in einem Hotel am Niederrhein wieder.

Beim gemeinsamen Sektfrühstück scannte ich meine Mitbewerberinnen ab. Es war nichts Spektakuläres dabei, zumindest nicht im positiven Sinn. Ein paar junge Frauen, die reichlich Babyspeck auf den Hüften hatten, lederhäutige Raucherinnen und Solarium-Junkies. Die Frisuren! Ich stellte mir meine Konkurrentinnen vor, wie sie zu ihren Frisörinnen sagten: »Mach mal was ganz Besonderes, was Freches!« Das Ergebnis waren asymmetrische Schnitte und Haarfarben, wie sie in der Natur nicht vorkamen, dazu jede Menge knallbunter Strähnchen.

Nach dem Frühstück schlüpfte ich in einen Jeansrock von *H & M*, ein nie getragener Fehlkauf, und zwängte mich in eine schwarze Korsage, die tief blicken ließ. Dann ging es in die Maske. Das durfte man wörtlich nehmen, wie ich hinterher feststellte, als ich mich kaum noch im Spiegel erkannte. Ein Bus brachte uns zum Drehort *Scheune*, wo uns ein Setting erwartete, das an einen Lederhosen-Softporno aus den Siebzigern erinnerte. Es wimmelte vor Kameraleuten und Technikern, auch die Moderatorin war schon da und begrüßte uns. Nur brünstige Landwirte waren weit und breit keine zu sehen.

Dreimal mussten wir die Szene *Einlauf der Kandidatinnen* proben. Die Hitze der Scheinwerfer brachte selbst die dickste Make-up-Schicht zum Schmelzen. Bald glänzten wir alle wie rosige Ferkel. Meine direkte Konkurrentin um die Gunst des *schüchternen Schweinebauern Sebastian* war Gisela. *Die zweiundvierzigjährige Erzieherin Gisela* war eins sechzig groß und trug ihr kurzes Haar blond gesträhnt. Sie hatte ein hübsches, fast faltenloses Gesicht, wie es Frauen ihrer Konfektionsgröße häufig vorweisen können. Etwas Mütterliches ging von ihr aus, obwohl sie sich mit weit aufgeknöpfter weißer Puffärmel-Bluse und einem puffroten Samtband um den kurzen Hals bemühte, auf eine brave Art sexy zu wirken. Natürlich hatte sie künstliche Fingernägel, blau lackiert und mit kleinen Glitzersteinchen drauf, und ihre kurzen Wurstfingerchen umkrallten schon das dritte Sektglas, als es endlich hieß, wir sollten uns bereit machen. Es war so weit. Wie eine Herde Schafe wurden wir in ein Nebenzimmer gepfercht. Der Geruch nach Schweiß und billigem Parfum raubte mir den Atem. Viel schlimmer kann es in einem Schweinestall auch nicht werden, dachte ich. Im Gänsemarsch kamen wir heraus, während die Band *Rote Rosen* intonierte. Und da standen sie nun, die heiratswilligen Landwirte. Einige hatten Tracht angelegt, andere waren in Jeans und kariertem Hemd erschienen. Auch hier gab es etliche Übergewichtige, und einer hatte ein Gesicht, das so lila war wie eine Kardinalsrobe. Sebastian war der Attraktivste von allen. Er trug knielange Lederhosen, der oberste Knopf des weißen Hemdes stand lässig offen, ein Walkjanker mit Knöpfen aus Hirschhorn hing ihm über der

Schulter. Hätte ich lieber ein Dirndl anziehen sollen, so wie die Moderatorin?

Gisela und ich wurden Sebastian vorgestellt. Zwei Kameras fingen die Begegnung ein, was ich zu ignorieren versuchte. Seine Begrüßung bestand aus einem schüchternen »Servus«, aber er hatte einen Händedruck wie eine Rohrzange. Ich lächelte ihn strahlend an, es kam von Herzen. Es war nicht so, dass ich bei seinem Anblick vor Leidenschaft erglühte, aber er löste irgendetwas in mir aus, ein ruhiges, freundliches Wohlgefühl. Geborgenheit, ja, das war es. Sebastian war ein Mann, bei dem man sich sicher und aufgehoben fühlen konnte.

Wir setzten uns zu dritt an einen runden Tisch, und Gisela und ich bestritten eine verkrampfte Unterhaltung. Sebastian gab sich wortkarg, was möglicherweise eine weit verbreitete Eigenschaft in seiner Berufsgruppe sein mochte. Nun, das musste kein Nachteil sein. Von akademischen Schwätzern hatte ich inzwischen genug. Auch unser »Einzelgespräch«, das vor laufender Kamera auf einer blumenumrankten Bank vor der Scheune stattfand, bestritt fast nur ich. Immerhin erfuhr ich, dass sich sein Hof in einem Ort namens Höslwang befand, wo er eine Ferkelzucht betrieb. Die Tiere wurden von ihm hochgepäppelt und dann zum Mästen an einen anderen Betrieb weitergegeben.

Ich verstand nicht alles, was er sagte, denn sein Dialekt war deutlich stärker als der der *Rosenheim-Cops*, deren Reden ich immer gut folgen konnte. Allein das Wort »Höslwang« klang bei ihm wie ein Furz in der Badewanne, und ich musste mir den Ortsnamen buchstabieren lassen. Davon abgesehen merkte Sebastian nichts von meinen Problemen mit dem oberbayerischen Idiom, denn natürlich hatte ich mich im Internet längst schlau gemacht und wusste so ziemlich alles über Schweinezucht. (Dass ich seither kein Schweinefleisch mehr anrührte, gehört jetzt nicht hierher.) Deshalb konnte ich auch ein paar spezifische Fragen stellen, was ihm sichtlich imponierte. Es war der alte Trick: Ein Mann findet eine Frau dann interessant, wenn sie ihn und seinen Beruf interessant findet.

Er lächelte und nannte mich »a gscheit's Madl«. Wenn er lächelte, war er wirklich süß.

Nach dem Gespräch legten wir einen holprigen Diskofox aufs Parkett, und ich sah mich schon im weißen Kleid vor einer barocken Zwiebelkirche stehen, die freiwillige Feuerwehr steht Spalier, Kinder streuen Blumen …

Meine Überheblichkeit rächte sich kurz darauf. Zu dritt wurden wir auf das Bänkchen gebeten und Sebastian sollte vor der Kamera verkünden, wer von uns beiden für eine Woche zu ihm auf den Hof ziehen durfte. Und was tat dieser Mistkerl, dieser Gockel, dieser Macho? Er entschied sich dafür, sich noch nicht zu entscheiden. Er wollte uns beide mitnehmen. Am liebsten wäre ich aufgestanden und hätte das Handtuch geworfen, aber ich beherrschte mich – immerhin musste ich damit rechnen, dass bald ein Millionenpublikum diese Szene zu sehen bekäme. Contenance, sagte ich mir und lächelte. Ja, log ich strahlend, ich würde mich auf die Hofwoche zu dritt in Höslwang schon tierisch freuen.

Die Absage würden sie schriftlich erhalten.

»Absagen? Spinnst du? Das kommt gar nicht in Frage. Du bist klug, siehst klasse aus, hast Erfahrung, du wirst doch nicht vor so einem drallen grauen Mäuschen kapitulieren?« Britta redete auf mich ein wie auf ein lahmes Pferd. »Bist du nun an Sebastian interessiert oder nicht?«

»Ich weiß es nicht«, jammerte ich. »Das war bis jetzt alles so verkrampft, mit den ganzen Kameras.«

»Egal. Kämpf gefälligst! Hinterher kannst du immer noch entscheiden, was du tust. Aber erst muss der Feind in die Flucht geschlagen werden.«

Ich sagte also nicht ab, sondern fuhr eine Woche später, es war Anfang Juli, frühmorgens mit der Bahn von Hannover in den Chiemgau. Der dem Ort Höslwang am nächsten gelegene Bahnhof hieß Bad Endorf, die Fahrt dorthin dauerte fast sechs Stunden. Ich war aufgeregt.

»Sei einfach du selbst, dann klappt das schon«, hatte mich Britta, die am liebsten mitgekommen wäre, noch am Bahnsteig ermuntert. »Und wenn nicht, betrachte es als Sozialstudie.«

In der größten Nachmittagshitze traf ich ein. Mein Blick fiel auf Wiesen, Berge und ein Kamerateam, das mich am Bahnsteig erwartete. Auch Gisela war schon da, und eine Menge Schaulustiger hatte sich eingefunden, wie immer, wenn irgendwo eine Fernsehkamera auftaucht. Die Begrüßungsszene mussten Sebastian und ich dreimal nachstellen, ehe der Regisseur, ein schnauzbärtiger Leptosom mit unangenehmer Stimme und einer umgedrehten Baseballmütze auf dem kahl rasierten Schädel, damit einverstanden war.

»Ihr könnt euch doch nicht nur die Flosse geben, Leute, ick brauch mehr *Emouschen*, mehr *Schnulli!*«, berlinerte er missmutig und schnalzte bei *Schnulli* unangenehm mit den Fingern. Was verlangte dieser Typ, dass ich mich vor der ganzen Nation einem Kerl, den ich kaum kannte, an den Hals warf wie weiland Jane ihrem Tarzan? Gisela verfolgte das Ganze schmunzelnd und ich fragte mich, ob sie wohl mehr *Schnulli* gezeigt hatte. Offensichtlich hatte sie bereits ihre Stallklamotten an: Jeans, Retro-Sneakers und eine rot karierte Bluse. Mit dieser Kleidung harmonierte sie mit Sebastian, der ebenfalls in Jeans und kariertem Hemd erschienen war. Ohne das grelle Make-up von der *Heuparty* sah Gisela deutlich besser aus, das musste ich leider zugeben. Sie sah aus wie eine Bäuerin. Ich dagegen, in meinen Sandaletten und dem knappen Sommerkleid von *Custo*, wirkte eher wie eine Touristin, die den falschen Zug erwischt hatte.

Mit einem monströsen Trecker kutschierte Sebastian Gisela und mich aus dem Ort hinaus, dann ging es vorbei an Feldern und Wiesen über die Landstraße durch winzige, dösende Dörfer: Teisenham, Arxtham, Almertsham … Im Hintergrund erhob sich malerisch eine eindrucksvolle Bergkette vor einem blauen Sommerhimmel.

»Do hint', do seht's die Kampmwand«, erklärte Sebastian über das Rattern des Treckers hinweg.

Höslwang: Zwiebelturmkirche, Raiffeisenbank, Edeka. Ein Schild wies zu einem Golfplatz, aber wir fuhren noch weiter, unser Ziel hieß Unterhöslwang.

»Do sammer«, meinte Sebastian schließlich und sprang federnd vom *Fendt*.

Out of Unterhöslwang, ging es mir durch den Kopf.

Ein paar Claqueure hatten sich eingefunden, rotnackig und schwitzend trotzten sie der Julihitze. Der Blumenschmuck hing vom Trecker wie welker Salat. Bestimmt würden sie im Schneideraum diese Szene später, ganz originell, mit *Resi, i hol di mit meim Traktor ab* untermalen.

Der Hof befand sich am Rand der Zwölfhundert-Seelen-Ortschaft, das geduckte Gebäude mit dem schweren Holzbalkon kannte ich bereits von der Auftaktsendung. Was neu war, war der süßlich-dumpfe Schweinegeruch, der über dem Anwesen waberte. Daran gewöhnt man sich, sagte ich mir wie ein Mantra. Ansonsten war ich nicht enttäuscht. Mit Fensterläden, ein paar Geranien am Balkon und ein paar Blumenkübeln vor dem Eingang ließe sich sicherlich was Hübsches aus dem Wohnhaus zaubern. So, wie es jetzt war, wirkte es zwar ordentlich, aber auch recht nüchtern. Hier fehlte ganz klar die verspielte, kreative Hand einer Gartenmagazin-Autorin.

Dieses Mal hatte ich beschlossen, gleich von Anfang an ausreichend *Schnulli* zu zeigen. Kaum vom Traktor geklettert fiel ich dem Paar, das ich für Sebastians Eltern hielt, um den Hals. Darüber, dass es lediglich die neugierigen Nachbarn waren und Sebastians Eltern mit einem zweiten Kamerateam in der Küche warteten, klärte mich der Regisseur erst hinterher grinsend auf. »Trotzdem, geile Szene, behalten wa«, meinte er, und ich hörte schon im Geist die Stimme der Kommentatorin: *Die Computer-Spezialistin Claudia wird auf dem Hof von den Nachbarn herzlich begrüßt …*

Meine künftigen Schwiegereltern waren so, wie man sich bayerische Bauern vorstellt: Er, in Lederhosen, kräftig und rotwangig, ein älteres Abbild seines Sohnes, sie, im Festtagsdirndl, klein und rundlich. So würde Gisela in zwanzig Jahren aussehen, dachte ich gehässig. Das Elternpaar bemühte sich, seine Sympathien, so es denn welche empfand, gleichermaßen auf Gisela und mich zu verteilen, aber ich spürte gleich, dass es zwischen Gisela und der Mutter eine gemeinsame

Wellenlänge gab. Pluspunkt für sie. Allerdings hatte ich den Eindruck, dass der Jungbauer selbst mich öfter anlächelte als Gisela – und auf ihn kam es ja schließlich an.

Es gab Erdbeerkuchen und Kaffee. Die Unterhaltung war etwas gezwungen, keiner von uns war an Kameras gewöhnt und der Dialekt des Elternpaares war mörderisch. Dennoch erfuhren wir, dass die beiden nicht hier wohnten, sondern im Dorf, also zweihundert Meter entfernt. Der Vater kam morgens und abends, um beim Füttern und Ausmisten zu helfen, dafür ging Sebastian zum Mittagessen zu Muttern, und manchmal auch zum Abendbrot.

»Aber i wär' dodfroh, wenn d'r Baschtl amol a Frau hätt', dann breicht i nimmer jeden Mittag z'koche«, sagte sie zu Gisela.

»Ja, un' was isch dann mit mir?«, protestierte der Vater nur scheinbar im Scherz. Dreißig Jahre Frauenbewegung waren an diesem Landstrich offenbar völlig spurlos vorübergegangen, hier war die Rollenverteilung noch glasklar definiert.

Sebastian führte uns eine Treppe hinauf und zeigte uns die Zimmer. Wir hatten die Wahl zwischen einem großen, ziemlich kahlen Raum im ersten Stock und einer Dachkammer, die über eine ausklappbare Treppe zu erreichen war. Wir zogen Streichhölzchen. Ich durfte wählen und nahm die Dachkammer. Sebastian, ganz Gentleman, schaffte meine Tasche nach oben, ich kraxelte hinterher, verfolgt vom Kameramann. Der kleine Raum war mit Fichtenholzpanelen ausgekleidet, das Muster der Bettwäsche stammte aus den Siebzigern, ebenso die Möbel. Auf dem Kopfkissen lag ein abgewetzter Teddybär. Ich konnte Teddybären nicht ausstehen.

»Wie süß«, flötete ich und Sebastian erklärte, dass das sein

Lieblingsteddy sei. Offenbar lauerten also irgendwo im Haus noch mehr davon.

Die Dachkammer erwies sich als Fehlentscheidung. Dort oben war es brüllend heiß, am Fenster surrten Fliegen. Die, die nicht mehr surrten, klebten an einem Leimstreifen, der sich spiralförmig von der Decke ringelte. Der Kameramann stieß sich den Kopf an der Schräge an und fluchte. Irgendwo krähte ein Hahn.

»Warm hier«, entschlüpfte es mir.

»Scho'«, sagte Sebastian. Dann stiegen wir die Treppe wieder hinunter. Das Bad war ein Alptraum in türkis. Hier würde man einiges ändern müssen, das konnte sich leicht zur Lebensaufgabe auswachsen, erkannte ich.

Nach dem Auspacken zeigte uns Sebastian den Hof. Es wurden Aufnahmen gemacht, wie Gisela und ich kleine Kätzchen streichelten und Ferkeln die Ohren kraulten.

Es war Futterzeit, wir betraten den Stall. Der Gestank traf mich wie eine Faust in den Magen. Es war, als liefe ich gegen eine unsichtbare Wand. Trotz der UV-Lampen, die die Fliegen anlockten und mit einem brutzelnden Geräusch töteten, waren sie in Schwärmen vorhanden. Ich wagte kaum, den Mund zu öffnen. Am schlimmsten aber war das ohrenbetäubende hysterische Geschrei, das die Tiere von sich gaben, sobald Sebastian und sein Vater mit den Eimern, in denen eine zähe, graubraune Brühe schwappte, den Stall betraten. Es kehrte erst Ruhe ein, als alle die Rüssel in die Tröge steckten und schmatzten.

Die drei Zuchteber, Sebastians ganzer Stolz, wurden gefilmt: riesige Tiere mit kleinen, listigen Äuglein und einem Gebiss, mächtiger als das eines Schäferhundes. Ich fand sie beängstigend und war froh, dass Sebastian sie in ihren Einzelboxen ließ. Die Zuchtsauen dagegen, die, eingepfercht zwischen zwei Metallbügeln, zur Regungslosigkeit verdammt im Stall standen, blieben der Kamera verborgen, ebenso wie das tote Ferkel, das man bei der Abendfütterung entdeckte. Schließlich war *Landwirt sucht Liebste* keine Dokumentation über die Produktionsbedingungen unserer Nahrung, sondern eine Wohlfühlsendung. Man wollte eine freundliche Welt zeigen, keine gequälten Kreaturen.

Was man hingegen drehte, war das Waschen der Schweine. Dazu kamen sie in einen großen, betonierten Pferch gleich neben dem Misthaufen und wurden mit einem Wasserschlauch abgeduscht. Das schienen sie zu mögen. Gisela und ich durften abwechselnd mit dem Schlauch die Schweine abspritzen und laut Regieanweisung sollte das Ganze in eine lustige Wasserschlacht zwischen Sebastian, Gisela und mir ausarten. Ich verabscheue es, mit kaltem Wasser angespritzt zu werden, aber vor der Kamera quietschte ich vor Vergnügen mit den Ferkeln um die Wette. Frisur und Make-up konnte man danach natürlich vergessen. Meine Verbauerung hatte begonnen.

Alle Kandidatinnen hatten einen Vertrag unterschrieben, in dem sie sich neben Stillschweigen über die Dreharbeiten auch verpflichteten, mindestens drei Tage auf dem jeweiligen Hof zu verweilen, es sei denn, es käme seitens der Gastfamilie zu groben Verstößen hinsichtlich Sittlichkeit oder Hygiene. Nach der Stallbegehung hatte ich nicht nur ein gestörtes Verhältnis zu Fliegen, sondern auch so starke Kopfschmerzen, dass ich mit dem Gedanken liebäugelte, übermorgen freiwillig die Segel zu streichen. Sollte doch Gisela ihr Leben im Gestank verbringen, ich war damit überfordert.

Doch dann wurde alles anders. Ich lernte Joschi kennen. Er stand auf der Obstwiese hinter dem Haus und kam neugierig näher, als unser Trupp vor dem Bretterzaun Aufstellung nahm. Joschi und ich sahen uns an. Er hatte die sanftesten Augen, in die ich jemals geschaut hatte, hoffnungslos verloren versank ich darin. Es war Liebe auf den ersten Blick. Ich vergaß die Kameras, vergaß den Rest der Welt und überkletterte den Zaun. Endlich bekam der Regisseur *Schnulli* im Übermaß geboten. Wie das Liebespaar in der Schlussszene eines Pilcher-Filmes rannten Joschi und ich aufeinander zu, ungeachtet Sebastians Warnung, der Esel sei »a weng a Wuider«. Das Tier bremste vor mir scharf ab, seine weiche Nase stupste gegen meine, lachend legte ich ihm die Arme um den Hals. Ich spürte seine Wärme und das Spiel seiner Muskeln unter dem Fell. Es war silbergrau, weich wie Seide und verströmte einen wunderbaren, sanften Tierduft. Seine grauen Ohren, weiß gerändert, ragten frech in die Höhe, es waren die schönsten Ohren, die die Welt je gesehen hatte. Die Beine zierten dunkle Zebrastreifen und entlang seiner Wirbelsäule lief ein aparter schwarzer Streifen durch sein Silberfell. Ich konnte nicht aufhören, ihn zu streicheln, und konnte mich nicht satt sehen an der Eleganz seiner Bewegungen, als er übermütig zwischen den Apfelbäumen herumsprang, auskeilte und dazu ein fröhliches Wiehern hören ließ.

Sebastian hielt Joschi, der angeblich Karotten und Marshmallows liebte »bloß zur Gaudi«, wie er es formulierte. Joschi war ein dreijähriger Provence-Esel mit einem Stockmaß von 130 Zentimetern. Solche Esel, erklärte mir Sebastian, würden seit Jahrhunderten in der Provence als Begleiter der Schäfer eingesetzt.

Um in Joschis Nähe zu sein, schlug ich vor, am Abend neben der Obstwiese zu grillen. Eine Idee, die das Kamerateam begeistert aufnahm. Mit Todesverachtung und immer die eingezwängte Zuchtsau vor Augen würgte ich sogar ein Nackenkotelett hinunter, während Joschi am Zaun stand und uns zusah. Ich blinzelte verstohlen zu ihm hinüber und verspürte den dringenden Wunsch, mich nie mehr von Joschi zu trennen, bis dass der Tod uns scheidet. Der Tod? »Wie alt werden eigentlich Esel?«, fragte ich Sebastian mit bangem Unterton.

»So dreiß'g, vierz'g Joahr ko so a Viech scho' wear'n«, wusste er. Ich bemerkte hoch erfreut, dass sich das in etwa mit meiner Lebenserwartung decken würde und Sebastian lachte ein bisschen irritiert.

Am Tag zwei der Hofwoche war ich schon um fünf Uhr auf den Beinen, denn in meiner Dachkammer wurde es nach Sonnenaufgang sofort unerträglich heiß, und auch die Fliegen ließen einen nicht länger in Ruhe. Ich schlich zur Obstwiese. Joschi döste im Stehen unter einem Apfelbaum. Offenbar war er kein Frühaufsteher. Mein Herz machte dennoch einen Sprung, als er bei meinem Anblick kurz mit den Ohren wackelte. Vielleicht hatte er aber auch nur ein paar Fliegen verjagt. Ich warf ihm eine Kusshand zu und ging zurück ins Haus. In der Küche traf ich Sebastian, der Kaffee kochte und fragte, wie ich geschlafen hätte.

»Wunderbar«, log ich und er setzte mich darüber in Kenntnis, dass das Kamerateam als Nächstes Gisela und mich beim Schweinefüttern filmen wollte.

Das wusste ich allerdings schon, und ich hätte es spätestens jetzt erfahren, als *Erzieherin Gisela* in einer olivgrünen Latzhose und mit rosa Gummistiefeln in der Küche erschien und aufgesetzt fröhlich »einen wunderschönen guten Morgen allerseits« brüllte, als hätte sie einen Haufen Gören vor sich.

Die Fütterung der Schweine, die normalerweise zwischen sechs und sieben Uhr anstand, verzögerte sich, weil das Kamerateam, das in Rosenheim Quartier genommen hatte, im Stau stand. Vergeblich hoffte ich, dass wir ganz drum herum kämen. Aber um acht Uhr – wir hatten zwischenzeitlich gefrühstückt, und ich hatte Joschi ein Pfund Möhren vorbeigebracht – trafen sie endlich ein.

Erneut machten mir Gestank, Lärm und das Fliegenproblem schwer zu schaffen, aber ich hielt tapfer durch. Nach der Fütterung eilte ich zurück ins Haus. Heute sollte jede von uns beiden Kandidatinnen Gelegenheit bekommen, ein paar Stunden mit Sebastian alleine zu verbringen. Gisela war am Vormittag an der Reihe, um zehn Uhr sollte es losgehen. Ich belegte das türkise Bad über eine Stunde lang und ließ mir immer mehr Zeit, je heftiger Gisela an die Tür hämmerte. Die Zeit der Höflichkeit und Rücksichtnahme war, was mich betraf, nämlich vorbei. Ab sofort wurde hier ums Überleben gekämpft.

Sebastian brachte der noch immer erbosten und nach Stall riechenden Gisela das Treckerfahren bei. Sie stellte sich aber nicht besonders geschickt an, im Gegenteil. Als sie herunterstieg, war sie den Tränen nahe und warf mir einen wütenden Blick zu. Danach stand ein Spaziergang an. Das Kamerateam rückte zusammen mit den beiden ab, ich war endlich allein auf dem Hof.

Natürlich verbrachte ich jede Sekunde davon mit Joschi. Ich striegelte sein Fell mit Giselas Haarbürste, was er offenbar sehr genoss. Dabei schmiedete ich Pläne für unser gemeinsames Leben. Für Joschi würde sich ja nicht viel ändern, für mich schon. Egal. Das Leben auf diesem Hof erschien mir plötzlich als das Erstrebenswerteste, das es in meinem Leben je gegeben hatte. Ich telefonierte mit Britta.

»Und? Wie läuft es?«

»Also mit den Schweinen hattest du Recht, die stinken barbarisch. Aber hier gibt es einen Esel, er heißt Joschi, der ist so was von süß …«

»Wie läuft es mit dem Bauern?«, unterbrach mich meine Freundin unwirsch.

»Auch gut. Heute Nachmittag fahre ich mit ihm allein an den Chiemsee zu einer Ruderpartie.«

»Super! Das ist die Gelegenheit! Am besten bläst du ihm ordentlich einen.«

»Vor laufender Kamera? Bist du verrückt?« Das wäre wohl selbst dem Regisseur zu viel *Schnulli*.

»Du hast doch gesagt, ihr wärt allein auf dem See.«

»Allein mit einem Kamerateam«, erklärte ich.

»Ach so. Dann lieber nicht. Dann musst du dich eben nachts auf sein Zimmer schleichen, oder stehen da auch Kameras?«

»Nein, das ist hier nicht der *Big Brother*-Container. Aber das werde ich nicht tun, wir sind doch nicht im Schullandheim.«

»Hör mal, der Typ hatte bestimmt zum letzten Mal Sex, als es noch die D-Mark gab. Dem kochen doch schon längst die Eier, mit zwei Frauen auf seinem Hof.

Der nimmt die, mit der er als Erstes guten Sex hat, ganz egal, ob sie Trecker fahren und Schweine füttern kann oder nicht. So funktionieren Kerle nun mal, glaub einem alten Schlachtross wie mir.«

Nachdenklich legte ich auf. Nein, ich durfte Britta nichts von Joschi erzählen. Sie würde dieses reine, unschuldige, tiefe Gefühl, das ich für ihn empfand, nicht nur nicht verstehen, sondern es womöglich sogar noch in den Schmutz ziehen. Joschi musste mein Geheimnis bleiben. *Nichts ist so süß, nichts brennt so heiß, wie heimliche Liebe, von der niemand nichts weiß …*

Sebastian und Gisela kamen vom Spaziergang zurück, und Gisela verschwand sofort nach oben und im Bad, während unten gedreht wurde, wie ich Sebastians Mutter beim Kochen half. Beim gemeinsamen Essen in der großen Küche versuchte ich in den Mienen von Sebastian und Gisela zu lesen, ob sie sich näher gekommen waren, aber Sebastian konzentrierte sich voll und ganz auf Mutters Schweinebraten und Gisela machte auf Pokerface. Nur einmal schickte sie ein abfälliges Lächeln über den Tisch, als ich die zweite Scheibe Braten vehement ablehnte.

Zum See waren es über zwanzig Kilometer, die wir in Sebastians VW-Golf zurücklegten. Zur Ruderpartie trug ich ein weites, meerblaues Sommerkleid, in dem ich mich malerisch im Heck des Bootes drapierte. Jahrelang erprobt im Geschlechterkampf zog ich alle Register: Ich warf die Haare zurück, legte den Kopf zur Seite, um ihm meinen bloßen Hals darzubieten, schöpfte Wasser aus dem Chiemsee und ließ es aus meiner Hand in mein Dekolleté träufeln … Der

Kameramann im Nachbarboot war begeistert: »Hey, du bist ja richtig sexy, *babe*!«

Mein Bauer hatte als »Überraschung« eine Flasche Sekt und zwei Gläser dabei. Im schwankenden Boot rückten wir zusammen und stießen an. Es war das erste Mal, dass ich einen Mann küsste und mir dabei ein Kameraobjektiv im Nacken saß, aber ich tat, als würde mich das nicht stören. Nach dem Kuss – eher ein braves, scheues Küsschen – lächelte Sebastian verlegen und ruderte, was das Zeug hielt, während ich überlegte, welche Schnulze sie wohl hinter diese Szene auf die Tonspur legen würden.

Gisela half freiwillig bei der Abendfütterung, während ich mich angeboten hatte zu kochen. Mit dem Handy und Brittas Instruktionen am Ohr zauberte ich ihr Spezialgericht *Zitronenhuhn*. Spätestens als Sebastian meine Kochkünste lobte, musste Gisela gemerkt haben, dass ihre Felle davonschwammen. Sie war jedenfalls sehr ruhig an dem Abend, den wir Schafkopf spielend verbrachten. Kurz vor elf gingen wir zu Bett.

Auf meinem Kopfkissen lag anstatt des Bären, den ich in den Kleiderschrank mit der Bauernmalerei an den Türen verbannt hatte, ein Zettel: *Komm um zwölf Uhr hinter den Stall. S.* Die Nachricht war mit einem Herzchen umrahmt. Wie niedlich. Und wie unmissverständlich. Offenbar hatte Britta recht, der Bauer wollte nicht die Katze im Sack kaufen. Nun denn.

Pünktlich um Mitternacht zog ich eine dünne Jacke über mein weißes Spitzennachthemd, stieg vorsichtig die beiden Treppen hinunter und huschte über den Hof. Es hätte stimmungsvollere Orte gegeben als die Wand hinter dem Schweinestall, aber immerhin konnte man diesen Platz vom Wohnhaus aus nicht einsehen. Der Hof lag im Dunkeln, alles war still. Der Vollmond kletterte übers Hausdach und versilberte die Landschaft. Das konnte ja noch romantisch werden, dachte ich mit gemischten Gefühlen. Da war ein Geräusch. Die hintere Stalltür öffnete sich langsam, aber heraus kam nicht mein liebestrunkener Landmann, sondern Gisela. Ehe ich wusste, wie mir geschah, hatte ich die drei Zinken einer Mistgabel dicht vor meinen Augen, dahinter sah ich Giselas hasserfülltes Gesicht. »Glaubst du«, zischte sie, »glaubst du, ich sehe tatenlos zu, wie du mir den Bastl wegnimmst?«

»Ich nehme ihn *dir* nicht weg, es ist seine Entscheidung. Und die ist noch gar nicht gefallen«, versuchte ich die Rasende zu beruhigen. »Bitte, nimm das Ding weg, das ist gefährlich.«

»Das ist gefährlich«, äffte sie mich nach. »Jetzt hör mir mal gut zu, Frau Doktor …«

Woher wusste sie denn das? Hatte sie mich gegoogelt?

»… für dich mag das nur ein Spielchen sein, aber für mich ist das bitterer Ernst. Ich bin zweiundvierzig und geschieden, und ich habe es gründlich satt, für einen Hungerlohn anderer Leute Gören den Rotz abzuwischen. Ich habe es satt, Typen aus dem Internet zu treffen, die zwar vögeln, aber nicht heiraten wollen, und ich möchte jetzt endlich einen vernünftigen Kerl abkriegen, einen, der nicht säuft, mich nicht verprügelt und nicht in der Gegend herumhurt. Ich will endlich eine Familie haben! Diese Chance lasse ich mir von dir nicht vermasseln, nur weil du dünner bist und schlauer daherreden kannst.«

»Aber so sind nun mal die Regeln, du blöde Kuh«, antwortete ich. Es ist schwierig, sachlich zu bleiben, wenn man mit einer Mistgabel bedroht wird.

»Scheiß auf die Regeln«, kreischte Gisela.

Nun wurde ich wütend. »Du denkst, du hast das Unglück gepachtet, ja? Glaubst du, ich bin besser dran als du? Mein Doktortitel, ha! Der füllt mir auch nicht den Kühlschrank. Ich hangele mich von einem Job zum anderen, du hast wenigstens eine feste Anstellung. Und was die Kerle betrifft – glaub nur nicht, dass die für mich auf den Bäumen wachsen. Auch ich habe keine Lust mehr auf beschissene Ü-30-Partys oder Blinddates mit verkorksten Losern und erst recht nicht auf Beziehungsgespräche mit irgendwelchen Neurotikern. Denkst du, ich mache mich vor der ganzen Nation zum Affen, wenn ich es nicht ebenso ernst meinte wie du?«

Sie schien einen Moment nachzudenken, dann sagte sie bedrohlich ruhig. »Tja, dein Problem. Geh jetzt da rein!« Mit der Mistgabel drängte sie mich durch die noch offen stehende Stalltür. Drinnen herrschte ein rötliches Dämmerlicht. Ein paar Tiere grunzten erschrocken.

»Was hast du vor?«

Sie antwortete nicht, aber ich kapierte auch so, was sie wollte, denn sie trieb mich mit der Gabel bis vor die Boxen der Eber.

»Morgen früh ist von dir nicht mehr viel übrig«, sagte sie mit kalter Stimme. »Schweine fressen alles. Hat mir der Bastl erzählt. Sogar ihre eigenen Artgenossen. Und natürlich auch Leichen.«

Ich geriet in Panik und begann aus Leibeskräften zu brüllen. Das machte nicht nur die Schweine, sondern auch Gisela verrückt. Sie holte aus und stach zu. Ich war blitzschnell ausgewichen, aber eine der Gabelzinken hatte sich in meinem Nachthemd verfangen und den Stoff am Holz der Schweinebox festgenagelt.

»Du verdammtes Miststück, jetzt bist du fällig«, keuchte sie. Während ich verzweifelt am Nachthemd zerrte, zog sie die Gabel mit einem Ruck wieder heraus, um mich damit aufzuspießen wie ein Spanferkel. Doch ich bekam die äußeren Zinken zu fassen und versuchte nun, meiner Widersacherin ihr Mordinstrument zu entreißen. Diese hielt den Stiel fest umklammert und versuchte ihrerseits, die Zinken aus meinem Griff zu lösen. Ein Kampf auf Leben und Tod entbrannte, während die Schweine schrien, als wollte man sie abstechen. Plötzlich ging das Licht an. Sebastian stürzte herein, sah uns um die Gabel rangeln und begriff sofort, was los war. Er sprang zwischen uns. Ich ließ die Gabel los und floh den Gang hinunter. Ein Schrei ließ mich erstarren. Er kam nicht von den Schweinen, sondern von Sebastian. Er stand da und blickte voller Erstaunen auf seinen Bauch, in dem die Mistgabel tief, sehr tief steckte. Vor ihm presste Gisela entsetzt ihre Hände auf den Mund. Dann wandte sie langsam den Kopf und sah mich an, die Augen schmal wie Messerrücken. Ich rannte um mein Leben: durch den Gang zwischen den Boxen bis zur Vordertür des Stalls, dann hinaus, über den Hof, ins Haus. Mit fliegenden Händen verriegelte ich die Haustür hinter mir, denn man konnte ja nicht wissen, wie weit Gisela in ihrem Furor noch gehen würde. Dann wählte ich die 112 und wartete in Todesangst auf das Eintreffen der Polizei. Durchs Fenster meiner Kammer konnte ich beobachten, wie Gisela mit langen Schritten über den Hof kam. Sie hielt eine Axt in der Hand.

Dumpf hallten die Axthiebe durch die Nacht, mit denen sie die Haustür zertrümmerte. Ich hörte sie die Treppe hinauf stampfen, dann zersplitterte die Badezimmertür unter ihren wütenden Hieben. Ich hatte im Bad das Licht angeknipst und die Tür von außen verschlossen, um sie in die Irre zu führen und dadurch Zeit zu gewinnen. Eine gute Idee, denn gerade, als die Wohlfühl-Doku in einen Splatterstreifen umzukippen drohte, traf die Polizei ein.

Sebastian überlebte die Attacke und heiratete ein halbes Jahr später eine Bauerntochter aus der Nachbarschaft.

Gisela bekam drei Jahre.

Unsere angebrochene Hofwoche wurde übrigens nicht gesendet.

Sebastian schenkte mir Joschi, nachdem ich ihm am Krankenbett gestanden hatte, wie sehr ich an dem Tier hing.

Momentan leben wir etwas beengt in meiner Zwei-Zimmer-Wohnung in der Südstadt. Joschi hat das Schlafzimmer mit Zugang zum Balkon. Ich führe ihn dreimal täglich in der Eilenriede, Hannovers großem Stadtwald, spazieren, wir sind schon eine kleine Attraktion. Mein Vermieter hat mir gekündigt, nachdem er von Joschi erfahren hat, doch in drei Wochen wird ein Häuschen in Halfing frei, der Nachbargemeinde von Höslwang. Mit einem Garten und einer Obstwiese für Joschi. Dorthin werden wir umziehen.

Ach, hätte ich nur schon früher gewusst, wie glücklich und unkompliziert das Leben mit einem Esel ist, ich hätte mir eine Menge Ärger mit Kerlen ersparen können.

Liebe Frau Augustin

Liebe Frau Augustin,

ich wollte Ihnen schon lange sagen, wie gerne ich Ihre Seite lese. Sobald mir meine Nachbarin das ausgelesene Heft vor die Tür legt, suche ich als Erstes nach *Fragen Sie Frau Augustin*. Sie nehmen die Probleme der Menschen ernst und haben auch mir schon oft geholfen. Zum Beispiel das mit dem Selbstbewusstsein zeigen und dass man sich als dicker Mensch nicht vor der Welt verstecken soll, das habe ich mir eingeprägt. Ist aber nicht immer leicht, das kann ich Ihnen sagen. Früher habe ich mich im Café Mozart in die hinterste Nische gesetzt und meinen Kuchen möglichst rasch gegessen. Jetzt setze ich mich immer an einen Fenstertisch, wo mich die anderen Gäste sehen können. Ihre Blicke verraten, was sie denken: Typisch! Die fettesten Weiber müssen die fettesten Torten in sich hineinschaufeln. Kein Wunder …

Die können ja nicht wissen, dass ich dafür das Abendessen ausfallen lasse und die Treppe zu meiner Wohnung im achten Stock zu Fuß rauflaufe. Woher kommt dieser Hass auf die Dicken? Befürchten die Dünnen, dass wir ihnen was wegfressen? Ist das so eine unbewusste Angst, noch aus der Zeit der Höhlenmenschen, ähnlich wie die Angst vor Spinnen oder Schlangen, was meinen Sie dazu?

Aber deswegen wollte ich Ihnen nicht schreiben, es geht

eigentlich um was ganz anderes. Männer. Ich suche einen netten Mann, dem meine Figur nichts ausmacht. Ich suche ständig und überall: auf der Arbeit, im Café, im Kaufhaus, im Bus, im Baumarkt. Manchmal nimmt mich eine Kollegin mit in die Disko. Beim letzten Mal habe ich jemanden auf der Tanzfläche im Gedrängel maulen hören, dass gewisse Leute doppelten Eintritt bezahlen müssten. Seitdem bin ich nicht mehr mitgegangen. Finden Sie, dass ich zu empfindlich bin?

Was nützt mir das ganze Selbstbewusstsein, wenn ich für die Männer nur ein geschlechtsloser Berg Fleisch bin? Sogar die dicken Männer aus der Selbsthilfegruppe wollen lieber eine Schlanke.

Schon öfter habe ich auf Anzeigen geschrieben. Die wollten dann ein Foto haben, eins, auf dem man ganz drauf ist. Das war's dann. Selbst wenn sie inserieren »Mollige angenehm«, schwebt denen in Wahrheit eine mit Kleidergröße 40 und einem Riesenbusen vor. Den hätte ich zwar auch zu bieten, aber da ist halt auch noch ein unübersehbarer Rest …

Liebe Frau Augustin, was soll ich machen?

Hochachtungsvoll,
Ihre Berta Lorbeer

P. S. Ich bin 32, arbeite in einer Großbäckerei und Diäten schlagen bei mir nicht an.

Regine Seibt legte den Brief aus der Hand und nippte an ihrem grünen Tee. Noch so ein hoffnungsloser Fall. Das Thema Übergewicht war in der vorletzten Ausgabe Schwerpunkt gewesen, mit *Mode für die starke Frau* und *Schluss mit dem Diätwahn* als Titelthemen. Seither wurde sie mit Briefen und E-Mails von fetten Frauen erschlagen. Schaudernd stellte sie die Tasse hin, strich über ihre Hüftknochen und tippte die Adresse in Ihren PC. Sie klickte sich vorwärts bis zum Ordner *Dicke*. Eingebettet zwischen *Cellulitis* und *Ehebruch* war er naturgemäß einer der umfangreichsten. Textbausteine waren das Geheimnis ihres Erfolges. Ohne die wäre dieser Job nicht zu machen. Die Zeitschrift *Frauengold* garantierte ihren Leserinnen die Beantwortung jeder Zuschrift. Von A wie *Altersunterschied* bis zu Z wie *Zugewinngemeinschaft* barg ihr PC beliebig kombinierbare Ratschläge mit dazugehörigen Querverweisen. »Das ABC der weiblichen Existenz« nannte sie ihre Sammlung stolz.

Ananasdiät, Beratungsstellen … nicht geeignet, *Dessous, Jo-jo-Effekt … Kleidungstipps?* Schaden nie. Schon um das Stadtbild zu verbessern. Klack, her damit!

Liebe Frau Lorbeer,

Tragen Sie keine enge Kleidung und niemals Leggings. Bevorzugen Sie Naturfasern, möglichst ungemustert und einfarbig. Vorsicht mit grellen Farben. Leisten Sie sich lieber weniger, dafür qualitativ hochwertige Stücke, mit dezentem Chic, die gut, aber bequem sitzen. Notfalls eine Änderungsschneiderei aufsuchen oder nach Maß fertigen lassen. Sicher gibt es irgendwo in Ihrer Nähe eine Boutique für große Größen.

Was stand da von Spinnen und Schlangen? Blödsinn, ignorieren. Lieber die Sache mit den Anzeigen. Bademoden, Ballaststoffe … Bekanntschaftsanzeigen. Klack.

Warten Sie nicht wie Dornröschen auf Ihren Prinzen, das ist Zeitverschwendung. Werden Sie selbst aktiv! Geben Sie eine Bekanntschaftsanzeige auf. Formulieren Sie darin klar, was Sie sich von einem Partner erwarten und streichen Sie ohne falsche Bescheidenheit die guten Seiten ihres Charakters heraus. Was Ihre Figur betrifft: Beschönigen Sie nichts. Bekennen Sie sich selbstbewusst zu Ihrer Körperfülle. Es gibt Männer, denen Äußerlichkeiten nicht so wichtig sind.

Herzlichst, Ihre

So, das war genug. Sie schickte den Brief an den Drucker. Die manuelle Unterschrift *Irene Augustin*, das Eintüten und die Ablage der Originalbriefe war Sache von Marion, der Volontärin.

Liebe Frau Augustin,

Vielen Dank für Ihre Hilfe. Das mit der Boutique kommt für mich allerdings nicht in Frage. Es gibt zwar so einen Laden in der Innenstadt, aber die Sachen sind mir viel zu teuer. Ich verdiene in der Backfabrik gerade genug, dass ich mir die Zwei-Zimmer-Wohnung im Sahlkamp leisten kann. Aber ich habe Ihren anderen Rat befolgt und ein Inserat aufgegeben: *Frau, 32, mit großem Herzen (Größe 56) und guten Kochkenntnissen sucht ehrlichen, treuen Lebenspartner …*

Es haben drei Herren geschrieben, zwei mit Fotos. Der eine davon hat eine Vollglatze, mit dem anderen habe ich mich getroffen. Ich kann Ihnen sagen, es hat mich fast umgehauen, als ich ihn vor mir sah. Ein schöner, schlanker Mann, braune Locken, blaue Augen, 30 Jahre alt, gut gekleidet. Ich konnte mein Glück kaum fassen. Er hat mich in eine Pizzeria in der Bahnhofsgegend ausgeführt, wo wir die einzigen Gäste waren. Er hat mich pausenlos angesehen und mir Komplimente gemacht. Wir sind nur bis zur Vorspeise gekommen, da hat er mich plötzlich am Arm gepackt, wir sind in ein Taxi gestiegen und in meine Wohnung gefahren. So was von Leidenschaft, das muss man erlebt haben. Ich habe in dieser Hinsicht sowieso ein Defizit, wie Sie sich vielleicht denken können. Seitdem haben wir uns immer gleich in meiner Wohnung getroffen. Es war jedes Mal wunderschön. Doch eines macht mir ein wenig Kummer: Ich würde gerne mal mit ihm ausgehen, ins Kino oder zum Tanzen. Aber er findet immer eine Ausrede. Ich habe ihn gefragt, ob er verheiratet ist, aber das ist es nicht. Ich habe den Verdacht, dass er nicht mit mir gesehen werden will. Sehen Sie das auch so, Frau Augustin? Und wenn es stimmt, wie soll ich mich in Zukunft verhalten?

Hochachtungsvoll,
Ihre Berta Lorbeer

Fieberhaft klickte sich Regine Seibt durch das ABC der weiblichen Existenz. Nichts wollte passen. Sie seufzte und ließ ihre Finger über die Tasten fliegen.

Liebe Frau Lorbeer,

nichts gegen Leidenschaft, aber lassen Sie sich nicht zum Lustobjekt degradieren. Zeigen Sie Selbstachtung! Schlagen Sie ihrem Bekannten beim nächsten Treffen vor, zusammen auszugehen, und zwar an einen Ort, an dem viele andere Menschen sind. Lehnt er das ab, dann hat er ihre Zuneigung nicht verdient.

Herzlichst, Ihre

Ein Wunder, dachte Marion Wockenfuß, als sie *Irene Augustin* unter das Schreiben setzte. Hat die Seibt tatsächlich mal etwas Maßgeschneidertes geschrieben. Neugierig geworden studierte sie die vorangegangene Korrespondenz. Mieser Kerl! Und die Seibt kommt der armen Frau mit so einem seichten Blödsinn! Konnte die nur noch in Textbausteinen denken? Mit rotem Filzstift schrieb Marion hinter den letzten Satz: WERFEN SIE DEN KERL RAUS!!!, steckte den Brief in den Umschlag und klebte ihn zu.

Liebe Frau Augustin,

nochmals vielen Dank für Ihre Hilfe. Leider ist es so gekommen, wie Sie es geahnt haben. Er wollte sich nicht öffentlich mit mir zeigen. Ich würde seinem Image schaden. Ich habe getan, was Sie mir geraten haben, und ihn rausgeworfen. Das war nicht ganz leicht, aber ich bin eine starke Frau. Danach habe ich auf die anderen zwei Zuschriften geantwortet. Der eine war ebenfalls schlank und sah recht gut aus, trotz der Glatze und obwohl er bestimmt schon an die fünfzig war. Er hat ein bisschen viel geredet, und er war nicht ganz so stürmisch wie der Erste. Aber im Endeffekt lief es genau so wie bei seinem Vorgänger. Noch dazu war er verheiratet.

Der Dritte war selbst nicht der Schlankste und einen Kopf kleiner als ich. Der hat gleich offen zugegeben, dass er auf fette Frauen steht. Die seien so dankbar und ausgehungert. Außerdem suhlt er sich gerne in mürbem Fleisch, genau so hat er's gesagt. Und es sei für ihn, der eine höhere Position in einer Behörde habe, undenkbar, sich vor aller Augen zu seiner perversen Neigung zu bekennen. »Perverse Neigung« hat er gesagt, ich schwöre es Ihnen. Nichts gegen Ehrlichkeit, aber den habe ich sofort rausgeworfen. Jetzt stehe ich halt wieder alleine da. Aber mit Selbstachtung. Meinen Sie, ich habe richtig gehandelt?

Hochachtungsvoll,
Ihre Berta Lorbeer

Liebe Frau Lorbeer,

es tut mir herzlich leid, dass sie so viel Pech mit diesen Männern hatten.

Verlieren Sie trotzdem nicht den Mut!
Suchen Sie sich ein Hobby und knüpfen Sie Kontakte zu Gleichgesinnten. Machen Sie einen Volkshochschulkurs, der Ihren Interessen entspricht, oder bessern Sie Ihre Fremdspra-

chenkenntnisse auf. Schließen Sie sich einem Sportverein an.
Es muss kein Hochleistungssport sein. Wie wäre es mit Pila-
tes oder Yoga? Im Verein haben Sie die beste Gelegenheit, Be-
kanntschaften zu machen.
Gönnen Sie sich einen Urlaub, vielleicht zum Wandern oder
Radfahren. Pflegen Sie Freundschaften, seien Sie gesellig. Es
bringt Ihnen nichts, sich im Schmollwinkel zu verkriechen.

Herzlichst, Ihre

Stuss! Stuss! Stuss! dachte Marion ärgerlich, als sie den Brief –
diesmal ohne Kommentar – unterschrieb und eintütete.

Liebe Frau Augustin,

mit Ihren letzten Ratschlägen konnte ich, ehrlich gesagt,
nicht viel anfangen. Ich zweifle langsam, ob Sie wirklich so
viel Ahnung vom Leben haben. Ich will Ihnen auch nur mit-
teilen, dass ich doch noch einen Mann gefunden habe, und
zwar ohne Wandern und Yoga. Er ist ein Kriminalkommissar,
aber viel schöner als Derrick und er ist auch erst Mitte vierzig.
Die Frauen sind ihm immer davongelaufen, wegen der unre-
gelmäßigen Dienstzeiten. Aber so was macht mir nichts aus.
Er geht gerne mit mir aus, und er hat mich seinen Freunden
und Kollegen vorgestellt, was sagen Sie nun? Wie ich ihn kennengelernt habe? Das war ein bisschen kurios. Er kam zu mir
in die Wohnung, insgesamt dreimal. Er sagte, er müsse alle
Hausbewohner, die vom fünften Stock aufwärts wohnen, be-
fragen, um zu klären, ob die Männer von einem der Balkone

oder vom Hochhausdach gesprungen oder geworfen worden sind. Er hat von niemandem eine brauchbare Auskunft erhalten, denn die Leute in der Siedlung reden nicht gerne mit der Polizei. Außerdem war es immer stockfinster, als ich sie rausgeworfen habe. Nach der dritten Befragung hat er mich zum Essen eingeladen. Ich habe ihm natürlich nichts von den Kerlen erzählt. Sonst hätte ich womöglich noch Sie in die Sache mit reinziehen müssen, und das wollte ich nicht, wo ihr Rat doch sicher gut gemeint war und ich es indirekt Ihnen verdanke, dass ich meinen Franz, so heißt das Prachtstück, kennengelernt habe.

Mit herzlichem Dank,
Ihre Berta Lorbeer

Manche mögen's kalt

Das gibt es nicht! Er kommt. Er kommt direkt auf mich zu, auf mich! Ich schiele hastig nach rechts und nach links, sicherlich hat sich eines dieser Röntgenbilder neben mich gelegt, während ich über meinem *Großen Arztroman* eingedöst bin. Er kann doch unmöglich mich meinen. Was könnte dieser Adonis mit den samtweichen, blonden Locken und der Korallenkette um den kräftigen Hals schon von mir wollen? Von mir?!

Aber die Liegestühle um mich herum sind leer bis auf die Handtücher, mit denen die Gäste bereits vor dem Frühstück ihren Platz am Pool reserviert haben. Jetzt bleibt er vor mir stehen, tatsächlich und leibhaftig. Und was für ein Leib! Wie gemeißelt. Seit zehn Tagen starre ich seinem Granithintern nach, ein Wunder, dass er davon noch keine Löcher in seiner Badehose hat. Er heißt Mike. Nein, nicht ›Maik‹, sondern ›Mike‹, wie man es schreibt. Er ist Finne. Oder Norweger? Bis jetzt konnte ich ihn nicht fragen, weil er noch nie das Wort an mich gerichtet hat. Und ich bin keine, die Männer von sich aus anspricht, obwohl wir genau genommen beide zum Personal gehören. Was hätte ich ihm auch sagen sollen? ›Tag, ich heiße Edwina und komme aus Darmstadt, ich arbeite als Köchin in einem indischen Restaurant, und das ist auch schon das einzig Exotische an mir.‹ Das interessiert doch kein Schwein! Erst recht nicht ihn, der

Tag und Nacht von Chefsekretärinnen, Anwältinnen und Bankiersgattinnen umbalzt wird, die in jeder Hinsicht vor *Wellness* strotzen.

Sein Schatten fällt über mich, ich bekomme Gänsehaut. Hätte ich doch bloß den dezenten, marineblauen Einteiler angezogen! Dieser zu eng gewordene Bikini lässt mich garantiert aussehen wie einen Rollbraten im eigenen Saft. Schon entblößt Mike seine kokosmilchweißen Zuchtperlenzähne zu einem breiten Grinsen und fragt: »Hey, hast du Lust, mit uns Volleyball zu spielen?«

Gott, was bin ich einfältig! Anstatt ihn eine Weile zappeln zu lassen, mich zu zieren oder wenigstens *Smalltalk* mit ihm zu betreiben, hauche ich, ohne den Inhalt seiner Frage richtig verstanden zu haben, »Ja« und wuchte mich aus dem Liegestuhl, wobei das Sonnenöl, das sich in meinen Bauchfalten angesammelt hat, ein peinliches Geräusch verursacht. Keuchend – die Sonne steht schon recht hoch – walke ich vor ihm her zum Strand. Ich stelle mir vor, wie wir aussehen: ein antiker Gott in Hirtengestalt, der eine wohlgenährte Kuh vor sich her treibt. Letztere wird sich wohl niemals in eine Göttin verwandeln.

Die anderen warten bereits. Lauter sportliche junge Menschen mit perfekt modellierten Körpern. Jetzt wird auch mir klar, warum Mike mich angesprochen hat: wegen des zahlenmäßigen Gleichgewichts. Die Mannschaften werden ausgelost, Gott sei Dank. Früher, in der Schule, wurde abwechselnd von den Mannschaftskapitänen gewählt, und ich war immer die, die übrig blieb. Wir ziehen Streichhölzchen. Unsere Mannschaft bekommt blaue Schildkäppis mit sonnengelbem Aufdruck: *Don't worry, be happy!*

Ich fürchte, ich bin kein Gewinn für meine Blauen. Es dauert eben, bis sich die ansehnliche Summe meiner Teilchen in Bewegung setzt. Zusätzlich werde ich dadurch gehandicapt, dass mein Bikinioberteil unter diesen erschwerten Bedingungen nicht hält, was es halten soll. Die anderen Damen spielen oben ohne, was bei meiner Oberweite nicht diskutabel ist. Trotz des Käppis läuft mir der Schweiß in die Augen, ich kann fast nichts mehr sehen. Diesen weißen Ball gegen den hellen Himmel schon gar nicht. Deshalb renne ich auch gleich im ersten Satz die dürre Wienerin in Grund und Boden. Im zweiten pralle ich gegen etwas Hartes, verliere das Gleichgewicht und finde mich auf Mikes Waschbrettbauch wieder. Es quatscht, als wir uns voneinander lösen, und während er sich aufrappelt und seinen schweißnassen Luxuskörper nach Knochenbrüchen abtastet, entschlüpft ihm ein angewidertes »Iih«.

Natürlich verliert unsere Mannschaft auch den dritten Satz, und als ich mir am Ende mit diesem albernen blauen Ding das Gesicht abwische und wieder einigermaßen klar sehe, bemerke ich, dass sich inzwischen ein zahlreiches Publikum an der Strandbar eingefunden hat, das sich bestens amüsiert. In diesem Moment hasse ich sie alle; Mike, die Röntgenbilder, die Handtuchleger und für einen flüchtigen Moment sogar Nuri. Denn genau genommen bin ich nur hier, weil Nuri behauptet hat, dass man in so einem Club leicht Anschluss findet. Nuri ist unsere frühere Kaltmamsell, und ich kann mir diesen Clubaufenthalt auch nur leisten, weil ich ihr täglich von drei bis sieben beim Zubereiten des Buffets helfe.

Als ich um drei Uhr meinen Dienst antrete, habe ich meinen Groll gegen sie überwunden und heule mich stattdessen gründlich an ihrem Melonenbusen aus. Verglichen mit ihr bin ich eine halbe Portion. Nur dass sie mit sich und ihrer Körperfülle völlig im Reinen ist.

»Am liebsten würde ich die ganze Bande vergiften«, murmele ich in ihren currygelben Sari.

»Das sind ganz schlechte Gedanken«, tadelt mich Nuri in ihrer sanftmütigen Art. »Du weißt doch: Jeder böse Gedanke, den du in die Welt setzt, fällt irgendwann auf dich zurück und schadet deinem Karma. Und heißt es nicht auch bei euch Christen: Liebet eure Feinde? Also sollten wir diesen Menschen etwas Gutes tun. Schau, sie lieben nun mal ihre mageren Körper. Sollten wir ihnen nicht dabei helfen, so zu bleiben, wie sie sind?« Sie lächelt und ihr Blick wird seelenvoll. »Heute Abend ist indisches Buffet. Lass uns dazu beitragen, dass ihr *Agni*, ihr Verdauungsfeuer, angeheizt wird. Damit tun wir diesen Menschen sicherlich etwas Gutes.« Bei diesen Worten nimmt Nuri je eine Handvoll schwarzer Senfkörner und Bockshornkleesamen und gibt sie in den Mörser, in dem sie die Gewürzmischung für die Füllung der allseits beliebten Samosas zubereitet. Sie zwinkert mir mit ihren Korinthenaugen zu, als sie hinzufügt. »Du weißt doch, morgen ist große Piratenfahrt …«

Ich verlebe eine vergnügte Viertelstunde, in der ich mir beim Zubereiten meines Peperoni-Ingwer-Chutneys ausmale, wie die Röntgenbilder morgen auf der Dschunke mit rumorendem Gedärm und verkrampften Gesichtern um das einzige Klosett herumtigern werden.

»Hoffentlich ist starker Seegang«, flüstere ich gerade vor mich hin, als der Küchenchef erscheint und uns ermahnt,

dafür zu sorgen, dass diesmal genug Eiswürfel für den großen Sektkühler vorrätig sind. Er ist Amerikaner und liebt
alles Eisgekühlte. Über ein Restaurant, das einen Ami zum
Küchenchef hat, möchte ich lieber den Mantel des Schwei-
gens breiten, aber der Sektkühler ist eine Wucht. Er ist riesig
und silbern und hat die Form einer Sektschale. Ein Dutzend
Flaschen finden mühelos darin Platz und er steht immer am
Ende des Salatbuffets. Salat muss sein, sogar heute, beim
indischen Buffet. Die Röntgenbilder bestehen auf ihrer täg-
lichen Ration Chlorophyll.

»Ach, und Mike kommt nachher noch. Ihr müsst ihn für
das Salatbuffet herrichten.«

Uups! Da fallen mir doch vor Schreck ein paar von diesen
höllisch scharfen, gehackten Chilis in mein Chutney …

Kurz vor sieben erscheint unser Platzhirsch und jam-
mert, dass er nun gleich wieder den Affen machen muss.
Dabei zwingt ihn garantiert niemand dazu, sich grün an-
malen und einen Kopfputz aus Salatblättern aufsetzen zu
lassen. Er kauert damit auf einem Schemel unter dem Buffet, und sein Kopf schaut durch ein Loch in der Platte.
Gut getarnt wie er ist, fällt er beim flüchtigen Hinsehen
zwischen den Salatplatten gar nicht auf, und es gibt jedes
Mal großes Gekreische und Gequietsche, wenn er die Buf-
fetgänger mit irgendwelchen Grimassen und Faxen halb zu
Tode erschreckt.

Mit List gelingt es mir, mein Chutney am Küchenchef
vorbei auf's Buffet zu schmuggeln, und so nimmt das Abendessen seinen gewohnten Gang, von ein paar Hustenanfällen
und Schweißausbrüchen mal abgesehen. Am Salatbuffet
entsteht der erwartete Aufruhr. Nachdem sich die Damen

genug erschreckt haben, verfallen sie auf die Idee, Mike mit Häppchen zu füttern. Das gefällt ihm so lange, bis er ein Stück Fladenbrot erwischt, das jemand in mein Peperoni-Ingwer-Chutney getaucht haben muss. Seine Grimassen haben plötzlich nichts Gekünsteltes mehr. Er röchelt nach Wasser und bekommt ein Glas Sekt von einer kichernden Blondine in Pink eingeflößt. Flüssigkeit macht das Ganze noch schlimmer, dennoch ist der Drang, das unerträgliche Brennen mit Wasser zu löschen, übergroß. Der Ärmste hält es jetzt nicht länger aus, er taucht unter der Tischplatte hervor und reißt sich den Salat aus den Locken. Das nächstgelegene Nass befindet sich zum Glück nicht weit weg …

Die Röntgenbilder gurren vor Entzücken, denn jetzt spielt Mike *Titanic* am Salatbuffet. Bis zum Hals taucht er ins Schmelzwasser der Eiswürfel, die in der großen Sektschale um die letzten drei Flaschen herumdümpeln. Nein, dieser Mike, das ist schon einer!

So langsam könnte er mal wieder auftauchen. Oder ist das schon wieder einer seiner Tricks? Als ihn der Oberkellner endlich am Schopf packt und aus der Sektschale zieht, sind schon über zwei Minuten vergangen, aber die grüne Schminke hat sich gut gehalten.

Zu meinem Bedauern ist die große Piratenfahrt abgesagt worden. Aus Pietätsgründen, wie der Clubmanager verlauten ließ.

Der Arzt behauptet übrigens, Mike sei nicht ertrunken, sondern an einem *vagalen Reflextod* gestorben. So was ist bis jetzt in keinem meiner Arztromane vorgekommen, aber es hat jedenfalls was mit der Halsschlagader und der plötzlichen Kälte zu tun. Jedenfalls musste er nicht lange leiden. Das ist sicher gut für mein Karma.

Ach, und nächstes Jahr werde ich meinen Urlaub wieder bei meiner Oma im Odenwald verbringen und mit ihr Marmelade einkochen.

Der Muttertagsmörder

»Streife fahren bringt überhaupt nichts«, sagte Ferdi missgelaunt. »Er hat sich noch nie eine von der Straße geschnappt. Immer in ihren Wohnungen. Wenn sie mal eben zur Mülltonne gehen, oder zum Briefkasten, oder ein Fläschchen Wein aus dem Keller holen und nur ganz kurz die Tür auflassen …«

»Möglich«, antwortete Siggi. »Aber man kann nicht in jedes Haus, in dem so eine Alte wohnt, einen Polizisten stellen. Auf Streife sehen uns die Leute und haben das Gefühl, dass was für ihre Sicherheit getan wird.«

»Es war klar, dass es wieder uns Ledige trifft«, maulte Ferdi. »Sonntagsschicht bei so einem Wetter!«

»Dienst ist Dienst. Denk an den Zuschlag.«

»Ich hab Durst«, knurrte Ferdi. »Fahr zum Kiosk. Scheiß Muttertagsmörder.«

Er holte noch einmal tief Atem und schaute hinauf zum samtblauen Maihimmel, so sehnsüchtig wie einer schaut, der eine lange Haftstrafe anzutreten hat. *Wenn ich ein Vöglein wär …* dachte er und drückte resigniert auf den vergoldeten Klingelknopf. Es dingdongte. Er hörte, wie sich die Absätze ihrer Gesundheitsschuhe in den Kokosläufer bohrten, der Schlüssel schabte im Schloss, die Tür öffnete sich gerade so weit, wie es die massive Kette zuließ.

Kein Wunder, dass sie ängstlich war. Er selbst hatte schließlich, auf Geheiß des Chefredakteurs, diese Artikel *Wird der Muttertagsmörder wieder zuschlagen?* geschrieben. *Seit Tagen versetzt der so genannte Muttertagsmörder die Stadt in Angst ...* Im Grunde war es nicht der Mörder, sondern die Presse, die die Leute seit Tagen in Angst versetzte. Der Mörder verhielt sich ganz passiv. Bis jetzt. *Wird er auch dieses Jahr wieder eine alte Dame in ihren eigenen vier Wänden überfallen und brutal ermorden ...* und so weiter. Täglich druckten sie die Ratschläge und Warnungen der Polizei an alleinlebende ältere Damen, nur ja keinem Fremden die Tür zu öffnen.

»Ich bin's Mutti. Mach auf.«

Durch den Türspalt konnte er riechen, was es zum Essen geben würde. Sein Magen krampfte sich zusammen.

Da stand sie, die Lippen ungeschickt angemalt, die Einheitsdauerwelle mit Haarspray zementiert. Sie trug eine karierte Schürze über einem billigen, hellblauen Häkelpulli und dazu den obligaten Faltenrock.

»Ach, du bist es.« Der leidende Tonfall einer vom Leben Enttäuschten.

»Hallo, Mutti.«

»Du kommst spät. Alles wird verkocht sein, aber das ist dann nicht meine Schuld.«

»Alles Gute zum Muttertag.« Er hielt ihr den Dreißig-Euro-Frühlingsblumenstrauß vor das Gesicht und küsste sie widerstrebend und so flüchtig wie möglich auf die bleiche Wange. Sie roch nach Maiglöckchen und Sauerbraten. Er wusste nicht, welchen der beiden Gerüche er mehr verabscheute.

»Der ist doch viel zu schön für mich.« Sie nahm ihm den Blumenstrauß ab und stopfte ihn in eine Vase.

Er schleuste sich durch den engen Flur an ihr vorbei ins Wohnzimmer. Der Tisch war für drei gedeckt. In der Schrankwand lauerten, zwischen Spitzendeckchen und Kitschporzellan, die Bilder. Er mit einer Schultüte, sein Vater in Uniform, beide in schwarz-weiß. Die restlichen Fotos waren farbig: Torsten und seine blonde Gattin, die zwei niedlichen Kinder, das große Haus, der große Hund, Torsten im weißen Kittel, das Stethoskop um den Hals.

Er ließ sich am Tischende nieder, wo er die Fotos nicht ansehen musste. Am anderen Ende des langen, polierten Nussbaumtisches protzte ein voluminöser Blumenstrauß. Das Kunstwerk der Floristik war mindestens doppelt so groß und teuer wie seiner, die Fleurop-Gebühren nicht mitgerechnet.

»Von Torsten. Wunderschön, nicht wahr?« Wieder dieser Wimmertonfall, als läge sie im Sterben. Dabei war sie organisch gesund. Bei »organisch« musste er an den Sauerbraten denken und heimlich aufstoßen.

»Ja, schön.«

Er half ihr beim Entkorken einer Weinflasche. Honigfarben rann die Spätlese in die Kristallgläser. Er hätte viel lieber ein Bier getrunken, aber Bier war proletenhaft.

Sie schleppte ein Tablett mit Schüsseln und Platten heran, die sie drohend vor ihm aufbaute.

»Sauerbraten. Euer Leibgericht.« Mit einem großen Vorlegelöffel schaufelte sie kleine, eitergelbe Teigbatzen auf seinen Teller. »Die Spätzle sind matschig. Weil du nie pünktlich sein kannst.«

»Ich war pünktlich. Auf die Minute.«

»Wenn man zum Essen eingeladen ist, kommt man nicht in letzter Minute, sondern etwas früher.« Sie klatschte noch einen letzten Batzen auf den Spätzleberg.

»Danke. Genug!«

»Lang nur ordentlich zu. Wieso mache ich mir sonst die Mühe und steh mir den ganzen Vormittag die Beine in den Bauch?«

Ihre Beine. Gab es diese Stützstrumpfhosen denn tatsächlich nur in der Farbe angegammelter Fleischwurst?

»Du hättest nicht kochen müssen. Du weißt doch, sonntags frühstücke ich immer spät.«

»Weil du dich am Samstag die ganze Nacht mit Schlampen herumtreibst.«

Ihre Stimme klang nun gar nicht mehr leidend, sondern scharf wie das Messer, mit dem sie gerade den Braten in Scheiben schnitt. Er lag auf einer weißen Platte mit Goldrand.

»Du sitzt auf Torstens Platz. Setz dich bitte dahin.« Sie wies auf den Stuhl an der Längsseite.

»Wieso? Kommt er noch?« Seine Mundwinkel verzogen sich zu einem hämischen Grinsen. Sie hatte einen Schönheitsfehler, die Musterfamilie: Sie lebte in Baltimore.

»Sie haben ihn zum Leiter der urologischen Abteilung befördert, habe ich das schon erzählt?« Sie hatte.

»Jedem das Seine. Mahlzeit.«

»Setz dich jetzt da rüber!«

Er gehorchte und nahm seinen Teller mit.

»Wann wirst du mal befördert?«

»Ich habe ein eigenes Ressort innerhalb der Lokalredaktion. Bei einer kleinen Zeitung gibt es nicht so viele Aufstiegsmöglichkeiten.«

Wozu erzählte er ihr das überhaupt? Für sie würde er immer ein kleiner Schmierenjournalist bleiben. Ein Versager.

Sie legt ihre Schürze ab, fädelte zwei Scheiben Braten auf die Fleischgabel und ließ sie auf seinen Teller glitschen. Aus einer Sauciere goss sie eine wässrigbraune Flüssigkeit über das Arrangement.

»Heutzutage muss man dankbar sein, wenn man mit vierzig noch einen Job hat«, fügte er trotzig hinzu.

»Dein Vater ist mit vierzig aus der Gefangenschaft gekommen und hat ganz von vorn angefangen …«

»Und war mit fünfzig tot.«

Schicksalsergeben ließ sie sich ihm gegenüber auf den Stuhl fallen. Ihr Haupt mit den grauen Löckchen, die an einen Königspudel erinnerten, sank für einen Moment auf ihre volle Brust, ehe sie den Blick anklagend zum Himmel hob, die Hände faltete und sagte: »Bei Gott, es war nicht einfach für mich, euch beide alleine großzuziehen. Aber wenigstens ist aus deinem Bruder was geworden. Er wird übrigens im Dezember zum dritten Mal Vater.«

Er schwieg.

»Bei dir ist der Zug ja wohl abgefahren. Du hast ja noch nicht einmal eine Frau, geschweige denn …«

»Unser Vater war auch über vierzig, als ihr geheiratet habt«, unterbrach er gereizt.

»Das waren andere Zeiten.«

Er verzichtete auf einen Einwand.

»Willst du nicht mit deiner Mutter anstoßen?«

»Doch, natürlich, Mutti.« Er hob sein Glas. »Alles Gute zum Muttertag.«

»Danke«, sagte sie und hatte wieder ihren Leidenszug um den Mund.

Süß und warm rann der Affenthaler die Kehle hinunter. Er musste husten.

»Lass es dir schmecken, Junge.«

Er schaute auf seinen Teller. Die Soße hatte eine dünne Haut bekommen. Die Spätzle waren aufgedunsene Maden, durch die Bratenscheiben zog sich eine breite, glibbrige Sehne wie eine Krampfader.

Er schnitt ein Stück Braten ab. Das Fleisch war faserig und zäh.

»Iss«, sagte sie.

»Ich kann nicht.« Er legte das Silberbesteck hin.

Ihre Mundwinkel zuckten. »Willst du mich mit Absicht kränken?«

»Nein, Mutti. Aber ich kann nicht.«

»Dein Vater und dein Bruder haben meinen Sauerbraten geliebt. Nur du musst immer Zicken machen, dein ganzes Leben hast du nur Probleme gemacht. Iss, sage ich!«

Er nahm die Gabel wieder in die Hand und steckte das aufgespießte Stück Fleisch in den Mund. Er schluckte ihn ohne zu kauen hinunter. Auf halbem Weg durch die Speiseröhre überkam ihn Brechreiz und er spie den Batzen auf den cremeweißen Läufer.

»Also, das ist doch …!« Vor Empörung waberte ihre Brust unter dem hellblauen Häkelpulli wie Götterspeise.

»Es tut mir leid, Mutti!«

Sie erhob sich und sah ihn aus schmalen Augen an. »Du

willst also nicht essen, was deine Mutter liebevoll gekocht hat?«

»Ja. Nein. Ich …« Er verstummte. Er wusste, was ihm bevorstand.

Sie verließ das Zimmer und kam mit einem kalten Gesichtsausdruck und einem Gürtel in der Hand zurück.

»Kennst du den?«

Er nickte. Seine Hände schwitzten.

»Antworte mir.«

»Vaters Gürtel«, hauchte er. Er hatte Schweißtropfen auf der Stirn. »Bitte, Mutti, ich werde essen, ich …«

»Zu spät. Runter mit dir!«

Heute war sie besonders wütend. Er zählte vierundzwanzig Schläge auf die nackte Haut, davon sechs mit der Gürtelschnalle.

Heulend kroch er auf den Stuhl zurück. Sitzen konnte er nicht, nur knien. Sein Gesicht hing über der Platte mit dem Fleisch, das wie Erbrochenes roch.

Sie beugte sich über den Tisch, das Kreuz an ihrer Halskette pendelte über dem Braten. Ihre Hand legte sich wie ein Schraubstock um sein Kinn. Perlmuttnägel gruben sich in seine Haut.

»Schau mich an!«

Stahlgraue Augen, graurosa Wangen, blutrote Lippen, graue Pudellöckchen, hellblaue Häkelbrüste, goldenes Kreuz über stahlgraublitzendem Messer …

»Wirst du jetzt aufessen?«

»Fahr zur Hölle, Mutti!«

Stahlgraues Messer in weiches Hellblauhäkelpulllifleisch. Ein Fleck entstand, so rot wie ihr staunender Mund. Schnell

144

arbeitete sich das Rot durch das Häkelmuster, Stäbchen für Stäbchen. Der Mund ging auf und zu, sie kippte nach vorn, Pudellöckchen sanken zwischen Bratenplatte und Spätzleschüssel.

Er vertiefte sich für einen lustvollen Moment in den Anblick, brannte ihn in sein Hirn. Er spürte eine wachsende Erregung, von der er wusste, dass sie noch lange anhalten würde. Dann rückte er seinen Krawattenknoten zurecht, legte einen Umschlag auf die Anrichte und trat hinaus ins Freie. Die Sonne schien, Vögel sangen. Es versprach, noch ein schöner Sonntag zu werden.

Elke räumte den Tisch ab, riss die Fenster auf, warf das Essen in den Mülleimer und den rotverschmierten Pullover in die Waschmaschine. Sie seufzte. Sonntage waren immer anstrengend, und der Muttertag war der schlimmste von allen. Während der Woche lief ihr Geschäft ganz normal, Familienväter und Führungskräfte kamen zum Auspeitschen und Piesaken, aber Sonntage und Feiertage gehörten den Durchgeknallten. Der von eben zum Beispiel, kam seit einem halben Jahr etwa einmal im Monat. Doch sie durfte nicht klagen, sie verdiente gut an diesen Herren. Das Kuvert wanderte in ihre Handtasche.

Sie säuberte das Messer mit der versenkbaren Klinge und legte es in die Schublade, zu der Pudelperücke, den Fotografien und dem BH mit den Mammutbrüsten aus Latex. Schnell noch einen Kaffee und eine Dusche, dann musste sie das Zimmer umdekorieren und sich umziehen. Um vier kam Ferdi mit dem Ärztinnen-Tick. Sie musste noch die Gipsverbände und die Spritzen herrichten.

Am Montag atmete man auf dem Polizeipräsidium erleichtert auf. Kein Leichenfund war gemeldet worden. Dies verdanke man den umfangreichen Präventivmaßnahmen, ließ der Dienststellenleiter vor der Presse verlauten.

Nur die Leser der Lokalzeitung waren im Geheimen ein klein wenig enttäuscht über die Schlagzeile: *Erster Muttertag ohne Mord seit sieben Jahren.*

Nikolaustag

Als ich aufwache, riecht es nicht nach Kaffee, so wie sonst, und es ist still, bis auf das Brausen der Umgehungsstraße, das man durch die geschlossenen Fenster hört, aber normalerweise höre ich es gar nicht. Nur an diesem Morgen, weil es so still ist. Ich stehe auf, gehe ins Wohnzimmer. Mama liegt auf dem Sofa. Ich reiße das Fenster auf. Kalte Luft dringt herein, die leicht nach Abgasen riecht, und das Getöse der Straße macht sich breit wie ein aufdringlicher Besuch. Ich wische den Fußboden auf, bringe die leeren Gläser, den Aschenbecher und die Flasche in die Küche. Dann setze ich mich neben Mama in den Sessel. Mir wird kalt. Auch Mamas Hände sind schon eiskalt. Ich machte das Fenster wieder zu und das Radio an. Mein Magen knurrt. In der Küche esse ich ein Brot mit Nutella und trinke ein Glas Cola dazu. »Gegessen wird am Tisch«, sagt Mama immer. Ich halte mich daran. Erst danach setze ich mich wieder in den Sessel und sehe fern. Mittags klingelt es an der Tür. Ich gehe nicht öffnen. Der Nikolaus kommt erst am Abend, wenn er denn kommt. Nikolaus mittags – das wäre ja was ganz Neues.

Unsere Wohnung liegt im zweiten Stock. Harry mussten wir früher immer die Treppe rauf- und runtertragen, weil er sonst die Dackellähme bekommen hätte, sagte Mama. Ich habe mich immer daran gehalten, meine ältere Schwester Charlotte dagegen nicht. Dabei war sie es gewesen, die Harry angeschleppt hatte, kurz nach Papas Tod. Da war ich fünf, aber ich weiß es noch genau.

»Was soll das? Ein Hund ist was für Reiche, wir pfeifen aus dem letzten Loch«, hat Mama damals protestiert. Aber Charlotte und ich bettelten so lange, bis wir Harry behalten durften. Manchmal hörte Mama auf Charlotte. Vielleicht, weil sie schon Geld verdiente, als Verkäuferin in der Bäckerei.

Harry war mein Ein und Alles. Wenn mich jemand bedauerte, weil ich nun keinen Vater mehr hatte, antwortete ich: »Dafür haben wir ja jetzt Harry.« Als das Mama zu Ohren kam, gab es Dresche. Die gab es seit Papas Tod öfter, sogar Charlotte fing sich ab und zu nochmal eine ein. Dann schloss sie sich mit dem kleinen Fernseher auf ihrem Zimmer ein. Eigentlich war es ja unser gemeinsames Zimmer, aber meistens schlief ich bei Mama im großen Bett, weil Charlotte behauptete, sie müsse lernen. Für die Abendschule, wie sie mir erklärte. Und ich konnte bei Licht nicht einschlafen.

Am Abend sehen wir fern, Mama und ich. Erst Tatort und dann noch einen Krimi. Mama und ich lieben Krimis. Krimis und Arztserien. Dazu gibt es Chips und Cola. Ich horche, ob nicht vielleicht doch noch der Nikolaus kommt, aber eigentlich glaube ich es nicht, denn neulich hat Mama gesagt, ich sei jetzt »wirklich schon zu alt für solche Scherze«. Aber ich genieße es, dass sie heute mal nicht raucht, und nicht wegen der Cola meckert. Später schalte ich ein bisschen hin und her. Seit wir die Satellitenschüssel haben, bekommen wir 36 Kanäle rein. Vorsichtshalber stelle ich doch meinen Winterstiefel vor die Tür, man kann ja nie wissen. Dann ist es Zeit fürs Bett. Vorher lüfte ich im Wohnzimmer noch kurz durch und bringe Mama eine Wolldecke, damit sie nicht friert, wenn nachts die Heizung runtergeschaltet wird. Mama hat ganz glasige Augen. Ich kämme ihr die Haare. Sie sind schwarz, nur dort, wo sie aus dem Kopf wachsen, ist ein grauer Streifen. Ich putze mir ordentlich die Zähne und gehe dann schlafen.

Der Nikolaus hat mich doch nicht vergessen! Heute Morgen waren eine Packung Walnüsse, Mandarinen und Lebkuchen im Stiefel. Gerade, als ich die Sachen entdeckt habe, ging gegenüber die Tür von Frau Grimm auf und sie fragte, ob der Nikolaus dagewesen sei – dabei konnte sie das doch sehen. Sie zwinkerte mir zu, und ich lächelte und zwinkerte zurück.

Ich versuche, Kaffee zu kochen. Der Filter bricht durch, obwohl ich es so gemacht habe, wie Mama es immer macht. Es klingelt schon wieder an der Tür, aber ich öffne nicht, ich muss ja erst die Sauerei mit dem Kaffeepulver wegmachen. Diesmal klingelt es ein paar Mal, und es wird auch geklopft, und jemand ruft »Frau Hansen« und »Marie«, aber dann ist bald wieder Ruhe.

Zum Mittagessen koche ich mir eine Tomatensuppe aus der Tüte. Das klappt ganz gut, nur unten, am Boden, brennt mir die Suppe ein klein wenig an. Ich passe höllisch auf, dass der Schalter für die Herdplatte danach wieder auf Null steht, das hat mir Mama eingebläut.

Am Nachmittag gibt es Kakao. Dazu schauen wir uns Fotoalben an. Das tun wir hin und wieder, Mama und ich. Mein Lieblingsfoto stammt aus der Zeit vor dem Unfall: Ich sitze auf Papas Arm, in einem rosa Kleid und mit weißen Kniestrümpfen. Neben uns steht Charlotte, sie war damals schon fast so groß wie er. Sie sieht ihn mit einem kritischen Ausdruck auf dem Gesicht von der Seite an, aber Papa lächelt nur mich an, und ich deute auf etwas, wahrscheinlich auf ein Tier, denn das Bild wurde im Zoo aufgenommen. Ich sehe sehr niedlich aus: helle Locken, große, dunkle Augen – wie eine Prinzessin eben. Es gibt noch mehr Bilder vom Zoo: Marie vor dem Affenkäfig, Marie bei den Flamingos, Marie streichelt eine kleine Ziege. Marie, das bin ich.

Ich lege die Fotoalben weg, denn mir ist beim Betrachten der Bilder eingefallen, dass es Zeit wird, mir mal wieder die Haare zu waschen. Ich frage mich, ob ich das alleine schaffen werde.

Das mit dem Haarewaschen hat gut geklappt. Zwar habe ich das Duschbad erwischt, aber sie sind trotzdem sauber geworden. Nur das Kämmen tut weh.

Meine Haare waren schon immer lang und lockig, seit ich denken kann. Ich meine, richtig denken – so wie vor dem Unfall.

Mama sagt, damals, unter dem Eis, wäre in meinem Kopf einfach alles festgefroren, und ich hätte seither den Verstand einer Siebenjährigen. Frau Dr. Tieste meint, das könne man so einfach nicht sagen. In mancher Hinsicht wäre ich weiter als mit sieben, in anderen Dingen eher zurück. Auf jeden Fall leide ich an einer schweren Logasthenie, deswegen würde ich nicht sprechen, obwohl ich es eigentlich könnte. Wahrscheinlich hat Frau Dr. Tieste Recht, sie ist klüger als meine Mutter. Meine Mutter behauptet ja auch, sieben Hundejahre entsprächen einem Menschenjahr. Aber als sie Harry die Tabletten gegeben hat, war er fünfzehn Menschenjahre alt – also 105. So alt werden Menschen kaum, und wenn, dann nur im Rollstuhl. Harry dagegen rannte auf seinen krummen Dackelbeinen bis zuletzt den Vögeln hinterher. Erst, als er nicht mehr rennen und auch nicht mehr laufen konnte, hat Mama ihm die Tabletten gegeben, die ihn in den Hundehimmel schicken sollten. »Dort kann er wieder laufen«, hat sie mir versprochen. Hier, auf der Erde, hat Harry nie begriffen, dass ihn die Vögel nur bis auf einen Meter an sich ranlassen, und dann wegfliegen. Nur ein einziges Mal erwischte er eine kranke Taube. Das war im Garten vom St. Annen. Mama und Charlotte hatten mich mit Harry besucht. Danach wies uns Schwester Regine an, den Hund anzuleinen. Man tat besser, was Schwester Regine sagte, anderenfalls bekam man ganz schnell eine Spritze verpasst, und die wollte ich Harry lieber ersparen. Man kriegt davon Kopfschmerzen und ist tagelang müde. Charlotte schien das ebenfalls zu wissen, sie nahm Harry an die Leine und warf die tote Taube in ein Gebüsch. Charlotte hat mich selten im St. Annen besucht. Weil sie in einer anderen Stadt wohnt und viel lernen muss, hat mir meine Mutter erklärt.

Nach dem Haarewaschen sitze ich vor der Heizung und lasse meine Haare trocken. Im Fernsehen kommen die Simpsons. Mama hat jetzt so komische Flecken im Gesicht, und die Seite, auf der sie liegt, ist viel dicker als die andere und dunkelviolett. Ich weiß schon, was mit ihr los ist, ich sehe ja Krimis, und außerdem habe ich Papa gesehen, als er tot war. Aber ich durfte Papa nicht mehr anfassen, sie brachten ihn ganz schnell weg, in einem schwarzen Leichenwagen. Ich sehe es noch heute genau vor mir, wie sie ihn durch das Treppenhaus trugen. Die Nachbarskinder standen unten vor der Tür herum wie Pilze und gafften, und die Hausfrauen hingen in den Fenstern.

Es gab damals viele Kinder in der Siedlung, und auch einen Spielplatz, aber wir spielten lieber auf einem wilden Gelände neben der Schnellstraße. Dort standen Weiden und Büsche um einen sumpfigen Weiher, der im Winter manchmal zufror. Es gab einen hölzernen Unterstand, eine Art Hütte, mit einer Bank darin. Der Papierkorb, der außen an der Wand hing, war immer voller Bierdosen, sie lagen auch sonst überall. Die Krähen zerrten den Abfall aus dem Korb und verstreuten ihn im ganzen Wäldchen, aber das störte nur die Rentner und die Mütter. Gegen Abend trafen sich an der kleinen Hütte die Halbstarken, wie Mama sie nannte, mit ihren Mopeds und den Mädchen. Charlotte war auch manchmal dabei, einmal beobachtete ich sie beim Knutschen, das war eklig.

An diesem Weiher, nicht weit von der kleinen Hütte entfernt, passierte dann mein Unfall. Einen Tag vor dem Nikolaustag, meinem siebten Geburtstag.

Harry und ich sind nach Hause gekommen, weil es draußen dämmerte. Ich schloss die Tür mit dem Schlüssel auf, den ich immer um den Hals trug, und setzte Harry ab. Jetzt erst bemerkte ich, wie schmutzig er war. Es war tagelang sehr kalt gewesen, aber seit gestern hatte Tauwetter eingesetzt, und nun war draußen alles voller Matsch. Auch mein roter Anorak und das Winterkleid waren schmutzig. Ich trage immer Kleider, auch im Winter, denn Prinzessinnen tragen keine Hosen. Sofort war der ganze Fußboden voller Harryspuren und ich wusste, gleich würde es deswegen Ärger geben, denn heute Abend würde noch der Nikolaus vorbeikommen, und da musste alles sauber sein.

»Ich wische es gleich auf«, sagte ich. Damals redete ich noch.

Mama lehnte in der Küchentür, starrte auf die Matschklumpen und sagte dann zu der Tür gegenüber: »Du hältst dich wohl für was Besseres, weil du das Abitur machst! Ich hätte auch Abitur machen können, wenn du nicht dazwischen gekommen wärst.«

»Es ist wirklich nicht meine Schuld«, antwortete die Tür, »dass du mit siebzehn mit einem Versager herumficken musstest und schwanger geworden bist.«

Ich schlug mir die Hand vor den Mund, geradeso, als hätte ich dieses schlimmste aller Wörter gesagt. Und das zu Mama! Wie konnte Charlotte das nur wagen? Wollte sie unbedingt windelweich versohlt werden? Wenn das der Nikolaus erfuhr – hatte die denn gar keine Angst?

Mama schnappte nach Luft und biss sich auf die geschminkten Lippen. Dann sah sie mich an und sagte mit einer künstlichen Stimme, die sie früher manchmal benutzt hatte, wenn sie sich mit Papa stritt: »Madame zieht ins Studentenwohnheim.«

»Krieg ich dann das Zimmer für mich allein?«, fragte ich.

Mamas Hals wurde daraufhin so rot wie ihr Lippenstift, und ich drückte mich gegen die Garderobe, löste mich auf, machte mich unsichtbar zwischen den muffig riechenden Mänteln.

Als Charlotte auf den Flur trat, hatte sie eine große Reisetasche bei sich, die ich noch nie gesehen hatte.

»Und was wird aus Marie?«, schrie meine Mutter. »Sie ist deine Schwester.«

»Sie war euer Wunschkind, nicht meins, also kümmere dich allein um sie«, antwortete Charlotte und öffnete die Wohnungstür. Ich strahlte. »Wunschkind« klang schön, fast so schön wie »Prinzessin«, und dazu die unverhoffte Aussicht auf ein Zimmer für mich und Harry ganz allein, das musste mein Glückstag sein.

Eine volle Wodkaflasche traf Charlotte am Rücken und polterte auf das schlammverschmierte Linoleum. Charlotte stellte ihre Tasche ab und hob die Flasche auf. Sie war noch ganz. Sie drückte sie Mama in die Hand. »Du brauchst sie doch noch«, sagte sie ganz leise, und zu mir sagte sie: »Es tut mir leid, Marie.«

Dann verschwand sie, und mit ihr mein Glücksgefühl, so schnell, wie es gekommen war. Wahrscheinlich, dachte ich, ist sie wegen mir gegangen, denn Mama hatte mich in letzter Zeit oft Charlotte aufgehalst, wenn sie putzen war oder sich nicht wohl fühlte.

»Krieg ich jetzt das Zimmer?«, wiederholte ich meine Frage.

»Schön, dass du wenigstens den Hund mitgenommen hast«, brüllte meine Mutter durch das Küchenfenster. Ich sah mich erschrocken um. Harry! Charlotte hatte Harry entführt! Schon rannte ich los. Ich holte Charlotte kurz vor der Bushaltestelle ein. Harry war nicht bei ihr. Ich konnte mir denken, wo er war. Um die kleine Hütte am Weiher lagen nicht nur leere Bierdosen, auch Essensreste und menschliche Fäkalien fanden sich im Gebüsch, und für beides hatte Harry etwas übrig. So sind Hunde nun mal. Nicht alle, aber Harry schon.

Harry war nicht bei der Hütte, aber ein paar von denen, die immer dort herumlungerten, waren da. Einer dieser Idioten hatte einen Stock mitten auf den Weiher geworfen, und Harry wetzte übers Eis, um den Stock zu holen. Ohne zu überlegen, rannte ich ihm hinterher. Die vormals dicke Eisschicht hatte sich während der letzten zwei Tage in eine matschige Sülze verwandelt. Charlotte rief mir nach: »Marie, bleib hier!« oder so was Ähnliches, aber sicher bin ich mir nicht, denn in dem Moment spürte ich, wie der Untergrund nachgab und etwas Eiskaltes nach meinen Füßen griff, dann kroch es an meinem Bauch hoch und schließlich spürte ich nur noch beißende Kälte um mich herum, und Wasser.

Ich weiß nicht, ob der Nikolaus an diesem Abend noch gekommen ist, denn als ich aus dem Krankenhaus kam, blühten schon die Tulpen. Zum Glück war Harry nichts passiert. Nach diesem Vorfall wurde ein Warnschild am Ufer des Weihers aufgestellt: *Betreten der Eisfläche strengstens untersagt*. Ein Witzbold schrieb später dazu: *Auch im Sommer.*

Inzwischen ist die Hütte verfallen, und die paar Kinder, die es hier noch gibt, spielen woanders, vielleicht am Computer.

Der Kakao schmeckt komisch, und ich weiß auch warum: Die Milch ist sauer. Auch die Cornflakes sind alle, und die Schokolade. Die Sache lässt sich nicht länger aufschieben: Ich muss einkaufen gehen.

Im Küchenschrank, in der oberen Schublade, liegen zwanzig Euro und ein bisschen Kleingeld. Ich ziehe mir das geblümte Kleid an und die Steppjacke drüber. Ich kann keine Strumpfhose finden, also gehe ich ohne, nur mit den Stiefeln. Eine Mütze brauche ich nicht, meine Haare halten mich warm, aber Handschuhe. In die stecke ich auch das Geld.

In der Siedlung gibt es nur noch einen schäbigen Plus-Laden. Wer ein Auto hat, fährt woandershin zum Einkaufen, aber wir haben keines, und ich könnte sowieso nicht fahren. Das Fahrrad hat einen Platten. Ich könnte den Bus in die Stadt nehmen, mit dem Bus kenne ich mich aus, aber ich entscheide mich für den Supermarkt in der Siedlung. Das geht schneller, und ich brauche ja nicht viel.

Vor dem Supermarkt steht der Nikolaus und verteilt Schokoriegel an die Leute. Dass der nicht müde ist, wo er doch die ganze Nacht unterwegs war und Stiefel aufgefüllt und kleine Kinder besucht hat! Ich lächle ihm zu, und er gibt mir noch mal zwei Duplos: Einen, weil Nikolaustag ist, und einen für meinen Geburtstag – das weiß der bestimmt, dass ich heute Geburtstag habe. Im Supermarkt läuft *Jingle Bells*. Ich drehe zwei Runden mit dem Einkaufswagen, bis ich die Milch gefunden habe, und auf einmal überfällt mich der Hunger, und ich kaufe alles, was mich anmacht.

Die Kassiererin runzelt die Stirn, als sie meine nackten Beine sieht, die unter dem Kleid herausschauen. »Dreiundfünfzig Euro achtundzwanzig.«

Ich lege den Zwanzigeuroschein auf das Band.

»Dreiundfünfzig achtundzwanzig.«

Hinter mir ertönen die ersten genervten Seufzer. Ich deute auf den Schein und lege das Kleingeld dazu. Marie, sage ich mir, so als wäre ich Mama, Marie, was geht nur wieder in deinem Kopf vor? Für zwanzig Euro bekommt man keinen Wagen randvoll, außerdem hätte ich das alles ja gar nicht schleppen können.

»Mehr haben Sie nicht mit?«, fragt die Frau hinter der Kasse.

Ich schüttle den Kopf. Natürlich würde es mich nicht umbringen, »Ja« oder »Nein« zu sagen, ich bin ja nicht stumm. Aber fängt man erst einmal an mit Reden, wollen sie immer mehr von einem wissen, und dann fallen mir die Worte nicht ein, jedenfalls nicht gleich, und die Leute starren mich an und warten, dass ich weiter rede, und ich stehe noch viel idiotischer da, als wenn ich gleich den Mund halte. Es gibt schon Leute, mit denen ich rede. Mit Mama zum Beispiel, und mit Frau Dr. Tieste, die mich überhaupt erst dazu gebracht hat, mit ihrem genialen Trick: Sie ließ mich Gedichte auswendig lernen, und die konnte ich dann herunterrasseln wie nichts. Ich kann auch Schlager mitsingen, sogar auf Englisch.

Jetzt kommt Bewegung in den Laden. Eine weitere Kassiererin wird gerufen, die die zweite Kasse für die anderen Kunden öffnet. Hinter mir höre ich Gestöhne, jemand flüstert »aus der Klapse« und »wie die schon rumläuft«. Meine Kassiererin muss die Chefkassiererin rufen, die mit einem Schlüssel die Kasse wieder in Ordnung bringt. Ich möchte die Sachen wieder wegräumen, aber ich weiß nicht mehr, wo ich was gefunden habe, die Kokosnuss, die Spaghetti, die acht Pizzen, die Ananasdose, die Backmischung für Apfelkuchen altdeutsch. Dass ich die ganze Zeit über kein Wort sage, macht erst recht alle wütend, und mir tut es leid, dass ich wieder mal Chaos verursacht habe, aber dann flüstert die Chefin der Angestellten etwas zu. Die sieht mich an und lächelt gequält. Ich lächle zurück. Ich behalte schließlich drei Tüten Milch, die Cornflakes, die Schokolade, die Kekse, die Cola, die Bananen, zwei Pizzen und die Tütensuppen und bekomme sogar noch eine Plastiktüte geschenkt.

Mit dem vollen Korb und der Tüte laufe ich durch die Siedlung zurück. Irgendwann hat sich jemand bei der Stadt wohl gedacht, dass die Siedlung vielleicht hübscher wäre, wenn man die Hochhäuser in Pastellfarben anstreicht. Unser Haus hat es senfgelb erwischt. Zwei Männer stehen davor, rauchen und starren mich an. Einer pfeift mir nach. Ich gehe einfach weiter. Männer bringen nur Ärger, das hat sich erwiesen.

Ein paar Jahre lang besuchte ich eine Schule für Lernbehinderte. Im Nachhinein muss ich leider sagen, dass die meisten von ihnen weniger Behinderte, als vielmehr Kriminelle waren, besonders die Jungs. Sie fanden mich »scharf« und wollten andauernd mit mir ficken. »He, willst du ficken?« wurde mit der Zeit eine alltägliche Begrüßung. Ich wusste aber von Mama, dass man davon möglicherweise Kinder bekam oder Krankheiten, oder beides, wenn man sehr viel Pech hatte. Deshalb wollte ich logischerweise lieber nicht ficken.

Einmal überraschte mich Daniel auf dem Klo. Er war eigentlich einer der Netteren. Hinterher stellte sich heraus, dass ihn die anderen dazu gebracht hatten, es war eine Art Mutprobe. Er schob meine Unterhose beiseite und wollte seinen Schwanz bei mir da unten reinstecken, aber ich bekam seinen Hals zu fassen und drückte einfach so lange zu, bis er Ruhe gab. Der Notarzt musste ihn reanimieren. Das Wort kannte ich damals noch nicht, aber inzwischen schon, denn ich sehe jede Folge von *Dr. House* und *Grey's Anatomy*.

Daniels Eltern fanden, ich sei eine gefährliche Irre, und zeigten mich an, aber ich kam ich nicht ins Gefängnis, sondern ins St. Annen. Schwein gehabt.

Die Haustür wird von innen geöffnet, als ich davorstehe und soeben nach dem Schlüssel suche. Herr Yilmaz aus dem Erdgeschoss hält mir die Tür auf, sieht mich stirnrunzelnd an und fragt, ob wir schon Sommer hätten. Offensichtlich ist der Mann nicht mehr ganz richtig im Kopf.

Oben gibt es dann doch ein Problem: Ich habe den Schlüssel vergessen.

»Marie? Ist alles in Ordnung?« Frau Grimm schießt aus ihrer Tür, als hätte sie dahinter auf mich gelauert. Ich stelle den Korb hin und deute auf das Türschloss.

»Hast du den Schlüssel vergessen? Warum klingelst du nicht?«

Ich tu ihr den Gefallen. Wie ich erwartet habe, rührt sich nichts. »Ist deine Mutter nicht da? Wo ist sie denn? Willst du, dass ich aufschließe? Ist wirklich alles in Ordnung? Gestern habe ich geklingelt, und es hat keiner aufgemacht, wo wart ihr denn? Warum hat deine Mutter den Briefkasten nicht geleert? Ist sie krank, soll ich mal nach dem Rechten sehen?«

Eine Unzahl unbeantworteter Fragen prasselt auf mich nieder, bis sie endlich den Schlüssel holt. Mit ihren fleckigen alten Händen schließt Frau Grimm die Tür auf. Ich gehe hinein, und ehe Frau Grimm mir nachkommen kann, knalle ich ihr die Tür vor der Nase zu. Ich glaube, ein bisschen Tür hat ihre Nase noch abbekommen. Das tut mir leid, denn Frau Grimm ist zwar alt, aber ganz in Ordnung. Wir kennen uns schon sehr lange, und ich bin ihr immer noch dankbar, wegen Harry.

Die Jahre nach dem Unfall lebte ich abwechselnd zu Hause bei Mama und im St. Annenstift. Das St. Annen liegt nur fünf Kilometer von der Siedlung entfernt, Mama konnte mich mit dem Fahrrad besuchen. Aber oft kam sie monatelang nicht, weil sie selbst in einer Klinik war. Charlotte war nicht bereit, zu mir in die Siedlung zu ziehen, bis Mama wieder gesund war. Sie kam nach ihrem Auszug überhaupt nie mehr hierher. Also musste ich so lange ins St. Annen, und Harry zu Frau Grimm. Ich glaube, er ist recht gern bei ihr gewesen.

Ich könnte Frau Grimm ja erklären, dass es meiner Mutter inzwischen wieder gut geht. Mama konnte sich nämlich vor ein paar Tagen plötzlich überhaupt nicht mehr rühren, so wie damals Harry. »Bandscheibenvorfall«, ächzte sie. Also habe ich ihr die Tabletten gegeben, aufgelöst im Erdbeerjoghurt, so wie sie es damals bei Harry gemacht hat. Bestimmt kann

159

Mama jetzt im Menschenhimmel wieder laufen, so wie Harry im Hundehimmel. Und hoffentlich geben sie Mama da oben genug zu trinken, sonst wird sie nämlich ziemlich unleidlich.

»Gott, wie riecht es denn hier?«, höre ich Frau Grimm im Hausflur rufen. Jetzt, wo sie es sagt und wo ich von draußen komme, finde ich auch, dass es in der Wohnung müffelt. Ich räume die Sachen auf und lüfte. Dann esse ich eine halbe Tafel Schokolade. Auf der Tafel sind Kühe abgebildet. Ich mache das Radio an und stelle den Schlagersender ein, volle Lautstärke. Immerhin ist ja heute mein Geburtstag, der vierundzwanzigste, den müssen wir doch ein bisschen feiern, Mama und ich. Nicht, dass ich Schlager besonders mag, ich sehe lieber MTV, aber man kann sie gut mitsingen. Ich finde nämlich, meine Stimme könnte etwas Ölung gebrauchen. Mit einer Banane als Mikrofon tanze ich im Wohnzimmer herum und singe zu *Last Christmas,* als ich plötzlich das Gefühl habe, dass mich jemand ansieht. Ich habe dafür eine Antenne, ich merke es immer sofort, wenn mich jemand ansieht.

Jemand ist gut! So viele Leute auf einmal waren noch gar nie bei uns: Ich erkenne Frau Grimm, den Hausmeister und Frau Gomez, die Sozialarbeiterin, die ab und zu bei uns vorbeischaut. Das ist kein gutes Zeichen, wenn Frau Gomez erscheint. Meistens muss dann entweder Mama von zu Hause fort, oder ich. Inzwischen bin ich davon überzeugt, dass auf der Frau ein Fluch lastet. Hinter der Gomez ist noch eine dritte Frau, die ich noch nie gesehen habe, und angeführt wird der ganze Haufen von zwei Polizisten, richtige Polizisten, mit Uniform und Waffe und Handschellen. Als Frau Grimm meine Mutter auf dem Sofa liegen sieht, schreit sie, dass es sogar die Musik übertönt. Der Hausmeister ergreift die Flucht

160

und Frau Gomez presst sich eine Hand vor den Mund. Ich höre auf zu tanzen, lege die Banane weg und schalte das Radio aus. Dann sitze ich im Sessel, die Hände um die Knie geschlungen, die Haare um mich herum wie ein Mantel. Das Fest ist vorbei.

Randale

»Diese Wohnung ist eines der letzten Sahnestücke in dieser Straße, ach, was rede ich, in diesem Viertel. Allein diese Dachterrasse: zwölf Quadratmeter! Ganz Hamburg liegt Ihnen zu Füßen, und doch verfügen Sie über eine Oase der Ruhe. Und Sie wissen ja sicher: Das Schanzenviertel ist *das* In-Viertel Hamburgs, hier schlägt das Herz der Stadt, und das Schulterblatt ist gewissermaßen die Aorta. Hier finden Sie einfach alles: Kultur, Kunst, Restaurants, Cafés, originelle Läden, Galerien, Boutiquen …« An dieser Stelle hielt Carsten stets inne, senkte die Stimme und sagte: »Ganz im Vertrauen: Das Quartier hat im Moment gerade den richtigen Grad der Gentrifizierung erreicht, die ideale Balance zwischen gediegen und alternativ, bald wird es hier unbezahlbar sein.«

Die Frau sah ihn abschätzig an. Sie entsprach dem hier zu Lande gängigen Typ: blond, groß, breithüftig, gesteppte Jacke, flache Tod's, Kurzhaarschnitt, alles in allem sehr an ein Pferd erinnernd. Dann fragte sie: »Grünflächen?«

Carsten Wolters lockerte seine Krawatte. »Grünflächen …«, wiederholte er gedehnt.

»Du willst doch sicher weiterhin joggen gehen, oder, Olaf?« Olaf – er hatte tatsächlich etwas von einem Wikinger – knurrte ein paar unverständliche Worte in seinen GK-Lehrerbart und spielte an den elektrischen Jalousien herum.

»Es gibt den Sternschanzenpark«, fiel Carsten ein. Muss er halt dreißig Runden drehen, fügte er in Gedanken hinzu.

»Der ist ja winzig«, schnaubte sie empört.

»Wie ist es denn mit Unruhen?«, wollte nun Olaf wissen.

»Unruhen?«, fragte Carsten so erstaunt zurück, als hörte er das Wort zum ersten Mal in seinem Leben.

»Krawalle, Demos«, präzisierte Olaf. »Brannten hier nicht in letzter Zeit öfter mal Autos?«

»Es gab ein paar bedauerliche Einzelfälle. Der Senat hat das Problem aber erkannt und längst im Griff«, behauptete Carsten. Verdammt, wie lange dauerte diese Tortur denn noch? Sie würden die Wohnung nicht nehmen, trotz der hohen Stuckdecken und dem Bambusparkett, das hatte er schon in den ersten Minuten gespürt. Die Schanze war denen zu heftig, die Punks, die Penner, die Junkies, die Ausländer … Leute wie die beiden gehörten nach Eppendorf oder Ottensen, die schrille Szene rund um die Rote Flora, die türkischen Läden und Discounter auf dem Schulterblatt, das war nicht ihre Welt. Schon beim Betreten des Hauses hatte die Pferdefrau mit geblähten Nüstern die Wohnungstür rechts unten gemustert, an der eine etwas abgewetzte weiße Friedenstaube und ein Anarcho-Zeichen klebten.

»Die acht Wohnungen im Haus werden zurzeit Zug um Zug saniert und verkauft, Sie können also damit rechnen, dass bald im ganzen Haus ein adäquates Klientel leben wird«, erklärte Carsten nun.

»Ah, ja.« Sie lächelte und zeigte dabei zu viel Zahnfleisch. Vielleicht klappte es ja doch noch. Es waren immer die Frauen, die die Entscheidungen trafen. Auch seine Frau hatte erst entschieden, dass man in die Stadt ziehen musste, später wollte sie aufs Land, und dort war es ihr dann rasch zu langweilig geworden, sodass sie schließlich mit einem zehn Jahre älteren Zahnarzt durchbrannte. Die dreijährige Lena nahm sie mit, er sah seine Tochter jetzt nur noch alle vierzehn Tage. Er seufzte in sich hinein und konzentrierte sich wieder auf seine Kundschaft. »Natürlich haben die zwei Bäder Fußbodenheizung und beheizte Wandspiegel, außerdem zwei Wellness-Duschen und eine Wanne mit Whirlpool. – Ja, selbstverständlich sind alle Fenster dreifachverglast und schalldicht.« Das ist auch nötig, ergänzte er im Stillen, wenn Freitagabend hier die Ballermänner einfallen und sich volllaufen lassen, ehe sie dann in St. Pauli komplett abstürzen.

Die Interessenten eierten noch eine Weile herum und meinten schließlich, sie würden es sich überlegen. Carsten begleitete sie durch das kühle, großzügige Treppenhaus nach unten, die Absätze der Frau klackerten hektisch auf den Holzstufen. Wahrscheinlich sahen sie ihren SUV im Geiste schon lichterloh brennen.

Carsten war froh, sie los zu sein. Er blinzelte in die Sonne. Es war Anfang März, einer der ersten halbwegs erträglichen Tage, und schon saßen Hamburgs notorische Draußensitzer scharenweise fröstelnd vor den Cafés.

Er spülte seinen Ärger mit einem portugiesischen Kaffee auf der Piazza vor der Roten Flora hinunter. Leute wie dieses Paar kotzten ihn neuerdings so was von an. Sein Beruf kotzte ihn ebenfalls an, obwohl es sehr gut lief, seit man ihn vor zwei Jahren von Hannover hierher versetzt hatte. Es war sein eigener Wunsch gewesen – Luftveränderung nach der Scheidung. Dennoch hatte er in letzter Zeit ständig das Gefühl, in einem Zug zu sitzen, der auf dem falschen Gleis dahinraste.

Am Abend saß Carsten in seiner Stammkneipe vor seinem vierten Bier. Er hatte seinen Anzug gegen eine modisch zerlöcherte Jeans und ein schwarzes T-Shirt getauscht, auf dem in verwaschenen weißen Lettern der Tourplan 1994 der *Toten Hosen* verzeichnet war. Es passte noch, weil es damals nur in XL erhältlich gewesen war.

Am Nebentisch war man bester Stimmung. »Prost, du altes Arschloch!«, hörte man es immer wieder rufen, ehe die Bierflaschen aneinander knallten. Einer von ihnen, Kalle, hatte Geburtstag. Sein spärlich gewordenes Haar war orange gefärbt und im Nacken zu einem dünnen Pferdeschwanz zusammengebunden. Der graue Kinnbart mündete in ein Zöpfchen, das ihm bis auf die Brust hing. Durch die Löcher seiner schwarzen Klamotten blitzten Tattoos. Die anderen, Rudi und Greg, waren ähnlich gestylt, nur ohne Bartzopf.

»Fünfzig Jahre, Alter, dass du das noch erlebst!«, rief Greg, der selbst nicht viel jünger aussah, auch wenn sein schwarzes Haar noch ein wenig voller war. Er hatte jede Menge Metall im Gesicht und an den Ohren.

»Cetin, noch 'ne Runde!«, rief Kalle und sah sich nach dem Wirt um. Dabei blieb sein Blick an Carsten hängen, der nachdenklich in sein Bierglas starrte. »He, du!«

Carsten blickte erschrocken auf.

»Schaff deinen Arsch hier rüber, Junge, ich geb' einen aus.«

Carsten stand auf und ließ sich zögernd am Tisch der drei in die Jahre gekommenen Punks nieder. Eine Wolke von Alkohol strömte ihm entgegen.

»Cetin, noch ein Bier für den da!«

Das Bier wurde gebracht, man prostete sich zu, Carsten beglückwünschte artig das Geburtstagskind.

»Wie alt bist'n du?«

»Fünfunddreißig«, murmelte Carsten. »Ich heiße Carsten.«

»Genieße die nächsten paar Jahre, Carsten«, grinste Kalle wehmütig. »Ab Fünfzig ist das kein Spaß mehr, ab dann führt der Weg rasant in Richtung Grube.«

»Du bist kein Hamburger, oder? Wo kommst du her?«, wollte Rudi wissen.

»Hannover«, nuschelte Carsten.

Die Gesichter hellten sich auf. »Hey! Chaostage '95, wisst ihr noch?«, rief Greg. »Wie wir den *Penny*-Markt in der Nordstadt geplündert haben? Dreitausend Bullen haben die damals aufgefahren, dreitausend!«

Man geriet ins Plaudern über alte Zeiten.

»Kaum zu fassen, verdammte Scheiße, die Hafenstraße, ihr alten Säcke, die Hafenstraße, das ist jetzt fünfundzwanzig Jahre her, fünfundzwanzig gottverdammte, verfickte Jahre!« Rudi schüttelte ungläubig sein Haupt mit den blondierten Borsten.

»Ihr wart dabei, als die Hafenstraße besetzt wurde?«, fragte Carsten ehrfurchtsvoll.

»Und wie wir dabei waren«, antwortete Kalle. Während der nächsten zwei Stunden durfte sich Carsten die schrägsten Geschichten aus den wilden Achtzigern und den nicht mehr ganz so wilden Neunzigern anhören: Geschichten von besetzten Häusern, fliegenden Steinen, brennenden Autos, wasserwerfenden und tränengassprühenden Bullen. Aber natürlich auch jede Menge *Sex, drugs and Rock 'n Roll*. Es klang in Carstens Ohren nach einem echten, wilden Leben, nicht so ein verkorkster Abklatsch wie seines.

»Und guck dir diese Scheiße an, die jetzt hier abläuft«, knurrte Kalle. »Ich sag euch, das Viertel geht den Bach runter, wenn wir nicht aufpassen. Ich meine, schaut euch mal um: An diese High-Heel-Tussen und die Kerle mit den Balkenbrillen kann man sich ja noch gewöhnen, wenn die mit ihren iPhones und Laptops im Szenecafé rumsitzen, sind die ja eher 'ne Lachnummer, aber diese Kids, die sich vor dem Kiosk die Synapsen wegbrennen, die gehen mir echt auf den Sack. Und wenn du da was sagst, haste ruckzuck 'n Messer in der Fresse!« Kalle spülte seinen Verdruss mit einem Schluck Bier hinunter und fuhr fort: »Am meisten stinken mir aber diese vermummten Arschlöcher, die sind ein echtes Problem. Kommen von weiß der Teufel woher, um hier Randale zu machen und bringen die ganze Schanze in Verruf!« Sein Gesicht war rot angelaufen vor Erregung, er trank noch einen Schluck Bier, während Greg beklagte: »Wegen denen wird es in diesem Jahr kein Schanzenfest geben, ist doch so, oder?«

Carsten nickte. »Ja, das hat der Senat beschlossen, es stand in der Zeitung.«

»Verdammt schade um das Fest«, meinte Kalle.

»Wird auch nichts nützen. Dann brennen hier halt am ersten Mai die Barrikaden und die Autos, wetten?«, entgegnete Greg.

»Die Autos brennen ja auch schon so«, stellte Kalle fest. »Wenn die wenigstens nur die Mercedesse und die anderen Bonzenkisten anzünden würden … Da hätte man ja vollstes Verständnis für. Aber die Idioten brennen wahllos alte Klapperkisten von alleinerziehenden Müttern ab, das find' ich echt arm, wo ist denn da die politische Botschaft?«

»Kalle, hast du eigentlich noch deine Mercedessternsammlung?«, erkundigte sich Greg.

»Klar. Alle fünfzig«, versicherte Kalle und seine grünen Augen blitzten. Erneut schwelgten sie in seligen Erinnerungen.

»Und was machst du so?« Die Frage traf Carsten völlig unvermittelt, eben war die Unterhaltung noch um das harmlose Thema gekreist, wer wann welche Frau in der Hafenstraßen-WG gevögelt hatte. Carsten fühlte, wie ihm der Schweiß ausbrach. Die Wahrheit sagen? Nein, unmöglich. Er war hier ganz klar einer von den Bösen, noch weitaus böser als die Kreativ-Fuzzis aus den schicken Büros in der alten Pianofabrik, böser als die Checker aus den umliegenden Gesamtschulen, die den ganzen Tag in ihre abgezogenen Smartphones brüllten, mit denen sie vorher gefilmt hatten, wie zehn Typen einen Einzelnen zusammenschlugen, böser als die vermummten Chaoten von außerhalb, die neuerdings das Viertel aufmischten. *Elbe-Immobilien* war mit Schuld dran, dass für ein WG-Zimmer auf dem Schulterblatt inzwischen 500 Ocken verlangt und bezahlt wurden, seine Firma hatte Häuser, die von alten Leuten, alleinerziehenden Müttern, armen Ausländern und Studenten-WGs bewohnt worden waren, »entmietet«, und er hatte anschließend das Aas an die akademischen Geier und die besserverdienenden Pärchen zwischen fünfundzwanzig und fünfunddreißig verteilt und gut daran verdient. Er hatte aktiv mitgeholfen, Leute wie Kalle, Rudi und Greg aus dem Viertel zu vertreiben. Er entsprach in allen Facetten ihrem Feindbild, nein, er durfte ihnen nicht die Wahrheit sagen, das gäbe prompt was aufs Maul. Er suchte gerade krampfhaft nach einem Beruf, der unverfänglich, unschuldig und glaubhaft klang, als Cetin mit einer frischen Lage Bier an den Tisch trat und herausposaunte: »Carsten ist Immobilienmakler. Meine Schwester hat von ihm neulich eine Wohnung gekauft, hinterm alten Schlachthof. Gefällt ihr gut dort.«

Ein Schweigen trat ein. Es war wie im Western, wenn der Oberschurke den Saloon betritt: Der Pianist hört auf zu spielen, die Pokerspieler lassen die Karten sinken, der Barmann stellt schon mal die Flaschen runter. Aller Augen waren auf Carsten gerichtet, der den Blick gesenkt hatte, in Erwartung seiner Hinrichtung.

»Ist das wahr?«, fragte schließlich Kalle.

Carsten nickte.

»Hier im Schanzenviertel?«, fragte Rudi.

»Mensch, Alter, das sagt Cetin doch gerade«, meinte Greg ungeduldig.

»Ich will es aber von ihm wissen«, beharrte Rudi mit der Sturheit des nicht mehr ganz Nüchternen.

»Ja«, gestand Carsten. »Schon auch hier, ja.« Noch immer wagte er nicht aufzusehen. Er spürte, wie eine Faust seinen Magen umschloss und zusammenpresste.

»Hast du mal 'ne Karte?«, fragte Kalle.

»Karte?«, wiederholte Carsten verdattert.

»Ne Visitenkarte, Mann. Musst du doch haben, oder?« Carsten langte in seine Hosentasche und fischte eine Karte von *Elbe-Immobilien* aus seiner Geldbörse.

»*Schulterblatt 58*. Das ist die alte Pianofabrik«, stellte Kalle fest. »Amtliche Adresse, doch, ja. Wann bist'n du morgen im Büro?«

Es war ein Uhr, als Carsten den Heimweg antrat. Er hatte gut einen im Tee, war aber nicht voll, er vertrug einiges. Er hatte sich ziemlich bald nach seinem Outing verabschiedet, ehe die tolerante Stimmung doch noch kippen konnte. Typen wie diese drei verunsicherten ihn. Ein wenig bewunderte er sie für ihren unkonventionellen Lebensstil, aber er fürchtete sie auch. Wenn auch nur ein Bruchteil ihrer Anekdoten der Wahrheit entsprach, dann waren sie im Ernstfall – was immer sie darunter verstanden – durchaus gewaltbereit. Aua! Was war das denn? Die Spitze seines rechten Lederslippers war gegen etwas Hartes gestoßen. Ein loser Pflasterstein, ein Mordstrumm, lag mitten auf dem Bürgersteig. Wo kam der her? Nirgends war eine Baustelle zu sehen. Was dann passierte, konnte sich Carsten später nicht erklären. Plötzlich juckte es ihn in den Fingern, der Wunsch nach Zerstörung war übermächtig, und ehe er wusste, wie ihm geschah, hatte er den Stein aufgenommen und ihn gegen die Scheibe des *Penny*-Supermarktes auf dem Schulterblatt gedonnert. Er erschrak über den Knall und einem Reflex gehorchend, rannte Carsten so schnell er konnte bis vor seine Haustür in der Beckstraße. Außer Atem und mit Knien wie Pudding schloss er die Tür auf und stieg hinauf in den dritten Stock. In der Küche beruhigte er sich mit Hilfe eines kräftigen Schlucks russischen Wodkas. Später, nach einem weiteren Schluck, ließ das Zittern seiner Hände nach und ihn überkam eine diebische Freude. Worüber, das wusste er auch nicht so genau.

Um halb elf klopfte die Sekretärin an seine Bürotür. »Herr Wolters, da sind drei … äh … Herren für Sie. Sie sagen, Sie wüssten Bescheid.« Sie warf ihm einen bedeutungsvollen Blick zu. Spießerbraut, dachte Carsten und sagte kühl: »Schicken Sie sie rein und bringen Sie Kaffee und Kekse.«

Ihm war nicht so wohl, wie er vorgab. Was zum Teufel

wollten die von ihm? Der gestrige Abend kam ihm heute völlig unwirklich vor. Am Morgen, auf dem Weg zur Arbeit, hatte er sich den Schaden an der Scheibe des *Penny*-Marktes im Vorbeigehen noch einmal betrachtet. Es waren lediglich ein paar kleine Risse entstanden, die die Struktur einer Schneeflocke aufwiesen. Das geringe Ausmaß des Schadens hatte ihn fast ein bisschen enttäuscht.

Kalle, Rudi und Greg betraten das Büro, begrüßten ihn mit Handschlag und ließen sich in die Freischwinger vor seinem Schreibtisch plumpsen. Wenn er sich nicht sehr täuschte, hatten sie seit gestern ihre Klamotten nicht gewechselt.

»Ja … äh … was kann ich für euch tun?«, fragte Carsten nervös.

»Wir möchten eine Wohnung kaufen«, erklärte Kalle.

»Eine Wohnung«, wiederholte Carsten. »Wo soll die denn sein?«

»Na, hier natürlich«, antwortete Greg. »Wir ziehen doch nicht weg.«

»Nee, wir bleiben hier, alle zusammen«, erklärte Rudi. »Es soll eine Alten-WG werden.«

»Aber nicht unter hundertfünfzig Quadratmeter, und mit Balkon und Parkett und all so Schnickschnack, du weißt schon. Gehobene Klasse, sozusagen«, sagte Kalle.

»Und mit Fußbodenheizung im Bad«, ergänzte Greg.

»Und mit offener Küche und 'ner Kochinsel«, forderte Rudi.

»Haste was Passendes da?« Kalle sah ihn erwartungsvoll an, die anderen ebenso.

Carsten glaubte an einen Witz. War irgendwo eine versteckte Kamera? Aber er riss sich zusammen und sagte todernst:

»Da hätte ich was: Rosenhofstraße, hundertachtzig Quadratmeter, top renovierter Altbau, mit Aufzug und Dachterrasse, Bambusparkett und Granit in den Bädern. Sehr exklusiv und ab sofort bezugsfertig.«

»Was kostet der Spaß?«, fragte Rudi.

Ohne eine Miene zu verziehen, antwortete Carsten: »Achthunderttausend. Dazu kommen die Grunderwerbssteuer, die Notariatsgebühren und die Provision. Also noch etwa zehn Prozent obendrauf.«

Die drei wechselten einen Blick, dann stand Kalle auf. »Jungs, ich schlage vor, die Bude sehen wir uns an. Du hast doch Zeit, Carsten, oder?«

Sie zogen an der Sekretärin vorbei, die ein Tablett mit Kaffee und Keksen in den Händen hielt und ihnen erstaunt nachblickte.

Die Besichtigung dauerte keine halbe Stunde, danach suchten die drei potentiellen Käufer eine Kneipe in der Susannenstraße auf, um sich in Ruhe zu beratschlagen. Carsten sollte in einer halben Stunde wiederkommen. Er trank in der Zwischenzeit einen Latte Macchiato auf der Piazza und versuchte, sein aus den Fugen geratenes Weltbild neu zu rahmen.

Bestimmt haben die mich verarscht. Wetten, es ist keiner mehr von denen da, wenn ich gleich wiederkomme. Die hocken in irgendeiner anderen Kneipe und lachen sich 'nen Ast über mich.

Als er die Kneipe betrat, stand eine ansehnliche Batterie Bierflaschen auf dem Tisch und Carsten wurde mit großem Hallo empfangen. »Wir nehmen die Bude«, verkündete Rudi. »Setz dich, trink auf unser Wohl!«

Carsten stieß mit ihnen an. Dann hielt er es nicht mehr aus und fragte vorsichtig: »Sagt mal ... Wie sieht es denn mit der Finanzierung aus? Ich meine – Sicherheiten? Die Banken wollen heutzutage ...«

»Wir brauchen keine Bank«, unterbrach Kalle. »Banken sind Verbrecher. Wir zahlen Cash.«

Carsten verschlug es die Sprache. Er wagte nicht zu fragen, woher das Geld stammte.

Kalle schlug ihm kumpelhaft auf die Schulter. »Keine Sorge, das hat alles seine Ordnung. Rudi und ich haben da so eine kleine Firma gegründet, in den Achtzigern. Wir haben Lautsprecherboxen gebaut, richtig gute Boxen für Leute mit Anspruch. Die gingen weg wie nix. Vor zwei Jahren haben wir den Laden dann für fünf Mios an 'nen Japsen verkauft. Und Greg – der hat mal ein paar Lieder für ein paar Leute geschrieben, die damit ganz groß rausgekommen sind. Neue Deutsche Welle und so – du erinnerst dich? Obwohl, damals warst du ja noch ein Hosenscheißer.«

»Fast«, korrigierte Carsten.

»Später hat er dann Texte für Punkbands geschrieben, war auch nicht schlecht. Lebt ganz gut von den Tantiemen.«

»Darf ich euch noch was fragen?«

»Nur zu.«

»Wenn ihr so viel Kohle habt, warum bleibt ihr dann hier? Warum kauft ihr euch keine Finca auf Malle oder so was in der Art?«

»Malle? Nee, wär doch stinklangweilig zwischen den abgehalfterten Schlagersängern«, meinte Kalle. »Außerdem müssen wir Ureinwohner hier die Stellung halten, sonst laufen hier bald nur noch Schlipsträger wie du rum.«

Der Wohnungsverkauf ging so schnell und reibungslos über die Bühne wie kaum einer vorher. Sie hatten nicht einmal versucht, den Preis herunterzuhandeln. Anfang April zogen sie ein, danach sah man sie kaum noch in der Kneipe. Carsten jedoch musste sehr oft an die drei denken: Hatten sicher viel Spaß in ihrer Alten-WG. Hätten mich ruhig mal einladen können, zur Einweihungsparty, oder so.

Er fühlte sich einsam. Zwei Blind-Dates erwiesen sich als Reinfälle, der Samstag mit seiner Tochter musste ausfallen, weil sie Windpocken hatte. Ihm wurde klar, dass er keine Freunde hatte, zumindest keine, mit denen man auf die Schnelle mal ein Bier trinken konnte.

Eines Morgens erwachte er gegen drei Uhr auf seinem Sofa, im Fernseher bestand eine Frau mit Schmollmund und nackten Riesentitten darauf, dass er sie anrufe. Er hatte eine halbe Flasche Wodka getrunken, wie er feststellen musste. Aber er fühlte sich nicht betrunken, auch nicht müde. Er war nur wütend. Auf sich, auf seine Exfrau, auf alles. Wenn es einen Weltschmerz gab, dann gab es sicher auch eine Weltwut. Und die hatte er. Er nahm die Spiritusflasche, die er zum Fensterputzen gekauft hatte, und ging damit aus dem Haus. Eine Weile trieb es ihn ziellos durch die Gegend, dann, in einer ruhigen Straße mit Wohnblocks, goss er die Flasche über einem VW-Golf aus und zündete das Ganze an. Rasch fraßen sich die Flammen über den silbernen Metalliclack, ein kleiner Flächenbrand entstand dort, wo der Spiritus auf den Asphalt getropft war. Viel mehr passierte nicht. Das Feuer erlosch von selbst, es gab keine Explosion, wie man sie immer im Fernsehen sah, der Wagen brannte nicht aus. Noch immer an seiner Weltwut krankend ging er nach Hause.

Der erste Mai brachte dem Schanzenviertel prompt die befürchteten Krawalle, obwohl es vor Polizei nur so wimmelte. Kalle, Rudi und Greg hatten eine Weile zugesehen, wie sich Polizisten und maskierte Autonome vor der Sternschanze und der Roten Flora Straßenschlachten lieferten, aber schließlich hatten sie erkannt, dass es sinnlos wäre, da mitzumischen.

»Das ist nicht mehr unser Ding. Das sind stumpfe Hooligans, mit denen haben wir nichts zu tun. Und den Bullen helfen geht ja nun auch nicht.«

Über den Verfall der Sitten lamentierend zogen sie sich mit einem Kasten Bier auf ihre Dachterrasse zurück, die sie mit Kübelpflanzen und Kräutertöpfen in eine grüne Oase verwandelt hatten. Die Dämmerung kroch heran, Gebrüll und die Sirenen diverser Einsatzfahrzeuge drangen als dumpfe Geräuschkulisse zu ihnen herauf, aber in ihrer Straße blieb es zunächst ruhig.

»Ey, seht euch die Arschlöcher an!« Rudi, der neben einem Oleander rauchend am Geländer lehnte und dabei die Straße im Blick hatte, winkte Kalle und Greg heran. Ein Pulk schwarzer Kapuzenpulliträger zog johlend die Straße entlang. Hin und wieder wurde gegen ein Auto oder ein Verkehrsschild getreten.

»Scheiße, was macht denn der da?« Greg wies auf eine dunkle Gestalt, die hinter den anderen zurückgeblieben war.

»Ich glaub, der will die Karre anzünden«, begriff Kalle.

»Oder wozu hat der 'nen Benzinkanister dabei? Na, warte, Alter!« Kalle griff in den Kasten, zog eine volle Flasche Becks heraus, fasste sie am Hals, zielte, und dann flog das Geschoss drei Stockwerke hinunter und fand sein Ziel: den Schädel des Vermummten, der gerade Benzin über dem Heck eines Opel-Vectra ausgoss. Danach knallte die Flasche auf die Kühlerhaube und kullerte in den Rinnstein, wo sie unversehrt liegen blieb. Der Getroffene ließ den Kanister fallen, sank neben der Flasche zu Boden und rührte sich nicht mehr.

»Oh, *fuck!* Kalle, ich glaub' der ist hinüber!«, flüsterte Rudi.

»Sein Risiko«, befand Greg. »Wenn man einen Krieg anzettelt, dann gibt's halt auch Verluste.«

Unten näherten sich zwei Typen in schwarzen Sweatshirts mit Anarcho-Zeichen. Sie zogen ihre Schals vom Gesicht und warfen einen Blick auf die leblose Gestalt. Schließlich hob der eine die Bierflasche auf öffnete sie mit den Zähnen und setzte sie an die Lippen. Dann gingen sie weiter.

Am 4. Mai lasen Kalle, Rudi und Greg beim Bierholen am Kiosk die Schlagzeile der *Bild*-Hamburg: *Schanzen-Hooligan in Klinik verstorben.*

»Mensch, den kennen wir doch!«, entfuhr es Kalle, als er das Foto des Mannes betrachtete. »Das ist doch der Maklerfuzzi!«

Rudi las vor: »*Nach drei Tagen im Koma starb Carsten W., dem während der Ausschreitungen vom 1. Mai von Unbekannten mit einem stumpfen Gegenstand der Schädel zer-*

trümmert worden war. Der 35-jährige, vermummte Immobilienmakler war in der Autonomen Szene nicht bekannt und auch bei der Polizei ein völlig unbeschriebenes Blatt.«

»Der wirkte doch eher wie so ein Weichei«, bemerkte Greg verblüfft und Kalle meinte schließlich: »Wisst ihr was, Leute? Wir sollten wieder öfter in die Kneipe gehen. Wir alteingesessenen Schanzenbewohner müssen mehr Präsenz zeigen, sonst nimmt das Gesocks hier überhand.«

Schwere See

»Wie viel Grad hat wohl das Wasser?«, fragte Hilde.

»Neun.«

Seit sie hier waren, seit acht Tagen, führte Olaf Buch über die Wetterdaten. Er schrieb sie in seinen Kalender, neben die Blutdruckwerte.

»Hast du gewusst, Olaf, dass man im kalten Wasser gar nicht zwingend an Unterkühlung stirbt?«

»Sondern?«

»Am Kälteschock.«

»Klar. Darum soll man ja immer langsam ins Wasser gehen«, sagte Olaf, während sie in ihren Gummistiefeln über den Sand schlurften. »Hoffentlich sehen wir überhaupt Seehunde, bei diesem Nebel«, murmelte er.

Sie waren bei nahezu klarem Himmel aufgebrochen, aber nun senkten sich Nebelschleier über das Watt. Die Hotels an der Promenade verschwammen zu diffusen, grauen Gebilden, die Strandkörbe zu kleinen Würfeln, die schließlich ganz verschwanden.

»Wir liegen doch gut in der Zeit, oder?«, fragte Hilde.

»Sicher.«

Selbstverständlich hatte Olaf vor ihrem Marsch zur Seehundsplate den Tidenkalender gründlich studiert. Denn nur bei ablaufendem Wasser, wie man hier die Ebbe bezeichnete, war die weitläufige Sandbank passierbar.

»Warum waten wir dann gerade durch Wasser?«

»Das ist ein Priel«, erklärte Olaf. »Das ist ganz normal.«

Ein paar Möwen erhoben sich mit hämischem Gelächter aus dem Sand.

»Gleich prescht der Schimmelreiter aus dem Nebel«, fantasierte Hilde.

»Sei nicht albern.«

»Wusstest du, Olaf, dass man in zehn Grad kaltem Wasser nur noch etwa zehn Sekunden die Luft anhalten kann?«

»Tatsächlich?«

»Ja. Dadurch bekommt man Panik, die Herzfrequenz und der Blutdruck steigen an und im schlimmsten Fall kommt es zum Herzstillstand.«

»Ah, ja«, machte Olaf. Er fröstelte.

Sie hatten den Priel durchquert. Ab und zu warf Hilde einen prüfenden Blick zurück auf das gurgelnde Wasser.

»Und wusstest du, dass ein Grad Temperaturabfall im Muskel einen Kraftverlust von drei Prozent bewirkt?«, fragte Hilde.

»Nein.«

»Drei Prozent«, sinnierte sie, »das klingt so harmlos. Aber wenn die Temperatur der oberflächennahen Muskeln zwanzig Grad beträgt, dann bedeutet das schon einen Kraftverlust von fünfzig Prozent.«

»Was rechnest du denn da?«, fragte Olaf gereizt.

»Todesarten in kaltem Wasser.«

»Und woher weißt du das alles?«

»Aus den *Nautischen Nachrichten*. Habe ich gelesen, während du beim Bewegungstherapeuten warst, wegen deiner Bandscheiben.«

Olafs Blick glitt nachdenklich über den geriffelten Sandboden, während Hilde dozierte: »In kaltem Wasser kommt es nämlich früher oder später zum Verlust des Streckvermögens der Muskeln. Man kann seine Schwimmbewegungen nicht mehr koordinieren und ertrinkt. Das passiert selbst geübten Sportlern.«

Hilde wischte sich über die Stirn. Das Laufen im Sand war anstrengend. Ihre Stiefel quatschten bei jedem Schritt, und trotz des kühlen Windes war ihr heiß unter ihrer *Jack-Wolfskin-Jacke*.

»Lauf doch etwas langsamer«, keuchte Olaf. »Hast du vergessen, dass ich erst kürzlich eine schwere Bronchitis hatte?

»Wie könnte ich?«, seufzte Hilde gegen die steife Brise. Ein Dutzend Nächte neben dem bellenden Olaf, die Gedanken oszillierend zwischen Mitgefühl und Mordlust, heller Wut und dumpfer Verzweiflung.

Danach, als die Bronchitis abgeklungen und von Hämorrhoiden abgelöst worden war, war Olaf der Meinung gewesen, dass Föhrs Reizklima für seine Rekonvaleszenz das Beste sei. Besser als Teneriffa oder Lanzarote, wohin Hilde hatte fliegen wollen. Doch Olafs Sorge um seine Gesundheit hatte, wie immer, Vorrang vor ihren Wünschen.

»Wusstest du, Olaf, dass man das Gleichgewichtsgefühl verlieren kann, wenn kaltes Wasser in die Ohren eindringt? Man taucht dann unter, anstatt auf.«

»Interessant.«

»Was meinst du, Olaf, wie lange braucht ein Rettungsboot vom Liegeplatz auf Wyk bis … na, sagen wir, bis zu uns hier?«

Olaf blieb stehen und sah seine Frau an. »Weißt du was,

Hilde? Von mir aus können wir gerne umkehren, wenn dir hier draußen nicht geheuer ist. Wir haben noch nicht einen Seehund gesehen, und es macht immer mehr zu.«

»Jetzt sind wir schon so weit draußen, jetzt laufen wir noch ein bisschen«, entschied Hilde. »Denk an die Seeluft. All die Mineralien!«

Sie stapften weiter. Ab und zu hob Olaf das Fernglas an die Augen und linste ins Grau.

»Schau, da ist schon wieder so ein Priel. Hoffentlich ist es nicht tiefer als unsere Gummistiefel.«

»Er«, verbesserte Olaf. »Es heißt *der* Priel.«

Sie wateten stumm durch die glucksende Wasserrinne.

»Ich denke, so zwanzig, dreißig Minuten«, sagte Olaf.

»Was?«

»Braucht der Seenotkreuzer.«

»Wenn er einen gleich entdeckt. Aber bei so einem Nebel …«

»Hilde, du hast doch das Handy aufgeladen, ja?«

Hilde tastete an sich herum. »Ähm, Olaf …«

»Was?!«

»Ich glaube, ich habe es auf dem Tisch in der Pension liegen lassen. Es hängt wohl noch am Ladegerät.«

»Hilde!«

»Na, weißt du, zwischen all den Arzneien und dem Blutdruckmesser, dem Inhalator und der Infrarotlampe … da ist es irgendwie untergegangen.«

Olaf tat einen schweren Atemzug.

»Es tut mir leid. Aber wir haben doch noch massenhaft Zeit, bis das Hochwasser kommt und hier alles überflutet, nicht wahr, Olaf?«

Er sah auf die Uhr. »Ja, sicher. Laut Tidenkalender ist jetzt Stauwasser. Aber trotzdem …«

»Du hast ja Recht, es kann immer was passieren. Man kann unglücklich stürzen, einen Schwächeanfall bekommen, einen Kreislaufkollaps, oder gar einen Herzinfarkt.«

»Hilde, es reicht.«

»Warum? Sonst kannst du doch nicht genug bekommen von dem Thema. Seit zwanzig Jahren schaust du dir jede Gesundheitssendung an und studierst diese ganzen medizinischen Ratgeberzeitschriften.«

Das Fatale daran war: Bei ihrem Gatten wirkte der Placebo-Effekt umgekehrt: Olaf brauchte nur in der Apothekerzeitung über eine Malaise zu lesen, schon verspürte er erste Symptome.

»Mir ist kalt, lass uns umkehren.«

»Meinetwegen. Du bist sicher noch geschwächt von deiner Bronchitis. Hoffentlich hat sie den Herzmuskel nicht angegriffen. Also, das Ganze kehrt, marsch!«, rief Hilde fröhlich und drehte sich auf der Stelle um.

Der Boden war schlammig geworden, ihre frischen Spuren waren nur noch unförmige Dellen. Der Wind schnitt kalt in ihre Gesichter. Ab und zu wandte sich Olaf um und schaute mit dem Fernglas dorthin, wo er den Strand vermutete, während Hilde bemüht war, ihn zu unterhalten: »Dieses kältebedingte Schwimmversagen erklärt, warum Leute oft nur wenige Meter vor einem Rettungsboot oder dem Ufer ertrinken«, erläuterte sie. »Die Kälte vermindert nämlich die Feinmotorik der Handmuskeln und Nerven. Die armen Menschen können sich nicht mehr an zugeworfenen Rettungsringen oder Leinen festhalten. Bei der *Estonia* konnten die Retter das gut beobachten. Die Opfer versanken buchstäblich vor ihren Augen in der eiskalten Ostsee. Welche Windstärke haben wir wohl, Olaf?«

»Keine Ahnung«, brummte Olaf missgelaunt.

»Ich würde sagen: fünf. Die Wellen da hinten, die haben schon weißen Schaum obendrauf. Das könnte sogar …«

»Hilde!«

»Was ist, Olaf?«

Er war stehen geblieben, sein Gesicht war verzerrt. »Ich glaube, ich habe einen Wadenkrampf.«

»Hast du heute Morgen deine Magnesiumtablette vergessen?«

»Das ist nicht witzig!«

»Stütz dich auf meiner Schulter ab und versuche das Bein zu strecken.«

»Tut das weh!«

Seine Hand krallte sich in Hildes Schulter.

»Geht's wieder?«, fragte Hilde nach einer Weile, geduldig und mitfühlend, wie sie es sich mit den Jahren angewöhnt hatte.

Olaf ließ ihre Schulter los, nickte, und setzte sich wieder in Bewegung. Mit der Miene des stumm Leidenden lahmte er über das Watt. Dann blieben beide stehen.

»Dieser Priel da ist schon viel größer und breiter als vorhin, Olaf.«

»Aber da müssen wir durch.«

»Aber da werden wir nass.«

»Was du nicht sagst!«

»Das ist schlecht, wegen der Unterkühlung. In dem Artikel war nämlich recht anschaulich beschrieben, auf welche Faktoren es beim Tod durch Hypothermie ankommt. In erster Linie natürlich auf die Strömung und den Seegang. Dann natürlich auf die Kleidung. Auch die Dicke des Unterhautfettgewebes ist wichtig. Da hast du leider nicht viel zu bieten. Die körperliche Fitness, das ist dein Pluspunkt – obwohl – so eine Bronchitis wirkt oft lange nach.«

Olaf griff sich unwillkürlich an die Brust. Er musste husten.

»Hast du eigentlich gut gefrühstückt? Das spielt bei der Unterkühlung nämlich auch eine Rolle. Du hättest heute Morgen besser das Ei essen sollen, trotz des Cholesterins.«

»Wenn du nur das Handy dabei hättest! Bei dem Nebel sieht uns doch vom Ufer aus kein Mensch.«

»Ich glaube, das ist doch eher Windstärke sechs, heute. Oder, Olaf?«

»Kann sein.«

»Übrigens: Bei einer Wassertemperatur von zehn Grad verliert man nach spätestens zwei Stunden das Bewusstsein. Aber da müssen schon optimale Bedingungen herrschen, nicht so ein strammer Wind und so ein Seegang wie heute.«

»Warum musst du mir das jetzt erzählen?«, fauchte Olaf.

»Weil es so ist, Olaf. Das Hochwasser läuft schon seit über einer Stunde auf. Schau dich um! Wir stehen im Wasser, wo vorhin noch keines war.«

»Das kann nicht sein«, widersprach Olaf heftig. »Im Tidenkalender stand doch …« Er stockte und machte eine hilflose Geste mit den Armen. Braunes Wasser schmatzte gierig um ihre Stiefel.

Hilde hob ihr Bein. »Spürst du das auch, wie die Strömung an den Beinen zerrt?«

»Was glaubst du denn?«, schrie Olaf. Er zitterte wie ein Aal.

»Du solltest deinen Müsliriegel essen, sonst unterzuckerst du«, mahnte Hilde.

»Das ist momentan meine geringste Sorge«, versetzte Olaf. Seine Worte waren durch das Klappern seiner Zähne kaum zu verstehen. Er begann, sich mit den Armen über Kreuz auf die Schulterblätter zu schlagen.

»Dir muss ganz schön kalt sein. Die Haut an deinem Hals sieht aus wie bei einem Suppenhuhn.«

»Hilde! Wie kannst du so was Taktloses sagen? Und was gibt es zu grinsen?«

»Ach, weißt du, ich glaube, zum ersten Mal seit zwanzig Jahren hat die Sorge um deine Gesundheit eine gewisse Berechtigung.«

Olaf sah seine Gattin verdutzt an. Natürlich hatte er keine Ahnung, wovon sie redete. »Hilde, wir werden hier ersaufen, weil du das Handy vergessen hast!«

»Das Wasser steigt jetzt immer schneller. Oder bilde ich mir das nur ein, Olaf?«

»Laut Tidenkalender hätten wir jetzt Niedrigwasser, ich verstehe das nicht! Ich verstehe das einfach nicht!«, schrie Olaf verzweifelt in den Wind.

»Der Kalender war vom letzten Jahr.«

»Was?«

»Der Brandfleck in der oberen Ecke, wo die Jahreszahl gestanden hat. Erinnerst du dich? Du hast mich gleich am ersten Tag eine dumme Pute genannt, weil ich mit dem Teelicht drangekommen bin.«

Seine Lippen waren blau, ansonsten war die Farbe aus seinem Gesicht gewichen. Er packte ihre Hand. »Los, Hilde, wir müssen da durch.«

Sie machte sich los. »Geh du zuerst.«

Wild entschlossen machte sich Olaf daran, die Rinne zu durchqueren. Die See leckte an seinen Knien, den Hüften, dann zog ihm die Strömung die Beine weg. Er ruderte mit den Armen, aber er bekam keinen Boden mehr unter die Füße. Langsam aber unaufhaltsam wurde Olaf von Hilde weggetrieben. Seine Rufe waren nicht zu verstehen, denn der Wind pfiff unangenehm in den Ohren. Hilde bemerkte, wie die Strömung nun auch im flacheren Wasser immer stärker wurde. Höchste Zeit!

Das Handy ruhte sicher in einer Plastiktüte in der Brusttasche ihrer Schlechtwetterjacke. Mit klammen Fingern wählte Hilde den Notruf.

Hilde kletterte mit wackeligen Knien aus der Kajüte, in der sie sich umgezogen hatte. Sie kuschelte sich in den viel zu großen Trainingsanzug und in die warme, kratzige Decke. In Gegenwart der beiden Seebären fühlte sie sich sicher und geborgen. Beinahe hätte sie gelächelt.

»Mein Mann?«, fragte sie stattdessen mit ängstlich aufgerissenen Augen.

Der ältere der beiden Seenotretter, der hinten am Ruder saß, kratzte sich den Bart und erklärte ausweichend: »Das Tochterboot sucht selbstverständlich weiter. Aber wir haben schlechte Sicht und schwere See.« Seine Miene verriet das Unausgesprochene.

»Sie sollten lieber wieder nach unten in die Wärme gehen, gute Frau!«

»Es geht schon wieder«, sagte Hilde tapfer und wischte sich

eine Träne aus dem Augenwinkel, die der kalte Fahrtwind hervorgelockt hatte.

»Trotzdem«, meinte nun auch der jüngere Retter bestimmt. »Sie müssen sich warm halten. Das kalte Blut aus Armen und Beinen fließt jetzt zurück in den Körper. Trinken Sie so viel Tee, wie Sie können.«

Folgsam ging Hilde zurück in die Kajüte und goss noch etwas von dem brühend heißen Tee aus der Thermoskanne in die Tasse. Sie liebte das Knistern der Kluntjes. So ein Nordseeurlaub, fand sie, hat auch seine schönen Seiten.

Sie kam erst wieder an Deck, als das Boot Kurs auf den Hafen in Wyk nahm. In einem unbeobachteten Moment warf sie die Tüte, in die sie ihre nassen Kleider gestopft hatte, ins Wasser. Eigentlich schade, dachte Hilde, um diesen sündteuren Kälteschutzanzug.

Oh, Tannenbaum

Als Luise die Axt niederlegte, war nur noch ein blutender Stumpf übrig.

Sie wischte sich den Schweiß von der Stirn, ging in die Küche und stärkte sich mit einem Schluck Malteser. Dann telefonierte sie.

»Knochenhauer, Bachstelzenweg 12. Man kann ihn jetzt abholen. Ja, sofort.« Grußlos legte sie auf.

Sie wartete am Küchenfenster. Grimmig schaute sie auf die gen Himmel gereckten Glieder des geschlagenen Feindes. Acht Meter sattes, ahnungsloses Grün verstopften die Garageneinfahrt.

… *wie grün sind deine Blätter* … ging es ihr durch den Sinn. Aber nicht mehr lange! Vielleicht streifte die saftigen Nadeln just in diesem Augenblick der Todeshauch?

Luise Knochenhauer grübelte nicht länger darüber nach, sondern nahm lieber noch einen Malteser zur Brust.

Wie und wann die Tragödie ihren Anfang nahm, lässt sich schwer bestimmen. Möglicherweise streckte das Unheil schon vor zwei Jahren seine Krallen aus, als es bei Aldi Lichterketten im Sonderangebot gab, Knochenhauers eine davon kauften und sie um die Krüppelkiefer ihres Vorgartens wickelten.

Das störte mich zunächst nicht sehr. Manchmal, wenn ich spät nach Hause kam, fand ich ihr Leuchten sogar irgendwie anheimelnd. Ich ließ mich dazu verleiten, eine hölzerne Pyramide mit elektrischen Kerzen ins Flurfenster zu stellen. Nicht von Aldi, vom Weihnachtsmarkt. Steve hatte mich an diesen schrecklichen Ort geschleppt. Ihr mattgelber Schein wurde durch einen Zeitschalter geregelt, ging bei einsetzender Dunkelheit an und erlosch in den späten Morgenstunden fast unbemerkt. Ähnlich handhaben es Knochenhauers mit ihrer Lichterkette und kurz danach mit dem Lichtschlauch, der die Umrisse ihrer Haustür markierte. Ob sie Angst hätten, der Weihnachtsmann würde sonst den Zugang zum Haus nicht finden, witzelte ich, wurde aber von Helmut Knochenhauer belehrt, dass Weihnachtsmänner ihren Weg für gewöhnlich durch Schornsteine nahmen. Das müsste ich doch wissen, als Frau eines Amerikaners. Dass Steve und ich nicht verheiratet sind, ist den Knochenhauers zwar bekannt, wird von ihnen aber hartnäckig verdrängt.

Den Lichtschlauch fand ich obszön. Steve sagte nichts dazu, kaufte aber tags darauf zwei Lichterketten bei besagtem Discounter. Mangels Koniferen (unsere Containerweihnachtsbäume waren leider stets eingegangen) drapierte er sie um die Spitzen des Gartenzauns. Es missfiel mir, wie der antike Eisenzaun auf diese Weise seiner strengen Würde beraubt wurde, aber ich hielt den Mund. Weihnachten würde schließlich irgendwann einmal vorüber sein. Dennoch, er hätte mich wenigstens fragen können.

Für meinen Geschmack gab es nun ausreichend elektrische Adventsstimmung um mich herum, erstrahlte doch bei Knochenhauers zusätzlich zu ihrem Lichtschlauch in jedem Fenster ein weihnachtliches Motiv; ein Stern, ein Engel, ein Tannenbäumchen oder ein Nikolaus. Bei jedem Blick aus dem Fenster packte mich das Grauen. Dabei war das erst der Anfang.

Im Jahr darauf verbrachten Steve und ich die erste Adventswoche bei seiner Schwester, die in einer Siedlung für texanische Besserverdienende lebte. Wann immer jemand das Haus der Kramers betrat oder verließ, winkte ein Plastikschneemann von der Größe eines Massaikriegers mit seinem Plastikbesen und plärrte: *Merry Christmas.* Von dem, was sich im Inneren des Haus abspielte, bin ich nachhaltig traumatisiert.

Nach einer harten Woche glitten wir im Taxi durch die nächtlichen Einbahnstraßen auf unser trautes, dunkles Heim zu …

Carpe diem hatte sich das Ehepaar Knochenhauer gesagt und den Lichtschlauch vom Vorjahr um den Kamin gewunden. Offenbar hatte es wieder Lichterketten im Angebot gegeben. Im Garten schlang sich eine um jede Zypresse, um jeden kahlen Busch. Wenn es so weiter ginge, würde sie nächstens die Maulwurfshügel erleuchten, orakelte ich. Um Knochenhauers Haustür jagten sich Lauflichter in vier wechselnden Farben, wie man es von Biosaunen mit Farblichttherapie her kennt. Es wirkte aber eher wie der Eingang zu einer Dorfdiskothek. Der Taxifahrer grinste. Ich schämte mich in Grund und Boden für meine Nachbarschaft.

Den nächsten Abend verbrachte Steve zunächst draußen, wobei er, wie im letzten Jahr, den Zaun lichterverkettete. Ich liebte das schlichte kleine Siedlungshaus, das meine Eltern erbaut hatten. Den Eisenzaun hatte ich bei einem halbkriminellen Trödler erstanden und an Stelle des Jägerzaunes meiner Kindheit anbringen lassen. Rosen sollten sich um ihn ranken, nicht Aldi-Lichterketten. Warum hatte ich diesen Unfug im vorigen Jahr bloß durchgehen lassen?

Nach dem Abendessen saß Steve noch eine Weile am Computer und ging dann zu Bett, während ich mich trotz anhaltendem Jetlag bis kurz nach Mitternacht wach hielt. In meinem Kapuzenparka, in der Tasche das Maglite und die Rosenschere, schlich ich hinaus in die klamme Nacht. Es hätte sehr schön sein können. Eine bleiche Mondsichel stand über den Dächern, der große Wagen funkelte vornehm und vergeblich gegen Knochenhauers Lichtspiele an. Ich füllte meine Lungen mit Vorstadtluft und schritt zur Tat. Was heißt, Tat? Dies war ein Akt der Notwehr!

Ich zog den Stecker aus der Außensteckdose, schnitt das Kabel durch, kaute ein wenig auf der Ummantelung, steckte das Kabel wieder ein. Es war wie nachlassender Kopfschmerz. Haustür, Kamin und Garten lagen wieder in stillem Dunkel. Nur die Sterne, Engel, Tannenbäumchen und Nikoläuse brannten nach wie vor in den Fensterscheiben, da sie ihre Energie aus dem Inneren des Hauses sogen.

Bald darauf trafen die ersten Pakete ein. Knochenhauers hatten sie netterweise für uns entgegen genommen. Als Luise und ihr Mann sie zu uns brachten – Größe und das Gewicht des einen verlangten nach starken Armen – beschwerten sie sich über den Marder, der während der letzten Tage mehrmals die Kabel ihrer Adventsbeleuchtung durchgebissen hatte.

»Das schont Ihre Stromrechnung«, tröstete ich meine hilfsbereiten Nachbarn, und fügte wahrheitsgemäß hinzu: »Bei uns hat er auch gewütet.«

Seit zwei Tagen war der Zaun wieder Zaun und sonst nichts.

»Heute Nacht legt sich Helmut mit dem Gewehr auf die Lauer«, verriet Luise Knochenhauer und presste die Hand auf den Mund, als ihr Gatte sie verstohlen anrempelte.

»Es ist das alte Gewehr von meinem Vater. Alte Waffen darf man ohne Waffenschein behalten«, rechtfertigte sich der kleine, dicke Glatzkopf, und Luise nickte eifrig, wobei ihre Dauerwellenlocken wippten. Beider Augen brannten vor Jagdfieber. Ich wünschte Herrn Knochenhauer *Waidmannsheil* und wuchtete die Pakete ins Haus.

Es waren zwei, ein kleineres und ein riesiges, schweres, beide an Steve adressiert.

»Ebay«, erklärte Steve. Dann trug er seine Schätze in den Keller.

Noch am selben Abend bekam ich den tanzenden Weihnachtsbaum zu sehen. Zu den blechernen Klängen von *Jingle Bells* wand er seine Plastikarme wie eine balinesische Tempeltänzerin. Ich bat Steve, er möge das Ding sofort in sein Arbeitszimmer schaffen. Möglicherweise war mein Ton dabei ein wenig harsch ausgefallen. Steve nannte mich engstirnig und intolerant, und verdächtigte mich, das Kabel »seiner« Lichterkette zerschnitten zu haben.

»Die an meinem Zaun hängt«, stellte ich klar.

Und überhaupt würde ich ihn behandeln wie einen Untermieter, mit dem ich zufällig ein Verhältnis hatte.

Wir stritten über alles Mögliche, die Pizza verbrannte im Backofen, und wir schliefen Rücken an Rücken zornig ein.

Während unser Nachbar einsam am Küchenfenster Wache hielt, irrte ich durch die Glühwein- und Bratwurstschwaden eines Weihnachtsmarktes, auf der Flucht vor einer riesigen grünen Plastikkrake, die *Jingle Bells* krächzte.

Ich bat einen Nikolaus um Hilfe, doch der entpuppte sich als Steve in Verkleidung und nutzte die Gelegenheit, mir einen Sack über den Kopf zu stülpen und mit dem Handy die Krake anzurufen. Dann gab es einen Knall. Ich fuhr aus den Laken. Es war zwei Uhr zehn und Herr Knochenhauer feierte seinen ersten Jagderfolg. Frau Knochenhauer vergoss tags darauf Tränen der Reue und zwang ihren Mann, beim Optiker seine Sehschärfe kontrollieren und das Gewehr verschwinden zu lassen. Was mich sehr erleichterte. Dennoch wurden sie vom Rest der Nachbarschaft für eine ganze Weile geschnitten, denn alle hatten den grauen Kater aus Nummer acht gern gehabt.

Als ich an diesem Abend spät nach Hause kam, glomm ein roter Punkt von der Größe eines Golfballes neben dem Hauseingang in der Luft. Wurden inzwischen Infrarotwaffen eingesetzt? Noch ein Schritt, und es erschien – im wahrsten Sinn des Wortes – ein Rentier in Originalgröße. (Zumindest vermutete ich das.) Hinter ihm, auf dem obligaten Schlitten, saß ein dicker, weißbärtiger Santa-Claus im roten Mantel. Ich näherte mich dem Ensemble so vorsichtig wie einer angeschossenen Wildsau. Durch einschlägige Erfahrungen während des Texasaufenthaltes war ich auf alles gefasst. Prompt wackelte das Rentier mit seinen Ohren und Santa auf dem Schlitten ließ ein kehliges »Hohoho« hören, ehe die Pracht wieder erlosch. Dann erglühte von Neuem die rote Nase des Rentiers ... und so weiter. Minutenlang stand ich wie erstarrt vor dem Schauspiel. Das Rentier hatte hübsche Ohren und einen sanften Blick. Santa Claus sah aus wie Gottvater. Etwas Anrührendes ging von den beiden aus. Ich fuhr zusammen, als sich die Haustür öffnete. Steves

Haltung glich der eines Hundes, der den Sonntagsbraten gefressen hat.

»Kann man es auch so schalten, dass es immer leuchtet?«, fragte ich.

Bald pilgerten Mütter mit ihren Kindern durch unsere Straße. Das Rentier war *die* Attraktion. Knochenhauers grüßten dieser Tage ein wenig knapp. Am Samstag vor dem vierten Advent sah man sie mit sperrigen Leitern im Vorgarten hantieren. Es hatte mich schon die ganze Zeit über gewundert, dass bei der ganzen Beleuchtungsorgie die mächtige Tanne verschont geblieben war, die, seit ich denken konnte, gleich hinter unserem Zaun, neben Knochenhauers Garageneinfahrt, stand. Vielleicht, weil der Baum längst höher als das Knochenhauer'sche Haus und deshalb aufwändig und sicher auch kostspielig zu illuminieren war. Eine Teilbeleuchtung hätte dilettantisch gewirkt. Helmut Knochenhauer war Perfektionist. Den ganzen Tag sah man ihn mit Kabelwerk um die Schultern in gefährlichen Posen zwischen Leiter und Tanne herumturnen, und am Abend erstrahlte der große Baum triumphierend mit hunderten oder gar tausend Lichtern. An seiner Spitze balancierte silbern blinkend ein großer Stern mit einem Schweif.

Für die Kleinkinder war das Rentier nach wie vor Favorit, aber die Erwachsenen, das bemerkte ich, wenn ich heimlich am Schlafzimmerfenster auf die Kommentare horchte, sympathisierten eher mit Knochenhauers Baum.

Zwei Tage vor Heiligabend, in aller Herrgottsfrühe, erwischte ich Steve. In seinem roten, mit Nikoläusen bedruckten Morgenrock stand er am offenen Klofenster und schoss mit einer Zwille Kieselsteine auf den Stern von Bethlehem ab. Ich wandte mich stumm ab. Im Lauf des Tages erwähnte keiner von uns den Vorfall.

Als ich am Morgen des 24. aus dem Fenster sah, war die Landschaft bilderbuchmäßig verschneit. Bei unseren Nachbarn gab es schon wieder etwas Neues zu bestaunen. Offenbar hatten sie sich einen von diesen Weihnachtsmännern angeschafft, die man neuerdings kopfüber an Fassaden baumeln sieht, wie schlaffe Gehenkte. Nur hing der von Knochenhauers in der großen Tanne, und es war auch nicht der Weihnachtsmann.

Während ich noch hinüber starrte, stürzte mein Texaner mit wehendem Nikolausmorgenrock aus dem Haus und erklomm barfuß die vereiste Tanne.

Ein sinnloses Opfer. Den Männern von der Feuerwehr blieb nur noch, Helmut Knochenhauer aus der Verstrickung der Lichterkette zu befreien, die ihn gefesselt und erdrosselt hatte. Er hatte kaputte Lämpchen austauschen wollen, erklärte Frau Knochenhauer, die in der Metzgerei Schlange für die Weihnachtsgans gestanden hatte, als das Unglück geschah. Die Glückliche.

Ich dagegen hatte Steve vom Baum flattern sehen.

Ich beobachtete, wie der Baum von den Arbeitern des Gartenbauunternehmens zersägt, verladen und abgefahren wurde. Die Dämmerung setzte ein, ich öffnete eine Flasche Bordeaux. Die Gärten lagen still und dunkel. Das Rentier hatte eine neue Heimat bei der Familie aus Nummer acht gefunden. Steve schwebte vermutlich gerade im Laderaum einer Boing über dem Atlantik. Matt schimmerten die Eisenspitzen des

Zaunes im letzten Abendlicht. Ein paar Stäbe hatten die Feuerwehrleute durchsägen müssen, weil sie sich zu fest in Steve verbohrt hatten. Sie würden nach den Feiertagen fachkundig erneuert werden. Alles würde sein wie vorher. Ich nahm einen Schluck Wein. Die große Tanne würde ich vermissen.

Ruhe im Haus!

Was wollten die alten Damen in unserem noch älteren Mietshaus nicht alles unternehmen, falls – was der liebe Gott verhüten möge (aber man kann die Möglichkeit ja nicht völlig außer Acht lassen) – ihre Ehemänner vor ihnen das Zeitliche segnen sollten. Von Theaterabonnements, Opernfahrten, Wellness-Kuren und Studienreisen träumten sie mit feuchten Augen, wenn die Damen unter sich waren. Eine Schar unternehmungslustiger zukünftiger Witwen kauerte sozusagen in den Startlöchern und beneideten mich, die »alte Jungfer«, wie sie mich jahrzehntelang hinter meinem Rücken genannt hatten, um meine Freiheit.

Der liebe Gott seinerseits hielt sich artig an die Statistiken der Lebensversicherer und berief die greisen Gatten schön der Reihe nach zu sich. Einzig der alte Birnstiel überlebte seine Hilde, neigte er doch schon seit Jahr und Tag zu gewissen Extravaganzen.

Nun aber musste ich bei sämtlichen Hinterbliebenen mit Befremden beobachten, wie sie nicht einmal eine angemessene Trauerfrist einhielten, ehe sie sich um Ersatz für die Verblichenen bemühten. Seitdem ist keine Rede mehr von Oper und Theater, denn die neuen Lieblinge verlangen nach ungeteilter, permanenter Zuwendung.

Den Anfang machte die Reitze, Parterre, rechts. Kaum dass ihr Paul unter der Erde lag, legte sie sich einen Papageien zu.

Das Tier krakeelt jeden Morgen um sechs – auch an Sonn- und Feiertagen – derart, dass bei mir im zweiten Stock an Schlaf nicht mehr zu denken ist. Es übertönt sogar das Fiepsen der Kanarienvögel von Frau Sudhoff, Parterre links. Zu ihrem Glück ist die Nonnenmacher, die zwischen der Reitze und mir wohnt, schwerhörig. Seit Kurzem hält sie sich Fische. Ausgesprochen angenehme, ruhige Tiere. Mit ihnen spricht sie so laut, dass ich jedes Wort verstehen kann. Sie erzählt ihnen dasselbe, wie bisher ihrem Gummibaum.

Ihr gegenüber wohnt Birnstiel. Er ist noch rüstig und hat sich wohl deshalb einen Hund zugelegt, ach was, Hund; einen schwarzen, zotteligen Wischmob auf vier Pfoten, welche überall Dreckspuren hinterlassen. Ganz zu schweigen vom Gebell aus nichtigem Anlass und zu jeder Tages- und Nachtzeit.

Das schlimmste Übel aber war der Kater meiner Nachbarin, ein gestreiftes Tier namens Fiskus. Ihr Mann, Hugo Kaminski, war Finanzbeamter. Fiskus machte weniger Schmutz als der Hund, aber glauben Sie ja nicht, dass es angenehm ist, wenn man frühmorgens – aus dem Schlaf gerissen von einem »Jocki, Jocki, Bussi, Bussi« kreischenden Papageien – die Zeitung aufsammelt und der müde Blick dabei an aufgeschlitzten Bäuchen mit herausquellenden Mäusedärmen auf dem Abtreter gegenüber hängen bleibt. Ein sensibler Mensch wie ich braucht danach Stunden, um den ersten Bissen zu sich nehmen zu können.

Trotzdem tat mir die Kaminski beinahe leid, als sie an jenem eiskalten Januartag, unentwegt »Fiskus, Fiiiskus, wo ist denn mein Kätzchen?« rufend, draußen herumlief.

»Er kommt sonst jeden Morgen nach Hause«, klagte sie mir gegen Mittag ihr Leid.

»Und bringt immer was Leckeres mit«, bestätigte ich und tröstete sie mit den Worten: »Kater streunen eben manchmal. Die Triebe, Sie wissen schon.«

Worauf die Kaminski schnippisch fragte, was ich denn schon von Trieben wüsste.

Den ganzen Nachmittag pirschte sie rufend und lockend ums Haus, bis die anderen Tierfreunde genervt ihre Rollläden herunterrasseln ließen. Es dämmerte. Noch immer ertönte ihr dünnes Stimmchen: »Fiskus, Fiiiskus!« Oder klang das nicht anders? Trotz der Kälte öffnete ich das Fenster und horchte.

»Hilfe«, schrie die Kaminski heiser. »Hiiilfe!«

Sie lag im Gartenteich, den eine dünne, schneebedeckte Eisschicht in eine Falle verwandelt hatte. Fluchend rannte ich die Treppe hinunter, in den Garten, zur Kaminski.

Es war ein schönes Stück Arbeit, meine wohlgenährte Nachbarin an Land zu ziehen. Ob es eine selbstlose Heldentat war, wie die Lokalzeitung es nannte – ich weiß nicht recht. Schließlich hatte ich den Teich erst in diesem Frühjahr angelegt, als Biotop für Frösche, Lurche und Libellen, und ich wollte unbedingt verhindern, dass mir die Kaminski im Todeskampf meine Seerosen herausreißt.

Als meine Lungenentzündung ausgeheilt war und ich nach drei Wochen die Klinik verlassen durfte, hatten sich alle meine lieben Nachbarn fein angezogen und bei Kaffee und Kuchen im Wohnzimmer der Kaminski versammelt. Sogar für einen Blumenstrauß war zusammengelegt worden; blaue Iris und Tulpen. Die Tulpen sahen aus, als hätten sie eine Krankheit, aber es war nur eine besondere Züchtung. »Papageientulpen«, erklärte Birnstiel augenzwinkernd. Es wäre beinahe eine recht harmonische Willkommensfeier geworden, wenn nicht plötzlich die Kaminski, nach einem Glas Pfefferminzlikör, das sie auf das Wohl ihres verschollenen Fiskus leerte, angefangen hätte, sich in obszöner Weise auf dem Perser zu winden. Es vergingen peinliche fünf Minuten, ehe sie endlich mit gelbgrünem Schaum vor dem Mund und in einer Haltung, die unmöglich bequem sein konnte, liegen blieb und Ruhe gab.

»Schlimm, wenn man nichts verträgt«, bemerkte Birnstiel und telefonierte nach dem Notarzt.

»Exitus«, bemerkte der Notarzt und telefonierte nach der Polizei.

Natürlich fand die Kripo schnell heraus, dass Zyankali im Likörglas war. Wir wurden alle verhört, auch ich, aber nur *pro forma*, denn als heldenhafte Lebensretterin bin ich bis heute über jeden Verdacht erhaben.

Schlimmer sieht es da schon für den alten Birnstiel aus. Sein Hund lebt jetzt bei seiner Tochter und er hinter Gittern. Mordverdacht. Denn in Birnstiels Fahrradschuppen fand man den Kater der Kaminski – vergiftet.

Apropos Kater. Bei dem hat das Zeug viel schneller gewirkt als bei seiner Herrin. Dabei heißt es doch immer, Katzen hätten sieben Leben. Vielleicht hätte ich für die dicke Kaminski ein paar Tropfen mehr opfern sollen, um der Kaffeerunde diese unappetitliche Szene zu ersparen. Sei's drum. Dafür ist jetzt noch gut die Hälfte im Fläschchen. Eben schreit schon wieder der Papagei von der alten Reitze …

Der Vollstrecker

Ich gehe im Kreis herum durch die Stadt, wann immer ich Zeit finde: Via Po – Piazza Castello – Via Roma. Piazza San Carlo – Via Carlo Alberto – Via Lagrange. Piazza Carignano – Piazza Carlo Alberto – Via Po. Ich bemerke die Signale. Manchmal reicht eine fahrige Bewegung, eine hastig vor das Gesicht gezogene Sonnenbrille, ein Löffel, der hektisch in einer Tasse Cappuccino rührt, sodass die Milch über den Rand schwappt. Ich erkenne sie an der Art, wie sie durch die Bogengänge der Via Roma huschen, den Blick starr nach vorn gerichtet, wie sie ab und zu ohne ersichtlichen Anlass mitten im Gehen anhalten, zurückweichen hinter eine Säule, oder plötzlich ganz und gar interessiert die Auslage eines Schaufensters fixieren. Sie sind Jäger und Getriebene zugleich. So wie die Frau dort drüben, im schwarzen Kleid: Sie steht im Schatten der Arkaden, für die diese Stadt berühmt ist, und starrt auf die Fensterscheibe des Café Fiorio in der Via Po.

Ich weiß, was in ihr vorgeht. Wochenlang bin ich Emilia durch die Stadt gefolgt; sah durch die Fenster der Boutiquen, verfolgte sie bei ihren *fè la spèisa*, ihren Einkäufen: Kleider, Tücher, Dessous – für *ihn*. Ich sah sie Händchen haltend über die Piazza Castello schlendern, bummelte nur scheinbar müßig über den Wochenmarkt und durch die antiken Gassen des Flohmarkts Balôn, wo sie für ihn einen Glücksbringer kaufte. Als ob er den noch gebraucht hätte. Ich schlich ihnen nach durch die prächtigen Säle des Palazzo Reale und durch das Ägyptische Museum. Mit *ihm* betrachtete sie die barocke Stadt, in der sie seit dreißig Jahren lebte, besuchte die Orte, an denen man sich Schönheit verspricht – und eine gewisse Anonymität zwischen den Touristen. So etwas macht eine Frau nur, wenn sie verliebt ist – das Vertraute mit neuen Augen betrachten.

»Ich sehe, Sie quälen sich«, sage ich zu der jungen Frau im engen schwarzen Kleid.

»Was wollen Sie?«, fragen ihre vollen, blutrot geschminkten Lippen.

»Ich kann Ihnen helfen.«

»Ich brauche keine Hilfe«, sagt sie abweisend und noch immer ohne den Blick von der Fassade des Cafés zu wenden.

Ich kenne diesen Blick. In der Galleria Subalpina spähte ich durch die Scheibe des Café Baratti & Milano, sah, wie er sie küsste und ihr ein Gianduiotto in den Mund steckte. Dabei behauptete sie immer, von Nougat bekomme sie Zahnschmerzen.

Ich will nicht länger daran denken.

»Ich weiß, was Sie fühlen«, sage ich.

»Ach ja?«

»Sie wünschen sich, er wäre tot.«

»Nein. Ich wünsche mir, *sie* wäre tot.«

Endlich sieht sie mich an, nimmt sogar die Sonnenbrille von den fiebrigen Augen.

»Viermal in der Woche treffen sie sich. Viermal!« Sie kämpft mit den Tränen. »Er hat kaum Zeit für mich. Er kauft ihr Blumen. Jede Woche einen teuren Blumenstrauß.«

»Er braucht eine Warnung«, schlage ich vor.

Sie schüttelt den Kopf und zündet sich eine Zigarette an. Raucht in kurzen, hektischen Zügen.

»Es wird erst aufhören, wenn sie tot ist«, sagt sie.

Auch solche Gedanken sind mir vertraut, seit ich zusehen musste, wie Emilia mit *ihm* durch die Mole Antonelliana emporschwebte. Meine Emilia an *seiner* Brust. Das Filmmuseum, einst Synagoge, heute Wahrzeichen der Stadt und eines der höchsten Mauerwerke der Welt, war ihnen gerade hoch genug. Dabei konnte sie doch nicht einmal vom Balkon im dritten Stock unserer Wohnung auf die Via Bava hinunter schauen, ohne dass ihr schwindelig wurde. Ich versprach dem Teufel – denn der ist in Turin zu Hause – auf der Stelle meine Seele, wenn er den Aufzug in die Tiefe stürzen lassen würde. Er wollte sie nicht.

»Lassen Sie mich Ihnen behilflich sein«, sage ich.

»Was wollen Sie dafür?«

»Nichts.«

Das ist ihr zu wenig, ich sehe es an ihrem Blick.

»Wenn Sie einer von diesen okkulten Spinnern sind, dann verpissen Sie sich.«

Ihr Misstrauen ist berechtigt. Man muss wissen, dass in und um Turin schätzungsweise an die 50.000 Sektierer und Teufelsanbeter leben, und noch mehr von diesen bedauernswerten Irren kommen das ganze Jahr über als Gäste in die Stadt. Sogar die Stadtverwaltung paktiert inzwischen mit der Hölle: Es gibt esoterische Stadtführungen. *Magic Tours.* Nach Einbruch der Dunkelheit schleust man die Besucher durch die Gassen und Hinterhöfe des historischen Zentrums, wo sie an den Fassaden der Paläste »magische« Figuren und Verzierungen aus allen Stilepochen entdecken. Natürlich ist die eine oder andere versteinerte Fratze dabei, die den Touristen im Fackelschein wohlige Schauder über den Rücken jagt. Und dieser Mummenschanz tobt sich ausgerechnet in der Stadt aus, der es gegönnt ist, die berühmteste Reliquie der christlichen Welt, das Turiner Grabtuch, zu beherbergen! Aber wo viel Licht ist, ist eben auch viel Schatten. Manchmal folge ich so einer *Magic Tour* heimlich und erprobe in einem günstigen Moment die Wirkung einer neuen Kreation. Aber davon später. Nur eins noch: Die Turiner »Magier« sind allesamt Schwindler. Fünfzigtausend Lire habe ich damals in meiner Verblendung und Verzweiflung für einen Liebeszauber ausgegeben, den eine schmierige Alte mit schwarz umrahmten Augen anbot, und der selbstverständlich nicht wirkte. Und noch einmal so viel investierte ich in einen Schadenszauber an meinem Rivalen, durchgeführt von einem grauhaarigen Buchhalter, der sich Schamane nannte. Eine Maßnahme, die ebenfalls wirkungslos verpuffte.

»Es geht mir um Anstand«, erkläre ich. Ja, das ist es. Anstand. Treue. Verlässlichkeit. So hat mich meine Mamma erzogen. Und ich Schaf glaubte lange Zeit, alle Frauen wären so wie Mamma. Auch Emilia. Besonders Emilia. Die beiden haben sich nie verstanden.

Nachdem Emilia fort war, bin ich wieder zu Mamma gezogen. Ich weiß, ich weiß … Die Welt lacht über uns, man nennt uns Muttersöhnchen, weil über ein Drittel der Italiener mit über dreißig Jahren noch immer zu Hause wohnt. Schuld daran sind die hohen Mieten, der Katholizismus und die Kochkünste der italienischen Frauen der Müttergeneration. Dies gilt ganz besonders in Turin, der Hauptstadt des guten Geschmacks. In der Tat macht niemand so köstliche Agnolotti mit Fleischfüllung wie meine Mamma. Und erst ihr Piemontesischer Weinschmorbraten und ihr Vitello Tonnato …

Das falsche Paar kommt aus dem Café. Er hält galant ihren Arm. Sie trägt einen mondänen Hut, der ihr Gesicht beschattet. Sie scheint älter zu sein als er. Doppelt schmerzlich für die schöne junge Dame, deren Gesichtszüge beim Anblick der beiden versteinern. Sie zertritt die halb gerauchte Zigarette und dreht, ohne es zu bemerken, nervös an ihrem Ehering. Es muss etwas geschehen. Gewisse Dinge kann man nicht durchgehen lassen.

Ich entschuldige mich rasch bei der jungen Frau. Es gilt, einiges zu recherchieren: Wohnung, Gewohnheiten, tägliche Wege. Schon werden aus Betrügern Gejagte. Die Beschattung fällt mir leicht. Ich habe Übung darin, und ich bin ein Durchschnittstyp: mittelgroß, mittelalt, das Haar mittelbraun. Nicht schön, nicht hässlich, absolut unauffällig. Kaum jemand behält mein Gesicht im Gedächtnis, es ist zu beliebig.

Meine Arbeit unterstützt mein Wirken. Ich bin Restaurator im Museo della Marionetta – dem Puppenmuseum. Es beherbergt über zehntausend Marionetten, Puppen und Masken, dazu Bühnenbilder und Szenenzubehör aus aller Welt. Natürlich habe ich noch nie ein Museumsstück zweckentfremdet. Niemals würde ich mich am Kulturgut meiner Stadt vergreifen. Die Raritäten dienen mir lediglich als Vorlage. Zum Beispiel die fast lebensgroße Marionette eines Pestkranken: Wächsern schimmert das polierte Holz, schwarzschorfig klaffen die Abszesse auf den ausgezehrten Wangen. Mit einer hervorragend gelungenen Kopie des Pestopfers wurden schon zwei flatterhafte Ehemänner auf den Pfad der Tugend zurückgeführt. Auch eine Teilnehmerin einer dieser obskuren Stadtführungen hatte eine Begegnung mit dem Aussätzigen, gleich hinter der Kirche Gran Madre de Dio. Es war ein Herbstabend, schon etwas neblig, die Frau hat sich zu Tode erschreckt. Das kommt vor. Nicht oft, aber gelegentlich. Apropos Tod. Der ist im Museum allgegenwärtig. Ebenso der Teufel. Ich habe zwei eindrucksvolle Tod-und-Teufel-Masken angefertigt, welche stets zuverlässig ihre Dienste geleistet haben. Wer widersetzt sich schon, wenn einem der Teufel ins Gewissen redet?

Ein besonderes Stück ist die Maske eines spanischen Inquisitors aus dem sechzehnten Jahrhundert. Das Beeindruckende an ihr ist, dass man auf den ersten Blick nichts Übertriebenes an ihr entdeckt. Keine Hörner, glühenden Augen, Fangzähne oder dergleichen Firlefanz. Man könnte sich durchaus vorstellen, dass es einen Menschen gibt, der so aussieht. Es ist sogar wahrscheinlich, dass es diesen Menschen gab, und man mag nicht an die denken, die ihm in die Hände fielen. Die fahlen Gesichtszüge zeugen von absoluter Kälte, Grausamkeit und Bosheit, und der Blick aus den toten Augen lässt einem das Blut in den Adern stocken. Erst recht, wenn einem die Gestalt unerwartet und bei entsprechender Beleuchtung gegenüber tritt …

Zur Kapelle des Heiligen Tuches gelangt man vom Dom aus. Das Innere der Kapelle ist zum Zeichen der Trauer ganz mit schwarzem Marmor verkleidet. Ebenfalls aus schwarzem Marmor sind die beiden barocken Treppenaufgänge. Eilte Emilia über diese Stufen zum Rendezvous, oder wollte sie in der Kapelle ihre Sünden bereuen? Ich habe es nie erfahren. Denn ehe der »Inquisitor« sie auffordern konnte, ihr verwerfliches Tun zu beenden, begann sie zu schreien, ergriff die Flucht und stürzte mit ihren hohen Hacken die Marmorstufen hinunter. Wie Sonnenstrahlen lag ihr blondes Haar auf dem schwarzen Stein. Das Blut, das zäh darunter hervorsickerte, konnte man kaum erkennen. Ich schlug ein Kreuz über meiner Brust und entfernte mich vom Ort des »tragischen Unglücks«, wie es Tage später in der Zeitung hieß.

Damals, vor zehn Jahren habe ich den Inquisitor das erste und letzte Mal eingesetzt. Aber heute scheint er mir genau der Richtige für den abtrünnigen jungen Mann. Es ist zwar nur natürlich, dass die Frau im schwarzen Kleid den Tod der Geliebten ihres Gatten herbeisehnt, aber die Erfahrung hat gezeigt, dass es meistens besser ist, das Übel an der Wurzel zu packen. Der Ehepartner ist es, der eine Warnung benötigt. Wenn das nicht fruchtet, kann man über weitere Schritte nachdenken.

Es ist ein Abend im November, Nebel schwebt über dem Wasser des Po, und der junge Mann, der an der Murazzi – der mächtigen Uferbefestigung aus napoleonischen Zeiten – entlang geht, hat den Kopf gebeugt und die Hände tief in den Taschen seiner Jacke vergraben. Es sind kaum Passanten unterwegs. Nur im Sommer flanieren hier die jungen Leute in Scharen auf und ab und brüllen in ihre *cellulari*. Jetzt ist alles still.

Er sieht mich nicht an, als ich auf ihn zugehe, erst als ich mit hohler Stimme seinen Namen rufe, »Ascanio!«, bleibt er stehen. Er hebt den Kopf, seine Augen weiten sich.

»Wer sind Sie?«

»Du kommst von der anderen Frau.«

»Ich? Nein! Was wollen Sie von mir?«

Widerstand also. Ich muss tiefer in die Trickkiste greifen.

Ich mache einen Schritt in seine Richtung. Aus meinem wehenden Mantel streckt sich eine knöcherne Hand und zeigt auf ihn. Die andere hält eine Fackel, die sich nun, wie von Zauberhand, mit einem Fauchen selbst entzündet. Ein alter Trick, den mir ein Jahrmarktszauberer irgendwann beigebracht hat. Meine Bemühungen zeigen Wirkung. Mein Gegenüber schlottert vor Angst.

»Diese Frau, die du viermal in der Woche triffst – das wird aufhören. Es verletzt deine Ehefrau, das dulde ich nicht. Komm zur Besinnung, sofort!« Ich spreche langsam, bestimmt und ein bisschen heiser – wie Al Pacino. Zur Untermalung der Szene steigt genau im richtigen Moment eine Nebelschwade vom Fluss über die Mauer und hüllt uns ein.

»Meine Mamma? Ich soll meine Mamma nicht mehr treffen?«, ruft Ascanio entsetzt. »Das kann niemand von mir verlangen.«

Er kommt auf mich zu, kneift die Augen zusammen. »Wer sind Sie überhaupt?«

Ich werfe die Fackel nach ihm, und dann renne ich, und renne und renne. Er folgt mir nicht. Erst auf der Piazza Castello, vor der Kirche San Lorenzo, mache ich halt, ringe nach Luft und reiße mir die Maske vom Kopf. Bei allen Teufeln! Da wäre mir doch beinahe ein schwerer Fehler unterlaufen.

Zitternd vor Kälte und Schrecken erreiche ich die Wohnung. Die Mamma ist noch auf und bereitet mir einen *Bicerin*, eine Mischung aus Schokolade, Milch und Kaffee. Ich drücke ihr einen Kuss auf die Wange und setze mich zu ihr vor den Fernseher.

Was hat dieses unselige Weibsbild im schwarzen Kleid von mir verlangt? Den Tod der Mamma! Den Tod der Mutter eines gewissenhaften Sohnes. Eines Sohnes, der sich in durchaus angemessenem Rahmen um seine Mamma kümmert. Was für eine infame Hexe!

So etwas kann ich auf gar keinen Fall durchgehen lassen.

Das Saumensch

»A so a Saumensch!« Mit spitzen Fingern hält Ella ein Textil weit von sich weg, das beim Abziehen des Bettes zum Vorschein gekommen ist. Es ist nicht das erste Beweisstück, das sie findet. Da waren neulich schon die langen, blonden Haare im Abfluss der Dusche und der Rest Lippenstift an einem der Kristallgläser. Das kommt davon, wenn man zu sparsam ist und den Öko-Spülgang wählt. Aber dieses Ding da ist mit Abstand das frivolste Indiz dafür, dass er seine jüngste Eroberung neuerdings auch ins Haus bringt: Ein grellrotes, durchsichtiges Dreieck an dünnen Schnüren. Ella kann sich beim besten Willen nicht vorstellen, wie man so etwas tragen kann, ohne dem ständigen Bedürfnis nachzugeben, sich die Schnur aus der Poritze zu ziehen.

»So a Schnall!«, zischt sie, während sie überlegt, wie mit dem *corpus delicti* zu verfahren ist. Sollte sie es demonstrativ auf das Kopfkissen legen? Oder auf seinen Schreibtisch? Sie entscheidet sich dagegen. Vorerst braucht Karl nicht zu merken, dass sie Bescheid weiß. Wissen ist Macht. Ein Wissensvorsprung bedeutet Handlungsfreiheit. Sie steckt das obszöne Kleidungsstück in eine Plastiktüte von Gross & Stark Männermode, seinem Lieblingsladen in der Rebengasse, direkt neben dem Münster, und trägt die Tüte nach draußen, zur Mülltonne. Wütend schlägt sie den Deckel zu und bleibt dann für einen Augenblick im Vorgarten stehen, erschöpft, niedergeschlagen. Vielleicht sollte sie aufgeben, die Segel streichen, den Dienst quittieren. Denn dieses Mal scheint nichts zu helfen. Die anderen haben sich relativ leicht vergraulen lassen: Ein Briefchen hier, ein bisschen Telefonterror dort, ein paar kleine »Aufmerksamkeiten« effektvoll platziert ... Aber die Schächtle ist ein harter Knochen, und wenn es so weiter geht, dann wird sie am Ende noch hier einziehen – in den abbezahlten Bungalow auf dem Eselsberg. Das würde dem Malefitzmensch so passen!

Ellas Blick schweift über die akkurat geschnittenen Buchsbäumchen, die Rhododendren, die Zierkirsche. Die Fassade wurde letztes Jahr frisch geweißelt und blendet in der Mittagssonne um die Wette mit den blitzblank geputzten Fensterscheiben. Dies alles aufgeben? Zweiundzwanzig gemeinsame Jahre einfach wegwerfen, wegen so einer dahergelaufenen Zuddel? Auf keinen Fall! Ella stampft mit dem Fuß auf und schüttelt trotzig mit dem Kopf. Jede hat ihre Schwachstelle, man muss sie nur finden. Natürlich hat Ella bereits recherchiert. Erkenne deinen Feind, lautet die Devise! Barbara Schächtle, Alter: 34. Zwanzig Jahre jünger als er – typisch! Inhaberin einer Boutique für Trachtenmoden in Neu-Ulm, Eigentumswohnung direkt über dem Geschäft. In den Laden hat sich Ella nicht gewagt, aus Furcht, erkannt zu werden, aber durchs Schaufenster hat sie sie beobachtet. Ein aufgedonnerter Hafen. Zu blond, zu braun, zu dürr. In zehn Jahren wird sie aussehen wie ein eingeschnurrter Lederapfel. Aber so etwas sehen Männer ja nicht. Ein paar blonde Zotteln und eine geschminkte Larve wirken auf sie wie Bananen auf Bonobos. Ach, Karl, du Schoofseggl, du blinder!

Ella seufzt und geht wieder ins Haus. Sie räumt die Küche auf, gießt den Gummibaum und die Kakteen, die sie über all die Jahre hat wachsen sehen, dann wischt sie das Parkett. Arbeit lenkt ab von jeglichem Kummer, und beim Putzen sind ihr schon immer die besten Ideen gekommen. Auch die mit dem Katzenfell, das sie der Letzten an die Haustür genagelt hat. Schon war sie nicht mehr gesehen, aus Angst um ihren Kater. Leider hat die Schächtle keine Haustiere. Ella hat mehrmals die Mülltonne kontrolliert, da waren weder Tierfutterdosen noch Katzenstreu. Nein, die Schächtle hat nicht mal Fische oder einen Wellensittich. Die hat nur ihr Horn. Und das macht sie so gefährlich.

Mit wütenden Strichen bürstet Ella den guten Anzug und die Rohrspatzen-Uniform. Beides wird Stadtrat Karl Häfele in den nächsten Tagen öfter brauchen, denn die Ulmer Schwörwoche steht vor der Tür. Schon jetzt tobt das Volksfest in der Friedrichsau, und morgen Abend findet die Lichterserenade statt, bei der über 5000 Kerzen die Donau hinunter schwimmen. Am Montag steigt dann das große Ulmer Stadtfest, alle Geschäfte sind geschlossen, die ganze Stadt ist auf den Beinen. Es beginnt vormittags um elf Uhr mit dem Rechenschaftsbericht des Oberbürgermeisters auf dem Balkon des Schwörhauses auf dem Weinhof. »Reichen und Armen ein gemeiner Mann zu sein« schwört das Stadtoberhaupt am Ende seiner Rede. Als Stadtrat darf Karl bei diesem offiziellen Akt natürlich nicht fehlen. Am Nachmittag des Schwörmontags nimmt dann der inoffizielle Höhepunkt des Festes seinen Lauf: das Nabada. Ein Karnevalsumzug auf dem Wasser, mit fantasievollen, aufwändig gestalteten Themenbooten und zahlreichen Kapellen auf Schiffen und Flößen. Dazu kommen tausende Bürger, die in individuellen Eigenkonstruktionen an dem Wasserumzug teilnehmen. Sie alle »baden« über sieben Kilometer die Donau hinab bis zur Friedrichsau, wo im Anschluss an das Nabada die Hockete stattfindet, der gemütliche Teil des Abends. Letztes Jahr, erinnert sich Ella, war sie eine der sechzigtausend Zuschauer, die am Ufer gestanden und den Motto-Booten und schwimmenden Kapellen zugejubelt haben. Klatschnass ist sie hinterher gewesen, denn wer ganz vorne steht, bekommt auch am meisten ab. Dieses Jahr … nein, das fehlte noch, dass sie der Schächtle zujubelt. Und während sie mit zärtlich ordnenden Fingern die Fransen der Rohrspatzen-Uniform kämmt, formt sich in ihrem Kopf langsam eine Idee.

Samstag, 21. Juli
Das kleine, gelbe Metzeler-Schlauchboot lagert seit Urzeiten im Keller, aber es hält nach wie vor dicht. Zumindest hofft Ella das, als sie es pünktlich um 15:00 Uhr, dem Beginn des Nabada, im Schatten zweier Fressbuden zu Wasser lässt. Anfangs stochert sie ein wenig hilflos mit dem Paddel im Wasser herum, aber nach einigen Zusammenstößen mit anderen Wasserratten hat sie den Bogen raus.

»Obacht, Suggl!«, »Mach deine Giggl auf, Säule!«, »Bass doch auf, Halbdackel, b'soffener!«, rufen die Angerempelten und Ella lächelt, was selbstverständlich keiner sehen kann. Die Schweinemaske hat sie vor Jahren an Fasned getragen, zusammen mit dem weißblauen Ringel-T-Shirt, das ihr bis zu den Waden reicht, aber da war es Februar gewesen, und saukalt. Jetzt knallt die Sonne herunter, und Ellas Kopf kocht in der Gummimaske wie Schweinskopfsülze.

Der Rüssel behindert die Sicht, aber die Ulmer Rohrspatzen sieht sie trotzdem sofort. Flott, diese roten Uniformen mit den goldenen Litzen und Tressen, passend zum Blech der Tuben, Posaunen, Hörner und Trompeten. Außerdem sind die Rohrspatzen nicht zu überhören. Zwanzig Leute mit ihren Instrumenten und Notenständern drängeln sich auf dem Floß, dazwischen Sprudelkisten und ein Fünfzig-Liter-Fass Gold Ochsen. Vorne rechts steht Karl Häfele, erster Posaunist. Wie schmuck und stattlich er doch aussieht – auch wenn die Uniform um die Leibesmitte etwas spannt. Und neben ihm die Schächtle, diese Habergois! Den Rock hat sie wohl extra noch ein Stück gekürzt, damit man auch ja ihre dürren Stecken sieht. Dafür quillt ihr der Busen üppig aus der Bluse wie zwei Dampfnudeln. Seit drei Monaten ist die Schächtle mit ihrem Flügelhorn Mitglied des Bläserensembles Ulmer Rohrspatzen. Ella selbst hat es vor Jahren einmal mit der Posaune versucht, aber nach einem halben Jahr der Quälerei und zahlreicher Beschwerden aus der Nachbarschaft hat sie einsehen müssen, dass sie nicht im Geringsten musikalisch ist.

Mein kleiner, grüner Kaktus … Ella verzieht das Gesicht unter ihrer Maske. Wie sich des Drecksmensch ins Zeug legt und die Backen aufbläst! Ella arbeitet sich näher an das Floß heran, das träge den Fluss hinunter treibt. Mittlerweile herrscht auf dem Wasser ein ziemliches Gedränge, Kapellen wetteifern, wer die Lauteste ist, Mottoschiffe, die die Lokalpolitik aufs Korn nehmen, werden beklatscht und bejohlt, die Zuschauer am Ufer werden nass gespritzt. Niemand beachtet Ella, niemand erkennt sie. Ein Schweinskopf fällt hier nicht weiter auf, sondern ist, im Gegenteil, eine oft zitierte und stets gern gesehene Anmerkung zur Lokalpolitik. Die letzten Töne von *Eine Seefahrt, die ist lustig* verklingen, die Musikanten greifen nach den Bierkrügen.

Oh, Du schöner Gerstensaft
wie stärkst Du meine Glieder
– und wo da Dreck am diafsdn is,
do wirfst Du mi na nieda.

Ella verspürt rasenden Durst – und eine rasende Wut, denn sie muss zusehen, wie ihr Karl den Krug absetzt und seine bierfeuchten Lippen gierig auf die Gosch der Schächtle presst.

»Und des vor alle Leit!«, flüstert Ella in den Rüssel.

Der Rest ist Reflex. Ella holt aus, die Kante des Paddels donnert der Schächtle in die Kniekehlen. Ihr Aufschrei beendet den Kuss, etwas Goldenes plumpst ins grüne Wasser.

»Mei' Hörnle!«

Es platscht ordentlich, als die Schächtle ihrem Instrument hinterher springt.

»Schätzele!«

Karl beugt sich übers Wasser, anscheinend unschlüssig, ob er seiner Liebsten ins kühle Nass folgen soll oder besser nicht. Die anderen Ulmer Rohrspatzen – zumeist wohlbeleibte Herren wie Karl Häfele   eilen herbei, um zu sehen, was los ist. So viele Spatzen auf einer Seite bringen das Floß in Schräglage; Notenständer kippen, das Bierfass kommt ins Rollen, ebenso die große Pauke, die Sprudelkisten geraten ins Rutschen, schlagen gegen Schienbeine, Leiber wanken, stürzen, prallen aufeinander, verlieren den Halt auf dem nassen Holz, gleiten ins Wasser. Es ist eine geradezu apokalyptische Szene, die Ella mit Entsetzen beobachtet. Nach wenigen Sekunden schwimmt das Floß, befreit von seiner Last, wieder in der Waagerechten, während sich die Ulmer Rohrspatzen noch im Wasser tummeln. Ella hält Ausschau nach der Schächtle und nach Karl, aber da sind nur durcheinander wimmelnde Leiber, fast wie bei einer Krokodilfütterung. Noch dazu sehen die Köpfe der Herren mit dem spärlichen, klatschnassen Haar auf den breiten Schädeln alle irgendwie gleich aus, und zum ersten Mal – nicht gerade der passende Moment, das muss Ella zugeben – kommt ihr der Gedanke, dass womöglich auch ein Karl Häfele austauschbar ist.

Der Tumult zieht rasch andere Boote an, man bemüht sich zu helfen, denn mit den schweren, vollgesogenen Uniformen ist nicht gut schwimmen. Ein Spucken, Husten, Prusten, Fluchen und Schimpfen hebt an, denn einige wertvolle Instrumente sind in den Wellen der Donau versunken.

Ella rudert nun sozusagen gegen den Strom, vielmehr entfernt sie sich zügig, aber nicht zu hastig vom Ort des Geschehens, wobei sie die große Pauke überholt. In einiger Entfernung zieht sie sich die Schweinemaske vom Kopf, wirft sie über Bord und wäscht sich den Schweiß mit Donauwasser vom Gesicht. Eine Wohltat! Das gestreifte T-Shirt fliegt gleich hinterher. Besser, man bleibt jetzt *incognito*, sonst hagelt es noch Schadensersatzklagen.

Montag, 28. Juli
Die vergangenen Tage hat Ella wie in Trance verbracht, und erst jetzt, als eine Schaufel Erde nach der anderen auf den Sargdeckel kracht und die Ulmer Rohrspatzen *Ich hatt' einen Kameraden* spielen, wird ihr das Ausmaß der Katastrophe klar. Auf dem Rückweg durch die Gräberreihen plärrt sie so hemmungslos Rotz und Wasser, dass sie die Schritte überhört, die hinter ihr auf dem Kies knirschen. Erst als sich

behutsam eine Hand auf ihre Schulter legt, fährt sie erschrocken herum.

»Wardad Se gschwend? Sie sind die Ella, gell?«

»Was isch? Mir bressierd's«, antwortet Ella barsch. Es ist ihr peinlich, dass die Schächtle sie so aufgelöst sieht. Obwohl – auch ihr Gegenüber sieht mitgenommen aus, die Augen haben schwarze Trauerränder von der zerlaufenen Schminke, und um ihren Mund haben sich Kummerfalten eingegraben.

»Der Karl hodd allweil vo' Ihne' g'schwärmt.«

»Wirklich? Des will mir net na!«, meint Ella verlegen.

»Wir wäred sicher guat mitanand' aus'komme', wenn er net ... wenn er net ...« Sie schluchzt, schnäuzt in ein Papiertaschentuch und lamentiert weiter: »S' war scho' arg fahrlässig vom Karl – ohne Schwimmwescht' auf so a wackligs Floß!«

Eitelkeit, weiß Ella. Wie hätte eine Schwimmweste zur Uniform denn ausgesehen? Und drunter passte sie erst recht nicht.

»Ham Sie g'wusst, dass der Karl gar net schwimme' ko'?«

»Na«, sagt Ella. Nein, sie hat es wirklich nicht gewusst. Hätte sie das auch nur geahnt ... »S' isch halt jahrelang guat gange'«, murmelt Ella und denkt dabei: Bis du aufgetaucht bist!

»Frau ... äh ...«

»Brünnle. Ella Brünnle.«

»Frau Brünnle, es isch vielleicht net grad der richtige Auge'blick, aber wer weiß, ob mir zwei uns no' amol sähed. Es isch nämlich so: I suach scho' seit ewig und drei Dag' a guate Buddzfrau, und der Karl hodd Sie immer ibr de griane' Klee g'lobt. Und jetzt, wo er dod isch ... Kennded Se net oimol in d'r Woch' bei mir zum Buddza komme', in d' Wohnung nauf, und ins G'schäft?«

Ella zögert kurz, dann nickt sie. Warum auch nicht? Eigentlich ist die Schächtle ja doch ganz nett.

Die Autorin

Susanne Mischke, Jahrgang 1960, lebt in Hannover und schreibt Jugendthriller und Kriminalromane. Sie war mehrere Jahre Präsidentin der »Sisters in Crime« und erschrieb sich mit ihren fesselnden Büchern eine große Fangemeinde. Für das Buch »Wer nicht hören will, muss fühlen« erhielt sie die »Agathe«, den Frauen-Krimi-Preis der Stadt Wiesbaden.

Zuletzt erschienen von ihr im Piper Verlag die vier Hannover-Krimis »Der Tote vom Maschsee«, »Tod an der Leine«, »Totenfeuer« und »Todesspur«, die über die Grenzen Niedersachsens hinaus großen Erfolg haben.

Für den zu Klampen Verlag gibt sie die Kriminalromane heraus.

Nachweise

»*Das Blutloch von Drüggelte*« erschien in »Mehr Morde am Hellweg«, Grafit Verlag, 2006

»*Das Brautkleid*« erschien in »Mördchen fürs Örtchen«, KBV-Verlag, 2011

»*Der Platzhirsch*« erschien in »Bock auf Wild«, Verlag Heyne, 2010

»*Die Haus-Sitterin*« erschien unter dem Titel »a Girl's best Friends« in »Kennst du das Land, wo die Geranien blühen«, Kabel Verlag, 2000

»*Die Tänzerin*« erschien in »Mörderisch Unterwegs«, Milena Verlag Wien, 2006

»*Eine Frage des Geschmacks*« erschien in »Teuflische Nachbarn«, Scherz Verlag, 2001

»*Landliebe*« erschien in »Liebe macht doof«, S. Fischer Verlag, 2011

»*Liebe Frau Augustin*« erschien in »Mordsgewichte«, Piper Verlag, 2000

»*Manche mögen's kalt*« erschien in »Mord zwischen Messer & Gabel«, Gerstenberg Verlag, 2001

»*Der Muttertagsmörder*« erschien unter dem Titel »Tod am Muttertag« in »Mord zwischen Lachs und Lametta«, Gerstenberg Verlag, 2005

»*Nikolaustag*« erschien in »Mordsweihnachten«, Rowohlt Taschenbuchverlag, 2010

»*Randale*« erschien in »Hamburg blutrot«, Kölnisch-Preußische Lektoratsanstalt, 2010

»*Schwere See*« erschien in »Inselkrimis«, Leda Verlag, 2006

»*Oh Tannenbaum*« erschien in »Leise rieselt der Schnee«, Ullstein Verlag, 2008

»*Endlich Ruhe im Haus*« erschien in »Alter schützt vor Morden nicht«, Gerstenberg Verlag, 2000

»*Der Vollstrecker*« erschien in »Pizza Pasta & Pistolen«, Langen Müller, 2007

»*Das Saumensch*« erschien in »Mörderisches Ländle«, Theiss Verlag, 2008

Weitere Kriminalromane

herausgegeben von Susanne Mischke

Ulrike Gerold / Wolfram Hänel
Kein Erbarmen · Kriminalroman
315 Seiten, Hardcover · ISBN 978-3-86674-163-8
Das Autorenpaar Gerold/Hänel schickt Tabori, einen wortkargen Ex-Kommissar, und seine unkonventionelle Mitbewohnerin Lisa als Ermittlerduo ins Rennen.

Angelika Stucke
Hasentod · Kriminalroman
315 Seiten, Harcover · ISBN 978-3-86674-162-1
Der Fund einer Leiche erschüttert das kleine Dorf im Leinebergland. Die ambulante Fußpflegerin Kornelia Lorenz kommt bei ihrer Arbeit viel herum und ermittelt auf ihre Weise.

Cornelia Kuhnert
Tödliche Offenbarung · Kriminalroman
420 Seiten, Hardcover · ISBN 978-3-86674-154-6
Ein Polit-Krimi über das Massaker von Celle.

Ika Sokolowski
Böse Affen · Kriminalroman
299 Seiten ISBN 978-3-86674-142-3
Ein Aushilfsjob hat Leo Heller auf die CeBIT verschlagen, wo sie zu ihrer Verblüffung auf drei Affen stößt. ›Nichts sehen, nichts hören, nichts sagen‹ scheint auf einmal das Motto aller Leute zu sein, mit denen Leo es zu tun bekommt …

Hans-Jörg Hennecke
LindenTod · Kriminalroman
192 Seiten, Hardcover · ISBN 978-3-86674-068-6
Der Fund einer Leiche durchbricht die Schrebergarten-Idylle in Hannover-Linden. Doch kaum sind die Ermittlungen aufgenommen, ist der Tote auch schon wieder verschwunden.

Hans-Jörg Hennecke
Totenruhe · Kriminalroman
192 Seiten, Hardcover · ISBN 978-3-86674-151-5
Unheimliche Ereignisse tauchen den Lindener Bergfriedhof in fahles Zwielicht.

Cornelia Kuhnert
Tanz in den Tod · Kriminalroman
237 Seiten, Hardcover · ISBN 978-3-86674-052-5
In einer Vorstadt Hannovers wird beim Tanz in den Mai eine Journalistin ermordet. War es einer der prominenten Gäste oder hat der Mord etwas mit den Tierversuchsgegnern zu tun?

Heinrich Thies
Das Mädchen im Moor · Kriminalroman
368 Seiten, Hardcover · ISBN 978-3-86674-088-4
In der Lüneburger Heide wird ein Mädchen umgebracht. Ihr Lehrer muss dafür ins Gefängnis. Als er freikommt, versucht er, seine Unschuld zu beweisen.

Rainer Woydt
Der Profiler · Kriminalroman
300 Seiten, Hardcover · ISBN 978-3-86674-086-0
In und um Hannover werden zwei Frauen bestialisch ermordet. Muss Kriminalkommissarin Denkow den Mörder gar in den eigenen Reihen suchen?

Wolfgang Teltscher
Über den Deister · Kriminalroman
251 Seiten, Hardcover · ISBN 978-3-86674-067-9
Vera Matuschek ist verschwunden. Erneut ermittelt Kommissar Marder in Barsinghausen.

Bodo Dringenberg
Die Gruft im Wilhelmstein
Historischer Kriminalroman
256 Seiten, Hardcover · ISBN 978-3-86674-099-0
Liebe, Intrige und Mord beim Bau der Festung Wilhelmstein im Steinhuder Meer.